KB268955

The Last Hellion 마지막 스캔들

The Last Hellion 마지막 스캔들

# 마지막 스캔들

The Last Hellion

로레타 체이스 | 나채성 옮김

큰나무

 나 채 성

이화여대 사회사업학과 졸업. 역서로『사로잡힌 신부』,
『사랑의 텍사스』,『너무도 아름다운 사랑』,『베르사유의 전설』,
『페가수스의 전설』,『내 마음을 사로잡은 기사』,
『꿈결처럼 다가온 사랑』,『내 품안의 이방인』,『바이올렛』,
『내가 사랑한 악당』,『내 마음을 열어 줘』외 다수


## 마지막 스캔들

초판 인쇄 | 2003년 11월  3일
초판 발행 | 2003년 11월  9일

지은이 | 로레타 체이스
옮긴이 | 나채성
펴낸이 | 한익수
펴낸곳 | 도서출판 큰나무

등록 | 1993년 11월 30일(제5-396호)
주소 | 120-837 서울시 서대문구 충정로 3가 3-95 2층
전화 | 02) 365-1845 · 1846   팩스 | 02) 365-1847
e-mail | btreepub@chollian.net
홈페이지 | www.bigtreepub.co.kr

값 9,000원

ISBN 89-7891-177-3 03840

리디아는 겉으로 보기엔 충분히 침착했다. 하지만 비어는 다른 이들이
볼 수 없는 것까지 볼 수 있을 만큼 가까이 있었다.
아주 희미한 뺨의 홍조, 빠르게 들썩이는 가슴의 움직임을.
— 본문 중에서 —

강한 여자의 부상.

바야흐로 시대가 변했다. 이제는 강한 여자의 시대다.

버들가지처럼 야리야리하고, 세상 풍파에 시달리면 금세 시들어 버릴 수 있어서 남자들이 조심스럽게 다뤄야 할 온실 속의 화초— 온실 속의 화초도 현실 세상에 접했을 때는 야생화(예전의 명칭: 잡초)로 변신하더군요—나, 백마 탄 왕자님이 내미는 손을 감사하며 받아들이는 신데렐라 풍 여자의 시대는 지났다.

지금까지 살면서 모성본능이란 말은 들어봤어도, 즉, 여자가 다른 사람을 볼 때 보호해 주고 싶은 본능이 일어난다는 얘기는 들어봤어도, 부성 본능이라는 말은—있는지 없는지 모르겠으나—나로선 들어보지 못했다. 어차피 남자들은 여자를 보호해 주고 싶어서 안달복달하지 않는다. 그들에게는 다른 무엇보다 자신의 야망이나 만족이 우선이다.

게다가 나의 반쪽을 찾아 완전한 하나가 되기를 바랐던 구세대의 소망도 상당 부분 바뀌었다. 우선 나 자신이 혼자서 완전한 하나가 되어야 다른 완전한 하나의 남자를 만날 수 있다는 쪽으로.

요즘 여자들은 강하다. 강해야 살아남을 수 있다. 어려운 일, 힘든 일이 있을 때 누가 대신해서 문제를 해결해 줄까? 누구한테 기대서 대신 처리해 달라고 매달릴 수 있을까? 그런 사람을 찾을 수 있다면, 그것도 나쁘지는 않을 것이다. 하지만 평생 그렇게 살 수 있는 여건이 될까? 그리고, 왠지, 혹시, 자존심이 상하지는 않는가?

요즘 여자들에겐 스스로 어려움을 헤쳐 나갈 용기, 혼자서 삶을 일궈 나갈 수 있는 능력—당연히 경제적인 능력도 포함—, 지성과 감성이 조화롭게 어우러진 판단력이 필요하다. 실제로, 그런 능력을 갖춘 여성들이 점점 많아지고 있다.

결론 : 로레타 체이스의 여주인공은 강하다. 배울 만한 미덕이 아주 많다.

나 채 성

# 프롤로그

1826년 9월.
노샘프턴셔, 롱랜즈.

에인즈우드 공작은 말로리 가의 후손이다. 말로리 가는 노르망디에서 시작하여 12세기에 영국에 정착하게 된 몇몇 가문 중의 하나다. 어원학자들은 이 이름에 '불행' 혹은 '불운'이라는 뜻이 있다고 하는데, 에인즈우드 공작의 가계를 보아하면, '말썽'이라는 뜻도 있는 듯하다.

에인즈우드 공작의 조상 중에서 어떤 이는 오래 살았고 어떤 이는 금방 죽었지만, 그들의 공통점은 하나같이 파란만장하게 살았다는 것이다. 그게 타고난 천성이었기 때문이다. 그들은 망나니였다. 그렇게 생겨 먹었고, 그것으로 악명을 얻었다.

하지만 시대가 변하면서 그 가문도 마침내 전환점을 맞이했다. 몇 세대가 조용하게 지나간 것이다. 10년 전에 죽은 부도덕한 난봉꾼 제 4대 공작을 끝으로, 그 뒤에 이어진 말로리는 새로운 품종으로 거듭났다. 더 교양 있고 고결해진 것이다.

비어 아일윈 말로리가 유일하게 남은 말로리 망나니였다. 일명, 말로리 가의 마지막 망나니. 180센티미터가 훨씬 넘는 장신으로, 혹자는 가장 야성적이고 잘생겼다고 했다.

그는 아버지의 숱 많은 밤색 머리를 물려받았다. 초기 조상들보다 더 짙은 초록색 눈동자에는 몇백 년간 여자들의 옷을 벗겨 온 악마적인 사악함이 번득였다. 서른둘이 다 된 나이에, 그는 남들이 평생 저지르지도 못할 죄를 저질렀다.

지금, 말로리의 마지막 망나니인 에인즈우드 공작은 자신의 본거지인 롱랜즈, 그곳의 거대한 숲을 지나고 있었다. 비어의 목적지는 마을에 있는 '헤어 앤 피존' 술집이었다.

장례식에서 목사님이 하는 엄숙한 말씀이 그의 입을 통해, 음탕한 발라드 곡조로 흘러나왔다.

지난 10년간 그는 발바닥이 부르트도록 장례식장을 들락거렸다. 따라서, '나는 부활이요, 생명이니' 이 처음 구절부터 '아멘'으로 끝나는 끝 구절까지를 달달 외워 버렸다.

"영원하신 하나님 아버지 품에 고이 품어 주시옵소서. 당신의 위대한 자비로 기쁘게 받아주시옵시니, 우리의 사랑하는 형제……."

'형제'에서, 그의 목소리가 갈라졌다. 그는 큰 체구에 몰아치는 전율을 막으려고 나무 둥치에 한 팔을 기대며, 이를 악물었다. 비통한 마음을 가라앉히려 눈을 질끈 감았다.

지난 10년간 애통할 만큼 애통해 했다. 지난 7일 동안 더는 울 수도 없을 만큼 많은 눈물을 흘렸다. 그의 사촌 찰리, 5대 에인즈우드 공작이 숨을 거둔 이후로…….

찰리는 이제 무덤에 누웠다. 지난 10년간 자비로우신 하나님이 '기쁘게 받아 주셨던' 다른 이들과 함께. 비어의 나이 아홉 살 때 부모님을 여읜 후로 아버지와 같았던 제 4대 공작의 죽음을 맞이한 것이다. 찰리의 형제들과 그 아들과 아내들, 몇 명의 딸들 등

끝없는 장례식 행렬이 이어졌다.

이제 그런 슬픔에 이력이 날 만도 하련만, 이번 장례식이 그 중에서도 가장 견디기 힘들었다. 말로리의 친족 중에서 가장 비어와 절친했고, 세상에서 비어가 형제로 생각하는 세 남자 중 하나인 찰리의 장례식이었기 때문이다.

다른 둘은 로저 반스, 워델 자작과 세바스찬 벌리스터, 4대 데인 후작이었다. 세바스찬 벌리스터는—대마왕 경으로 더 잘 알려져 있다—벌리스터 가의 오명으로 흔히 간주되었다. 그 둘과 비어는 이튼 시절부터 갖은 악행을 저지르고 다녔다. 하지만 워델은 6년 전 마구간 뜰에서 술에 취해 싸우다 죽었다. 몇 달 후 파리로 떠난 데인은 영원히 거기 눌러 살기로 작정한 듯했다.

중요한 사람은 아무도 곁에 남지 않았다. 말로리 가의 계보에서 유일한 남성은 비어를 제외하고 단 한 명이었다. 찰리의 막내아들인 9살 된 로빈, 그가 6대 에인즈우드 공작이었다.

찰리의 두 딸—물론 비어는 여자를 셈에 넣지 않았지만—도 아직 살아남았다. 찰리는 자기 아이들의 후견인으로 비어를 지명했다. 그러나 후견인이라고 해서 그들과 딱히 상관 있는 건 아니었다. 이 가문이 말로리의 마지막 망나니를 참아준다 하더라도, 아무도, 심지어 찰리조차도, 비어가 순진한 세 아이를 양육하는 의무에 어울린다고 믿을 만한 바보는 아니었다. 그 일은 찰리의 결혼한 누이 하나가 맡을 것이었다.

말하자면, 후견인 자리는 순전히 이름뿐이었다. 비어 또한 일주일 전, 찰리의 임종을 지키기 위해 도착한 이후로, 피후견인들에 대해 생각해 본 적이 없었다.

10년 전, 임종을 앞둔 숙부가 중얼거린 헛소리가 예언이 될 줄이야. 소름끼치게 딱 들어맞았다.

숙부가 침대 옆에 앉아 있는 비어에게 말했다.

"저들이 내 주위에 모여드는 게 보이는구나. 불쌍한 사람들. '발생함이 꽃과 같아서 쇠하여지고.' 나의 두 형제들은 네가 태어나기도 전에 쇠하였어. 그 다음에 너의 아비. 오늘 다른 이들의 모습도 보이는구나. 나의 아들들, 찰리, 헨리, 윌리엄. 이게 죽어 가는 남자의 환상일 뿐일까? '그림자같이 머물지 아니하거늘.' 그들이 보이는구나. 모두가 그림자야. 그때 넌 무얼 하겠니, 아이야?"

그때 비어는 늙은이가 정신이 돌았다고 생각했다. 하지만 이젠 아니었다.

*모두가 그림자야.*

"젠장, 바로 맞혔군요. 빌어먹을 예언이 맞았어요, 숙부."

그는 나무에서 몸을 떼어 내, 끊어졌던 곳에서부터 다시 추도문을 외우기 시작했다. 엄숙한 문구를 더 음탕하게 노래하며, 가끔씩 하늘을 향해 반항적으로 비웃으며 걸었다.

그를 아는 사람이 지금의 그를 보았더라면, 수시로 친구 놈들을 자극했던 것처럼 위대한 신마저 자극하는 중이라는 걸 알았으리라. 비어 말로리는, 평소처럼, 말썽거리를 찾고 있었다. 이번에는 여호와 신에게 싸움을 걸고 있었다.

하지만 효과가 없었다. 싸우고 싶어 안달한 놈이 추도문을 거의 다 읊었을 때까지도 하다 못해 못마땅한 벼락소리 한번 들리지 않았다. 그런데 갑자기 비어가 술집으로 들어가려는 순간, 뒤에서 잔가지 부러지는 소리와 빠른 발소리, 바스락대는 나뭇잎 소리가 들렸다. 그가 돌아섰다……. 그리고 유령을 보았다.

진짜 유령은 아니었다. 하지만 유령 같았다. 제 아비와 똑 닮은 로빈. 하얀 피부에 마른 체구, 똑같은 바닷빛 초록 눈동자. 비어는 그 아이를 보는 것조차 견딜 수 없었다. 그래서 이번 주 내내 피해 다녔던 거였다.

하지만 아이가 그를 향해 달려오는 지금, 그는 피하지 않았다. 모른 체하지도 않았다. 뼈아픈 비통함, 그래, 그리고 분노도 있었다. 저 아이는 살아 있는데, 그 아비는 이미 떠나고 없었으니까.

비어는 아이를 노려보았다. 반가워하는 표정이 아니란 걸 알고, 로빈이 몇 걸음 앞에서 멈춰 섰다. 곧이어 아이의 얼굴이 빨개지고 눈이 번득이는가 싶더니, 곧장 머리를 내밀고 비어에게 달려들었다. 그리고는 놀란 후견인의 배를 머리로 들이박았다.

비어의 복부가 쇳덩이만큼 단단했는데도, 아이는 계속 머리를 박으며 주먹질까지 했다. 골리앗을 쓰러뜨리려는 미친 다윗처럼, 나이와 크기와 무게의 엄청난 차이를 망각한 채 공격을 퍼부었다.

교양 있게 개량된 말로리의 새 품종들은 이 까닭 없는 절망과 미친 공격을 이해하지 못할 것이다. 하지만 비어는 개량종이 아니었다. 그는 이해했다. 그래서 더 견딜 수 없었다.

그대로 서서, 로빈이 효과도 없는 주먹 세례를 퍼붓도록 내버려 두었다. 돌아가신 4대 공작이 갓 고아가 된 비어의 주먹질을 받아 주었던 것처럼. 어린 비어는 고함치는 것말고 다른 할 일을 알 수 없었다. 이유가 무엇이든 중요치 않았다.

로빈은 꿈쩍도 않는 어른과 치열하게 싸우다, 힘없이 바닥으로 쓰러졌다.

비어는 조금 전의 분노와 원망을 기억해 내려 애썼다. 그 아이에게 꺼지라고 소리치려 했다. 상관하지 않으려 했다. 하지만 뜻대로 되지 않았다.

이 아이는 찰리의 아들이었다. 절망에 빠진 아이. 가족과 하인들의 경비망을 피해 도망쳐, 무심한 사촌을 찾으려고 혼자, 이 어두운 숲을 헤치고 올 만큼 절망적이었던 아이.

비어는 이 아이가 무얼 얻으려는 건지 알 수 없었다. 하지만 그게 무엇이든, 로빈이 비어에게 그걸 바라고 있다는 건 분명했다.

로빈의 거친 호흡이 가라앉을 때까지 기다렸다가, 그가 아이를 일으켜 세웠다.

"내 근처에 오면 안 되는 거다. 난 나쁜 놈이야. 누구한테든 물어 봐라. 네 고모들한테 물어 봐."

로빈이 그의 부츠를 쳐다보며 중얼거렸다.

"그 사람들은 울기만 해요. 너무 울어요. 너무 애처롭게 얘기해요."

"그래, 그건 끔찍하지."

비어가 수긍했다. 그리고 아이의 옷을 털어 주었다. 아이가 시선을 들어올렸다. 찰리를 닮은 눈동자, 하지만 찰리보다 더 어리고 자신을 신뢰하는 듯한 눈빛이었다. 비어의 눈이 따끔거렸다. 그는 목기침을 했다.

"난…… 브라이튼에 갈 거야."

이런 생각을 하는 것조차 미친 짓이었다. 하지만 이 아이가 그에게 왔다. 찰리는 그를 한번도 실망시킨 적이 없었다. 죽은 것만 빼고.

"너도 같이 갈 테냐?"

"브라이튼에?"

"그래."

어린 아이의 눈이 빛나기 시작했다.

"파빌리온이 있는 거기요?" 거대하고 멋지게 꾸며 놓은 로얄 파빌리온은 조지 4세의 해변 별장과 비슷했다.

"전에 가 봤을 때까지는 있더구나."

비어가 집 쪽으로 발길을 돌려 걸어가기 시작했다.

로빈이 즉시, 사촌의 큰 발걸음과 보조를 맞추려 뛰며 따라왔다.

"사진에서 본 것처럼 그렇게 멋있어요? 정말 아라비안나이트에 나오는 궁궐 같아요?"

"내일 아침 날이 밝는 대로 출발할 거다. 빨리 출발할수록 너 혼자 결정하는 일이 쉬워질 거야."

로빈을 위해서라면 지금 당장이라도 출발하겠지만, 그의 고모와 고모부를 생각한다면 비어 혼자 떠나야 할 것이다. 그러나 그건 다른 사람이 결정할 일이 아니었다. 아이의 법정 후견인으로서, 그는 로빈을 브라이튼이든 봄베이든 어디로든 데려갈 수 있었다. 다른 누구의 허락도 받을 필요 없었다.

하지만 정작 그들의 반대에 종지부를 찍은 건 로빈이었다. 응접실에 가족들이 모여 있었을 때, 쿵쿵거리는 소리가 들렸다. 밖으로 나가 보니, 어린 공작이 롱랜즈의 웅장한 계단을 거쳐 현관으로 이어진 홀로 커다란 여행가방을 질질 끌고 들어오고 있었다.

비어가 제일 오래 끈질기게 반대했던 찰리의 여동생, 도로시어를 돌아보았다.

"자, 봤지? 로빈은 빨리 떠나고 싶어해. 당신들은 너무 빌어먹게 우울해, 여기 사람들 모두. 눈물과 숨죽인 목소리, 검은 상복……이 아이는 그게 싫은 거야. 칙칙한 여기 남는 것보다, 나와 같이 가는 게 좋은 거야. 내가 크고 떠들썩하니까. 난 그 괴물들을 쫓아버릴 수 있으니까. 알겠나?"

알든 모르든, 도로시어는 포기했다. 그녀가 포기하자 다른 이들도 항복했다. 어차피 몇 주일 정도였다. 제 아무리 비어 말로리라도, 단 몇 주일 안에 아이의 품행을 회복 불능 지경으로 타락시킬 수는 없을 터였다.

그 또한 아이의 품행을 망칠 의도가 아니었고, 이틀만 데리고 있다가 돌려보낼 생각이었다.

비어 말로리가 어떻게 이 아이나 다른 누구의 아비 노릇을 하겠는가? 그에겐 아내—그런 걸 얻을 생각도 없었다. 그의 야성적이고 거친 성향을 완화시켜 줄 여자도 없었다—가 없었다. 식솔이라곤 시종인 제인스 한 명이 전부였다. 고슴도치만큼 날카롭고 성질 고약한 잔소리꾼 하나. 게다가 비어가 옥스퍼드를 떠난 후로 그들은 고정된 거주지를 가져 본 적이 없었다.

간단히 말해서, 비어가 아이를 키운다는 건 어불성설이었다. 특히 공작의 짐을 지고 가야 할 아이를 키운다는 건.

그런데 어찌된 일인지 몇 주일이 한 달로 늘어났고, 그후로 또

한 달이 지나갔다. 그들은 브라이튼에서 버크셔로 여행했다. 화이트호스 계곡으로, 스톤헨지로, 웨스트 컨트리로, 밀수업자들의 소굴을 탐색하며 해안을 따라 렌즈 엔드로……

가을이 지나 겨울이 오고 다시 따뜻한 봄이 찾아왔다. 그때 편지가 도착했다. 도로시어와 다른 사람들이, 부드러우면서도 그리 완곡하지 않게, 로빈의 교육을 무기한으로 소홀히 할 수는 없는 일이며, 그의 누이들이 보고 싶어한다고 전했다. 또한 아이의 방랑생활이 길어질수록 안정을 찾기 힘들 거라고 일깨웠다.

다 맞는 말이었다. 로빈에게는 진짜 가족, 안정된 환경과 집이 필요했다.

하지만 비어는 로빈을 롱랜즈로 돌려보내기가 힘들었다. 분명 그것이 옳은 일인데도, 그 집안이 전처럼 우울하지 않은데도, 자신의 품을 떠나 보내기가 힘이 들었다. 결국 비어는 로빈을 그들의 품으로 돌려보냈다.

도로시어와 그 남편은 자기 아이들과 로빈의 누이들과 함께 자리를 잡았다. 집안에는 다시 아이들의 노래와 웃음소리가 울려 퍼졌고, 검은 상복과 검은 장식의 우울한 무게도 상당히 가벼워졌다.

비어가 자기 책임을 다했다는 것도 분명했다. 그가 확실하게 괴물들을 쫓아 준 모양이었다. 도착한지 몇 시간만에, 로빈은 고모의 아들들과 어울려 여자아이들 골려주기에 나서고 있었다.

작별인사를 할 때, 로빈은 두려워하는 기색을 보이지 않았다. 성질을 부리거나 비어를 공격하지도 않았다. 다만 10번째 생일이 되는 8월 말에 꼭 오겠다는 약속을 후견인에게 받아 낸 다음, 사촌들과 아쟁쿠르 전투놀이를 하러 달려나갔다.

하지만 비어는 생일보다 훨씬 전에 되돌아와야 했다. 롱랜즈를 떠난지 삼 주일도 지나지 않았을 때.

6대 에인즈우드 공작이 디프테리아에 걸렸기 때문이다.

그 병에 대해서는 알려진 바가 별로 없었다. 한 가지, 전염성이 강하다는 사실만이 확실할 뿐이었다.

찰리의 누이들과 그 남편들이 애원하며 막으려 했지만, 그는 누구보다 체격이 컸고, 지금처럼 흥분한 상태에서는 일개 군대가 동원된다 해도 그를 막을 수 없었다.

그는 커다란 층계를 폭풍처럼 달려 올라가 로빈의 방으로 직행했다. 간호사를 내몰고 방문을 잠갔다. 침대 옆에 앉아서 아이의 힘없는 작은 손을 움켜잡았다.

"괜찮다, 로빈. 내가 왔어. 내가 대신 싸워 주마. 어서 털어 내. 그 나쁜 병을 나한테 넘겨 다오. 내 말 들리니? 그 망할 병을 집어던져, 내가 싸울 테니 내놓으란 말이다. 난 이길 수 있어, 로빈, 너도 알지?"

아이의 차가운 손에는 움직임이 없었다.

"나한테 넘겨 다오, 제발."

비어는 눈물을 삼키며 다그쳤다.

"너에겐 너무 빨라, 로빈. 넌 이제 겨우 살기 시작했어. 사는 게 뭔지도 몰라. 봐야 할 거, 해야 할 일들이 많단 말이다."

어린 공작의 눈꺼풀이 파르르 떨리더니, 열렸다. 눈에 알아보는 기색이 스치는 듯했다. 한순간 아이의 입술이 미소짓는 듯한 모양으로 움직였다. 그리고는 눈이 다시 감겼다.

그게 전부였다. 비어가 어르고 애원하고, 그 작은 손에 아무리 매달려도, 질병은 아이의 몸에서 나와 그에게 달라붙지 않았다. 기다리며 지켜보는 것말고는 아무 것도 할 수 없었다. 늘 그랬던 것처럼. 하지만 이번에는 더 짧았다. 여러 번 중에서도 제일 짧고 고통스러웠다.

한 시간이 채 지나기 전에, 저녁노을이 밤으로 변해 가는 사이, 아이의 생명이 스르르 빠져 달아났다……. 그림자처럼.

# 1

1828년 8월 27일 수요일.
런던.

"고소해 버리겠어! 이 나라에 문서 비방죄라는 게 있다 이거야.
이게 문서 비방죄가 아니면, 난 황소 불알이다!"

앵거스 맥거원이 분통을 터트렸다.

편집실 문 앞에서 졸고 있던 거대한 검은색 매스티프*가 고개
들어, 맥거원과 자기 주인을 번갈아 쳐다보았다. 주인이 위험하지
않다는 걸 확인하자, 다시 앞발에 고개를 묻고 눈을 감았다.

맹견의 주인인 28세 리디아 그렌빌도 무심하게 맥거원을 쳐다보
았다. 어쨌거나 리디아를 놀라게 하는 일이 쉬운 건 아니었다. 금
발머리에 파란 눈, 180센티미터에서 약간 못 미치는 키. 그녀의 얼
굴은 발키리나 아마존의 여전사 만큼 섬세하다 할 만했고, 신화적

---

* 몸집이 크고 털이 짧은 맹견.

전사 같은 몸은 정신만큼이나 강하고 민첩했다.

그가 분통 터지는 물건을 책상에 탁 내려놓자, 그녀가 침착하게 집어들었다. <벨웨더스 리뷰> 최신 호였다. 이전 호처럼, 첫 페이지의 칼럼난이 리디아의 기사에 대한 공격으로 도배되어 있었다.

<아르고스*>의 '레이디 그렌델*'은 이미 자신의 악의적인 독기로 더러워진 세상에 다시 한 번 유독한 독약을 쏟아 부었다, 여전히 그녀의 지난번 공격으로부터 회복하지 못하고 비틀거리는 예민한 희생양들을 또다시 파멸의 깊은 심연으로 내동댕이쳤다, 더럽고 썩은 생명체들이 악취를 풍기는 파멸—그 여자가 주제로 삼은 기생충들을 인간이라 부를 수 없으므로—자기 연민에 빠져 울부짖는 그들의 소음—이것을 언어라 부를 수 없으므로—치마만 입었다 뿐인 <아르고스>의 괴물은……,

이쯤에서 리디아가 시선을 들어, 앵거스에게 말했다.

"문장이 엉망이군요. 그래도 글을 못썼다고 고소할 수는 없는 일이죠. 독창성이 부족하다고 고소할 수도 없고. 날 베어울프에 나오는 괴물로 처음 칭한 게 <에든버러 리뷰>였는데…… 물론, '레이디 그렌델'이라는 이름에 독점권이 있는 건 아니에요."

앵거스가 소리쳤다.

"그건 야비한 공격이오! 그 뒤에도, 당신을 사생아라고, 게다가 다른 암시까지, 당신의 과거에 대해서…… 그게……."

리디아가 다시 소리내어 읽어 내려갔다.

"치마만 입었다 뿐인 <아르고스>의 괴물은 질병과 타락이 득실거리는 직업에 설명할 수 없는 공감대를 지니고 있는 것이 분명하다."

---

* 눈이 100개 달린 거인.
* 전사 베어울프가 죽인 괴물.

"이건 비방이야, 명예훼손이야!"

앵거스가 책상을 주먹으로 두드려 댔다. 놀란 매스티프가 고개를 들며 일어나 한숨을 내쉬고서는 다시, 잠자는 자세로 되돌아갔다.

그때 리디아가 말했다.

"내가 매춘부였을 거라는 암시 정도잖아요. 매춘부 해리엇 윌슨의 책이 나왔을 때 불티나게 팔린 바 있죠. 그 여자한테 이렇게 인쇄물로 모욕해 주는 벨웨더 씨가 있었더라면, 크게 한몫 잡았을 텐데. 그들은 우릴 도와주고 있는 거예요. 지난 호 <아르고스>는 48시간만에 다 팔렸어요. 오늘은 해저물기 전에 품절 될 거예요. 타 잡지사들이 우릴 공격하기 시작한 후로, 우리 판매실적이 세 배로 뛰었어요. 그러니 벨웨더 씨를 고소하기보다, 감사 편지라도 써서, 계속 잘 해 달라고 부탁하세요."

앵거스가 의자에 털썩 내려앉으며 투덜거렸다.

"벨웨더는 정부에 손이 닿는 인물이오. 당신에게 별로 호의적이지 않은 내무부에도 몇 명 있소."

그녀가 내무장관 측근의 심기를 거슬린 건 사실이었다. 런던의 어린 매춘부들이 처한 곤경에 대하여 기획한 2부작 기사에서, 그녀는 매춘의 합법화를 넌지시 내비쳤다. 매춘 허가를 내주고 합법화시킨다면, 적어도 최악의 학대는 줄일 수 있을 거라고 제안했다.

"필 의원은 나한테 고마워해야 돼요. 내 제안이 너무 큰 반향을 일으키는 바람에, 자기가 낸 런던 경찰국 건이 꽤 합리적인 것처럼 보였잖아요. 런던의 매춘부들은 지금 횡포에 시달리고 있어요. 적당한 경찰력이 있었더라면, 지금쯤 그 마귀할멈을 붙잡아 넣었을 텐데."

여기서 말하는 마귀할멈은 코럴리 브리스를 뜻했다. 그 여자는 파리에서 런던으로 온지 단 6개월만에, 런던 최악의 포주라는 악명을 얻었다.

코럴리 밑에서 일하는 여자들과 인터뷰할 때, 그들의 안전을 위

해 포주의 이름을 밝히지 않겠다고 약속했지만, 포주의 이름을 밝
힌다고 해도 뾰족한 수가 생기는 건 아니었다.

포주들은 당국의 단속을 피하는데 일가견이 있었다. 리디아의 아
버지가 빚쟁이를 피하려 했던 방법처럼, 자주 이름을 바꾸고, 쥐새
끼들처럼 이곳저곳으로 은신처를 이동했다. 보 스트리트가 추적을
계속하지 못하는 것도 어쩌면 당연했고, 그럴 필요성도 느끼지 않
는 듯했다.

어느 조사에 의하면, 런던의 매춘부 수는 5만 명에 이르고, 그
중 대부분이 16세를 넘지 않았다고 했다. 코럴리가 부리는 여자들
도 19세를 넘은 여자가 하나도 없었다.

앵거스가 입을 열었다.

"당신이 그 여자를 봤을 때, 저 까만 괴물더러 잡으라고 했으면
됐잖소?"

그가 매스티프 쪽을 고개로 가리켰다.

"그게 무슨 소용이에요? 그 여자 죄를 고발할 만큼 용감한 사람
이 아무도 없는데. 당국이 현장에서 체포하지 않는 한, 그 여자가
그렇게 호락호락할 리도 없지만 말이에요. 우린 고발할 방법이 없
어요. 증거와 증인이 없다고요. 만일 수잔에게 잡으라고 했다면 코
럴리를 불구로 만들거나 죽이거나 둘 중 하나였을 거예요."

자기 이름이 들리자 수잔이 한쪽 눈을 살짝 치떴다.

리디아의 말이 이어졌다.

"수잔이 내 명령만 따르니까, 난 폭행죄로 기소됐을 거고, 살인
죄로 사형당했을지도 몰라요. 그런 추잡한 포주 때문에 죽긴 싫어
요."

그녀가 책상에 <벨웨더스의 리뷰>를 올려놓고, 주머니 시계를 꺼
냈다. 그녀의 종조부 스테픈 그렌빌이 남겨 준 유품이었다. 그녀의
나이 열세 살 때, 스테픈과 그의 아내 유피미아가 그녀를 거둬 주
었다. 그러나 지난가을 몇 시간 간격으로 두 분 다 세상을 떠났다.

좋은 분들이긴 했지만, 그들과 같이 살았던 삶이 그립지는 않았다. 그녀의 아버지만큼 부도덕하진 않았어도, 그들은 경솔하고 무지했으며, 방랑벽이라는 악성 질병에 시달렸었다. 언제나 먼지가 채 가라앉기도 전에 다른 곳의 먼지를 묻히고 싶어했다. 리디아가 두 사람과 같이 다닌 땅덩어리는 서쪽으로 리스본에서부터 동쪽으로 다마스쿠스까지를 망라했고, 지중해 남쪽 연안의 몇 개 국가도 거기 포함되었다.

그녀의 입에 미소 비슷한 것이 감돌았다. 돌아가신 엄마가 일기를 쓰셨던 것처럼, 부모로서 무능한 스테픈과 유피미아에게 아버지가 그녀를 버렸던 날부터 쓰기 시작한 일기가 기억났기 때문이다.

열세 살 때까지 리디아는 문맹에 가까웠다. 당연히 처음에는 스펠링과 문법이 엉망이었기 때문에 범죄에 가까운 일기가 될 수밖에 없었다. 하지만 그렌빌의 하인 퀴드가 역사, 지리, 수학 그리고 제일 중요한 문학을 가르쳐 주었고, 글을 써 보라고 격려해 주었다. 그녀도 나름대로 성의를 다해서 그에게 보답했다.

스테픈이 결혼 지참금으로 남겨 준 돈을 스승의 연금으로 내놓았다. 그리 큰 희생은 아니었다. 그녀가 원했던 건, 결혼이 아니라 글 쓰는 직업이었다. 그래서 평생 처음으로 아무런 의무감 없이, 런던으로 향했다. 자신이 그동안 잡지에 기고했던 여행서와 종조부가 남겨 둔 갖가지 고물, 자질구레한 장신구, 동전이 소지품의 전부였다.

그러나 지금은 유일하게 주머니 시계만 남아 있었다. 앵거스의 밑에서 일자리를 구한 후에도, 리디아는 처음 몇 달 동안 전당포로 들어간 다른 물건들을 되찾지 않았다. 자신에게 꼭 필요한 곳에 돈을 쓰고 싶었기 때문이다.

최근에 2륜 마차와 말 한 필을 구입했다. 말과 마차를 구입할 여유는 있었다. 남들이 살만하다고 생각하는 이상의 만족스러운 소득이 있었으니까. 물론 1년 정도는 한 줄에 1페니짜리, 화재, 폭발,

살인, 등의 사건 사고 기사를 부지런히 써야 할 거라고 예상했었다.

하지만 올해 초에 운명이 그녀에게 한 조각 행운을 보내 주었다. 리디아가 <아르고스> 사무실에 들어섰을 때, 여긴 파산하기 직전이었던 터라, 살아남을 가능성이 있는 거라면 뭐든지, 심지어 여자를 고용하는 것까지 마다하지 않을 정도로 필사적이었다.

리디아가 치마 주머니에 시계를 넣으며 말했다.

"벌써 2시 반이 다 됐네. 난 이만 가 봐야겠어요. 3시에 '피어케스'에서 조 퍼비스를 만나기로 했거든요. 3류 소설 삽화를 살펴봐야 해요."

그녀가 책상을 떠나 문으로 향했다.

앵거스가 그 뒤에 대고 말했다.

"그게 문학적으로 평가받지는 못해도, 우리 돈을 벌어 주는 거라오."

여기서 말하는 소설은 <테베의 장미>로, 5월부터 격주로 <아르고스>에 게재되고 있는 연재물이었다. 작가의 이름을 아는 사람은 그녀와 앵거스 둘뿐이었다.

S. E. 세인트 벨레어. 하지만 그 이름도 허구였다.

삽화를 그리는 조 퍼비스조차 진짜 작가가 리디아라는 사실을 몰랐다. 다른 사람들처럼, 은둔 생활하는 독신남이려니 생각했다. 그가 아무리 상상력을 동원하더라도, <아르고스>의 냉소적이고 고집 불통인 그렌빌 기자가, 환상적이고 야성적인 그 소설을 썼으리라고는 짐작 못할 것이다.

리디아 자신도 그걸 유쾌하게 여기지 않았다. 그녀가 앵거스에게 돌아섰다.

"대중의 인기에나 영합하는 쓸모 없는 허풍이에요."

"그래도, 그 허풍이 독자들을 사로잡았잖소. 특히 숙녀들은 처음부터 더 많이 실어 달라고 애원할 정도니. 나까지도 혹했다니까. 소설의 주인공 미랜다에 대해서, 아내와 매번 토론이 벌어진다오.

아내는 버릇없고 건방진 남자 주인공이 하루빨리 정신을 차려야 한다고…….”

“앵거스, 난 그 멍청한 소설을 쓸 때 두 가지 조건을 내걸었어요. 첫째, 당신이든 누구든 간섭하지 말 것. 둘째, 익명은 보장할 것.”

리디아가 단호하게 말하며, 싸늘한 파란 시선을 쏘아보냈다.

“내가 그 감상적인 구정물의 작가라는 소문이 조금이라도 새어 나간다면, 당신에게 직접 책임을 묻겠어요. 우리 계약도 무효가 되겠지요.”

그녀의 파란 시선은 흡사 귀족의 한 사람이라 해도 믿을 만큼 권위가 넘쳤다.

용맹한 스코틀랜드 출신 맥거윈도 서릿발 내리는 그녀의 시선 앞에서는 꼬리를 내리고 말았다. 얼굴을 발갛게 물들이며, 그가 온순하게 말했다.

“알았소, 그렌빌. 여기서 그런 말을 하다니 내가 무신경했어. 문이 닫혀 있긴 해도, 만사에 조심하는 게 낫지. 내가 할 일은 책임지고 잘 할게. 당신이 얼마나…….”

그녀가 딱 잘랐다.

“제발, 아부는 참아 주세요. 난 받을 만큼 받고 있어요. 가자, 수잔.”

그녀가 문으로 성큼성큼 걸어가, 개 끈을 챙기고 문을 열었다.

“다음에 봐요, 맥거윈.”

대답을 들으려 하지도 않고 문 밖으로 나갔다.

“잘 가시오.”

그가 그녀의 등에 대고 인사했다. 그후에 작은 소리로 덧붙였다.

“마마, 젠장할 뻣뻣하게 굴기는. 자기가 여왕인 줄 아나? 그래도 글은 잘 쓴단 말이야, 제기랄.”


그렌빌 양이 글깨나 쓴다는 점에 동의할 사람은 많았다. 하지만

S. E. 세인트 벨레어가 낫다는 의견이 좀더 우세할 듯했다.

에인즈우드 공작의 시종, 제인스도 주인에게 그걸 설명하려 노력하는 중이었다.

제인스는 시종처럼 보이지 않았다. 쇠꼬챙이처럼 마른 체구에 구슬 같은 검은 눈동자가 여러 번 부러진 듯 휘어진 코 양쪽에 자리잡았다. 경마장이나 권투시합장, 도박장에서 자주 마주칠 법한 악당 같았다.

제인스도 자신을 설명할 때 '신사의 시종'이라는 표현을 꺼림칙해 했다. 그가 호감이 안 가는 외모에 비해서 매우 깔끔하고 우아한 차림새를 유지한 반면에, 크고 잘생긴 그의 주인은 신사라고 부를 수 있는 모습이 아니었다.

두 남자는 앨러모드 식당에서 제일 좋은—제인스가 생각하기에는 그렇지 않았다—귀빈실에 앉아 있었다. 이 식당이 있는 클레어 코트는 질 나쁜 드루어리 레인에 근접해 있어서 그다지 우아한 곳이라 평할 수 없었으며, 앨러모드의 요리도 미식가의 구미를 돋굴 만하지는 않았다. 이것이 에인즈우드 공작과 아주 감탄스럽게 어울렸다. 그는 야만인과 다를 바 없거나, 제인스가 책에서 읽은 바로 볼 때, 어쩌면 그보다 더 못했다.

커다란 소고기를 조금 집적거리다가, 공작이 의자에 등을 기댔다. 아니, 다리를 쫙 벌리고 널브러져서, 맥주 잔이 다시 채워지는 걸 지켜보았다.

공작의 밤색머리는, 제인스가 방금 전에 그렇게 공들여 매만진 게 무색하게, 평생 한번도 빗을 대본 적이 없는 듯 헝클어져 있었다. 한때 빳빳하게 풀을 먹여 세심하게 매듭을 짓고, 적절한 간격과 각도로 주름 잡혀 있었던, 넥클로스*도 구겨진 채 축 늘어져 있었다.

---

* 장식용 목도리.

　나머지 복장에 대해서는, 한 마디로, 입은 채로 자고 일어난 듯이 보였다. 늘 이런 식이었다. 누가 무슨 짓을 하든 간에. 제인스도 '내가 왜 굳이 노력하는 걸까?' 알 수 없어 하는 중이었다.

　제인스가 설명했다.

　"<테베의 장미>는 커다란 루비 이름이에요, 여주인공이 파라오의 무덤에 뱀들하고 같이 갇혔을 때 찾아낸 거죠. 그건 모험소설이에요. 요즘 최고의 화젯거리랍니다."

　공작은 테이블에 얌전히 접혀 있는 <아르고스>를 지루하게 쳐다보았다. 제인스가 지금까지 그걸 펼치지 않은 건, 각고의 의지력을 동원했기에 가능한 일이었다.

　"그래서 날 새벽에 집 밖으로 끌어낸 거로군. 이걸 찾으려고 이 책방에서 다른 책방으로 날 끌고 다녔어. 볼 거 하나 없는 여자들이 득시글거리는 책방으로."

　그가 눈살을 찌푸리며 덧붙였다.

　"그렇게 촌티 나는 여자들을 한꺼번에 그렇게 많이 본 건 생전처음이었어. 게다가 어찌나 꽥꽥거리던지."

　제인스가 대꾸했다.

　"그때 시간이 오후 2시 반이었습니다. 나리는 아침이란 걸 본적이 없으시죠. 새벽이란 건, 드디어 비틀비틀 집으로 들어오실 때를 말하는 거고요. 나리께서 매정하게 촌티 난다고 말씀하신 여자들 중에서 제가 보기엔 매력적인 여자도 꽤 있던데요. 하지만 그 여자들이 화장기 없이 보디스 밖으로 가슴 일부를 드러내지 않았다면, 그나마 나리 눈에 띄지도 않았겠죠."

　"그 여자들이 그 말을 듣지 못하는 게 안타깝군. 흥분해서 재잘거리고 바보같이 헤죽거리는 멍청이들. 다른 사람 눈이라도 뽑아낼 태세더군, 이것 때문에, 이 빌어먹을 게 뭐야?"

　그가 잡지를 들어 표지를 흘깃 본 다음 툭 떨어뜨렸다.

　"<아르고스>, '런던의 감시견'이 되겠다는 뜻이겠지? 그렇지 않

아도 플리트 스트리트*에 거만 떠는 글쟁이들이 넘쳐 나는 마당
에.”

“<아르고스> 사무실은 플리트 스트리트가 아니라 스트랜드에 있
습니다. 거만 떠는 것과는 무관하게, 아주 참신하죠. 그렌빌 양이
일하기 시작한 후로, 판매 부수가 엄청나게 늘어났어요. ‘신화적인
아르고스’라는 부제처럼요. 나리도…….”

에인즈우드가 술잔으로 손을 뻗었다.

“학창 시절에 배웠냐는 말은 마. 라틴어 아니면 그리스어. 그리
스어 아니면 라틴어. 둘 다 아니면 매질이었어.”

“술 마시고 노름하고 오입하지 않을 때 말이겠죠.”

제인스가 조그맣게 말했다. 비어 말로리가 열여섯 살이었을 때부
터 시중을 들었으니, 그가 모르는 게 있을 리 없었다. 그때는 그래
도 공작의 자리와는 꽤 멀리 떨어져 있었다. 몇 명의 말로리 남자
들이 사이에 버티고 있었으니까. 하지만 그들은 모두 떠났다. 1년
반 전, 아홉 살 소년의 죽음으로, 제인스의 주인이 7대 에인즈우드
공작이 되었다.

공작이 되고 나서, 그의 행동이 변했을까? 전혀 아니었다. 오히
려 더 나빠졌다. 입에 담기도 싫을 정도로.

조금 더 큰소리로 제인스가 말했다.

“<아르고스>는 언론의 역할을 충실히 해 내고 있어요. 100개의
눈을 가진 것처럼 런던의 실상을 관찰하고 대중에게 정보를 알려
주죠. 일례로, 불쌍한 어린 여자아이들에 대한 기사는…….”

“내가 보기엔 한 가지밖에 없는 것 같아. 뱀들과 무덤에 갇힌
우둔한 계집.”

그가 코웃음쳤다.

“그 다음엔 어떤 불쌍한 놈 하나가 마님을 구하겠다고 열심히

---

* 런던의 신문사 거리.

달려오겠지. 뱀한테 물려 고통스럽게 죽을 테고. 운이 좋다면.”

멍청이, 제인스가 생각했다.

“난 세인트 벨레어의 얘기를 하는 게 아닙니다. 굳이 알려 드리자면, 그 여주인공은 다른 도움 없이 무덤에서 탈출했어요.”

“뱀들이 미쳐 날뛰도록 쉴 새 없이 지껄였겠지.”

에인즈우드가 맥주 잔을 입으로 올려 단번에 비웠다.

“저는 그렌빌 양의 기사 얘기를 하는 겁니다. 그 여자의 기사와 논평은 여자들에게 아주 인기가 높아요.”

“잘난 척하는 여자들한테 우릴 구해 주소서. 그들의 문제가 뭔지 아나, 제인스? 교육을 제대로 못 받은 탓에, 아주 이상한 환상을 갖게 된다는 거야, 자기들이 ‘생각할 수 있다’고 상상하는 그런 거.”

공작이 입을 손등으로 닦았다.

당신은 야만인이야. 그게 당신 정체라고., 그게 제인스의 생각이었다. 그의 주인은 로마를 파괴한 반달족의 후손이라 해도 좋았다. 여자들에 대한 견해도, 공작이 된 후로 노아의 대홍수 이전으로 급격하게 퇴보하였다.

시종은 반대 의견을 고집했다.

“여자들이 전부 무지한 건 아닙니다. 나리가 창녀들 대신에 유식한 여자들과 친해지려는 수고만 하신다면…….”

“창녀들은 내가 여자한테 바라는 한 가지를 내주지. 화대말고 아무 것도 기대하지 않아. 그런데 성가시게 다른 종류와 어울려야 할 이유가 뭘까?”

“한 가지 이유를 말씀드리죠. 품위 있는 여성한테 가까이 가지 않으신다면 절대로 공작 부인을 얻지 못할 겁니다.”

공작이 술잔을 내려놓았다.

“망할, 또 그 얘기야?”

“넉 달만 지나면 서른넷이 되십니다. 나리의 최근 행적으로 봤을 때, 생일날 공작 부인을 보게 될 가능성은 제로 상태예요. 작위와 책임을 생각하셔야죠. 무엇보다 후계자를 얻으셔야 합니다.”

에인즈우드가 자리를 박차고 일어났다.

“내가 왜 그 따위 작위를 생각해야 돼? 그놈이 날 위해 해 준 게 뭐가 있는데? 날 내버려두고 원래 있던 자리에 있었어야 됐어. 그런데 그놈은 그러질 않았어. 그렇잖아? 줄줄이 장례식을 늘어놓으며 슬금슬금 나한테 기어왔어. 흥, 다른 자들처럼 날 땅에 묻은 후에도 계속 기어다닐 걸. 빌어먹을 젠장할 놈의 자식.”

그는 모자와 장갑을 휙 집어들고 떠났다.


몇 분 후, 비어는 캐더린 스트리트에 도착하여 서쪽으로 향했다. 강가에서 맥주 몇 잔을 더 마시며 마음을 진정시킬 참이었다.

스트랜드로 돌아서려는데, 빠른 속력의 2륜 마차 한 대가 엑세터 쪽에서 붐비는 차량들을 뚫고 튀어나왔다. 중간에 있는 파이장사를 칠 뻔하다 간신히 모면하는가 싶더니, 위태위태하게 다가오는 수레 쪽으로 방향을 바꾸었고, 가까스로 방향을 바로잡는 듯하다가 갑자기 옆으로 돌았다. 그러더니 거리를 건너려고 연석을 나서는 신사를 향했다.

비어가 정신 없이 앞으로 내달려, 신사를 인도 쪽으로 잡아당겼다. 간발의 차이였다. 덕분에 마차가 사람을 치지 않고 캐더린 스트리트로 돌진했다.

그는 대단한 기세로 지나는 마차의 운전자를 언뜻 보았다. 검은 옷의 여자, 승객은 검은 매스티프 한 마리, 그리고 고삐에 걸려 겁에 질린 말 한 마리. 뒷자리에 호랑이 한 마리가 없다는 게 오히려 이상했다.

그는 남자를 옆으로 밀어 놓고 마차 뒤를 추격했다.


리디아가 욕설을 중얼거렸다. 자신의 사냥감이 러셀 코트로 달리고 있었다. 마차가 달리기엔 너무 좁았다. 드루어리 레인 극장으로 돌아선다면, 그들을 놓치게 될 텐데. 그녀는 마차를 세우고 훌쩍 뛰어내렸다. 누더기를 걸친 소년이 당장 옆으로 달려왔다.

"내 말 좀 봐 줘, 톰, 2실링 줄게."

거리의 고아에게 말한 다음, 치마를 걷어 올리며, 러셀 코트로 달려갔다.

그녀가 소리쳤다.

"야! 그 아이 풀어 주지 못해!"

수잔이 뒤를 따라 달리며, 으르렁거리자 좁은 통로가 메아리쳐 울렸다.

마담 브리스가 슬쩍 돌아보더니 더 좁은 왼쪽 골목으로 여자아이를 끌며 달렸다.

리디아가 아는 여자아이는 아니었다. 매일 대도시 생활을 꿈꾸며 가출해 런던으로 들어왔다가, 즉시 포주와 뚜쟁이 손에 떨어지고 마는 수많은 아이들 중 하나였다. 피카딜리에서 래트클리프까지 마차 여인숙마다 그런 악당들이 진을 치고 있었다.

리디아는 스트랜드에서 코럴리와 소녀를 발견했다. 기품 있는 부인인 양, 고급 보닛을 쓴 코럴리가 가차없이 소굴 쪽으로 끌어당기는 동안, 소녀는 대개의 시골뜨기처럼 얼빠진 표정으로 끌려갔다.

코럴리가 어느 매춘부의 집을 목표로 삼았든, 일단 그 안에 일단 들어가면 리디아가 쫓아 들어갈 수 없을 테고, 그럼 그 아이는 영영 빠져나오지 못할 터였다.

하지만 골목으로 접어드는 순간, 소녀가 발버둥을 치며 코럴리의 손을 뿌리치려 애쓰는 게 보였다.

리디아가 소리쳤다.

"그거야, 잘한다! 빠져나와!"

뒤에서 무슨 말인가 소리치는 남자의 목소리가 들렸지만, 수잔의 우렁찬 멍멍 소리가 삼켜 버렸다.

소녀는 진심으로 몸부림치고 있었다. 하지만 포주는 꽉 움켜쥔 채 비니거 야드로 그녀를 끌고 갔다. 코럴리가 아이를 때리려고 한 손을 들었다. 리디아가 재빨리 달려들어 그 매춘부를 밀쳤다.

코럴리가 더러운 벽으로 비틀비틀 물러났다가 다시 앞으로 몸을 던졌다.

"야! 끼어 들지 마!"

리디아가 그 길에서 소녀를 밀쳐 내며 명령했다.

"수잔, 그 아일 지켜."

수잔이 소녀의 갈색 치마 옆으로 다가가 낮게 경고하는 울음소리를 냈다. 마귀할멈이 분노로 얼굴을 일그러뜨리며 머뭇거렸다.

리디아가 말했다.

"네가 나왔던 구멍으로 기어 들어가시지. 안 그러면, 유괴와 폭행죄로 고소할 테다."

"고소? 너나 조심해. 너 같은 창녀가 그 애한테 무슨 짓을 하려는 거냐?"

소녀의 커다란 눈이 리디아와 코럴리를 번갈아 쳐다보았다. 어느 쪽을 믿어야 할지 모르는 표정이었다.

아이가 기어 들어가는 목소리로 외쳤다.

"보…… 보 스트리트로. 도둑을 맞아서, 이 여자가 날 데려다……."

"매춘부의 집으로 데려다 줬겠지."

리디아가 대꾸했다.

그 순간 커다란 남자가 비니거 야드로 뛰어들었다. 술집과 골목골목에서 다른 남자들도 하나둘씩 밀려나오고 있었다.

사람 많은 곳에서는 언제나 말썽이 일어나기 마련이었다. 하지만 리디아는 사람이 많든 적든, 이 여자아이를 포기하지 않을 작정이었다.

리디아가 서쪽을 손가락으로 가리켰다.

"보 스트리트는 저쪽이야. 이 독사가 널 데려가려던 곳은 드루어리 레인이랑 연결돼 있어. 매춘부 집들이 우글거리는 곳. 여기 있는 사람들도 증명해 줄 거야."

코럴리가 꽥 소리질렀다.

"내가 먼저 찾았어! 넌 다른 년을 찾아, 꺽다리 마녀야! 여긴 내 구역이야."

소녀에게 다가가려 했지만, 수잔의 으르렁거리는 경고에 걸음을 멈췄다.

"이 괴물을 데려가! 안 그러면 평생 후회하게 만들어 줄 테다."

아이들이 저 마귀할멈을 무서워하는 것도 당연하겠어, 리디아가 생각했다. 수잔에게 저렇게 가까이 가다니 미친 게 틀림없었다. 남자들도, 하물며 깡패들까지도 매스티프 앞에서는 함부로 굴지 못했다.

리디아가 침착하게 말했다.

"뭔가 착각한 모양인데, 다섯 셀 테니까, 얼른 도망치시지. 안 그러면 내가 후회하게 만들어 줄 거야. 하나, 둘, 셋……."

"아, 잠깐 숙녀 여러분."

키 큰 남자 놈이 다른 얼간이들을 밀치며 앞으로 나섰다.

"이 무슨 소란이오? 어린 병아리 하나 갖겠다고, 암탉 둘이 싸움을 벌이다니. 어린 여자는 얼마든지 많다오, 그렇지 않소? 싸울 가치도 없는 일이지. 경관을 귀찮게 할 것도 없고. 그렇지요? 물론 그렇고말고."

그가 지갑을 꺼냈다.

"자자, 내가 여러분에게 1스크린씩 드리리다. 그리고 병아리는 내가 데려가겠소."

리디아는 상류계급 특유의 명령조를 알아차렸다. 하지만 화가 나서 그 생각을 할 겨를이 없었다.

"1스크린? 한 사람의 생명에 겨우 그 가격을 매기는 거예요? 1

파운드?”

남자가 번득이는 초록색 눈으로 그녀를 내려다보았다. 몇 센티미터 그녀보다 키가 컸다. 리디아에게는 흔치 않은 경험이었다.

그가 차갑게 대꾸했다.

“마차 모는 솜씨로 보아하니, 당신은 사람의 생명 자체를 중요시하지 않는 것 같더군. 당신은 단 1분만에 세 명을 거의 죽일 뻔했소.”

그가 시건방진 시선으로 모인 사람들을 쳐다보았다.

“여자가 마차 모는 걸 법으로 금지해야 하오. 그건 공공의 위협이오.”

사람들이 너나할 것 없이 그의 말에 동조하며 소리쳤다.

“맞소, 에인즈우드, 다음에 의회에 들어가거든 꼭 그 법을 추진하시오.”

“다음에? 처음이라고 해야지. 의회에 취해서 들어갈 때 지붕이 무너지지 않는다면 말이야.”

“그런 일이 일어나면 내 손에 장을 지지겠어! 저 사람은 에인즈우드잖아?”

“그래, 솔로몬 왕이 되고 싶은 게야. 쯧쯧, 하지만 평소처럼 암말을 잘못 골랐구먼. 그 나리에게 말해 주시구려, 그렌빌 양. 차라리 수녀원장한테 가 보시라고.”

“어련하실까. 데인 후작부인을 창녀로 착각한 사람이.”

그제야 리디아는 눈앞의 얼간이가 누구인지 알아차렸다.

5월쯤, 데인 후작과 신부를 결혼한 날 밤에 술 취한 에인즈우드가 여인숙에서 그들과 마주쳤는데, 그 여자가 데인의 아내이긴커녕, 레이디라는 걸 도대체 믿으려 들지 않았다. 결국은 데인이 주먹으로 친구를 때려눕혔고, 그후로 몇 주일 동안 런던의 화젯거리가 되었다.

그렇다면, 리디아가 공작을 코벤트 가든의 건달로 착각한 것도 당연한 일이었다. 누가 봐도, 에인즈우드 공작은 영국의 귀족 연감에 오른 가장 불량하고 무모하며 멍청한 망나니였다. 현재의 한심스런 상태로 보아, 그새 별 진전이 있었던 것 같지도 않았다.

그의 모습은 한 마디로 최악이었다. 그 고급스럽게 재단된 옷을 며칠째 입고서는 주색잡기를 즐기고, 잠까지 잤을 게 분명했다. 모자도 없이, 밤색머리채가 한쪽 눈 위에 지저분하게 매달려 있었으며, 다른 한쪽 눈이 몇 개월 간의 과도한 방종과 부족한 수면을 증명하고 있었다. 그나마 누군가에게 면도를 시킨 게 다행이었지만, 그마저도 술에 곯아 떨어졌을 때 했을 터였다.

그녀는 그 외에도 많은 걸 보았다. 초록색 눈동자에 번득이는 불길, 오만하게 뻗은 코, 각진 광대뼈와 턱선, 그리고 악마의 것처럼 휘어진 입술, 웃음과 죄악으로 무르익어 여자에게 모든 걸 약속하는 듯한 그 입술까지.

그녀는 당황했다. 평소에 잘 숨어 있던 자기 안의 악마가 어울리는 상대를 만나 빠져나오려 했다. 하지만 그녀는 바보가 아니었다. 이것이 망나니의 표본이라는 걸 알았고, 한 마디로 요약하자면, '말썽거리'였다.

그러나 이 불량배는 안타깝게도 공작이었다. 아무리 저급한 귀족도 일개 기자, 특히 여기자보다 큰 영향력을 행사할 수 있었다.

그녀가 정중하게 입을 열었다.

"나리, 한가지 착각을 하셨군요. 저는 <아르고스>의 그렌빌 기자입니다. 그리고 저 여자는 악랄한 포주입니다. 매음굴로 소녀를 꾀어들이고 있었던 겁니다. 나리께서 이 자를 체포하신다면, 저도 기꺼이 따라가서 증언할……."

코럴리가 외쳤다.

"거짓말, 교활한 사기예요! 난 '피어케스'로 아이를 데려가 뭘 좀 먹이려 했을 뿐이에요. 상황이 딱해서……."

"당신 손에 들어갔으면, 훨씬 딱해질 뻔했어."

리디아가 다시 에인즈우드를 쳐다보았다.

"이 여자 손아귀에 떨어진 아이들이 어떻게 되는지 아십니까? 두들겨 맞고, 굶주리고, 겁탈을 당하죠. 절망적인 공포 상태에 빠질 때까지요. 그후에 거리로 내몰리죠. 겨우 열한 살, 열두 살짜리……."

포주가 고래고래 소리쳤다.

"더러운, 암캐, 네년이 창녀잖아!"

"명예회복을 바라는 거야? 여기서 해결하고 싶어? 좋아, 기꺼이 받아 주지. 두들겨 맞는 기분이 어떤 건지 알려주겠어."

리디아가 포주에게 접근했다.

커다란 두 손이 그녀의 팔을 잡아 뒤로 잡아 당겼다.

"이만 됐소, 숙녀분들. 내 머리가 깨져 버릴 지경이오. 화해합시다. 어떻소?"

리디아가 자기 팔에 닿은 그의 커다란 손을 내려다보며, 차갑게 말했다.

"이 손 치우시죠."

"그럴 거요. 당신을 묶어 둘 사슬이 생기는 즉시. 대체, 정신병원에서 어떻게 빠져나왔소?"

리디아는 팔꿈치를 뒤로 뻗어 그의 복부를 가격했다. 팔뚝부터 손까지 얼얼해질 정도의 강한 공격이었다.

남자가 욕설을 중얼거리며 풀어 주었다. 주위에서 휘파람과 야유 소리가 쏟아졌다.

도망쳐, 뒤돌아보지 말고 뛰어.

이성의 목소리가 그녀에게 경고했다.

남자의 조롱에 자극 받은 신경조직이 더 커다랗게 소리치지 않았더라면, 아마 주의를 기울였을 것이다. 하지만 리디아에게 후퇴란 없었다. 자존심을 죽이거나, 신이여 그런 일이 절대 없기를 등의 두려움을 암시하는 행동은 있을 수 없었다.

눈을 가늘게 뜨고, 분하게 쿵쿵거리는 심장박동을 느끼며, 그녀
는 돌아서서 그를 마주보았다.

"또 한 번 건드리면, 눈두덩이 새까매질 겁니다."

구경꾼들이 응원을 시작했다.

"와, 해 보세요! 다시 건드려 봐요."

"당신에게 10파운드 걸겠소, 에인즈우드."

"난 그렌빌 쪽에 10파운드."

공작이 그녀의 체구를 훑어보았다. 보닛부터 반 부츠까지 대담하
게. 그 다음에 선언했다.

"크군, 그래, 하지만 내 상대는 아니야. 키 173센티미터, 몸무게
63킬로그램, 다 벗었을 때."

그가 보디스 위로 시선을 흘리며 덧붙였다.

"보는데 50기니―50파운드―내지."

음탕한 말들과 웃음소리가 시끌벅적했다.

그런 건 리디아를 당황하게 만들지 못했다. 어린 시절 대부분을
이런 거친 세계에서 보냈기 때문이다.

문득, 군중의 소란이 제일 중요한 문제를 상기시켰다. 구출하려
던 소녀가 못 박힌 듯 서 있었다. 마치 식인종들에게 둘러싸여 정
글에 홀로 남겨진 사람처럼. 그게 꼭 틀린 생각만도 아니었다.

하지만 리디아는 저능한 얼간이에게 마지막 한 방을 넘겨줄 수
없었다.

"훌륭하시군요. 아이의 교육 정도를 넓혀 주시다니. 런던의 예법
과 귀족의 높은 품격을 확실히 보여 주셨습니다."

할 말이 많았지만, 바위에 대고 강의하는 게 차라리 낫다고 생
각했다. 이 멍청한 수컷에게 양심이란 게 있었다면, 벌써 수십 년
전에 무시당해 죽어 버렸을 것이다.

야멸 찬 시선을 다시 한 번 쏘아 보내고, 소녀에게 걸어갔다.

주위를 둘러보니, 포주는 이미 사라지고 없었다. 짜증나는 일이

었다. 하지만 그 여자가 남아 있은들 무슨 차이가 있었으랴. 이 바보 같은 겁쟁이 망종들은 자기 흥밋거리밖에 생각지 않는데.

그녀가 소녀에게 말했다.

"가자. 이런 데 있어 봤자 득 될 거 하나 없어."

"그렌빌 양."

뒤에서 공작의 목소리가 들렸다.

신경이 펄떡 뛰어오르는 듯한 느낌으로, 리디아가 돌아섰다. 남자의 단단한 가슴이 코앞에 부딪쳐 왔다. 그녀는 놀라 반걸음 뒤로 물러섰다. 그리고 등을 쭉 펴며 턱을 치켜들었다.

그는 물러서지 않았다. 그녀도 자기 위치를 지켰다, 그게 쉽지는 않았지만. 그녀의 눈에 억센 상체밖에 보이지 않았다. 옷이 편안하게 들러붙은 체구가 대단히 남자답다는 걸 알아차렸다.

"멋진 반격이었소. 당신이 여자만 아니었으면, 기꺼이 제안을 받아들였을 거요. 내 눈을 까맣게 만들겠다는 그거 말이오. 하지만, 앞으로, 조금이나마 이성을 활용하라고 충고하겠소. 혀를 나불거리기 전에. 그 정도는 할 수 있겠지? 당신의 귀여운 대담성을 재미난 도전으로 여길 남자들도 있을 테니. 그런 경우에, 당신이 감당하기 까다로운 어려움에 처할 수도 있소. 내 말뜻 알겠소, 꼬마 아가씨?"

리디아가 눈을 커다랗게 뜨며 가슴 벅차게 말했다.

"오, 세상에, 나리의 생각은 너무나 깊으시군요. 나의 작은 뇌로 도저히 받아들일 수 없겠사와요."

그의 초록색 눈이 번득였다.

"보닛 끈을 너무 조였나보군."

남자의 손이 리본으로 올라와 몇 센티미터 거리를 두고 멈췄다.

"감히 그런 짓은 하지 않는 게 좋을 걸요."

그녀의 목소리가 무덤덤하게 경고했다.

그가 웃으면서 보닛 끈을 잡아당겼다.

그녀의 주먹이 그를 향해 올라가자 그가 냉큼 손을 움켜잡았다. 그리고는 여전히 웃으면서, 그녀를 와락 끌어당겼다.

그녀는 앞으로 발생할 일을 어느 정도 예상했다. 하지만 정체를 알 수 없는 감각의 폭발이나 열기에는 미처 준비가 되지 않았다. 이것이 그녀의 허를 찔렀다.

갑자기 남자의 입술이 그녀의 입술에 부딪혔다. 따뜻하고 단단하고 너무나 능숙한 입술이었다. 그녀의 몸이 아주 가벼운 압력에 무기력하게 방향을 잃어 뒤쪽으로 기울어졌다. 그의 커다란 손이 등에 닿는 게 느껴지자 그녀의 가슴이 마구 떨려왔다. 그 온기가 봄버진의 옷가지와 속옷을 뚫고, 아래쪽으로 더 많은 열기를 뿌렸다.

위태로운 한순간, 그녀의 몸처럼 마음도 무너졌다. 그의 열기와 힘과 남성적인 체취에 압도되었다.

하지만 그녀는 험난한 세상에서 본능을 갈고 닦았다. 그렇게 무너질 리디아가 아니었다. 바로 그녀의 대응이 이어졌다.

그녀가 그의 품에 무게를 전부 실으며 늘어졌다.

그의 입술이 떨어져 나갔다.

"이런, 여자가 기절을……."

그때 그의 턱으로 그녀의 주먹이 날아갔다.

# 2

다음 순간, 비어는 진흙탕에 등이 닿아 있다는 걸 알았다. 귓가에 윙윙거리는 군중들의 환호와 야유소리가 들렸다.

그가 팔꿈치로 몸을 일으켜, 검은 부츠부터 무거운 봄버진 치마로 올라가, 턱까지 단추를 채운 재킷으로 시선을 움직였다.

맨 윗단추 위에 대단히 아름다운 얼굴이 있었다. 겨울이 생각나는 아름다운 여인이었다. 얼음처럼 차가운 눈에 흰 눈 같은 피부, 12월 햇볕의 색을 띤 머리카락이 까만 보닛 안에 들어 있었다.

그 시리도록 파란 눈이 쌀쌀맞게 그를 내려다보았다. 저 표정은 아마 메두사가 기증했으리라. 이것이 현실이 아닌 신화이자 가상이라면, 자신이 돌로 굳어져 버렸을 거라 의심치 않았다.

사실, 그녀의 얼굴과 육감적인 몸매와 그 대담성이 품에 안아 입술을 들이대기 전부터 그를 흥분시켰다.

그가 통통한 입술을 굶주린 듯 응시하는 동안, 그 입술은 경멸하는 듯한 미소로 휘어졌다. 정신이 번쩍 들었다.

이 거만한 여자가 자신이 이긴 줄로 생각할 것이다. 모두가 그렇게 생각할 것이다. 이제 몇 시간 내에, 말로리의 마지막 망나니 에인즈우드가 여자한테 맞아 떨어졌다는 소문이 런던 곳곳에 퍼질 것이다.

망나니의 자존심으로서, 그걸 인정하느니, 차라리 꼬챙이에 꿰어 천천히 통구이를 당하는 게 나을 것 같았다.

그는 잘난 체하는 여자에게 악명 높은 미소로 응수했다.

"교육 좀 시켜야겠군."

그녀가 구경꾼들에게 말했다.

"어머나, 말을 하네. 살아있나 봐."

그녀가 돌아섰다. 봄버진 치마의 바스락 소리가 쉭쉭 거리며 움직이는 뱀 소리처럼 들렸다.

비어는 도와주려는 손을 무시하고 벌떡 일어났다. 그녀에게 시선을 고정 시켰다. 실룩거리는 그녀의 엉덩이를 노려보았다. 그녀가 개와 소녀를 챙겨, 비니거 야드의 남서쪽 출구를 돌아 시야에서 사라졌다.

그때도 그는 주위에 관심을 돌리지 못했다. 자기 대신에 그녀의 등을 눕혀서 할 수 있는 음란한 각본들이 마음속에서 휘몰아쳤다.

하지만 옆에 세 남자가 다가오는 것을 알아차렸다. 아거스터스 톨리버, 조지 카루더스, 아덜퍼스 크렌쇼 그를 안다고 생각하는 작자들이었다. 그래서 얼큰하게 술에 취해 재미있다는 표정을 유지했다.

세 남자가 낄낄대며 말을 건넸다.

"저 여자를 교육시키겠다고? 어떤 교육? 턱뼈 부시는 방법?"

"턱뼈를 부시다니? 그랬으면 어떻게 말을 하겠나? 자네들, 시력이 안 좋군. 비어는 주먹에 맞고 쓰러진 게 아니야. 괴상한 술수에 걸려들었던 거야."

"그런 술수에 대해서 들은 적이 있어. 몸의 균형과 관련된……
인도나 아라비아 같은 데서 유행이라던데. 하여튼, 그런 이교도들은 요상한 짓을 한다니까.”

“레이디 그렌델도 그래. 보르네오 습지에서 태어나 악어들이 길러 줬다던데.”

“아니야. 세븐 다이얼스에서 자랐을 거야. 자네도 들었지, 응원하는 소리? 다들 한 패거리야. 홀리 랜드(성지)에서 굴러먹었을 걸.”

“그럼 그 여자가 이교도의 수법을 어디서 배웠겠나? 몇 개월 전만 해도 그 여자 이름을 들은 사람이 없었던 건 또 뭐야? 그런 꺽다리를 본 사람이 전혀 없었잖아. 저 정도면 눈에 띄지 않았을 리가 없어.”

크렌쇼가 바지에서 흙을 털고 있는 비어에게 돌아섰다.

“자넨 가까이서 봤으니, 말해 보게, 에인즈우드. 저 여자한테 홀리 랜드 흔적이 있던가? 런던 태생이야, 아니야, 어떤 것 같아?”

세븐 다이얼스는 런던에서도 제일 혐오스러운 곳이었다. 아이러니컬하게, 홀리 랜드로 알려져 있었다.

비어는 그렌빌 메두사가 그 더러운 싸움 기법을 익히기 위해 굳이 해외까지 여행할 필요가 있었을지 의심스러웠다. 런던 뒷골목의 사투리를 식별하지 못했다 해도, 그건 아무 의미가 없었다. 제인스도 빈민가에서 자랐지만, 그런 억양이 완전히 사라지지 않았던가.

그 여자는 제인스가 신사인 체하는 것보다 더 레이디처럼 말했다. 그게 무슨 의미가 있을까? 하층민 여자들은 상류층을 흉내내려 했다. 어쨌거나, 비어가 여기 서서 허튼 소리나 듣고 있을 이유는 전혀 없었다. 겉은 흙투성이로, 안은 부글부글 끓고 있는 상황에서, 저능아들이 저능한 지성을 뽐내도록 부추길 기분이 아니었다.

그는 분을 삭이려 했으나 성공을 거두지 못한 체, 브리지스 스트리트를 향했다. 몇 년만에 이런 기분은 처음이었다.

그 빌어먹을 여자를 구출해 주려고 달려갔더니, 여자는 오히려 소란을 피우고 싶어서 앙탈을 부렸다. 그가 제때 끼어 들어, 등에 단검이 꽂힐 일을 방지해 주었을 게 분명한데도, 그 보상으로 조롱과 힐난밖에 받은 게 없었다.

더구나 '오만불손' 양은 그의 눈두덩을 까맣게 만들어 버리겠다고 위협까지 했다. 비어 아일윈 말로리, 큰 매부리코의 야수 대마왕 경도 굴복시킬 수 없었던 그를 말이다.

그만큼 도전을 받은 남자가 마녀의 입을 틀어 막아 버리려 시도한 게 이상한 일인가?

그게 싫으면, 따귀 한 대 갈기면 되잖아, 보통 여자들처럼? 내가 자기를, 아니 어떤 여자라도, 때릴 거라고 생각했을까? 아니면 주정뱅이, 기둥서방, 창녀들이 둘러싼 곳에서 자기를 겁탈이라도 할 줄 알았나?

내가 그렇게까지 몰지각한 인간인 줄 알아? 여자를 강제로 안아야 할 정도로 한심한 줄 알아? 하, 이거 왜 이래, 난 곤봉으로 여자들의 접근을 막아야 할 정도였어.

브리지스 스트리트로 반쯤 걸어갔을 때, 어떤 목소리가 그의 분한 상념을 깨뜨렸다.

"저기요, 에인즈우드 씨 맞죠?"

비어가 돌아보았다. 돌진하는 마차 길목에서 끌어내 준 그 남자였다.

"처음엔 이름이 생각 안 났어요. 하지만 아까 데인과 나의 짜증스런 누이에 대한 얘기가 나왔을 때 기억이 나더군요. 한번 말이 나왔을 때, 진작에 알았어야 했는데. 하지만 솔직히 말씀드리면, 정신이 하나도 없었어요. 그리스의 이름 모를 분노의 머시기가 날 이 기둥에서 저 기둥으로 따라붙는 것 같아서 말이죠. 그러니 나의 두뇌 활동이 영구적으로 문을 닫지 않은 게 오히려 이상한 일이죠. 그래도 키다리 그 여자가 날 밀어젖히는 걸 모를 정도는 아니었어요. 정말 감사드립니다. 자칫하면 꽤 괴로워졌을 테니까요, 나의 뼈들이 수레바퀴 밑에 으스러질 뻔했어요. 그래서 말인데, 저와 술 한잔하신다면 영광스럽겠습니다."

비어가 한 손을 뻗었다.
"버티 트렌트로군. 만나서 반갑소."

리디아는 에인즈우드 공작을 마음 한구석에 밀어 넣고, 소녀에게 정신을 집중했다. 이미 이런 여자들을 여럿 구출한 바 있었다. 그리고 보통은 런던의 믿을 만한 자선단체로 그들을 데려갔다.

하지만 초여름에 열일곱 살 된 여자아이 둘을 구출했을 때는 자신의 하녀로 고용했다. 베스와 밀리는 가혹한 주인 밑에서 고생하다 도망쳐 온 아이들이었는데, 직감적으로 자기와 잘 맞을 것 같았다. 지금까지 그 직감은 틀리지 않았다. 이번에 구출한 소녀한테도 왠지 끌리는 느낌이었다.

그 소녀가 노동계급 출신이 아니라는 건 확실했다. 콘월의 억양이 조금 있었지만, 교양 있는 말투였고, 마차에 들어서자마자 처음 한 말이, '당신이 <아르고스>의 그렌벨 양이라니, 믿어지지 않아요.'였다. 평범한 시골 처녀들이 <아르고스>에 대해 알 것 같지는 않았다.

소녀의 이름은 탐신 프리듀, 나이는 열아홉이었다. 언뜻 봤을 때는 열다섯 살쯤 되었겠다 싶었는데, 가까이서 보니 좀더 성숙한 티가 났다. 갈색 눈동자가 왕방울만 하다는 것만 빼면, 모든 면에서 자그마했다. 시력이 꽤 나쁜 모양이었다. 입고 있는 옷가지말고, 안경이 소지품의 전부였다. 안경알 하나가 심하게 금이 가 있었다.

프리듀 양의 설명에 의하면, 그녀는 런던에 도착하여 마차를 내린 직후에 안경을 닦으려고 벗었는데, 누군가가 그녀를 밀쳤으며, 그후에 누군가 가방을 낚아채며 땅에 밀어 넘어뜨렸다는 것이다. 간신히 일어났을 때는 짐이 모두 없어진 뒤였고, 그때 그 포주가 다가와서 가엾어하며 보 스트리트 사무실로 데려다 주겠다고 말했다고 했다.

그건 낡은 수법이었다. 하지만 닳고닳은 런던 시민들도 매일 그런 공격에서 무사하지 못했다.

 리디아가 소녀를 달래 주었다.

 "너무 속상해 하지 마. 누구한테나 일어날 수 있는 일이야."

 "당신한테는 절대 안 일어날 것 같아요. 너무나 완벽하세요."

 "아니야. 나도 실수한 적 많아."

 마차가 멈추자, 리이다가 소녀를 집안으로 데리고 갔다.

 평소와 달리, 수잔이 이 소녀에게는 질투하지 않는 듯했다. 새로운 인간 장난감과 장난치려 하지도 않았다. 소녀가 얼이 빠져 있는 상태이니, 매스티프로서 나름대로 배려를 해 주는 모양이었다. 그래도 리디아는 홀로 들어서면서 예방조치를 취했다.

 탐신의 어깨를 톡톡 두드리며 개에게 말했다.

 "이 사람은 친구야. 얌전하게 굴어, 알았지? 얌전히."

 수잔이 탐신의 손을 조심조심 핥았다. 탐신이 신중하게 개의 머리를 매만졌다.

 리디아가 설명했다.

 "수잔이 아주 영리하긴 하지만, 간단한 말로 일러줘야 돼."

 "전에는 멧돼지 사냥할 때 매스티프를 데리고 다녔다던데. 물기도 하나요?"

 "게걸스럽게 먹는다는 게 맞을 걸. 하지만 겁낼 거 없어. 너무 심하게 장난칠 땐, 단호하게 말해. '얌전히'라고. 그렇지 않으면 뒤로 자빠져서 개 침에 목욕하게 될 걸."

 탐신이 킥킥 웃었다. 조금 기운이 났다는 신호였다. 베스가 탐신의 편의를 봐주기 위해 안내해 갔다.

 리디아는 간단히 씻은 후에, 서재로 들어갔다. 서재 문을 닫고 나서야 철옹성 같은 가면을 벗어 냈다.

 런던의 난다 긴다 하는 사람들보다 더 많은 세상을 보며 살았지만, 사실, 그녀는 세상이 바라보는 것처럼 닳아빠진 그런 여자가 아니었다.

지금까지 리디아 그렌빌에게 키스한 남자는 한 명도 없었다.

종조부 스테픈도 그녀가 숙녀로 자란 후에는 머리를 토닥거리거나, 손에 입을 맞추는 정도였을 뿐이었다.

에인즈우드 공작이 한 짓은 친척의 상냥함과 거리가 멀었다. 리디아는 키스에 이골이 난 여자도 아니었다.

그녀는 의자에 털썩 주저앉아 머리를 두 손으로 누르며 마음속의 동요가 진정되길 기다렸다. 세상이 다시 깔끔하게 제자리로 돌아가기를 간절히 바랐다.

그런데 그렇게 되지 않았다. 대신에, 어린 시절의 혼란스럽고 어지럽던 세상이 홍수처럼 밀려들었다. 썰물과 밀물처럼 수많은 영상이 드나들다가, 마침내 기억 속에 가장 깊이 새겨진 장면을 드러냈다. 자신과 세상에 대한 감각이 완전히 뒤바뀌었던 그때.

낡은 간이의자에 앉아 엄마의 일기를 읽고 있는 작은 소녀가 보였다.

그 당시를 <테베의 장미>> 스타일로 쓰자면 이렇게 쓸 수 있을 것이다.


1810년 런던.


앤 그렌빌이 묘지에 누운지 몇 시간이 지난 초저녁, 10살 난 그녀의 맏딸 리디아는 일기장을 찾았다. 엄마의 바느질 바구니, 초라한 천 조각 더미 속에 숨겨져 있었다.

동생 사라는 울다 잠이든지 오래였고, 아버지 존 그렌빌은 다른 여자의 품을 찾아, 술을 찾아 외출했다.

리디아의 푸른 눈은 말라 있었다. 하루 종일 울고만 있을 수는 없었으니까. 부모님 중 왜 하필 어머니를 데려가야만 했는지, 신에게 화가 났다.

하지만 신이 아버지를 데려간들 무엇에 쓸 수 있겠는가? 리디아는 흩어진 머리카락을 쓸어 넘기며, 사라의 옷에 덧댈 헝겊 조각을 찾았다. 그때 작은 공책을 발견했다. 엄마의 작고 정확한 글씨가 가득 차 있는 일기장이었다.

그녀는 바느질을 해야 한다는 사실도 잊은 채, 그을린 벽난로 가에 웅크리고 앉아, 그 안의 이야기를 읽었다. 일기장은 작았고, 빼곡하게 내용이 적힌 것도 아니었다. 그래서 아버지가 동틀 무렵에 돌아오기 전까지 다 읽을 수 있었다.

그녀는 오후까지 기다렸다. 아버지가 정신이 들고, 고약한 성질이 조금 풀어질 때까지, 또 사라가 옆집 아이와 놀려고 나갔을 때까지. 그후에 아버지에게 말했다.

"엄마의 일기를 찾았어요. 엄마가 전에 귀족이었다는 게 정말인가요? 아버지는 배우였다면서요?"

무언가를 찾아 옷장을 뒤지던 아버지가 흘깃 돌아보았다.

"네 엄마가 전에 귀족이었든 말든 그게 무슨 상관이냐? 그게 뭐 하나 도움된 게 있는 줄 알아? 그리고 지참금이 있었다면 우리가 이런 소굴에서 살았겠니? 엄마가 귀족이었다는 게 너랑 무슨 상관이야? 네가 레이디처럼 될 것 같으냐?"

리디아는 아버지의 빈정거림을 무시했다. 그런 말에 흥분하면 안 된다는 걸 이미 알고 있었다.

"내가 엄마의 조상과 비슷하게 생겼다는 게 사실인가요?"

그는 별다른 걸 찾지 못하고 옷장 문을 쿵 닫았다.

"조상? 표현 한번, 거창하군. 네 엄마가 그렇게 써 놨냐?"

"엄마는 자신이 전에 가풍 있는 가문의 레이디였다고 썼어요. 데인 후작이 자기 사촌이라고. 아버지와 같이 스코틀랜드로 도망친 일 때문에, 벌리스터 가문에서 완전히 제명되었다고. 난 그게 사실인지 알고 싶어요."

"그건 맞다."

아버지의 눈에 교활함이 서렸다. 그건 조롱보다, 때때로 확연하게 드러나는 미움보다 더 불길했다.

뒤늦게, 그 일기를 언급한 게 실수였음을 깨달았다.

"그 공책 가져와라, 리디아."

그녀는 아버지의 명령에 따라야 했다.

그후로 다시는 일기장을 보지 못했다. 예상했던 일이었다. 집안에서 하나 둘씩 사라지던 다른 물건들처럼 그것도 사라졌다. 전당포에 들어갔을지, 아니면 다른 사람의 손에 팔렸을지 알 수 없었다. 어차피 아버지가 돈을 구하는 방법이 그거였으니까. 아버지의 손에 들어간 돈은 대개 도박장에서 없어졌다. 리디아와 사라는 돈 구경을 하지 못했다.

존 그렌빌에게 돈을 빌려주었던 사람들도 마찬가지였다.

2년 후, 자주 이름을 바꾸고 이사 다녔는데도, 빚쟁이들이 아버지를 찾아냈다. 아버지는 체포되어 서더크의 마셜시 감옥에 갇혔다. 거기서 1년간 딸들과 같이 살다가, 지불 불능자 선고를 받고 풀려났다.

하지만 사라에게는 너무 늦은 자유였다. 리디아의 동생은 폐결핵에 걸려 얼마 지나지 않아 세상을 떠났다.

존 그렌빌은 영국이 자기에게 맞지 않다고 결론을 내린 듯했다. 13살짜리 리디아를 종조부 부부에게 맡기고, '몇 달 후에 데리러 오마.'라는 약속을 남긴 채 미국으로 떠났다.

아빠가 떠난 날 밤, 리디아는 일기를 쓰기 시작했다. 아주 서툰 글씨로 일기는 이렇게 시작되었다.


아빠가 갔다. 영원히. 그랬으면 좋겠다. 기쁘다.


평소 같았으면, 비어는 트렌트의 술 제안을 간단히 거절했을 것이다. 하지만 지금은 평소 같은 기분이 아니었다.

오늘은 처음 시작할 때부터 재수가 없었다. 족제비 같은 면상을 한 제인스에게 가문을 이어야 한다는 따위의 불쾌한 설교를 들어야 했다.

말로리 가문이 저주받아 멸종될 운명이라는 건 어떤 저능아라도 알 만한 일이었다. 어차피 몇 년 후에 죽는 꼴을 지켜봐야 할 텐데, 뭣하러 아들을 낳는단 말인가.

그러던 어느 날 백 년에 한 번 나올까 말까 한 듯한 사나운 여자가 그의 앞길로 뛰어들었다. 그 위풍당당한 마나님이 주먹을 날린 후에는, 친구라는 놈들이 '그 여자가 누군지, 어디서 왔는지, 그를 쓰러뜨린 기술이 뭔지' 등에 대해 떠들어댔다. 한낱 여자가 그의 주먹 상대로 가당키나 한 것처럼!

그에 비하여 트렌트는 정중하게 감사의 술을 사겠다고 제안했다.

그래서 비어는 트렌트를 집으로 데리고 갔다. 목욕을 하고 옷을 갈아입은 후에, 젊은 남자에게 런던의 밤 문화를 맛보게 해 주려고 집을 나섰다. 사교계 인물들이 다니는 그런 곳은 아니었다. 거기에선 결혼에 몸 달은 여자들이 숨만 쉬고 돈만 있는 남자라면 누구에게든지 덤벼들었다.

말로리의 마지막 망나니로서, 바보 웃음 짓는 처녀들과 단 3분을 보내느니 차라리 녹슨 칼로 내장을 파내는 게 나았다.

대신에 그들은 돈으로 술과 여자를 살 수 있는 장소로 갔다. 오늘밤 공작이 글쟁이들 많이 모인다는 장소를 우연히 선택했더라도, 트렌트가 아닌 다른 사람들 이야기에 귀기울이며 시간을 보냈더라도, 어떤 여자의 이름이 언급되었을 때 바짝 관심을 보였더라도, 버티 트렌트가 알아챌 리 없었다.

북반구에서 제일 가는 바보, 이것이 자기 처남에 대한 데인 후작의 평이었다.

비어도 그 말의 온당함을 알아내기까지 오래 걸리지 않았다. 천사의 도움을 받은 신도 혀를 내두르고 도망칠 문장을 구사하는데다가, 트렌트는 말발굽 아래나 쓰러지는 물건 바로 밑에 들어가 있는 희한한 재능을 선보였다. 인간과 무생물에 충돌하고, 서거나 앉거나 눕는 어느 곳에서도 걸려 넘어지는 인간 문화재 감이었다.

세상을 살면서 이런 인간은 처음이라는 게 비어의 첫 느낌이었다. 트렌트와 더 친해지고 싶은 마음은 추호도 없었다.

하지만 나중에 마음을 바꿀 계기가 생겼다.

술집을 나선지 얼마 되지 않아, 그들은 셀로우바이 경과 마주쳤다. 파리에서 데인과 같이 어울린 적이 있고, 트렌트와도 아는 남자였다. 셀로우바이는 모든 사람, 그들이 하는 모든 일을 알았다. 그는 영국 최고의 소문 채집가이자 소문 확산가였다.

인사를 나눈 뒤, 그가 동정하는 어조로 물었다.

"레이디 그렌델과의 역사적인 만남으로, 혹시 영구적인 손상을 입은 건 아니오? '화이트'에서 언뜻 내기 장부를 봤더니, 그 사건에서 자네 이가 몇 개나 나갔을지 내기를 건 사람이 꽤 있더군."

그 순간 셀로우바이는 자기 이가 몽땅 빠질 긴박한 위험에 처했다. 더불어 거기에 달린 턱뼈까지.

하지만 비어가 대응하기 전에, 트렌트가 빨갛게 흥분한 얼굴로 반격을 가했다.

"이가 부러지다니요? 살짝 턱을 건드린 정도였어요. 에인즈우드는 연기를 했던 거죠. 사람들 기분 풀어지라고, 익살 한번 부려 본 거예요. 당신도 그 자리에 있었으면, 흉악한 남정네들이 사방에서 튀어나온 걸 보았을 거예요. 머리를 부숴 버릴 것 같은 위인들 말이에요. 나의 누이가 파리에서 한 일을 직접 보지는 않았지만, 그건 언급하지 않더라도, 여자들이 흥분할 때 흔히 나타나는 현상이에요. 당신이 평생 보지도 못했을 제일 커다란 매스티프를 데리고, 거의 나만큼이나 커다란 여자가……."

트렌트는 몇 분 동안 이런 요지로 말을 계속했고, 셀로우바이에게 단 한 마디도 참견을 허락지 않았다. 마침내 트렌트가 숨을 들이키려 잠시 멈추었을 때, 다른 귀족은 황급히 핑계를 대며 자리를 떠났다.

비어는 한동안 할 말을 잃었다. 몇 년 새에 처음이기도 했다.

날 변호해 주려고 누가 나섰던 적이 언제였더라? 아니, 물론, 난 남의 변호를 받을 필요가 없었어. 난 성인군자와 거리가 멀어. 인간이 사형 당하지 않고 할 수 있는 일은 다 해 봤으니까. 트렌트처럼 콩알만한 뇌를 가진 사람만이 비어 아일원 말로리를 위해 대신 나서 줄 투사가…… 아니면 충성스런 친구가 필요하다고 생각할 것이다.

마음이 돌로 변해 버린지 이미 오래였으므로, 에인즈우드 공작은 아마 자기편이 되어 준 버티 트렌트의 헛소리를 감동적으로 받아들일 수 없었을 것이다. 비니거 야드에서의 하찮은 일에 신경 쓰는 옹졸한 사내라는 걸 인정할 수도 없었을 것이다. 레이디 그렌델의 창 같은 언사가 그의 두꺼운 살가죽을 꿰뚫었다고 고백하느니, 차라리 살가죽을 산채로 벗겨 달라고, 요구했을 것이다.

그래서 공작은 트렌트의 장황한 설명과 셀로우바이의 멍하고 당황한 표정을 근래에 제일 웃기는 일이었다고 결론지었다. 의외로, 트렌트는 아주 재미있는 저능아였다.

공작이 버티더러 여인숙에서 지내지 말고 자기 집에 들어와서 살라고 초대한 이유가 그것이었다. 그게 이유라고 그는 믿었다.


저녁 식사를 하는 동안, 리디아는 프리듀 양을 눈여겨보았다. 식사예절에 흠잡을 데 없고, 식욕도 좋고, 지성적인 대화를 나눌 수 있고, 유머감각까지 갖추었다. 목소리도 감미로운 음악처럼 듣기 좋았다. 나이가 좀더 많고 쾌활하긴 하지만, 리디아의 여동생 사라를 연상시켰다.

리디아가 물었다.

“집에서 가출한 거야?”

소녀가 사과를 자르려다 말고, 리디아의 눈을 마주보았다.

"그렌빌 양, 가출이 어리석은 짓이라는 거 알아요. 런던으로 온 건 더 미친 짓이었겠죠. 하지만 사람이 견딜 수 있는 데에는 한계가 있어요. 난 그 한계에 도달했어요."

그녀가 특이한 자신의 가출 동기를 설명했다.

2년 전, 어머니가 갑자기 종교에 귀의한 뒤로 그녀에겐 예쁜 옷과 찬송가를 제외한 춤과 음악이 금지되었다. 심지어 성경, 기도서 이외의 책도 금지되었다. 그래서 '이성적인 세상'과의 끈을 놓치지 않으려고 <아르고스>를 몰래 구해 읽었다고 했다.

"당신의 기사를 읽으면서, 런던이 험한 세상이라는 건 이미 알고 있었어요. 그래서 준비도 철저히 했어요. 짐을 도둑맞지 않았더라면, 당신에게 이런 신세를 지지 않았을 거예요. 할 일을 찾을 때까지 숙박비로 쓸 돈이 있었어요. 정직하게 일해서 돈벌 마음의 자세도 돼 있었고요."

그녀의 커다란 눈에 눈물이 그렁그렁 맺히기 시작했다. 하지만 얼른 마음을 진정시키고 말을 이었다.

"엄마의 광적인 신앙이 아빠를 집에서 내몰았어요. 2주일 넘게 아빠가 집에 오지 않으셨을 때, 엄마가 라비니아 숙모의 보석을 내놓으라고 요구했어요. 설교집을 인쇄하려 했는데, 인쇄업자들이 돈을 요구하는 악마의 새끼로 돌변했대요. 그래서 돌아가신 숙모의 유품을 내가 기부해야 한다고 했어요."

리디아가 중얼거렸다.

"어떤 사람들한테는 할 일, 먹을 것, 잠잘 곳이 더 절실해."

"내 생각도 그랬어요. 난 그렇게 허튼 짓에 숙모의 보석을 내줄 수 없었어요. 유언으로 숙모가 나에게 남겨 주신 기념품인 걸요. 그걸 볼 때마다 숙모 생각이 났어요. 그분이 나한테 얼마나 잘해 주셨는지, 우리가 서로 같이 웃었던 기억도. 난 그분을 아주 많이 좋아했어요."

그녀가 떨리는 목소리로 말을 맺었다.

　리디아도 사라의 사진이 담긴 목걸이를 간직하고 있었다. 그게 돈이 될 만한 물건이었다면, 아버지가 그것마저 전당포나 도박장으로 넘겼을 것이다. 만약 그랬다면 엄마의 유품 하나 없는 리디아에게 여동생의 기념품마저 하나도 없었으리라. 피부에 맞지 않아서 목걸이를 걸고 다니지는 않지만, 리디아는 매일 밤마다 그걸 꺼내보며 사랑스러웠던 어린 동생을 추억했다.

　그녀가 부드럽게 말했다.

　"유감이야. 숙모의 유품을 잃어버려서."

　"다른 건 다 가져가도, 그것만은 남겨 주고 갔으면 좋았을 걸. 하지만 지금쯤 도둑들이 뒤져서 찾아냈을 거예요. 보석을 돌려줄 리가 없죠."

　"값으로 따지면 얼마나 돼?"

　"잘 몰라요. 루비로 된 팔찌, 귀걸이, 목걸이 세트와 예쁜 자수정 세트가 있었어요. 꽤 오래된 거예요. 그 외에는 반지 세 개. 인조 보석이 아니지만, 값은 모르겠어요. 나한텐 돈이 중요한 게 아니에요."

　"인조 보석이 아니면, 장물로 나올 가능성이 있어. 내가 아는 정보원들한테 알아봐 달라고 해 볼게."

　그녀는 밀리를 불러, 필기 도구를 가져다 달라고 한 뒤에 다시 말했다.

　"상세한 목록을 만들어 보자. 그림으로 그릴 수 있겠어?"

　탐신이 고개를 끄덕였다.

　"좋아. 그럼 꼬리를 잡을 기회가 더 커질 거야. 하지만 확실하게 되찾을 수 있는 건 아니니까, 너무 기대하지 마."

　"폐 끼치고 싶진 않지만, 숙모의 유품을 지키려고 가출까지 했는데, 도둑놈한테 빼앗긴 게 너무 속상해요. 엄마가 알면, 천벌 받았다고 하겠죠. 하지만 그런 말 들을 일은 없을 거예요. 다시는 안 돌아갈 거니까."

소녀의 얼굴이 빨개지고 아랫입술이 떨렸다.

"엄마한테 알려야 한다는 의무감 같은 거 느끼지 마세요, 아셨죠? 난 애인이랑 미국에 갈 거라고 적어 뒀어요. 쫓아오지 않게 하려면, 아주 부도덕한 이유를 만들어야 했거든요."

"네가 엄마 아빠를 존경하지 못하는 건, 순전히 네 문제야. 그분들에게 불행한 일이지. 내가 상관할 일은 아니란 얘기야. 하지만 네가 있는 곳을 알리고 싶지 않으면, 조금 덜 특이한 이름으로 바꾸는 게 나을 것 같아."

그렇게 한다 해서, 런던의 사악한 함정으로부터 안전하리라는 건 아니었다. 소녀는 나이보다 더 어리고 연약해 보였다.

짧은 침묵이 흐른 후, 리디아가 다시 입을 열었다.

"사실은, 말동무를 하나 고용할 생각이었는데."

사실이 아니었지만, 중요할 거 없었다.

"혹시 나랑 같이 지낼 마음 있어? 그러면 사람 찾는 수고를 하지 않아도 될 텐데. 조건은 숙식 제공, 그리고……."

소녀가 울기 시작했다. 연신 눈물을 닦아 내며 울먹였다.

"죄송해요. 울려던 건 아닌데. 너무 잘…… 잘 해 주셔서……."

리디아가 그녀에게 다가가, 손수건을 쥐어 주었다.

"괜찮아. 힘든 일을 겪었잖아. 다른 아이들 같으면 발작을 일으켰을 거야. 실컷 울어. 기분이 나아질 거야."

탐신이 눈물을 닦고 코까지 푼 후에 입을 열었다.

"당신이 동요하는 모습은 상상이 안 돼요. 그 상황을 다 처리하시면서 한 치도 흔들림이 없었잖아요. 정말 대단하세요. 사실 난 아까 그 공작처럼 높으신 분은 처음 봤어요. 무슨 말을 해야 할지도 몰랐어요. 사실은 아무 생각이 없었어요. 모든 게 뒤죽박죽이었어요. 그분이 장난을 치신 건지 정말 화가 나셨던 건지……."

리디아는 등줄기로 타고 흐르는 뜨거운 기운을 무시하며 말했다.

"그 남자는 백치야. 말 한마디라도 제대로 할 수 있는지 의심스러워."

그때 다행히 필기 도구가 도착해서, 리디아는 에인즈우드 공작에 대한 얘기를 더할 필요가 없었다.

하지만 리디아의 마음은 그리 고분고분하지 않았다.

몇 시간 후, 침실에 들어갔을 때도 그 짧은 키스의 기억을 떨칠 수 없었다. 키스가 남긴 신체적인 흥분도.

그녀는 화장대에 앉아 사라의 목걸이를 집어들었다.

마셜시 감옥에서 힘든 나날을 보냈을 때, 리디아는 동생에게 백마 탄 왕자님 이야기를 해 주며 기분을 풀어 주었다. 그때는 리디아도 어리고 꿈이 있었다. 언젠가 멋진 왕자님이 나타나, 아이들의 웃음소리 가득한 아름다운 궁궐에서 살게 될 거라고. 사라도 왕자와 결혼해, 바로 옆 성에서 행복하게 살 거라고.

하지만 현실 세계에는 그런 멋진 왕자님이 없었다. 왕자보다 백마가 더 많았다.

현실 세계에서, 왕자 다음으로 멋진 공작은, 사악한 마녀를 지하 감옥으로 보내려 앞장서지 않았다.

현실 세계에는, 노처녀를 환상에 잠긴 소녀로 돌려놓을 키스가 없었다. 특히, 그녀가 여자라서 주먹을 쓸 수 없었기 때문에 대신했던 그런 키스라니.

어쨌든 지금은 더 중요한 일을 생각해야 한다. 프리듀 양의 일. 지금쯤 베개에 얼굴을 파묻고 슬피 울고 있으리라.

가엾어라.

옷은 갈아입으면 되고, 안경도 고칠 수 없다면 다른 것으로 바꿀 수 있었다. 리디아가 옆에 있으니, 친구 하나 없는 외톨이도 아니었다. 하지만 그 보석, 소중한 유품은…… 소녀에게 깊은 상처로 남을 것이다.

얼뜨기 공작이 포주를 보 스트리트로 데려갔더라면, 보석을 찾을 가능성이 커졌을 텐데. 도둑과 코럴리는 분명 한패였을 것이다. 전에도 이런 식으로 일했으니까. 코럴리의 밑에는 능숙한 소매치기들과 양심의 가책도 없이 무기력한 소녀들을 괴롭히는 우락부락한 놈들이 여럿 있었다.

하지만 에인즈우드는 그런 문제에 관심이 없었다. 그는 고상하고 기사도 정신 투철한 영웅이 아니었다. 백마 탄 왕자처럼 보이기만 할 뿐, 방종하게 몰락한 '망나니' 꼴이었다.

세상에 정의라는 게 있다면, 그 사악한 입술이 그녀에게 닿는 순간, 그 자가 두꺼비로 변해 버렸어야 했다.

에인즈우드 경이 두꺼비로 변하는 것보다 더 심한 모멸감에 시달리는 걸 알았다면, 그렌빌 양의 뒤틀린 심경도 다소 진정되었을 것이다.

그는 화젯거리를 만드는데 도가 튼 인물이었다. 타고난 말썽꾼으로서, 언제나 구경거리와 스캔들의 중심에 서 있었다. 작위를 물려받은 이후로, 세상의 이목과 언론들은 전보다 더 열심히 그의 일거수 일투족을 따라다녔다.

데인의 결혼식 날 밤에 벌였던 싸움, 일주일 후 대마왕의 사생아 때문에 벌인 소동, 6월의 마차 경주 사건들이 족히, 수 킬로그램의 종이와 수 톤의 잉크를 잡아먹었다. 비어를 아는 이들도 신나게 그를 도마에 올렸다.

그에 대한 풍자와 삽화, 그리고 음담패설까지, 그가 창녀들을 요리하듯이, 사람들도 쉴 새 없이 그를 요리했고, 그후에 쉽게 그들의 기억에서 잊혀졌다.

하지만 전에는 비어의 상대들이 모두 남자였다. 일련의 사건도 남자다운 경기 규칙에 따라 수행되었다.

그런데 이번 상대는 여자였다.

비어는 어느 쪽이 더 나쁜지 알 수 없었다. 여자와 맞붙을 만큼 추락한 것인지 아니면 역사상 제일 진부한 수법에 넘어갔다는 사실인지. 동화에서 곰을 만난 남자들처럼, 레이디 그렌델은 죽은 척했다. 걸음마를 시작할 때부터 싸움질에 가담했던 그가 그런 수법에 속아 넘어갔다니.

조만간 그 여자를 쓰러뜨리고 말리라. 그 고집 센 머리통에 톡톡히 앙갚음을 해 줄 것이다. 그러면 지난 며칠 동안 견뎌야 했던 놀림과 야유가 조금쯤 보상될지도 모른다.

비어가 어디를 가든, 사내 녀석들은 한심한 돌머리를 굴리느라 여념이 없었다.

예를 들어, '파이브스 코트'로 트렌트를 데려갔을 때, 왜 그렌델 양을 스파링 파트너로 데려오지 않았냐고 묻는 놈이 있었다. 그곳에 있던 예비 권투선수들이 배를 잡고 웃어댔다.

어떤 얼간이는 다음 경기가 언제쯤 있을 예정인지 알고 싶어했다. 아니면 비어의 턱이 말랑한 음식이나마 먹을 만큼 치료가 되었는지, 그것도 아니면 아무개의 할머니가 그의 체급에 맞을 것 같으냐고 물었다.

그동안, 런던의 삽화가들은 그 전투를 누가 제일 재미있게 그려낼 것인지 경쟁했다.

사건이 있은 지 삼일 후, 비어는 책방 앞에 부글거리는 화를 주체하지 못하고 서 있었다. 책방의 유리창에 '레이디 그렌델이 에인즈 모 공작에게 주먹을 내리다.'라는 설명이 곁들여진 커다란 삽화가 붙어 있었다.

그의 모습은 악당의 눈초리를 지닌 덩치 큰 짐승이었다. 반면 레이디 그렌델의 모습은 메두사로 섬약하고 예쁘장한 여성으로 그려져 있었다. 덩치 큰 짐승의 머리 위에, 보글보글 말 칸을 만들어 놓고, '이봐, 이쁜이, droit de seigneur(영주의 초야권)에 대해 들어봤나? 난 이제 공작이야, 그거 몰라?'라는 문장이 쓰여 있었기 때문이다.

그렌빌 양은 두 주먹을 올린 자세였고, '그 권리, 내가 보여주지.

손맛도.'라는 글귀가 적혀 있었다.

버티가 물었다.

"저 droy dee signewer라는 프랑스어가, 2파운드 금화라는 뜻 아
닌가요? 이상하네, 당신은 분명히 1파운드 주겠다고 했는데."

비어가 이를 악물며 droit de seigneu는 신하의 신부들에게 영주
가 첫날밤을 치를 수 있는 권리라고 설명했다.

트렌트의 얼굴이 빨개졌다.

"아, 그렇군요, 재미있는 게 아니잖아."

잠시 후, 트렌트는 자기만의 독특한 스타일로 곧장 문제를 해결
하기 위해, 책방 문으로 향했다.

비어가 그를 뒤로 끌었다.

"그냥 그림일 뿐이야. 농담이라고, 그 뿐이라네, 트렌트."

'눈에서 멀어지면 마음에서도 멀어진다'는 경구를 떠올리며, 그
는 자신의 투사 희망자를 데리고 거리를 건너려 했다.

그러나 비어는 곧바로 버티를 다시 잡아당겨야 했다. 그들에게 검
은 마차가 덮치려 했기 때문이다.

트렌트가 인도로 쓰러지며 소리쳤다.

"이런, 십년감수했잖아! 호랑이도 제 말 하면 온다더니."

바로 그 여자였다. 멈추지 않는 고약한 농담과 무식쟁이 그림의
원인을 만든 장본인.

. 무서운 속도로 그들의 앞을 지나가던 그렌빌 양이 채찍을 보닛
테에 대고 거만하게 마부식 경례를 던지며 미소지었다.

저 치가 남자라면, 득달같이 쫓아가 마차에서 끄집어내린 다음
거만한 미소를 목구멍으로 처넣어 주었을 텐데. 하지만 그녀는 남
자가 아니었다. 그래서 김이 풀풀 나도록 지켜보는 수밖에 없었다.
일 분 뒤, 그녀가 모퉁이를 돌아갈 때까지……. 그런데 이상하게도
눈에서 멀어졌는데, 마음에서 잊혀지지 않았다.

# 3

에인즈우드 공작이 그후의 사실을 알았다면 기분이 좀 나아졌을까? 리디아는 모퉁이를 도는 게 아니라 거의 돌진하여 상점 안까지 들어갈 뻔했다.

제때 정신을 차리긴 했지만, 그야말로 간발의 차이였다. 마차가 뒤집어질 위기를 간신히 모면한 것이다.

바로 몇 분 전에 두 남자를 들이받을 뻔했다는 건 두말할 필요도 없었다.

그건, 리디아가 커다란 형체를 알아차리는 순간 두뇌 회전이 멈춰 버렸기 때문이었다. 그녀의 모든 사고가 완전히. 지금 어디에 있는지, 뭘 하고 있는지 아무 것도 기억할 수 없었다.

한순간이었지만, 너무나 길게 느껴진 시간이었다. 그후에도, 정신이 다 돌아오지 않았다. 어떻게든 차갑게 경례를 해 보이긴 했는데, 너무 크게 웃어 버린 건 아닌지…… 더 정확하게, 멍해 보였던 건 아닌지 의심스러웠다.

멍청한 심장박동과 딱 어울리는 멍청한 미소가 아니었을까? 스물 여덟의 굳센 노처녀가 아니라 열세 살짜리 한심한 여자아이처럼?

브라이드웰 교도소로 가는 내내 그녀는 자신에게 훈계했다.

하지만 목적지에 발을 들였을 때, 자신의 개인적인 문제를 접어 두었다.

다른 지방에서 온 가난한 여자들을 구빈원에 보내기 전에 일주일간 데려다 놓는, 일명 통과실로 갔다. 지푸라기 가득한 좁은 칸막이 공간들이 줄줄이 벽에 늘어서 있었고, 그곳에는 20명 남짓의 여자와 몇 명의 아이들이 있었다.

돈을 벌어 보겠다고 런던에 온 사람. 오기 전에 이미 망해서 도망쳐 온 사람. 모두 슬픔과 가난, 폭행 등의 갖가지 문제를 피해 들어온 사람들이었다.

리디아는 평소 스타일대로 독자들에게 이곳을 설명할 것이다. 눈에 보이는 그대로 간단하고 솔직하게, 감상이나 설교없이, 이 여자들의 이야기를 담을 것이다.

물론, 인터뷰에 응해 준 사람들에게 남몰래 반크라운—2실링 6펜스 백동화—을 쥐어 준 일이나, 대신 써 준 편지, 다른 사람들에게 그들을 대변한 일에 대해서는 독자들에게 알릴 이유가 없었다.

리디아는 자신이 그렇게 작은 일밖에 할 수 없다는 사실에 화가 나더라도, 여자들의 이야기를 들으며 내내 가슴이 미어지더라도, 기사에 그런 감정 표현은 절대 하지 않았다. 감정은 어디까지나 자신의 문제였으니까.

제일 최근에 들어온 여자가 마지막 인터뷰 대상이었다. 열다섯 살의 그 소녀는 다른 아이들처럼 울지도 못할 만큼 힘없이 앙상한 갓난쟁이를 안고 있었다. 아기는 엄마 품에 축 늘어져, 가끔 맥없이 칭얼거릴 뿐이었다.

리디아가 말했다.

"메리, 아이 아빠가 누군지 안다면, 나한테 말해 줘. 내가 가서 전할게. 아이 아빠도 돕고 싶어할 거야."

우선 주먹맛부터 보여 주겠어, 리디아가 속으로 덧붙였다.

메리는 지저분한 지푸라기 위에서 몸을 들썩였다.

"아이를 데려가면 어떡해요. 나한테 이제 남은 건 제미 뿐인데."

그녀가 처연한 표정으로 리디아를 쳐다보았다.

"당신도 아이가 있나요?"

"아이? 없어."

"남자는요?"

"없어."

"끌리는 사람은요?"

"없어."

거짓말, 거짓말, 리디아의 마음속 악마가 비웃었다.

"있어."

그녀가 피식 웃으며 고쳐 말했다.

"난요, 그 사람을 좋아해 봤자 소용없다고 생각했어요. 내 손이 닿지 않는 먼 곳에 있는 사람이었으니까요. 그런 분이 농사꾼 딸인 나 같은 여자와 결혼할 리 없었죠. 하지만 안 된다고 생각할수록, 감정은 점점 반대로 자라 갔어요. 결국 '안 돼'가 '돼'로 변했고, 그 증거가 이 아이예요. 당신은 이 아이를 내가 보살펴 줄 수 없다고 생각하겠죠? 그래요, 그건 사실이에요."

그녀의 아랫입술이 떨렸다.

"좋아요, 하지만 나 대신 말해 줄 필요도, 나 대신 편지 써 줄 필요도 없어요. 내가 직접 쓸 수 있어요."

아이를 리디아에게 건네고, 대신에 공책과 연필을 받아 들었다.

리디아는 갓난아기들을 수없이 보았다. 런던의 극빈자들에게 단 하나 넘쳐 나는 게 있다면, 아이들이었으니까. 하지만 이다지도 어리고 무기력한 아이는 보지 못했다.

아기는 예쁘지도 튼튼하지도 깨끗하지도 않았다. 앙상하고 연약했다. 그 아이를 보고 있자니, 앞날에 기다리고 있을 짧고 비참한 미래와 가진 것 하나 없이 아직 어린 티도 벗지 못한 그 엄마 때문에 울고 싶어졌다.

하지만 리디아는 눈물을 흘리고 있을 수가 없었다. 이 사람들에게 필요한 건 눈물이 아니었다. 가슴까지 지배할 수는 없을지언정, 머리가 행동을 지배하게 할 만큼의 어른이었다. 그래서 조용히 갓난아기를 흔들어 주기만 했다. 메리가 한참을 망설이다가 공들여서 짧은 글을 다 적고 나자, 말없이 아이를 돌려주었다.

그녀는 브라이드웰의 음울한 공간을 걸어나왔다.

인생은 낭만적인 동화가 아니다. 상상의 궁궐 따위는 없었다. 잊혀진 여자와 아이들이 무기력하게 발버둥치는 런던이 있을 뿐이었다. 그녀는 그들에게 아낌없이 베푸는 귀부인이 될 수 없었다. 그들의 상처를 모두 치료해 줄 수도 없었다.

하지만 엄마와 동생을 위해 할 수 없었던 일을 그들을 위해 할 수 있었다. 그들을 대변할 수 있었다. <아르고스>의 지면에, 그들의 목소리를 실을 수 있었다.

이것이 그녀의 사명이었다. 이것이 신께서 그녀를 강하고 영리하고 두려움 없는 사람으로 만든 이유였다.

그녀는 남자의 장난감이 되려고 태어나지 않았다. 백마 탄 왕자가 나타나 제멋대로 가슴에 분란을 일으킨다 해도 힘들게 쌓아 온 걸 위험에 빠뜨리지 않을 것이었다. 하물며 백마 탄 왕자가 가짜라면 어림도 없는 일이지.


그로부터 삼일 후, 레이디 그렌델은 크록포드 클럽 앞에서 아덜퍼스 크렌쇼의 머리통을 깨부수려 애쓰고 있었다.

그녀가 크렌쇼의 넥클로스를 쥐고 가로등 기둥에 밀치는 순간, 안에 있던 비어와 버티도 창가의 사람들 틈으로 합류했다.

어디선가 많이 본 듯한 감각에 시달리며, 비어는 험악하게 밖으로 달려나가 그 여자의 손을 힘껏 움켜잡았다. 놀란 여자가 넥클로스를 풀어놓자, 여자의 몸을 들어올려 켁켁거리는 크렌쇼에게서 멀리 떨어진 곳에 내려놓았다.

그녀가 다시 '팔꿈치로 복부 후려치기' 기술을 쓰려 했지만, 비어는 손을 풀지 않은 채 슬쩍 피했다. 그러나 다음 순간 발등을 짓뭉개는 부츠는 미처 피하지 못했다. 다리까지 올라오는 고통이 심했지만, 끝까지 참으며 손을 풀지 않았다.

도리깨질하는 두 팔을 움켜잡고 질질 끌어, 크록포드 입구에 모인 남자들이 엿듣지 않을 만한 곳으로 데려갔다. 가는 내내 여자가 몸부림쳤다. 그는 달려오는 마차 바퀴 밑으로 이 여자를 밀어 넣어 런던에 호의를 베풀어주고 싶은 강한 충동에 휩싸였지만, 그 대신에 마차를 불러 세웠다. 그들의 앞에 마차가 멈추자, 그가 말했다.

"당신이 들어가겠소? 내가 집어넣을까? 선택하시오."

그녀는 입 속으로 욕설 같은 것을 중얼거렸다. 그는 마차 문을 열고서 그녀의 엉덩이를 찰싹 때리며 빨리 올라타라고 재촉했다.

그녀가 좌석에 앉자 그가 물었다.

"어디 사시오?"

"정신병원이지, 어디겠어요?"

그는 마차에 뛰어올라 그녀를 잡고 흔들었다.

"어디 사냐니까, 빌어먹을?"

그녀가 몇 번 더 다른 말을 하다가 소호라는 동네 명칭을 댔다.

비어는 마부에게 방향을 말해 주고 나서, 아주 넓게 공간을 차지하며, 그녀의 옆자리에 앉았다.

한참 동안 성난 침묵을 지키던 리디아가 드디어 발끈하며 분을 터트렸다.

"왜 이렇게 소란을 피우시죠?"

그가 되받아 쳤다.

"소란은 당신이……."

"난 크렌쇼한테 중상을 입히려던 게 아니었어요. 말귀를 알아듣게 하려던 것뿐이었다고요."

비어는 의심스레 쳐다보기만 했다.

"구경거리를 만들 필요까진 없었단 말이에요. 하지만, 이런 말해 봤자 소용없겠죠. 구경거리 되는 걸 즐기기로 소문이 자자한 분이시니. 지난 일 년간 당신이 몇 번이나 싸움을 일으켰는지 기억하세요? 조만간 런던을 대혼란으로 만들 거라고 예상은 했지만, 이렇게 빠를 줄은 몰랐군요. 마차 경주로 악명을 떨친지 불과 3개월밖에 안 지났는데."

"당신이 무슨 말하려는지 알겠……."

"전혀 모르실 걸요. 간섭하기 전에 상황파악부터 해야 하는 거 아닌가요? 하지만 당신은 그런데 관심이 없어요. 결론부터 내리고 보죠. 벌써 내 일을 방해한 게 두 번째예요. 쓸데없이 일만 복잡해졌잖아요."

비어는 이 여자의 작전을 알았다. 최선의 방어는 공격이다, 이거겠지. 하지만 상대를 잘못 골랐다.

"내가 설명해 주지, 그렌빌 양. 당신은 길가는 모든 사람을 공격하며 런던을 헤집고 다녔소. 지금까지는 운이 좋았지만, 당신을 만나는 날에는……."

그녀가 오만하게 말을 잘랐다.

"그럴지도 모르죠. 하지만 그게 당신과 무슨 상관인가요?"

그는 이를 악물며 대꾸했다.

"상관이 있게 됐소. 내 친구가 도움을 필요로……."

"난 당신 친구가 아니고 도움도 필요 없어요."

"크렌쇼가 내 친구요. 여자와 싸우기에는 너무 신사라서……."

"열다섯 살짜리 여자 애를 유혹했다가 버리는 신사로군요."

불시의 습격을 당했지만, 비어는 재빨리 정신을 차렸다.

"전에 소란 피워서 데려간 그 여자를 크렌쇼가 망쳤다는 말은 마시오. 그 여자는 크렌쇼 타입이 아니거든."

“아뇨, 그 애는 너무 늙었어요. 열아홉 살이니 완전 고물이죠. 크렌쇼는 열다섯 살 난 통통하고 순진한 애들을 좋아하더군요.”

리디아가 주머니에서 구겨진 종이쪽지를 꺼내 그에게 건넸다.

비어가 그걸 받아서 읽었다.

커다랗고 동그란 여학생 글씨로, 크렌쇼의 2개월 된 아들과 그의 엄마 메리 바틀스가 현재 브라이드웰에 머물고 있다는 내용이 쓰여 있었다.

사나운 여자가 말을 이었다.

“아기도 내가 봤어요. 아빠랑 똑 닮았더군요.”

비어가 종이 쪽지를 돌려주었다.

“친구들 앞에서 크렌쇼에게 이걸 낭독해 줄 셈이었군.”

“원래는 편지를 보여줬어요. 크렌쇼가 읽은 후에 구겨서 던져 버리더군요. 난 삼일 동안 그 자를 쫓아다녔어요. 하지만 집에 찾아갈 때마다, 번번이 ‘크렌쇼 씨는 집에 없다’고 하인이 그러더군요. 메리는 이제 곧 구빈원으로 들어가야 돼요. 그가 도와주지 않으면, 아이는 거기서 죽을 거고, 메리도 아마 울다 지쳐 죽겠죠.”

리디아 그렌델은 얼음장같은 눈으로 창밖을 내다보았다.

“자기한텐 그 아이밖에 남은 게 없다고 하더군요. 그런데 아이 아빠라는 자는 카드와 주사위에 돈을 내버릴 참이죠. 자기 아들이 죽어 가고 있는데, 어린 엄마밖에는 보살펴 줄 사람 하나 없는데……. 아주 훌륭한 친구를 두셨어요, 에인즈우드.”

서른이 다 된 남자가 순진한 어린아이를 꼬드기다니, 염치없는 짓이었다. 더구나 의지할 데 없는 아이의 편지를 보고 나서도 무시해 버리는 건 용납할 수 없었다. 하지만 비어는 자칭 공공의 수호천사 양에게 이런 점을 인정하지 않을 것이었다.

“내가 충고 하나 할까? 남자한테 뭔가 얻어내고 싶으면, 가로등 기둥에 머리통을 들이박을 게 아니라…….”

그는 잠시 말을 멈추었다.

그녀가 냉담한 시선으로 돌아보았다.

그 무슨 악마의 힘이 이 엄청나게 아름다운 괴물을 창조했을까?

마차 안의 어둠이 그 미모를 가려 주어야 했을 테지만, 오히려 친밀한 느낌을 더할 뿐이었다. 초연하게 바라보기가 불가능할 정도였다.

그는 꿈속에서 그녀를 보았다. 하지만 꿈은 안전했다. 그러나 지금은 손을 올리기만 하면 매끄러운 뺨을 만질 수 있고, 아주 조금만 다가앉으면 입술을 포갤 수도 있었다.

만지고 싶은 충동이 덜 격렬했더라면, 평소에 충동을 따르던 그대로, 항복했을 것이다. 하지만 비니거 야드에서 느꼈던 그 강력한 흡인력을 과소 평가할 수 없었다. 다시 바보 놀음을 할 수는 없었다. 그는 마음을 다스리기 위해 안간힘을 썼다.

정신이 돌아 온 그는 다시 말을 이었다.

"미소짓기만 하면 돼. 속눈썹을 깜박깜박 하면서 남자의 얼굴에 가슴을 들이대는 거요. 그럼 크렌쇼가 당신이 하라는 대로 뭐든지 다했을 거요."

그녀는 아주 오랫동안 눈 한번 깜박이지 않고 그를 쳐다보았다. 그런 다음, 검은 치마 주름에 숨겨진 주머니에서, 작은 공책과 몽당연필을 꺼냈다.

"이렇게 지혜로운 말씀은 필히 적어 둬야 해요."

낡은 공책을 조심스럽게 열고, 연필 끝에 침을 묻혔다. 그리고는 고개 숙여 글씨를 쓰기 시작했다.

"미소. 속눈썹 깜박거리기. 다른 하나가 뭐였죠?"

"하나가 아니라 둘이오. 양쪽 가슴이니까. 사내의 얼굴에 가슴을 충분히 들이댈 것."

그녀의 가슴이 그의 근질근질한 손가락에서 겨우 몇 센티미터 떨어져 있었다.

그녀는 눈을 가늘게 뜨고, 분홍색의 혀끝을 이 사이에 물고, 아주 집중한 듯한 모습으로 적었다.

비어가 공책 가까이 고개를 들이밀며 충고를 덧붙였다.

"목선이 깊이 파인 옷을 입으면 더 효과적이지. 그러면 흉한 게 숨겨져 있나 의심하지 않아도 될 테니."

저 길게 늘어진 단추를 얼마나 풀어 버리고 싶은지, 이 여자가 눈치챘을까? 여성스럽지 않은 옷차림이 그 안의 여성스런 몸매를 더 의식하게 만든다는 걸 알고 있을까? 어느 사악한 마녀가 이 여자의 체취를 만들어 냈을까? 모닥불과 백합과 이름 모를 다른 무언가를 섞어 놓은 듯하군.

그의 머리가 더 아래로 내려갔다.

그녀가 살짝 미소지으며 그를 올려다보았다.

"당신이 직접 쓰는 게 어때요? 그 머릿속의 환상을 하나도 빠짐없이. 그럼 내가 이 즐거운 만남의 기념품을 하나 드리죠. 내 목 냄새가 황홀해서 그런 게 아니라면요."

당황한 기색을 보이지 않으려고, 아주 천천히 그가 물러났다.

"해부학 강의도 들어야겠군. 난 당신 귀 냄새를 맡고 있었소. 목 쪽을 더 좋아했으면, 그렇게 깃 높은 옷을 입지 말았어야지."

"당신이 마다가스카르의 냄새는 맡는다면 더할 나위 없겠어요."

"내가 그렇게 귀찮으면, 주먹을 쓰지 그러시오?"

그녀가 작은 공책을 덮었다.

"내가 잘못 이해한 걸까요? 당신은 내가 다른 사람한테 주먹질 한다는 이유로 소란을 일으켰어요. 그렇다면 당신 이외의 사람을 때리는 게 싫다는 뜻이로군요."

그의 심장박동이 두 배에서 세 배로 빨라졌다. 그걸 무시하며, 그녀에게 동정하는 시선을 보냈다.

"가엾어라. 글 쓰느라 머리에 염증이 생긴 모양이오."

다행스럽게도 그때 마차가 멈췄다.

여전히 불쌍해하는 표정으로, 비어는 문을 열고 아주 정중하게 그녀를 내려 주었다.

"푹 주무시오, 그렌빌 양. 머리를 식혀 주어야겠소. 아침까지 이성이 돌아오지 않으면, 필히 의사에게 가 보시오."

그녀가 반박하기도 전에, 그녀를 집 쪽으로 가볍게 밀었다.

그 다음에 마부에게 크록포드라고 말하며 얼른 마차로 올랐다. 문을 닫고, 그녀를 돌아보았다. 그녀는 자만심 넘치는 미소를 슬쩍 흘리고 돌아서더니, 엉덩이를 살랑거리며 문으로 걸어갔다.


리디아는 다른 사람의 성격과 태도를 그대로 묘사하는 탁월한 재능을 타고났다. 종조부는 아버지한테 물려받은 유산일 거라고 했지만, 그 재능을 음주, 도박, 주색잡기에 썩힌 아버지와 달리, 그녀는 좀더 쓸모 있게 사용할 수 있었다.

우선은, 인터뷰한 사람들에 대해서 생생하고 정확하게 묘사하는데 도움이 되었다. 또한 남자 동료들과 금세 동지애를 형성하는 데에도 효과적이었다.

몇 달 전 링레이 경의 의회 연설을 흉내낸 후로, 블루 아울에 정기적으로 모이는 동료 작가들에게 리디아는 없어서 안 될 존재가 되었다. <아르고스>의 그렌빌이 참석하지 않으면 모임 자체가 시들해질 정도였다.

오늘밤에는 토마시나 프라이스 양으로 이름을 바꾼 탐신이 즐거움을 누렸다. 리디아가 에인즈우드와의 만남을 생생하게 재연해 보였기 때문이다.

장소는 리디아의 침실. 탐신은 침대 발치에 앉아 벽난로 앞에서 연기하는 리디아를 바라보고 있었다. 평소 관객처럼 술에 취하진 않았지만, 술 취한 남자들만큼이나 탐신도 배꼽 빠지게 웃어댔다.

적어도 한 사람은 재미있으니 다행이야, 고개 숙여 인사하며 리디아가 생각했다. 하지만 그녀는 평소의 초연함을 찾을 수 없었다. 오만가지 구더기들이 기어 나와 그녀의 영혼을 다 차지하고 앉은 듯했다. 어지러운 마음으로, 화장대에 앉아 머리핀을 뽑기 시작했다.

탐신이 말했다.

"남자들은 아주 이상해요. 그 중에서도 에인즈우드 공작이 제일 이상한 것 같아요. 어떤 사람인지 도대체 모르겠어요."

"평화롭고 조용한 걸 견딜 수 없는 사람이야. 문제될 게 없으면, 직접 만들어야 직성이 풀려. 친한 친구들한테도 쉴 새 없이 싸움을 걸어. 소문이 과장인 줄 알았는데, 직접 보니까 고개가 끄덕여졌어. 아까 낮에도, 날 마차에 태워 보내기만 하면 됐을 텐데, 그걸로 모자라서, 오는 내내 날 괴롭혔잖아. 데인이 주먹을 휘두른 게 충분히 이해가 가. 에인즈우드한테는 성인군자도 참기 힘들거야."

탐신이 낄낄거렸다.

"데인 후작도 성인군자는 아닌 것 같던데요. 두 사람이 심술 단짝이래요."

리디아가 거울을 들여다보며 인상을 찌푸렸다.

"그럴 수도 있겠지. 하지만 에인즈우드는 친구 결혼식 날까지 주먹 싸움을 벌였잖아. 레이디 데인의 감정은 눈곱만큼도 생각 안 했어."

자신이 먼 남의 나라 일에 왜 이리 화를 내는지 알다가도 모를 일이었다.

데인은 아주 먼 친척, 그 이상도 이하도 아니었다. 엄마가 벌리스터 가의 막내아들에게서 난 여식이었고, 존 그렌빌과 결혼하는 순간 그나마 모든 인연이 끊겼다. 지금까지 리디아와 벌리스터 가와의 관계를 아는 사람은 한 명도 없었고, 그대로 내버려둘 작정이었다. 그런데도 데인의 일에 관심이 쏠리는 건 어쩔 수 없었다.

데인 후작이 결혼하던 날, 리디아는 성 조지아 교회 밖에 서 있었다. 동료 기자들과 함께 취재를 하기 위해서였다. 하지만 그의 새까만 눈이 전혀 사악하지 않게 빛나고 어여쁜 신부가 그 얼굴을 사랑스럽게 올려다보며 나왔을 때, 왠지 통곡이 터져 나올 뻔했다. 기도 안 차는 일이었다. 하지만 그후로, 데인에 대한 애정, 더 우습게는 보호본능까지 느껴지는 걸 어쩌랴.

에인즈우드 때문에 데인의 첫날밤이 망가졌다는 걸 듣고 얼마나 화가 났던지. 그 분노가 아직도 가시질 않았다.

탐신의 목소리가 들려 왔다.

"공작이 만취한 상태였겠죠?"

"두 발로 일어설 수 있고 남들 알아듣게 말할 수 있었으면, 완전히 취했던 게 아니야. 그런 남자가 얼마나 술에 강한지 모르지? 에인즈우드는 맛이 간 체 했을 뿐이야. 바보도 아니면서 바보인 척 말이지."

"그래서 내가 이상하다는 거예요. 당신과 말싸움을 하려면 꽤 머리가 좋아야 하는데, 아까 마차에서도, 보통 남자였으면, 입도 뻥끗 못했을 텐데……. 솔직히, 오늘 싸움에서 누가 이긴 건지 판단이 안 서요."

리디아는 빗으로 머리를 박박 빗어 내렸다.

"무승부야. 마지막으로 말한 건 그 인간이지만, 그건 내가 대답할 수도 없게 나를 밀쳤기 때문이야. 유치찬란해. 난 무슨 말을 하는 건 고사하고, 씩씩거리지 않으려고 참기도 힘들었어."

"어머나, 무슨 짓이에요! 머리채를 뜯고 있잖아요. 두피에 상처 나겠어요. 내가 할게요."

탐신이 소리치며 화장대로 건너왔다.

"이런 건 하녀가 하는 일이야."

탐신이 빗을 빼앗았다.

"공작 나리 때문에 화가 나시더라도, 자기 머리에 분풀이하지는 마세요."

"그 자가 크렌쇼를 놔줬어. 이제 코빼기도 안 보이겠지. 짐승만도 못한 놈. 메리 바틀스는 이제 쓰레기 취급을 받을 거야. 그 애는 다르단 말이야…….”

“알아요, 말씀하셨잖아요.”

탐신이 부드럽게 머리를 빗어 주었다.

“거친 세상에 접해 본 적이 없는 아이야. 남자들은 왜 그렇게 비열하니? 가엾은 아이를 농락만 하고 내빼려 들잖아.”

“공작 나리가 친구를 설득하실 지도 몰라요.”

리디아가 고개를 저었다.

“그 남자가? 절대 아니야. 메리의 편지를 읽고 나서 한 말 들었지? 곧바로 날 공격했단 말이야.”

“어쩌면 자존심 때문에…….”

리디아는 의자에서 벌떡 일어나 벽난로까지 걸어갔다가 다시 돌아왔다.

“그래, 남자의 자존심, 나도 다 알지. 그 남자는 비니거 야드에서의 일을 복수하려 했던 거야. 지금쯤 샴페인 열 병은 터트렸을걸. 레이디 그렌델에 대한 자기의 위대한 승리를 축하하면서. 그자는 나보다 힘세다는 걸 친구들한테 보여주고 싶어했어. 길바닥에서 날 들어올려 옆 거리까지 안고 갔다니까. 내가 계속 몸부림을 쳤는데도 숨찬 기색 한번 안 보이더라. 망할 자식.”

그 힘과 크기에 그녀의 바보 같은 심장이 녹아 내렸다. 이성도 함께.

맙소사, 구역질나는 일이었다. 머릿속의 쓰레기 같은 생각들이 스스로도 믿어지지 않았다.

“크록포드의 와인 창고를 다 비우고 도박 테이블에 수천 파운드를 쏟아 놓은 후에는, 비틀비틀 클럽을 나서 옆 동네에 있는 비싼 창녀 집으로 가겠지.”

그 탄탄하고 넓은 품에 창녀 하나를 끌어안고, 목에다 입을 비비면서…….

무슨 상관이야, 리디아가 화들짝 놀라 고개를 세게 흔들며 중얼거렸다.

그녀는 계속 왔다갔다하며 말을 이었다.

"나처럼 커다랗고 불쾌한 여자에 대해선 오래 전에 잊어버렸을 거야. 틀림없이 타락을 부탁했다고 생각할 그 아이의 편지에 대해서도 싸그리 잊어버렸겠지. 믿을 수 없는 남자 말을 믿은 게 잘못이라고 할 걸."

"사실, 여자들만 처벌받는 건 불공평해요. 남자들은 여러 여자 거친 걸 오히려 자랑으로 여기면서. 우리가 그 애를 구해 줘요. 당신은 내일 검시장에 가야 하니까, 내가 브라이드웰에 가서……."

"넌 안 돼."

"수잔을 데려갈게요. 메리와 아기를 빼내는 방법만 알려주세요. 벌금을 내게 되면, 내 급료에서 제하시고요."

탐신의 얘기에 어리벙벙해 있는 리디아의 팔을 잡고, 화장대로 데려갔다.

"갈 때가 생길 때까지 내 방을 같이 쓰면 돼요. 무엇보다 두 사람을 데리고 나오는 게 급해요. 목요일이 출발하는 날인가요? 내일이 수요일이니까, 더 늦출 수 없어요. 해야 할 일을 적어 주세요. 그럼 내가 아침 일찌감치 출발할게요. 공책 어디 있어요?"

그녀가 의자에 리디아를 끌어 앉혔다.

"맙소사, 언제부터 이렇게 집요해진 거야?"

그렇게 말하면서도, 리디아는 순순히 주머니로 손을 넣었다. 크기 상으로 자기의 반밖에 안 되는 열 살 남짓의 어린 여자아이한테 고분고분하게 구는 자신이 우습기도 했다.

주머니에서 공책을 찾았다. 그런데 연필이 없었다. 마차에 떨어뜨린 모양이었다.

"서랍에 다른 연필이 있어."

소녀가 얼른 가서 가져왔다.

리디아가 다시 한 번 소녀를 쳐다보았다.

"정말 괜찮겠어?"

"영국의 끝에서 런던까지 혼자 힘으로 찾아온 나예요. 전에는 눈이 안 보여서 당했지만, 이번엔 무슨 일이 있어도 안경을 벗지 않을 거예요. 보디가드로 수잔도 데려가잖아요. 뭔가 쓸모 있는 일을 꼭 하고 싶어요."

탐신이 뭐든지 돕고 싶어한다는 건 지난 6일 동안 분명히 알았다. 이번에는 바보가 아니라는 것도 입증했다.

리디아가 공책에 글씨를 쓰기 시작하며 생각했다.

쯧쯧, 나한테도 그 말을 할 수 있으면 좋으련만.


수요일 아침 일찍, 아덜퍼스 크렌쇼, 메리 바틀스 그리고 갓난아기 제미를 태운 마차가 브라이드웰 구치소를 빠져나갔다.

버티 트렌트도 같이 출발해야 했지만, 그 순간에 번뜩 떠오른 의문이 그의 발길을 붙잡았다.

찰스 2가 아니라 거기 관련된 뭔가가 있는데, 그게 대체 뭘까? 이게 문제란 말이야.

그때 여자의 놀란 비명소리가 그의 생각을 깨뜨렸고, 그는 시선을 들었다. 거대한 검은 매스티프가 안경 쓴 여자를 뒤에 달고, 그를 향해 달려오고 있었다.

여자가 개의 속력을 늦추려 애썼지만, 버티는 차라리 흥분한 코끼리를 진정시키는 게 낫겠다고 생각했다. 그녀가 혼자 버티기 힘든 것 같아서, 그가 도와주러 갔다. 개 끈을 붙잡자, 매스티프가 이를 드러내며 으르렁거렸다.

버티는 책망하듯 개를 쳐다보았다.

"내가 무얼 했기에 네가 내 머리를 찢어 놓고 싶어하는 게냐? 아직 아침을 안 먹었니?"

"그르르르"

잠시 으르렁거린 매스티프는 소녀 쪽으로 돌아갔다.

버티는 조심스레 끈을 풀어놓았다.

"그래, 그거야, 알겠니? 내가 너의 작은 주인을 다치게 하려 한 게 아니라, 네가 너의 힘을 몰라서 너무 힘껏 당기고 있었던 거란다."

매스티프가 그를 빤히 쳐다보며 으르렁거림을 멈췄다.

버티도 빤히 쳐다보며 장갑 낀 손을 내밀었다. 개가 냄새를 킁킁 맡더니, 자리에 앉았다.

거대한 개의 머리위로 소녀의 놀란 눈이 보였다. 작은 콧날에 얹혀진 작은 안경 뒤에 아주 커다란 갈색 눈이 있었다.

버티가 알아보았다.

"아, 당신이었군요, 비니거 야드 전투의 주인공이었던! 그때는 안경을 쓰지 않았던 것 같은데. 그때의 키다리 여자가 당신의 안구에 뭔가 문제를 일으킬 행동을 한 게 아니었으면 좋겠군요."

소녀가 잠시 그를 응시했다.

"난 원래 눈이 안 좋아요. 아, 지난번에는 안경이 부서져서 끼지 않았던 거예요. 그렌빌 양이 친절하게 고쳐 주셨어요. 그분이 날 구출해 줄 때 당신도 거기 있었던 모양이군요. 낯이 익다 싶긴 했는데, 확실하지 않았어요. 안경이 없으면 세상이 흐릿하거든요."

버티가 고개를 끄덕였다.

"그 여자가 당신을 데리고 있었군요. 호랑이도 제 말 하면 온다더니. 방금 그 여자 생각을 하고 있던 참이죠. 어제 봤을 때, 누군가 생각나는 사람이 있었는데 그게 누군지 도대체 생각나질 않아서 말이죠. 찰스 2가 왜 자꾸 떠오르는 건지."

"찰스 2라니요?"

"처형당한 쪽 말고, 그 다음 대 말입니다."

소녀가 뚫어져라 쳐다보고 나서 입을 열었다.

"아, 찰스 2세 말이군요. 그렌빌 양이 그만큼 당당해서 그런 걸까요?"

개가 한마디 끼어 들었다.

"그르릉."

버티가 무심코 개의 머리를 토닥였다.

"그 개의 이름은 수잔이에요."

버티는 그제야 예의범절을 기억해 내고 자신을 소개했다. 그 여자도 자신을 소개했다. 그 여자의 이름은 토마시나 프라이스, 그렌빌의 말동무로 일한다고 했다.

소개가 끝난 후, 그녀가 뒤에 있는 건물을 향해 날카로운 시선을 돌렸다.

"환영해 주는 분위기는 아니네요, 그죠?"

"내가 가 본 중에서 제일 유쾌했다고는 할 수 없어요."

하지만 크렌쇼의 아이를 낳은 그 소녀에게는 훨씬 유쾌하지 않았을 것이었다. 버티가 어젯밤 크렌쇼에게 문제를 제기했던 방법이 그거였다.

에인즈우드가 그렌빌 양을 데리고 떠났을 때, 버티는 크렌쇼를 술집으로 데려갔다. 들어줄 사람이 생기자, 크렌쇼는 자신의 문제를 털어놓았다. 그 문제에 대해서 버티는 '사실이 아무리 받아들이기 싫다 해도, 사생아의 아버지로 비난받고 있는 것이 사실이며, 그 점을 조사해 봐야 한다는 사실이 남는다, 그렇지 않은가?'라고 지적했다.

그래서 버티는 오늘 아침에 그와 같이 브라이드웰에 왔다. 크렌쇼에 대한 비난이 진실이었다는 게 명백해졌고, 울먹이며 하는 말이 한동안 이어진 후에, 크렌쇼가 메리와 제미를 보살피기로 결론이 났다. 그게 전부였다.

사람들은 그렇게 여기지 않겠지만, 버티는 사실과 사실을 토대로 정확한 결론을 내릴 수 있었다.

그가 물었다.

"아이와 소녀를 빼내려고 오신 건가요, 혹시? 그렌빌 양이 어제 그 일 때문에 그리도 흥분했던 거라면, 크렌쇼가 와서 데려갔다고 전해 주세요. 내가 같이 왔는데, 그들은 15분 전에 출발했어요. 세 사람이 같이.

말을 하던 버티의 눈이 갑자기 커지면서 어딘가를 응시했다. 소녀도 버티의 시선을 따라 돌아보았다. 에인즈우드 경이 이른 아침 시간에 걸어다니고 있었다.

그들을 본 제인스가 옆에서 설명했다. 새벽까지 집에 들어오지도 않고 곤드레만드레 취해 있었다고.

아, 그렇군, 그게 한번에 일곱 개의 벼락을 내리려는 저 표정의 이유였어, 버티가 공작을 보며 생각했다.


소녀를 알아보기까지는 시간이 걸렸지만, 검은 매스티프는 바로 알아보았다. 그가 즉시 반대 방향으로 돌아가려 했다. 저 개가 여기 있다면, 메두사도 있을 것이다. 하지만 매스티프가 비어를 노려보며 이를 드러내고 으르렁거리는 이상, 지금 후퇴하면 저녀석한테 겁먹고 쫓겨가는 것처럼 보일 것이다.

결국 그는 계속 걸어가며 차갑게 개를 노려보았다. 윤기 나는 검은 털 아래 훌륭한 근육이 단련되어 있었고, 암컷치고는 보기 드물게 거대했다.

그가 말했다.

"날 때부터 크게 태어났겠지? 성격도 대단히 매력적이구나."

매스티프가 덤벼들려고 하자, 트렌트가 끈을 잡아당겼다.

개가 대꾸했다.

"그르르르르. 그르르르르."

비어는 적대적인 논평을 계속했다.

"주인만큼 상냥하기도 하군. 버티지도 못할 작은 여자한테 누가 이런 동물을 맡겨 놓았지? 그럴 권리는 누구한테도 없어. 하지만 그게 그렌빌 양의 전형적인 무책임……."

버티가 끼어 들었다.

"프라이스 양, 이쪽은 에인즈우드 공작이에요. 에인즈우드, 이쪽은 프라이스 양. 내 팔을 어깨에서 뽑으려 하는 이 녀석은 수잔이에요. 상쾌한 아침이죠? 프라이스 양, 제가 마차를 잡아 드릴게요. 가서 그렌빌 양에게 좋은 소식을 알려 드리세요."

트렌트가 으르렁거리는 매스티프를 끌어당기자, 프라이스 양이 서둘러 고개를 숙이며 인사한 뒤 따라갔다. 잠시 후, 소녀와 개가 안전하게 마차 안으로 들어갔다.

트렌트가 다시 돌아와, 비어를 이리저리 뜯어보았다.

"어디 가서 해장술 한잔할까요? 이런 말을 해도 괜찮을지 모르지만, 오늘 아침 상태가 꽤 심하시군요, 에인즈우드."

비어가 거리로 걸어가기 시작했다.

"내 몰골이 어떤지는 제인스가 벌써 말했네. 고맙군. 어젯밤 크록포드에서 자넬 기다리지 않았다면, 질 나쁜 샴페인을 한 통 다 들이키며 날 베어울프라 부르는 얼간이들 얘기를 듣지 않아도 됐을 텐데."

사실, 비어는 거기서 크렌쇼를 기다렸다. 아마존 여전사가 시작한 일을 마무리지으려고.

'너의 사생아를 보살필지어다.' 이것이 '네 이웃의 아내를 탐내지 말 것이며 간음하지 말지니라'를 대신하는 말로리 가의 계명이었다. 말로리가 아닌, 양심 없는 데인조차도 다른 뱃속에서 나온 자기 자식을 부양했다.

메리의 편지를 봤을 때, 크렌쇼는 가슴을 벌렁이며 이렇게 말해야 했다.

"맙소사, 다시 아버지가 될 모양이군. 알려줘서 고맙소, 그렌빌 양. 내일 당장 브라이드웰에 가서 그들을 데려오겠소."

그랬으면 훈족의 아틸라, 그렌빌 양은 그 잘난 엉덩이를 흔들며 떠나갔을 테고, 비어가 다시 그 여자를 보는 일도 없었을 것이다.

그 여자와 쓸데없이 엮여서 얼토당토않은 비난을 듣고, 드래곤의 소굴까지 두 손 딱 붙이고 약 올라하며 가야 할 이유도 없었다.

하지만 크렌쇼는 해야 할 일을 하지 않았고, 크록포드에 적당히 나타나 그의 주먹세례를 받지도 않았다. 게다가 샴페인을 그렇게 들이부었는데도, 약오름을 쓸어 없애 주는 약발이 듣지 않았다.

비어가 어젯밤에 충분한 괴롭힘과 자극을 받았던 것도, 터무니없는 시간에 깨어 있는 것 때문에 머릿속에서 대포소리가 울리는 것도 모자라서, 이제 문명을 인도하는 등불 같은 그렌빌 양께서 그가 브라이드웰에 왔다는 사실을 알았다. 그 여자는 자기가 이겼다고 생각할 것이다. 또다시.

트렌트가 사과하며 말했다.

"기다리지 말라는 전갈을 보냈어야 했는데. 하지만 당신이 돌아올 줄은 몰랐어요. 더 즐거운 약속이 있었던지라."

비어가 딱 걸음을 멈추고 그를 노려보았다.

"더 즐거운 약속? 레이디 그렌델과? 정신 나갔나?"

트렌트가 어깨를 으쓱했다.

"난 그 여자가 아주 멋지다고 생각하는데요."

비어가 다시 걷기 시작했다. 세상에서 단 한 사람, 버티 트렌트만이, 에인즈우드 공작이 희롱할 목적으로 푸른 눈의 암 드래곤과 떠났다고 상상할 수 있으리라.

차라리 악어와 잠자는 게 낫지.

그 여자가 곱사등이, 쭈글쭈글 비늘이 달린 생명체 대신 길쭉하고 뇌쇄적인 여자의 몸으로 악독한 성격을 보완한 것은, 그의 인생을 지배하는 악의적인 힘이 또 하나의 변태적인 마술을 부린 것뿐이리라.

어젯밤 술을 들이킬 때, 집에 와 잠을 잘 수 없었을 때, 비어는 스스로를 그렇게 납득시켰다.

오늘 아침 검정개를 발견한 순간 그 주인과 마주치지 않으려고 돌아설 작정이었으면서도 그녀를 만난다는 설레임에 심장이 고동치기 시작했을 때도, 또한 몇 분 전에 암 드래곤이 근처에 없다는 걸 알고 실망 같은 무언가가 원통하게 가슴에 들어왔을 때도 마찬가지였다.

그는 다시 중얼거렸다.

성가신 게 아직 남아 있어서, 그래…… 조끼의 가슴 주머니 안쪽에…… 그 여자가 어제 남기고 간 몽당연필 때문에.

# 4

이렇게 차갑고 습한 밤에 블루 아울로 들어가려니, 지옥의 경계선을 넘는 듯한 느낌이었다.

비어는 취해서 떠들어대는 사내들이 꽉 찬 술집 분위기에 익숙했다. 하지만 그들은 정상적인 인간들이었다.

블루 아울에는 글쟁이들이 가득 했고, 그들의 소음은 평생 들어온 모든 소음을 능가하고도 남았다.

또한 템즈 강에서 밀려드는 묵직한 안개처럼 방안에 휘감긴 담배연기도 그랬다. 여기 있는 자들은 죄다 입에 파이프나 시가를 물고 있었다.

안으로 들어가면서, 비어는 펄쩍펄쩍 뛰는 형체들 가운에 말발굽이 갈라진 악마가 버티고 있으리라 반쯤 예상했다.

하지만 눈에 보이는 건 틀림없는 인간들이었다. 흐린 재색의 노란빛 연기를 머금고 있는 아래로, 갈대처럼 마른 두 사내가 서로의 귀에 소리를 질러 대고 있었다.

그들 너머의 문에서는 이따금씩 소용돌이치는 연기 구름과 시끌벅적한 웃음소리가 흘러나왔다.

비어가 가까이 갔을 때, 누군가의 외침소리가 들렸다.

"하나 더! 하나 더!"

그러자 다른 사람들도 우우 소란을 피웠다.

그 문을 넘어서자, 몇 개 테이블에 모여 앉은 30명 남짓의 사내들이 보였다. 대부분은 의자에 대충 널브러져 있었고, 몇 명은 벽에 기대앉아 있었다. 자욱한 연기 속에서도 분명하게 그 여자가 보였다.

커다란 벽난로 앞에 서서 간소한 검은 옷의 실루엣을 드러내고 있었다. 전과 다르게 그 옷차림이 충격적으로 다가왔다. 자욱한 연기와 소음 때문일까? 아니면 저 머리 때문일까? 지금 그녀는 보닛을 벗고 있었다. 연한 금발머리가 흰 목덜미에 묶은 매듭에서 자연스럽게 빠져나왔다. 흐트러진 머리 모양이 그녀의 아름다운 이목구비를 부드럽게, 더 젊게, 아주 어려 보이게 했다. 마치 소녀처럼.

그러나 얼굴 아래로는 그렇지 않았다. 목의 윗부분과 아랫부분이 큰 대조를 이루었다.

허리에서 턱까지 엄격하게 올라간 단추들이 침입자를 모조리 무찌를 준비가 되어 있는 듯했다.

그는 꿈속에서 매일 밤 저 단추를 풀고 또 풀었다.

여기 있는 사내 중에서 그런 상상을 한 놈이 몇이나 될까?

모두였겠지, 당연히. 저들도 남자니까.

여자는 그녀 하나뿐이었다. 천한 글쟁이들 앞에서, 벌거벗은 나신을 떠올리며 인간이 알고 있는 온갖 음탕한 체위를 상상하고 있는 사내놈들 앞에서 그 여자가 걸어다니고 있었다.

그녀가 사내 하나에게 고개를 기울여 얘기하자, 사내는 입을 헤벌리고 그녀의 보디스를 쳐다보았다.

비어가 주먹을 틀어쥐었다.

그 다음에 여자의 한 손에 와인 병이, 다른 손에 시가가 들린 걸 보았다. 그녀가 비틀비틀 왼쪽 사내들한테 다가가더니, 한 명에게 취한 시선을 보내며 말했다.

"크군, 그래, 하지만 내 상대는 아니야. 키 173센티미터, 몸무게 63킬로그램, 다 벗었을 때…… 보는데 50기니 내지."

비어가 그 말을 알아차리기까지 1분이 걸렸다. 목소리를 알아내는데 또 1분이 걸렸다. 여자 목소리가 아니었다. 분명히 제대로 들었다는 걸 인식할 때까지 다시 1분이 더 걸렸다.

그건 자신의 목소리였다. 비니거 야드에서 말했던 그 내용.

하지만 그럴 리가…… 내 목소리가 어떻게?

누군가 소리쳤다.

"50기니나? 그렇게 많이 셀 수 있는지는 몰랐는뎁쇼, 나리."

그녀가 시가를 입에 물고 자기 귀에 손을 오므렸다.

"웬 쥐새끼가 찍찍거렸나? 아니면 그래, 조 퍼비스로군. 정신병동에서 언제 탈출했지?"

이번에도 소름끼치게 똑같은 비어의 목소리였다. 그녀의 통통한 입에서 술 취한 에인즈우드 공작의 목소리가 새어 나왔다. 게다가 몸짓까지 영락없었다. 마치 그의 영혼이 그 여자 몸 속에 들어간 것만 같았다.

그는 못 박힌 듯 서서 여자를 노려보았다. 사람들의 웃음소리가 의식의 끄트머리로 흐려졌다.

그녀가 야유를 보낸 자를 손짓해서 불러들였다.

"내가 셈할 줄 아는 지 알고 싶은가? 따라와, 내가 셈법을 가르쳐 주지. 바닥에서 자네 이를 하나하나 집어들면서 말이야. 아니면 재판장에서 한번 붙어 볼까? 거기가 어딘지는 알겠지, 무식한 것? 머리통을 박살내 주마."

이번에는 전혀 웃음소리가 들리지 않았다.

비어가 그녀에게 시선을 떼어 내 관객들을 보았다.

관객들의 고개가 문 쪽으로, 그가 서 있는 곳으로 향해 있었다.

이제 비어의 역할을 했던 배우도 그에게 시선을 보냈다. 아주 조금의 불편한 기색도 없이, 술병을 들어 한 모금 마신 후에 내려 놓았다. 그러더니 손등으로 입을 닦고, 고개를 까닥해 그를 아는 체했다.

"공작 나리."

비어가 씩 미소를 지었다. 두 손을 들어올려 짝짝 손뼉을 쳤다. 방안이 더 조용해졌다.

그녀는 모자를 들어올리며 그에게 절하는 시늉을 했다.

한순간 그의 현실감각이 흐릿해졌다. 너무나 비슷한 장면, 하지만 아주 오래 전에 이런 장면을 본 적이 있는 것만 같았다.

하지만 그런 느낌은 찾아왔을 때처럼 순식간에 사라졌다.

그가 차갑게 입을 열었다.

"잘 봤소. 매우 흥미롭군."

"원본만큼 흥미롭진 않죠."

그녀가 대담하게 그의 위아래를 훑으며 대답했다.

그는 애써 웃으며, 그녀를 향해 걸어갔다. 한 걸음 두 걸음 다가가다가, 순간적으로 그녀의 얼굴이 굳어지는 걸 보았다. 그 즉시 아주 흐릿한 미소로 바뀌었지만.

전에도 저런 조롱하는 표정이었다. 하지만 이번에는 속지 않았다. 연기와 흐린 불빛 때문일까, 그녀의 눈에 불안감이 스치는 것 같았다.

그는 아름다운 괴물 안에 들어 있는 어린 소녀를 간파했다. 소녀를 안고 이 지옥에서 데려 나가고 싶었다. 음탕한 생각과 더듬는 시선을 보내는 주정뱅이 돼지들이 없는 곳으로. 이 여자가 누군가를 꼭 조롱하고 비웃고 싶다면, 자기 한 사람이 되게 하리라고 생각했다.

"한가지 지적할 게 있소. 사소한 거지만."

그가 한 발짝 앞에서 멈췄다.

그녀가 눈썹을 치켜들었다.

주위에서 낮은 웅성거림과 기침소리, 저기서 트림소리가 시끄럽게 들렸다. 하지만 서로에게 귀가 쫑긋 세워져 있다는 건 의심의 여지가 없었다.

그는 잉크 얼룩이 흐릿하게 진 손가락 사이의 시가를 쳐다보며 눈살을 찌푸렸다.

"시가, 그게 잘못됐소."

"그럴 리가! 이건 인도산 여송연이랍니다."

그가 코트 안 주머니에서 시가 케이스를 꺼냈다. 그걸 열고, 하나를 내밀었다.

"내 것은 더 길고 가늘지. 품질도 비교가 안 돼. 하나 갖겠소?"

그녀가 흘깃 그를 쳐다본 다음, 여송연을 불 속에 던지고 그의 시가를 받아 들었다. 그녀는 손가락 사이로 시가를 굴리며 흠흠 냄새를 맡았다.

겉으로 보기에는 충분히 침착했다. 하지만 비어는 다른 이들이 볼 수 없는 것까지 볼 수 있을 만큼 가까이 있었다. 아주 희미한 뺨의 홍조, 빠르게 들썩이는 가슴의 움직임을.

그녀는 남들에게 보이려는 것처럼 자신을 완전히 조절하지 못했다. 냉소적이고, 뻔뻔하고, 자만심 강한 철면피가 아니었다.

그는 더 가까이 고개를 기울여 홍조가 진해질지 알아보고 싶었다. 하지만 이미 그녀의 체취를 맡아 버렸다. 어젯밤에 그랬듯이, 그건 거부할 수 없는 유혹이자 사람잡는 함정이었다.

그가 청중 쪽으로 돌아섰다.

"끼어 들어서 미안하오. 계속하시오."

그는 뒤도 돌아보지 않고, 벌써 그 여자의 존재를 잊어버린 것처럼, 왔던 길로 어슬렁어슬렁 걸어갔다.

지옥 소굴 같은 이 술집에 올 때도 이런 식으로 왔다. 오늘 아침 브라이드웰에서 보인 자신의 모습을 그렌빌 양이 잘못 해석했을 것 같아, 그걸 수정해 주기 위해서였다.

몽당연필을 돌려줄 때 성대한 의식을 펼쳐 보일 계획이었다. 곧장 글로 옮겨 적을 게 분명한 수다스런 글쟁이들 앞에서, 어제 그녀가 마차 안에 잃어버리고 간 게 연필만이 아니었다는 뉘앙스를 풍기리라. 그렇게 이 여자한테 밉살스럽고 양심 없는 자만심 덩어리 망나니라는 점을 확인시켜 주면 되는 것이었다. 다른 사람들이 다 그렇게 보고 있는 것처럼.

트렌트와 프라이스 양과 마주쳤을 때 옆 동네 창녀 집에서 나오는 참이었다는 말로, 마지막 쐐기를 박으면, 메리 바틀스라는 여자가 있었는지조차 까맣게 잊었다는 게 확실해지겠지.

결과적으로, 이 여자를 석방시켜 런던 밖에서 편안히 정착할 수 있도록 처리하려던 그의 계획은 불가능해진다. 물론 그것은, 그 여자와 병든 아기에 대해 생각하거나 다시는 들을 필요가 없게 하려는 조치였다.

혹시라도 말이 새어 나간다면, 버티 트렌트의 짓이었다고 둘러대면 되었다.

계획을 세울 때는 꽤 근사했다. 특히, 크록포드가 샴페인이라고 내놓은 싸구려 술 때문에 죽도록 고생하며 통틀어 20분밖에 못 잔 사이에 짜낸 계획이라서 스스로 대견할 정도였다.

하지만 비어는 헝클어진 금발머리 소녀를 알아보는 순간 이 근사한 계획을 잊어버렸다. 흐릿한 홍조와 가쁜 호흡을 알아차렸을 때는 완전히 포기하고 말았다.

그 여자를 잘못 보았다. 세상이 보고 있는 그런 여자가 전혀 아니었다. 그에게 아무 영향도 안 받는 게 결코 아니었다. 부술 수 없는 요새가 아니었다. 그는 요새의 틈을 발견했다. 그리고 혐오스럽고 비양심적이고 자만심 가득한 그의 성격상, 그는 안으로 들어갈 의무가 있었다. 벽돌을 한 장 한 장 떼어 내야 하리라.

아니, 그는 위험한 미소를 지으며 말을 고쳤다. 단추를 하나 하나 풀어야 하리라…….

다음 월요일, 열일곱 살 엘리자베스와 열다섯 살 에밀리 말로리는 <위스퍼러>의 내용을 꼼꼼히 읽고 있었다.

그들에게 스캔들 잡지를 읽을 수 있는 허락이 떨어진 건 아니었다. 품위 있는 신문조차 개인적으로 읽을 수 없었다. 고모부이신 마스 경이 시간을 내서, 순진한 소녀들에게 적당하다고 여기는 부분만 크게 읽어 주었다. 자신은 모든 내용을 다, 스캔들 잡지까지 두루 섭렵하면서.

어린 레이디들이 밤늦게 화롯불 앞에서 읽고 있는 잡지는, 폐품으로 실려 가기 위해 아래층에 쌓여 있던 신문더미에서 슬쩍 해 온 것이었다. 후견인의 행적을 알아낸 후에는, 전에도 그랬듯이, 불에 태워 흔적 없이 사라질 것이었다.

그들의 후견인은 7대 에인즈우드 공작. 그들은 찰리의 딸이자 로빈의 누이들이었다.

그들은 크록포드와 블루 아울에서 벌어진 후견인과 그렌빌 양의 사건을 다 읽고 나서, 바닷빛 초록색 눈을 들어 흥미로운 표정으로 서로를 쳐다보았다.

에밀리가 말했다.

"우리 후견인이 그렌빌 양을 마차에 태워갔을 때 뭔가 특별한 일이 있었나봐. 비니거 야드 사건이 끝이 아니었어. 그 여자가 우리 후견인의 관심을 끌었던 거야, 언니."

엘리자베스가 고개를 끄덕였다.

"예쁜 여자일 거야. 그렇지 않았으면 키스했을 리 없어."

"머리도 똑똑할 걸. 그런 수법을 어떻게 생각해 냈을까? 기절한 척했던 건 상상이 돼. 주먹을 날린 것도. 하지만 우리 후견인이 나가떨어지다니, 그건 도저히 상상이 안 돼."

"일단은 계속 지켜보는 수밖에 없어. 지금처럼 노력하면 돼."

"하지만 시가 피우는 건 사양할래. 고모부의 시가를 한 번 피워 봤다가 죽을 뻔했잖아. 어떻게 토하지 않고 그런 걸 피울 수 있을까?"

"그 여자는 기자야. 불결하고 지저분한 장소에 다녀야 한다고. 위장이 아주 튼튼하기 때문일 거야. 너도 위가 튼튼하면 메스껍지 않을 걸."

"그 여자도 우리 사촌에 대한 기사를 쓸까?"

엘리자베스가 어깨를 으쓱했다.

"기다려 보면 알겠지. 다음 호 <아르고스>가 내일 모레 나와."

하지만 그건 목요일 아침이 되어서야 블레익스레이에 도착할 것이다. 또 몇 사람의 손을 거쳐야 할 테고, 그후에 폐물 더미에 오르려면 적어도 일주일 이상 기다려야 했다.

고모부는 절대 <아르고스>의 내용을 읽어 주지 않았다. <테베의 장미>도. 말괄량이 주인공이 어린 숙녀들에게 나쁜 영향을 미칠 수도 있을 테니까.

두 소녀가 미랜다에게 흠뻑 빠져 있는 걸 안다면, 그는 아마 기겁하고 넘어갈 것이다. 소설의 남자 주인공 디아블로를 매력적인 남자로 본다는 것까지 안다면, 슬픔 때문에 정신이 이상해진 걸로 판단해서 의사를 부를 것이었다.

하지만 엘리자베스와 에밀리는 슬픔을 안고 살아가는 법을 아주 어렸을 때부터 배웠다. 주위 사람들이 하나 둘씩 떠나갈 때마다 슬퍼하며 분노했다. 아버지는 화를 내는 게 자연스러운 일이라고 가르쳐 주셨다.

시간이 지나면 분노는 사라지고, 고통스러운 슬픔도 조용한 비애로 잦아들기 마련이었다. 사랑하는 아버지를 잃은 지 2년, 애지중지 예뻐했던 남동생을 잃은 지 거의 1년 6개월이 지난 지금, 그들에게는 생에 대한 열정이 되살아나고 있었다.

세상은 더 이상 검은색이 아니었다. 분명 어두운 순간도 있지만 햇살도 있는 법이었다. 그들에게 한 줄기 밝은 햇살은 후견인인 비어 사촌이었다. 블레익스레이에서 바보처럼 길들여진 그들의 마음에, 비어 사촌의 행동은 남이 대신해 주는 모험과 같았다.

일주일을 기다려야 한다는 생각에, 엘리자베스가 긴 한숨을 내쉬며 말했다.

"도로시어 고모가 받는 편지 내용의 절반이 우리 사촌에 대한 걸 거야. 그건 장담해."

에밀리가 언니를 쳐다보았다.

"그래도 고모의 우편물을 뒤질 수는 없어. 그건 아빠가 찬성하지 않으실 거야."

"우리 후견인에 대해 아무도 얘기해 주지 않는 건, 아빠가 찬성하시겠니? 후견인을 정하신 아빠한테 그건 실례되는 짓이야. 아빠는 언제나 편지를 읽어 주셨잖아. 너희 사촌 비어가 이번에 또 무슨 짓을 했는지 들어보렴, 하시면서."

"망나니라고 하셨어. 말로리의 마지막 남은 망나니."

"오랜 말로리 혈통의 진짜 후계자. 비어는 진짜라는 뜻이라고."

"아일원이 만만치 않다는 뜻이라고도 하셨어. 그 사람은 로빈과 친했어, 그렇지?"

"그래, 만만치 않은 사람, 맞아. 아무도 막지 못했잖아. 로빈이 죽어 갈 때 다들 병에 걸릴까 봐 들어가지 못했지만, 비어 사촌은 달랐어. 비어는 로빈한테 진실했어."

엘리자베스가 동생의 손을 잡았다.

"우리도 비어 사촌에게 진실해지자."

그들이 서로 미소지었다.

<위스퍼러>를 불 속에 던져 넣은 다음, 엘리자베스가 말했다.

"이제, 편지를 보자."


"너무 조이지 마. 움직이기 힘들어. 숨도 못 쉬겠단 말이야."

리디아가 소리쳤다. 그 소리를 들은 상대는 헬레나 마틴이었고, 지금 그들은 여자의 몸을 남자처럼 보이기 위해 독창적으로 고안된 코르셋을 갖고 씨름하는 중이었다.

예전에, 런던 빈민굴에서 같이 놀았을 때, 헬레나는 재주가 비상한 도둑이었다. 하지만 지금은 매우 성공한 고급 매춘부였다. 수년간 떨어져 있으면서 서로가 다른 직업을 가지게 되었지만, 그들의 우정은 변치 않았다.

켄징턴에 있는 조용하고 고급스런 헬레나의 집, 그곳 의상실에 두 사람이 서 있었다.

"남자 가슴처럼 납작하게 만들려면 조이는 수밖에 없어."

헬레나가 마지막으로 있는 힘껏 레이스 매듭을 꼭 잡아당기고는 뒤로 물러났다.

리디아는 거울을 쳐다보았다. 괴상한 장치 때문에 새가슴이 되어버렸다. 요즘 유행하는 남자들의 차림이, 이렇게 가슴과 어깨에 심을 넣고 코르셋으로 허리를 조이는 것이었다. 에인즈우드만 빼고. 그 남자의 몸매는 전혀 인공적이지 않았다.

블루 아울 사건 후로 일주일 동안 천 번째쯤 떠오르는 그의 모습을 애써 마음에서 몰아내려 노력하며, 옷을 걸쳐 입었다. 가슴이 조이면서 답답하긴 했지만, 그 괴상한 장치 덕분에 훌륭한 남자의 모습으로 거듭났다.

몇 달 전에 헬레나가 이런 옷차림으로 가장무도회에 나가 사람들을 멋지게 속여넘겼다. 리디아의 큰 키에 맞춰 수선한 지금, 비슷한 성공을 거둘 수 있을 터였다. 비록 가장무도회에 가려는 건 아니었지만.

그녀의 목적지는 제리머라는 도박장이었다. 여성 독자들이 알고 싶어할 장소, 하지만 일반 여자들이 들어갈 수 없는 금지된 장소를 취재하겠다는 것이 맥거원에게 한 설명이었지만, 그 이유만은 아니었다. 제리머를 선택한 또 다른 이유가 있었다.

그곳에서 훔친 물건을 밀거래 한다는 정보를 입수했기 때문이었다. 장물아비들한테서 탐신의 보석을 찾아내지 못했으니, 다른 방향으로 시도해 보아야 했다.

그 말을 했을 때, 탐신은 강하게 고개를 흔들었다.

"내 보석 때문에 허비한 시간이 벌써 2주일이에요. 더 중요한 일들이 많잖아요. 진짜 도움이 필요한 사람들이 있어요. 메리 바틀스를 생각하면, 작은 돌조각 때문에 눈물 흘렸던 게 너무나 창피해요."

리디아는 취재가 주목적이라고 달랬다. 보석에 대해 알아낼 수 있으면 더할 나위 없겠지만, 그 문제만을 적극적으로 추적할 예정은 아니라고.

버크럼*과 고래뼈의 딱딱한 감옥에 갇힌 것 같은 이 상태로는 적극적으로 추적하고 싶어도 못하겠어, 거울을 쳐다보며 리디아가 생각했다.

헬레나가 말했다.

"여자라는 게 발각되면 상당히 곤란해질 거야."

"거긴 도박 클럽이야. 손님들은 카드, 주사위, 룰렛만 신경 쓸 거고, 거기 직원들은 돈만 쳐다볼 거야."

화장대의 화장품, 향수병, 보석 사이에서 에인즈우드가 지난번 주었던 시가를 집어, 안주머니에 넣었다. 고개를 드니, 헬레나가 걱정스레 응시하고 있었다.

"창녀들을 인터뷰할 때가 이보다 더 위험했어. 그땐 걱정 안 했잖아."

"그땐 네 행동이 이상해지기 전이었어. 네가 너의 성질과 맘에 안 드는 인간들을 잘 다룰 수 있었다는 얘기야."

헬레나가 서랍장으로 걸어가, 브랜디를 잔에 따랐다.

---

* 풀, 아교 등으로 빳빳이 먹인 이마포.

"크렌쇼한테 그랬던 것 때문에 이래? 사라를 울리고 욕한 놈한 테 너도 그랬었잖아. 8살이긴 했지만."

리디아가 술잔을 받아 들었다.

"음……. 내가 크렌쇼에게 좀 심했는지도 모르지."

헬레나가 미소지었다.

"욕구불만이 생기면 감정이 앞설 수 있어."

"누군가 죽이고 싶은데 법 때문에 참고 있다는 건 인정할게."

"성적인 욕망 말이야. 짝짓기의 본능. 그후의 번식."

리디아가 유리잔 너머로 친구를 응시하며 술을 마셨다.

헬레나의 말이 이어졌다.

"에인즈우드처럼 잘생긴 남자는 드물어. 몸도 좋고 머리도 좋아. 북극에서까지 장미꽃을 피울 만한 그 미소도 빼놓을 수 없겠지. 문 제는, 그 자가 여자를 경멸하는 난봉꾼이라는 거야. 그 남자한테 우리 여자들은 한 가지로밖에 사용할 데가 없어. 사용하고 나면 아 무 가치가 없지. 그 사람 때문에 미덕의 길을 벗어난 생각들을 하 게 되는 거라면, 리디아, 대용물을 찾아 봐. 셀로우바이는 어떨까? 그 사람은 여자를 경멸하지도 않고, 너한테 관심이 많아. 네가 신 호만 하면 돼."

리디아가 아는 한, 런던에서 헬레나만큼 비싼 여자는 없었다. 거 기에는 그럴 만한 이유가 있었다. 그녀는 몇 초만에 남자를 서게 할 수 있었고 그에 맞춰 화답해 줄 수도 있었으니까. 그런 여자의 충고니 만큼, 가볍게 받아들일 일이 아니었다.

하지만 셀로우바이 경을 대용물로 고려할 순 없었다. 그 남자가 그녀에게 관심 많은 이유를 알기 때문이었다.

셀로우바이는 데인의 결혼식 날 취재하러 간 기자들 중에서 리 디아를 보았고, 며칠 뒤에 헬레나에게 말했다. '애스코트의 초상화 에서 걸어나온 듯한 여자를 봤다'고. 애스코트는 데인 후작의 집이 었다. 그후로 리디아는 최대한 셀로우바이를 피해 다녔다. 가까이에서 본다면, 애스코트에 대한 질문과 그녀의 비밀을 파헤치려 들 것이었다.

리디아가 대꾸했다.

"셀로우바이는 안 돼. 스캔들이 커지기 십상이야. 지금은 다른 남자와 엮일 시기도 아니야. 내가 타락한 여자로 소문나면, 여론에 미치던 나의 작은 영향력마저 사라지고 말 거야."

"다른 직업을 찾으면 되잖아. 점점 나이도 들어가는데, 이렇게 인생을 낭비……."

"걱정해 주는 마음은 고마워. 하지만 이런 얘기는 다음에 하자. 이제 가 봐야겠어."

리디아가 술잔을 내려놓고, 모자를 썼다. 거울에 마지막으로 모습을 확인한 후, 지팡이를 들고 문으로 향했다.

헬레나가 뒤에서 소리쳤다.

"안자고 기다릴게. 끝나면 이리 돌아와야 돼."

"당연하지. 새벽에 낯선 남자가 내 집으로 들어가는 걸 누가 보기라도 하면 어쩌니? 이 괴상한 장치를 벗겨 달라고 자는 사람 깨우기도 싫어. 그 기쁨은 너한테 다 넘겨줄게."

"조심해, 리디아."

리디아가 문가에서 돌아보며 뻐기는 미소를 던졌다.

"알았어. 빌어먹을, 남자 좀 그만 괴롭히라고, 이 여자야!"


수요일 밤, 블루 아울에 모인 사람들은 재미가 없었다. <아르고스>의 그렌빌이 참석하지 않았기 때문이었다.

하지만 조 퍼비스는 거기 참석했고, 생리현상을 해결하고 오던 중에 복도에서 비어와 마주쳤다.

동료의 행방에 대해 조의 입을 열려면 술 몇 잔이 필요했다. 하지만 그는 이미 취해 있었던 데다 기분까지 나쁜 상태였다. 처음에는 그렌빌이 그를 쥐새끼라고 부른 것 때문에 친구들도 덩달아

‘찍찍이’라 부른다며 불평을 늘어놓았다. 또 재미있는 일은 그 여자가 항상 독차지한다고 불평했다.

“나도 제리머에 같이 갔어야 되는 거라고요. 삽화를 내가 그려야 되잖아요. 그런데 그 여왕마마는 런던 도박장에서 내 얼굴을 모르는 곳이 없기 때문에 안 된다더군요. 자기 같은 꺽다리도 누구나 다 알아볼 텐데.”

제리머에 갔을 때, 비어는 하마터면 그녀를 알아보지 못할 뻔했다. 하지만 시가가 그의 시선을 끌었다. 시가가 아니었으면 젊은 남자 곁을 무심하게 지나쳤을 것이다. 요즘 유행하는 옷차림이군, 룰렛을 잘하는군, 그 정도만 알았으리라. 하지만 젊은이 뒤를 지나다가 시가 냄새를 맡는 순간 딱 멈춰 섰다.

그 시가는 아주 특별한 것이었다. 런던에서 그걸 파는 곳은 한 군데밖에 없었다. 일주일 전 그렌빌 양에게 지적했던 것처럼, 보기 드물게 길고 가는 모양에, 양 또한 한정이 돼 있어서 에인즈우드 공작만이 독점 구매자였다.

물론 제대로 감탄할 줄 아는 남자들 모임에 갔을 때 기꺼이 나눠주기도 하지만, 비어는 몇 개월째 그런 모임에 참석한 적이 없었다.

비어는 미소를 삼키며 가까이 다가갔다.


룰렛은 요즘 영국에서 대유행이었다.

제리머에서도 인기가 있었다. 최근에 씻지도 않은 몸뚱이들이 가득한 이곳은 마셜시 감옥보다 더 냄새가 지독했다. 그나마 입에 물고 있는 시가가 악취를 막아 주었고, 초조한 마음을 달래는 데에도 도움이 되었다.

리디아의 앞에 쌓여 가는 칩은 중요하지 않았다. 조금 떨어진 곳에 더 먹음직한 상품이 보였으니까.

코럴리 브리스가 거기 서 있었다.

귀에 루비 방울, 목에 루비 목걸이, 손목에 루비 팔찌가 반짝거리면서.

탐신이 설명한 보석과 똑같았다.

작은 방안은 질식할 정도로 북적였다. 사람들에 치여 밀리는 척하면서, 도둑맞은 보석을 다시 훔쳐내는 게 그리 어려울 것 같지 않았다. 문제는, 그런 기술이 리디아가 아닌 헬레나의 기술이라는 거였다. 지금 헬레나는 멀리 켄징턴에 있었다.

리디아의 기술을 쓰자면, 저 포주에게 주먹을 갈기고 보석을 낚아채야 할 테지만, 지금은 그런 방법을 쓸 시기도 장소도 결코 아니었다.

몸의 움직임을 심각하게 방해하는 코르셋이 아니더라도, 자제해야 할 이유가 몇 가지 더 있었다. 어둡고 비좁은 이 동네에 그녀의 편은 하나도 없다. 적이 될 만한 자들이 더 많았다. 더구나 난투극을 벌이다 여자라는 게 밝혀진다면, 운 좋으면 망신이요, 운 나쁘면 심각하거나 치명적인 상처를 입게 될 터였다.

런던 최악의 비열한 포주가 탐신의 보석이 달고 있다니, 화가 나서 견딜 수 없었다. 그 보석의 의미를 생각하니 있는 성질 없는 성질이 다 폭발하려 했다.

하지만 안 된다. 또다시 감정에 휘둘리면 안 돼, 여자를 경멸하는 에인즈우드가 그녀를 충동적인 여덟 살짜리로 만들어 버린 그 '욕구불만'을 풀어놔서는 안 돼, 그녀는 생각했다.

지긋지긋한 남자 모습을 머리에서 밀어내고, 태연하게 눈앞의 문제에 정신을 집중시키려 노력했다.

빨간색, 21에 룰렛 판이 멈췄다.

게임 진행자가 리디아 앞으로 칩을 밀었다. 그때 코럴리의 찢어지는 듯한 욕설 소리가 들렸다.

지난 한 시간 동안 계속 지기만 하더니, 코럴리가 드디어 룰렛 테이블을 박차고 일어났다. 돈이 떨어지면 보석을 거래하려 들 것이다. 거래가 이루어지는 장소는 이미 알아두었다.

리디아는 재빨리 칩을 세었다. 2백. 수천이 오가는 크록포드 같은 곳에 비하면 많은 돈도 아니지만, 도박에 정신 팔린 창녀한테 루비세트를 살 정도는 되리라.

리디아가 사람들을 헤치고 나가기 시작했다.

사냥감에게 시선을 떼지 않은 채로, 달라붙는 빨강머리 매춘부를 밀치고 소매치기를 팔꿈치로 찌르며 전진했다. 하지만 앞길에 거치적거리는 신발은 미처 보지 못했다. 리디아가 거기 걸려 비틀거렸다.

순간 누군가의 손이 그녀의 팔을 잡아 일으켰다. 고무줄처럼 죄어드는 큼직한 손이었다.

리디아가 번득이는 초록색 눈을 들어올렸다…….


대체, 이 여자의 침착한 겉모양을 깨뜨릴 수 있는 게 무얼까, 비어는 그게 궁금했다.

그녀가 한번 눈을 깜박이더니, 곧바로 시가를 입에서 빼내며 말했다.

"아이고, 당신이군요, 에인즈우드! 오랫동안 보질 못했는데, 관절염은 좀 어떠십니까? 아직도 힘드십니까?"

코럴리 브리스와 덩치 큰 보디가드 두 명을 본 터라, 비어는 여기서 사라 시든스—영국의 명배우—같은 그렌빌 양의 정체를 드러낼 수 없었다.

그녀의 연기에 계속 부응해 주면서, 그는 재빨리 밖으로 끌고 나갔다. 도박장을 벗어난 후에도 그녀의 팔을 꽉 쥔 채 피카딜리 쪽으로 성큼성큼 걸어갔다.

그녀는 여전히 시가를 물고 다른 손으로 지팡이를 흔들며 거드름을 피웠다.

"습관이 되셨나요, 에인즈우드? 일이 잘 풀린다 싶을 때마다 내

일을 망쳐놓기로 작정했나요? 당신이 봤는지 모르겠지만, 난 아주
운이 좋았어요. 게다가 일하는 중이었어요. 돈버는 직업을 가져 본
적이 없을 테니, 내가 기본적인 경제학을 설명해 드리죠. 잡지사
기자가 취재를 하지 못하면, 잡지에 기사가 실리지 않아요. 기사가
없으면 고객들이 그걸 살 리 없죠. 돈 내고 잡지를 살 때는 거기
읽을거리가 있기를 기대하기 때문이니까. 독자들이 돈을 쓰지 않으
면 기자도 돈을 못 받아요. 내 말이 너무 빨랐나요?”
　그녀가 그를 올려다보았다.
　“당신은 내가 끼어 들기 전에 룰렛을 그만뒀소. 다른 게임을 할
작정이었어. 당신이 포주를 지켜보는 동안, 난 당신을 보고 있었거
든. 전에 그런 표정을 본 적이 있으니, 당연히 의미도 알았지. 무
차별적인 폭력.”
　그녀는 태연하게 젊은이로서의 연기를 유지했다.
　그가 말을 이었다.
　“당신이 미처 몰랐던 점을 알려주지. 포주 옆에는 덩치 큰 남자
둘이 있었소. 당신이 그 여자를 따라 밖으로 나갔으면, 그 짐승들
이 가까운 골목으로 끌고 가서 칼을 그었을 거요.”
　이때쯤 그들이 피카딜리에 도착했다.
　그녀는 시가 꽁초를 집어던졌다.
　“조시아와 빌 말이겠죠? 장님이 아닌 이상 그런 거구를 못 봤을
리 없다는 걸 알려드려야겠군요.”
　“당신 시력은 믿을 만하지 않소. 나도 못 봤잖소.”
　그가 거리 아래쪽에 있는 마차를 손짓해 불렀다.
　그녀가 말했다.
　“당신이 탈 마차를 부르는 거라고 믿겠어요. 난 끝내야 할 일이
있거든요.”
　“제리머에서 끝내진 못할 걸. 다시 돌아가지 못할 테니까. 내가
당신을 찾아냈다면, 남들도 그럴 수 있소. 당신이 의심하는 것처럼,

거기서 불법적인 일이 벌어지는 거라면, 그런 자들은 <아르고스>의 그렌빌에게 기사거리를 주지 않을 뿐 아니라, 다시는 그 이름을 듣지 못하게 할거요."

"내가 여길 의심하는 건 어떻게 알았어요? 그건 기밀인데요."

마차가 멈췄다. 새로운 기종의 마차가 아니라, 백 년쯤 신사 계급을 태우고 다녔을 게 분명했다. 마부석도 현대식처럼 뒤에 있는 것이 아니라 앞에 있었고, 뒤에는 하인 둘이 겨우 설 만한 좁은 단이 있었다.

마부가 물었다.

"어디로 모실까요, 신사분들?"

비어가 말했다.

"소호 스퀘어."

"미쳤어요? 이런 차림으로 거기 갈 수는 없어요."

그가 그녀를 위아래로 훑었다.

"왜? 그 사랑스런 성질의 강아지가 겁나시나?"

"켄징턴의 캠든 플레이스로 갑시다."

그녀가 마부에게 말했다. 비어의 손을 뿌리치며 낮은 목소리로 덧붙였다.

"제리머에 안 갈 테니, 더 이상 신경 쓰지 말아요. 당신이 내 정체를 알아냈다면, 어느 얼간이라도 가능하겠죠."

"당신 집은 소호잖소."

"옷이 켄징턴에 있어요. 내 마차도."

마부가 소리쳤다.

"신사분들. 안 가실 거면……."

그녀가 마차로 쓱쓱 걸어가 문을 열고 올라탔다. 비어가 손잡이를 붙잡았다.

"그러고 보니, 나도 켄징턴에 가 본지 꽤 오래됐군. 그 동네 공기가 내 관절염에 좋을지도 모르겠소."

그녀가 단호하게 속삭였다.

"켄징턴은 이맘때쯤 아주 습하답니다. 고비 사막에나 가 보시죠."

"다시 생각해 보니, 따뜻한 창녀촌에나 가 봐야겠군."

그가 문을 쾅 닫고 떠나갔다.

# 5

마차가 하이듯 파크 턴파이크—통행세 받는 문—를 지날 무렵, 리디아는 오늘 당하는 이 괴로움이 자기 탓이라는 걸 잘 알았다.

지난주, 블루 아울에 에인즈우드가 나타났을 때 그녀는 즉시 알아차렸다. 하지만 공연을 중단하는 건 자존심이 허락지 않았다. 비록 반쪽짜리 벌리스터 사람이었지만, 성격은 100퍼센트 벌리스터였다. 얼간이 공작이 보고 있다는 이유만으로, 공연을 중단하거나 당황하는 기색을 보일 수는 없었다.

그래도 다른 사람을 선택할 수 있었을 텐데. 에인즈우드를 놀려보자는 악마적인 충동에 저항할 수도 있었을 텐데. 대신에 그녀는 말썽이 날 쪽을 택했다. 그리고 조만간 보복이 올 것을 예상했어야 했다.

그날 에인즈우드가 그대로 물러난 건, 보는 사람이 많아서 호인인 척했을 뿐이었다.

오늘 에인즈우드는 어떤 식으로든 복수하려고 블루 아울에 다시 갔을 것이다. 거기서 <아르고스>의 내부사정을 아는 누군가가 술이나 뇌물을 받아먹고 입을 나불거려, 그녀가 있는 곳을 알려 주었으리라. 그래서 공작 나리는 그녀가 하는 일을 방해하겠다는 한가지 목적으로 제리머에 나타났을 것이다. 그녀가 일을 하든 연극을 하든 그에게는 다를 바 없었다. 모든 걸 망치고 즐거운 방탕의 길로 되돌아가면 그만이었다.

자신의 어린애 같은 행동 때문에, 유치한 심술 때문에, 탐신의 루비세트를 코앞에서 놓쳐 버렸다.

지금쯤 에인즈우드는 레이디 그렌빌에게 한 방 먹인 걸 자축하고 있겠지? 어쩌면 그 사건을 안주 삼아, 매춘굴에 있는 다른 놈팡이들과 같이 즐기고 있을지도 모른다.

어쩌면 그 튼튼한 팔뚝으로 풍만한 여자를 끌어안으며 웃고 있을지도, 그 목덜미에 코를 비비면서…….

무슨 상관이야, 그녀는 고개를 흔들었다.

그 남자가 다른 여자와 무슨 짓거리를 하든 상관없었다. 현명한 이성의 입장에서는, 오히려 사라져 줘서 고맙다고 해야 할 것이다.

하지만 다른 편에 있는 악마는 '신경 쓰이지?'하며 놀려댔다. 그 남자만큼이나 거칠고 사악하고 수치심도 없는 그녀의 마음속 악마가, 당장 마차에서 뛰어내려, 이름 모를 창녀의 품에서 그 자를 뜯어 놓고 싶다고까지 주장했다.

캠든 플레이스로 가는 내내 그녀는 안절부절하며 분통을 터트렸다. 탐신의 보석이나 취재 때문이 아니라, 에인즈우드가 한 마지막 말과 그녀의 면전에 문을 닫아 버린 행동 때문이었다.

비어와 떡칠 한 창녀가 하고 있을 만한 행동을 상상하느라, 그 후에는 자신에게 한바탕 호통을 쳐대느라, 마차가 멈춘 뒤에도 어디에 와 있는 건지 한동안 어리둥절했다.

허겁지겁 마차에서 내려서 값을 치르고, 헬레나의 집으로 향했다. 그 순간 발길이 얼어붙었다. 화려한 4륜 마차가 정문 근처에 세워져 있었다. 뒤늦게 그녀는 눈앞에 보이는 광경을 이해했다.

헬레나에게 손님이 찾아온 것이다.

그게 누군지도 알았다. 그 주인을 피하려고 눈여겨봐 두었던 마차였으니까. 손님은 셀로우바이 경이었다.

그녀가 뒤돌아보았다. 타고 온 마차가 저 멀리 떠나가고 있었다.

욕설이 튀어나왔다.

그녀는 집 창문을 슬쩍 올려다본 후에, 셀로우바이의 마차로 천천히 다가가, 마부에게 가까운 술집의 방향을 물어 본 다음, 그 쪽으로 느릿느릿 걸어갔다.


낡은 마차의 뒷단에 서서 5킬로미터를 여행하는 건 결코 편안하지 않았다. 하지만 지금 비어의 눈앞에 보이는 풍경이 그동안의 고생을 보상해 주고도 남았다.

그는 마차가 느려진다 싶었을 때 사냥감보다 먼저 내려 어둠 속으로 숨어 들어갔다. 사냥감은 그의 미행을 전혀 의심하지 못하는 듯했다.

솔직히, 런던 최고급 매춘부의 집으로 따라오게 되리라고는 짐작 못했다. 메두사가 켄징턴에 마차와 옷이 있다고 했을 때, 그 근처 여인숙에 들러 옷을 갈아입으려니 생각했었다. 따라서, 여인숙에서의 흥미로운 해후를 상상하고 있었다.

그런데 이건, 훨씬 흥미진진한 상황이 될 모양이었다.

정원 울타리에 숨어서, 그는 레이디 그렌빌이 코트를 벗으려 애쓰는 모습을 지켜보았다. 보름달은 아니었지만, 그 과정을 관찰할 만큼의 빛은 충분했다.

코트가 몸에 딱 맞는데다가 몸매를 숨기려고 입은 갑옷 때문에 그녀의 동작이 무던히도 우스꽝스러웠다. 깡충깡충 뛰고 비틀어 대고 휙 잡아당기기를 한참, 드디어 코트가 땅에 떨어졌다. 모자와 가발이 그 뒤를 잇고, 납작하게 감긴 금발머리가 드러났다.

그녀가 머리를 손가락으로 빗었다.

비어는 머리에서 핀이 빠지는 광경을 숨죽인 채 지켜보았다. 숱이 많았다, 그건 알았다, 어깨를 넘을 만큼의 길이일 것이다. 그렇게 간단한 걸 숨가쁘게 쳐다보고 있다니, 여자들이 머리 풀고 옷 벗는 모습을 한 번도 본 적이 없는 남학생 같지 않은가.

그녀는 셔츠와 바지를 다 입은 상태였다. 그런데도 그의 체온은 올라갔다.

숨어서 보는 상황이라 반응이 뜨거운 거야, 그 뿐이야, 그는 생각했다.

하지만 그녀는 머리핀을 하나밖에 빼지 않았고 더 이상 옷을 벗지도 않았다. 그녀가 다음에 한 일은, 구석에 있는 배수관을 잡고 기어오르는 일이었다.

비어는 경악하며 눈을 한 번 깜박인 후, 부리나케 그녀에게 달려갔다. 자갈이 바글바글 발에 밟혔다.

소리에 놀란 여자가 미끄러지며, 잔디위로 쿵 떨어졌다. 그녀가 일어나기도 전에, 그가 팔뚝을 잡아 일으켜 세웠다.

그가 작은 소리로 다그쳤다.

"도대체 무슨 짓이오?"

그녀가 그의 손을 뿌리치고, 엉덩이를 문질렀다.

"뭐 하는 걸로 보여요? 빌어먹을, 다리 부러질 뻔했잖아요! 내 뒤를 따라온 거예요? 창녀 집에 간다지 않았던가요?"

"거짓말이었소. 당신이 그렇게 쉽게 속다니 믿어지지 않는군. 창밖을 내다보기만 해도 알았을 텐데."

그녀가 의심의 눈초리를 던졌다.

"마차 뒤에 매달려 왔다는 거예요? 당신이?"

"겨우 5킬로미터였소."

"왜요? 이젠 무슨 원수를 갚으시게요?"

"원수를 갚으려는 게 아니었소. 호기심이었지."

그녀의 눈이 가늘어졌다.

“무슨?”

그의 눈길이 그녀의 납작한 가슴으로 향했다.

“그걸 어떻게 했는지. 졸라맨 건 아니겠지? 가슴을 어떻게 한 거요?”

그녀가 입을 벌렸다 다물었다, 자신을 내려다보고 그를 올려 보았다.

“특수한 코르셋이에요. 앞쪽이 남자 가슴처럼 돼 있어요. 뒤는 다른 코르셋과 같고.”

“아, 뒤에서 묶는 거로군.”

“그래요. 궁금해 할 거 전혀 없어요. 전에 수백 번 봤을 텐데요.”

그녀가 배수관으로 돌아갔다.

“기왕에 왔으니까, 나 좀 올려 주세요.”

“못하겠소. 무단 침입을 도울 수야 없지.”

“언제부터 법과 질서의 수호자가 되셨을까?”

“요즘 성인이 되려고 연구 중이오.”

“다른 데 가서나 연구하세요. 난 도둑질하려 게 아니라, 옷을 찾으려는 것뿐이에요.”

“앞문으로 들어가면 되잖소?”

그녀가 짜증스럽게 대답했다.

“손님이 와 있어요. 남자. 내가 이렇게 일찍 올 줄 몰랐을 거예요. 내 옷은 의상실에 있어요. 창문은 열려 있고요.”

손가락으로 위를 가리켰다.

“들어갔다 나오기만 하면 돼요. 두 사람을 방해하고 싶지 않아요.”

비어의 시선이 창으로 향했다가 그녀에게 돌아왔다.

“엄청 높은데.”

그녀가 분개하며 속삭였다.

“올라갈 수 있어요.”

그의 시선이 그녀의 길고 늘씬한 다리로 미끄러졌다.

"내가 하겠소. 그 편이 더 빨라."

짧고 격한 언쟁이 오고간 몇 분 뒤, 에인즈우드 공작은 의상실 창으로 리디아를 끌어올리고 있었다. 창턱으로 몸이 올라가지 않았다. 빌어먹을 코르셋이 아니었으면 끌어 올려줄 필요도 없었는데.

비어가 그녀의 겨드랑이에 두 팔을 끼워 과격하게 창턱 위로 끌어올린 다음 바닥에 툭 떨어뜨렸다.

물론 리디아가 그 정도에 부러질 사람은 아니었다. 점잖게 다뤄주지 않았다 해서 화가 나지도 않았다. 점잖은 대접을 받고 싶었다면, 기자가 되지 않았을 것이다. 그가 진짜로 그녀를 다치게 할 셈이었다면, 이보다 더 심하게 굴 수도 있었다. 그는 심술이 났다. 그 뿐이었다. 그녀가 자기 말대로 따르지 않았기 때문에.

그럼 그녀가 정원에서 기다릴 거라 예상했을까? 자신이 어둠 속에서 문에 부딪히고 가구에 걸려 넘어지며, 집안 사람들에게 침입을 알리며 옷을 찾는 동안, 밤새 밑에서 기다릴 줄 알았을까?

게다가 그 남자가 신중하게 굴 거라고 믿을 수도 없었다. 헬레나와 그 손님을 방해하는 게 더 재미있다고 생각했을 것이다.

그는 속옷을 한아름 들고 침실로 어슬렁어슬렁 걸어 들어가서 이렇게 말하리라.

*"미안하지만, 마틴 양, 이 속옷 중에서 어느 게 그렌빌 양의 것이오?"*

이런 상상을 하자 입술이 뒤틀렸다. 하지만 헬레나의 손님이 누구인지 떠오른 순간, 얼른 제정신이 돌아왔다. 셀로우바이와 마주치게 되면, 가문의 수치가 대중의 흥밋거리로 공개되고 말 것이다.

양탄자가 두꺼운 것에 감사하며, 그녀가 주섬주섬 일어났다. 안 그랬으면 집안 전체가 쿵 소리로 울렸을 것이다. 우선, 침실쪽 문을 확인하러 갔다.

에인즈우드의 성난 속삭임이 들려 왔다.

"뭐 하는 거요? 얌전히 좀 있을 수 없소?"

리디아는 들은 척도 않고 문에 귀를 대본 다음, 살짝 열었다가 얼른 다시 닫았다. 그리고는 조그맣게 에인즈우드에게 알렸다.

"침실에 아무도 없어요. 응접실에 있나 봐요."

"얼마나 실망스러우실까? 그들이 침실에서 노닥거렸으면, 당신이 볼 수 있었을 텐데."

"조용히 해야 한다는 것 정도는 아시겠죠? 소리내지 말고 코웃음치지도 말고, 옷부터 찾을 순 없을까요?"

"아무 것도 안 보인단 말이오. 창문 옆에 서 있으시오, 제기랄, 그래야 당신한테 걸려 넘어지지 않을 거 아니오?"

"당신이 창가에 있고 내가 찾으면 안 될 이유라도 있나요?"

"봄버진의 감촉, 냄새, 다 알아. 빌어먹을. 장례는 충분히 치렀으니까."

리디아가 희미한 달빛이 들어오는 창가로 갔다. 옷과 가구가 들어찬 의상실 안이 바깥보다 좀더 어두웠다.

그의 형체가 어렴풋이 보였다. 마음 심란하게 크고 까만 형체. 그가 무언가 들어올리는 듯했다. 냄새맡는 소리도 났다.

그가 다가와서 그걸 그녀에게 안겼다.

"찾았소. 갑시다."

"먼저 가세요. 금방 따라갈게요. 난…… 갈아입어야 돼요."

여기서 갈아입는 게 나았다, 방안이기도 하고 어두우니까.

방안에 침묵이 흘렀다.

그녀가 턱을 들어올렸다.

"코르셋을 벗어야 쉽게 내려갈 수 있어요. 이대로는 올라올 때보다 더 힘들 거예요."

물론 맞는 말이었다.

또 한 번, 더 긴 침묵이 흘렀다. 그녀는 두꺼운 코르셋이 가슴의 쿵쿵거림까지 짓눌러주기를 바랐다.

"그렌빌 양, 한가지 잊은 모양이군요."

"치마 입고 내려갈 수 있어요. 여러 번 해 봤어요."

그가 씩씩거렸다.

"그 코르셋은, 뒤에서 푸는 거잖소? 어떻게 벗을 참이오?"

한순간 그녀의 머릿속이 텅 비었다. 목으로 열기가 치밀어 올라 얼굴까지 뒤덮었다. 그걸 잊어버렸다. 혼자서 벗을 수 없다는 걸.

그녀가 돌아서서 아래 정원을 내려다보았다. 아주 멀다. 게다가 너무 밝았다.

"그럼 뛰어내려야겠군요. 별로 높지도 않아요."

그가 입 속으로 뭔가 중얼거렸다. 기도문일 것 같진 않았다. 그리고 억양 없이 말했다.

"뛰어내릴 수 없소. 안쪽으로 가시오. 그 다음에 셔츠를 벗어요. 어두운 데서. 할 수 있겠소?"

"물론……."

"좋아. 그럼 내가 그 빌어먹을, 망할 코르셋을 풀어 주겠소. 당신이 2분 동안만 가만히 있을 수 있다면."

리디아의 손에 땀이 배기 시작했다.

"고마워요."

그녀가 침착하게 대답했다. 아주 아무렇지 않게 창가에서 벗어나 반대편으로 갔다. 의상실의 구석, 제일 어두운 곳으로.

남자가 다가오는 소리가 들렸다. 느껴졌다.

배에 옷가지를 꽉 부여잡고, 중얼거렸다.

"경험이 많으실 테니, 2초안에 풀 수 있으시겠죠?"

바보 같이 굴지 마, 제발. 그 남자의 열기와 힘과 커다란 두 손의 기억이 야성적인 감각을 들쑤셔댔다. 악마의 속삭임에 귀기울이지 않을 것이다. 평생 후회할 실수는 저지르지 않을 것이다.

뻣뻣하게 굳은 손가락을 풀어 옷가지를 떨어뜨렸다. 떨리는 손으로 최대한 빠르게, 셔츠를 벗었다.

그의 손이 어깨에 닿자, 훅, 숨이 막혔다.

"빌어먹을, 속에 아무 것도 없잖아."

"남자는 속옷을 안 입어요."

"당신은 남자가 아니잖아."

희미하게 끼익 소리가 들렸다, 마치 그가 이를 가는 것처럼.

그가 거칠게 속삭였다.

"먼저 레이스를 찾아야 돼."

보이지 않으니까, 손으로 더듬어 찾아야 한다는 뜻이었다. 그녀가 꿀꺽 침을 삼켰다.

"밑으로. 오른쪽 어깨 밑에."

그녀가 방향을 가르쳐 주었다.

그의 손가락이 다시 어깨에 닿았고 아래쪽으로 움직였다. 화끈거리는 감각이 흔적을 남겼다.

그는 아주 금방 목적지를 찾아냈다. 살갗이 아닌 코르셋에 손이 닿았는데도, 그녀의 가슴 사이로 땀방울이 맺혔다.

긴장된 목덜미에 따뜻한 숨결이 닿았다. 그가 능숙하게 밑으로 이동하며 레이스를 풀어갔다.

이제 숨쉬기가 더 편해져야 할 텐데, 그렇지가 않았다.

반쯤 풀어지자, 코르셋이 허리춤에 축 늘어졌다. 그녀는 앞쪽 코르셋을 움켜쥐며 가슴을 가렸다.

그의 손이 멈칫했고, 그녀의 호흡도 멎었다.

심장박동이 두 번 쿵쿵거렸을 때, 그가 다시 작업을 시작했다. 머뭇거리지 않고 효율적으로 일을 끝냈다.

그가 뒤로 물러났다.

그때 리디아가 느낀 감정은 너무나 분명했다. 머리끝에서 발가락 끝까지 수치심으로 뜨거워졌다. 무얼 기대했던 걸까? 상체를 벗었다고 해서 이 남자가 정열적으로 덤벼들거라 생각했을까?

그는 망나니였다. 소문난 난봉꾼이었다. 아래까지 다 벗은 여자를 수백 번도 더 봤을 것이다.

그녀는 멍청한 자신에게 화를 내며, 속옷과 남자용 셔츠를 입고 바지 위로 치마를 끌어올렸다. 상대한테 보이지도 않고, 상대가 보려는 의욕도 없는 게 분명한 상황에서, 정숙하게 굴려는 건 아니었다. 다만, 치마로 가리면 다리와 엉덩이가 그나마 덜 드러날 것 같은 기분이었다.

그녀가 바지를 벗고 속바지를 입었다. 다시 벗어야 했다. 거꾸로 입었다. 욕설을 중얼거리며 그걸 고쳐 입었다. 서둘러 속치마를 입고 끈을 묶었다.

그녀가 옷을 입는 동안, 그의 숨소리가 들렸다. 아니, 콧김소리라고 해야 할까? 거친 숨소리로 짐작컨대, 빨리 나가고 싶어 안달이 난 모양이었다.

그녀가 얼른 재킷을 걸치며 말했다.

"당신은 가세요. 신발은 내가 찾을 수 있어요."

그가 신음 같은 소리를 냈다. 수잔이 못마땅한 명령을 받았을 때나 과자를 더 주지 않았을 때 내는 소리와 비슷했다.

리디아는 부츠를 찾으려고 바닥에 엎드려 기었다. 소파 바로 옆에서 찾았다. 부츠를 신으려는데, 헬레나의 목소리와 발자국 소리가 가까워지는 걸 알아차렸다.

"옆집 고양이일 거예요. 로사가 창문을 열어놨나 봐요."

리디아의 시선이 창으로 날아갔다. 하지만 에인즈우드는 이미 움직였다. 순간적으로 그가 옆으로 다가왔다.

찰칵 소리와 함께, 문고리가 돌아갔다.

리디아는 황급히 기어가, 그를 끌어내려 소파 밑으로 밀어 버렸다. 문이 완전히 열리기 직전 풍성한 치마 주름을 그 위로 내렸다.

헬레나가 들어왔다.

"야옹아."

문을 잠근 후, 그녀의 목소리가 작아졌다.

"리디아, 너니?"

"응."

"이렇게 빨리 올 줄 몰랐어."

"알아. 손님한테 어서 가 봐. 난 괜찮아."

괜찮지 않았다. 에인즈우드의 지나치게 큰 신체의 일부가 그녀의 치마 한 부분을 구속하고 있었다. 그녀는 일어날 수 없었다. 소파를 뒤집지 않고 그가 꼼짝이라도 할 수 있을지 의심스러웠다.

"이리 와, 야옹아."

헬레나가 다시 한 번 소리쳤다가, 아주 작게 말을 이었다.

"좀 조용히 해 줄래. 셀로우바이가 아직 말짱해. 무슨 소리를 들었대. 내가 다른 남자를 숨겨놨다고 의심하나 봐. 네가 나타나면 좋아할 텐데. 같이 가서 인사……."

리디아가 단호하게 대꾸했다.

"너 혼자 다 가져."

"코르셋 푸는 거 도와줘야 되니?"

"아니. 그럭저럭 입었어. 어서 가, 헬레나, 셀로우바이가 찾으러 오기 전에."

긴 침묵이 흘렀다. 리디아는 에인즈우드가 숨죽일 정도로 분별력이 있기를 바랐다. 더 이상 말하기가 힘들었다. 심장이 너무 크게 쿵쾅거렸다.

헬레나가 걱정스럽게 속삭였다.

"리디아, 한가지 경고해 줄 게 있어. 셀로우바이가 그러는데, 에인즈우드가 오늘 저녁에 블루 아울로 들어가는 걸 본 사람이 있대. 네가 공작의 흥미를 자극했다던데. 몇 주일 정도 런던에서 떠나 있는 게 안전할지도 몰라."

리디아는 소파 아래 움직임을 알아차렸다. 언제라도 에인즈우드가 소파를 뒤집고, 셀로우바이한테 달려들 것 같았다. 주먹으로 그 남자의 망발을 틀어막아 주려고 말이다.

그녀가 재촉했다.

"알았으니까, 얼른 가. 셀로우바이 목소리가 들린 것 같아."

그 말이 효과를 발휘했다. 헬레나가 서둘러 나가며 소리쳤다.

"이제 갈게요. 고양이였어요……."

리디아는 그 뒤의 말을 듣지 못했다. 숨찬 호흡을 토해내는 에인즈우드에게 관심이 쏠렸다. 그가 소파 밑에서 힘겹게 빠져나오며 불경스런 욕설을 퍼부을 거라고 예상했다. 그런데 보다 더 불길한 소리를 알아차렸다.

설마, 내가 생각하는 그것일 리 없어, 그녀가 고개를 흔들며, 그의 팔다리에서 치마를 풀어내려 노력했다. 마음대로 되지 않았다. 상대 쪽에서도 도와주지 않았다.

그의 어깨가 흔들리고 가슴이 들썩이고 있었다. 드문드문 새어나오는 소리들이 처음 짐작을 확인시켰다.

그녀가 몸을 틀어 그의 입을 손으로 막았다. 격하게 속삭였다.

"안 돼요. 웃지 말아요. 들릴 거라고요."

"으으으읍. 으으으읍."

에인즈우드의 입술이 그녀의 손바닥에서 경련을 일으켰다. 그녀가 손을 꽉 움츠렸다.

머릿속으로 빠르게 생각들이 지나갔다.

따귀를 때릴까? 그건—안 돼, 너무 소리가 커. 아파하지도 않을 걸. 사타구니에 무릎을 박아 넣을까? 안 돼, 불가능해. 다리를 움직일 수 없어. 하지만 그래, 손은 둘 다 한가해. 그녀가 주먹을 쥐고 쭉 뻗었다. 그의 배를 향해, 망할 자식, 벽돌을 친 것 같았다. 더 아래를 겨냥해.

생각을 행동으로 옮기기도 전에, 그가 행동을 취했다. 순간 그녀는 등을 대고 누워 있는 자세가 되었다. 한 손이 꼼짝 못하게 양탄자에 박혔고, 에인즈우드가 위에 있었다.

"저리 가요."

그의 입술이 내려왔다. 더 이상의 말도, 호흡도 할 수 없었다.

그녀의 한 손은 붙잡히지 않았다. 그 손으로 남자를 밀어내거나 할퀴어야 했다. 하지만 그러지 않았다. 할 수가 없었다.

전에도 키스한 적이 있었다. 하지만 부산한 군중들 앞에서였다. 게다가 그의 입술이 닿는가 싶었을 때 그녀가 이성을 되찾았다.

이번에는 신경 써야 할 관중이 없었다. 그녀의 마음을 식혀줄 게 없었다. 어둡고 조용한 환경, 따뜻하고 집요한 입술의 압력이 있을 뿐이었다. 그녀의 반응은 빠르지 못했다. 이번에는 마음속 악마의 힘이 우세했다. 그리고 이겼다.

진한 남자의 맛과 냄새를 초월해서 생각할 겨를이 없었다. 따뜻하고 단단한 근육에 맞서 몸부림칠 수도 없었다. 이 남자는 너무 컸다. 너무나 아름답고 따뜻했다. 입술은 죄악처럼 달콤했다, 저항할 수 없는 죄악처럼.

양탄자에 박혀 있던 손이 그를 감싸안았고, 투쟁해야 할 다른 손이 그의 코트를 움켜잡았다. 밀치기 위해서가 아니라 그대로 붙잡기 위해. 그녀의 입술도 그에게 매달렸다. '안 돼요'라고 말해야 할 때 '돼요'라는 대답을 전하며, 재앙으로 이끌어 갈 뿐인 그의 안내를 따랐다.

수렁에 빠진 의식 한구석에서 옳고 그름, 안전과 위험을 알고 있는데, 그동안 갈고 닦아 온 지혜를 불러낼 수 없었다. 지금 원하는 건 오직 이 남자였다.

1분이 지났을까. 마치 평생처럼 길게만 느껴졌다.

그의 입술이 떨어져 나갔다. 그녀가 그에게 바라는 걸 겨우 이해하기 시작했을 때 끝이 났다.

그때조차, 자신의 어리석은 실수를 알면서도, 입술에 남은 그의 맛을 지을 수가 없었다. 뱃속에서 출렁이는 욕구도 남았다. 알 수 없는 상실감에 속이 상했다. 이 남자를 다시 끌어내릴 방법이 무얼까. 뭔가가 더 필요했다. 그게 무엇인지 알고 싶었다.

멀리서 여자의 웃음소리가 들렸다. 두 개의 방 건너에서…… 다른 난봉꾼의 품에 안긴 채 웃고 있는 헬레나의 웃음소리.

벼락맞은 것처럼, 퍼뜩 정신이 났다. 얼마나 오랫동안 준비하고 노력하며 얻어냈던가. 작지만 소중한 영향력. 앞으로 더 키워나가야 할 대변인으로서의 목소리. 자기 목소리를 내지 못하는 힘없는 여자와 아이들이 생각났다.

이 남자가 어떤 인간인지도 기억났다.

여자를 경멸하는 난봉꾼.

*한번 사용하면 그 여자는 가치가 없어.*

에인즈우드의 거친 속삭임이 들렸다.

"괜찮소?"

괜찮을 리 있겠어? 오랫동안 괜찮아질 것 같지 않았다. 금단의 열매를 먹어버린 뒷맛은 씁쓸했다.

"저리 비켜요. 빌어먹을. 치마를 깔고 앉아서 일어날 수가 없잖아요?"


비어는 자신의 양심과 전혀 우호적인 관계가 아니었다. 지난 일 년 반 동안, 양심이 소리를 낸 적도 없었다.

따라서, 그는 〈아르고스〉의 그렌빌을 유혹하기로 한 결심에 아무런 죄책감을 느끼지 않았다. 그걸 성취한 방법에 대해 양심의 가책도 없었다. 오히려, 즐거운 옛날의 기분을 만끽했다. 데인과 워델과 삼총사가 되어 온갖 모험을 즐겼던 그 옛날 기분을.

마차를 훔쳐 타거나, 점찍어 둔 여자를 차지하려고 온갖 수단과 방법을 동원한 적이 언제였던가.

그후의 일들이 예상처럼 되지 않았더라도, 이 진귀한 경험은 짜증을 가라앉히고도 남았다. 나쁜 목적으로 남의 집에 숨어 들어간 적이 여러 번 있었지만, 고급 매춘부의 집에 몰래 들어온 건 처음이었다.

눈알 부라리기 명수, 그렌빌 양이 방탕한 에인즈우드 공작과 같이 온 걸 창녀 친구에게 알리고 싶어하지 않았던 것도 유쾌했다. 헬레나 마틴이 그깟 일에 충격을 받을 것도 아닌데.

게다가 셀로우바이가 이 집에 있었다. 그 자는 헬레나가 다른 남자를 숨겨놓았을 거라 의심하고, 헬레나는 사실을 모른 채 아닌 줄 알고, 암 드래곤은 내내 안달복달했다. 방안이 여자 몸 속처럼 깜깜한데, 소파 밑으로 그를 밀어 넣는 광대극까지 벌어졌다. 헬레나는 자기 앞의 손도 보이지 않았을 텐데. 큭큭.

웃음을 참느라 숨이 막힐 지경이었다.

그리고 그 다음에…….

그래, 그가 어찌 저항할 수 있었겠는가? 드래곤 부인이 속옷과 겉옷을 겹겹이 꿈틀거려 입는 수고를 다 마친 후에, 그걸 벗겨내는 게 얼마나 쉬운지 보여줄 수 있는 기회가 닥쳤는데 말이다. 그의 존재가 발각될까 봐 불안해하고 초조해 한 후이니 만큼, 좀더 흥미로운 생각할 거리를 주어야겠다고 생각했다.

거기서, 상황이 아주 묘하게 돌아갔다.

비니거 야드에서는 그녀에게 거의 입술을 대지도 않았다. 이번에는, 저항하지 못하도록 길고 느린 키스로 공격했다.

그때 가장 충격적인 사실에 직면했다.

이 여자가 키스할 줄을 모르다니.

터무니없는 상황을 받아들이는데 1분이 걸렸고, 그걸 이해하기도 전에, 상대가 키스의 기본원리를 터득했다. 육감적으로 휘어진 몸이 밑에 깔려 있는 상황을 의식하지 않을 수 없었다. 체취의 함정도 빼놓을 수 없었다. 그래서 너무 빠르게 뜨거워졌다.

이 여자가 처녀일까 아닐까? 이걸 중요하게 여겨야 하는 걸까 아닐까에 대한 결론을 내릴 수 없을 만큼.

그런 걸 깊이 생각해 본 적이 없는 그가 이제 와서 멈칫하는 건 매우 이상한 일이다. 하지만 그는 멈칫했다. 무언가…… 마음에 걸렸으니까.

그래서 고개를 들고 물었다. 괜찮냐고.

그건 분명히 전략상의 실수였다. 그녀가 놀라운 힘으로 그를 밀어내고, 부츠를 신고, 창 밖으로 기어 나갔다. 그가 대체 무슨 일인지 이해하려고 애쓰는 동안에 말이다.

하지만 그 여자가 도망치고 있는 건 금세 이해가 갔다. 비어도 창턱으로 올라 민첩하게 내려갔다.

정원에서 여자의 흔적이 보이지 않자, 그녀가 나간 뒷문으로 달려갔다. 고맙게도 문을 열어둔 채였다. 자물쇠 여는 수고와 몇 초를 아낄 수 있었다.

그는 거리로 이어진 골목으로 뛰어갔다. 금세 다급한 발소리를 따라잡았다.

다음 모퉁이에서 치맛자락이 휘날리며 사라지는 걸 보았다.

비어도 속력을 높여 따라갔다. 그리고 1초만에 자신의 실수를 깨달았다. 지팡이가 그의 정강이를 후려쳤다.

뼈가 부러지는 소리, 다리 위로 직행해 올라오는 고통, 그를 맞이하러 올라오는 땅이 보였다. 모든 것이 한순간이었다.

# 6

처음에 그는 욕설을 퍼부었다.

그 다음에 웃었다.

그리고 다시 욕을 좀더 했다.

리디아가 주먹을 움켜쥐고 에인즈우드 공작을 노려보며 서 있었다. 리디아는 아주 잠깐, 자신이 남자에게 중상을 입혀버린 걸까 소름끼쳐 했다. 하지만 좀더 알았어야 했다. 이 덩치 큰 촌뜨기한테 심각한 손상을 입히려면 황소 떼 한 무리가 그 위로 지나가야 한다는 걸.

그녀가 말했다.

"나한테 동정을 기대하지 말아요. 심판의 날까지 거기 누워 있든 말든, 내 알 바 아니에요. 소중한 지팡이가 부러졌잖아요. 망할."

부러진 건, 그의 다리가 아니었다.

그가 신음하며 고개를 들었다.

"아주 더러운 수법이었소. 매복해서 덮치다니."

"당신이 날 갖고 논 건 더러운 수작이 아닌가요? 내가 강하게

저항하지 못하는 걸 언제 알았죠? 싫다는 말 한마디면 족했다는
따위의 말은 하지 말아요. 당신한테는 말이 안 통하니까.”
　그가 불경한 언사를 연달아 내뱉으며 힘겹게 옆으로 돌아누워
한쪽 팔꿈치로 몸을 일으켰다.
　“싸우는 건 나중에 해도 되겠소, 그렌빌? 친구에게 손 좀 빌려주
시오.”
　“싫어요.”
　그녀가 양심의 소리를 모른 척하며 손이 안 닿는 곳으로 물러나
며 말했다.
　“당신은 내 일에 끼어 들었어요. 내 인생을 위험에 빠뜨릴 뻔했
어요. 친구에게 해 주고 싶었던 일을 망쳐버렸어요. 내 앞길을 벌
써 세 번이나 막았고, 나의 입지도 무너뜨릴 뻔했어요. 영국 제일
의 악명 높은 방탕아와 내가 의심스러운 자세로 있는 걸 셀로우바
이가 보기라도 했다면, 런던 전체에 소문이 퍼졌겠죠. 그러면 지금
껏 노력해서 얻은 나의 소중한 평판이 하루아침에 똥물이 됐을 거
예요.”
　그녀가 부러진 지팡이를 집어들었다.
　“난 이보다 더 지저분한 수법을 많이 알아요. 다시는 귀찮게 굴
지 말아요. 그땐 정말 본때를 보여주겠어요.”
　그 다음에, 그가 연설의 결함을 지적하기도 전에, 그녀는 휙 돌
아서서 뒤돌아보지 않고 골목을 빠져나갔다.


　“드디어, 드래곤 사냥꾼이 돌아오셨습니다.”
　새벽 3시에 절룩거리며 들어온 비어를 보며, 제인스가 외쳤다.
　당구실에 있던 트렌트가 큐를 든 채로 달려나왔다가, 약 먹은
벙어리처럼 비어의 위아래를 훑었다.
　아까 저녁 때, 비어는 드래곤을 사냥하러 블루 아울에 갈 거라
고 선언했었다.

제인스가 훈계를 늘어놓았고 트렌트가 뭔 소리인지 모를 얘기를 장황하게 떠들어댔지만, 비어는 전혀 신경 쓰지 않았다.

이제 그들의 얼굴에는 '그러게, 내가 뭐랬어요.'라는 의미가 분명히 쓰여 있었다. 그의 코트와 바지는 지저분하게 찢어졌고, 얼굴에 긁힌 자국과 멍 자국이 화려했다. 넘어질 때 얼굴이 먼저 땅을 환영했던 탓이었다. 다행히 코가 부러지진 않았지만, 부러진 것만 같은 느낌이었다. 정강이도 다를 바 없었다.

그가 애써 피식 웃었다.

"얼마나 재미있었는 줄 아나? 자네들, 굉장한 재미를 놓쳤어. 내가……."

제인스가 순교자 같은 어조로 가로막았다.

"목욕물을 준비하겠습니다. 구급 상자도 가져와야겠군요."

비어는 씩씩하게 멀어지는 시종을 쳐다본 뒤, 그 집의 식객에게 시선을 돌렸다.

"무슨 일이 있었는지 상상도 못할 걸세, 트렌트."

"상상하지 않을래요."

손님이 슬프게 대꾸했다.

비어는 계단을 향해 절룩거리며 걸어갔다.

"그럼 따라와, 내가 말해 줄 테니."


<아르고스>가 금요일 아침에 블레익스레이에 도착했다. 다음 금요일이 돼서야 엘리자베스와 에밀리는 거기에 손댈 수 있었다.

다행히, 고모부가 파티를 열고 있었으므로, 손님 시중을 드느라 바쁜 하녀들은 두 소녀에게 일찍 잠자리에 들어야 한다고 괴롭히지 않았다.

따라서 그들이 잡지를 읽을 시간은 충분했다. 하지만 이번에는 <테베의 장미>보다 먼저, 리디아 그렌빌의 글부터 찾았다. 그 글에는 비니거 야드에서 그들의 후견인과 만났던 사건이 설명되어 있었다.

다 읽었을 무렵, 그들은 바닥에 누워 몸을 비틀며 배를 움켜쥔 채 웃어대고 있었다. 간신히 웃음을 추스린 후에 입술을 부들거리며 서로를 쳐다보았다.

엘리자베스가 목을 가다듬었다.

"이 여자, 대단한 재담꾼이야, 그렇지?"

에밀리가 대꾸했다.

"지금까지 쓴 글 중에서 최고인 것 같아."

"우리가 그 사람 글을 다 읽은 건 아니잖아. 게다가 심각한 기사와 이걸 비교하는 건 적당치 않아."

"우리의 비어 사촌이 영감을 준 모양이야. 우리 사촌이 사람들 안의 악마를 끌어 낸다잖아, 아빠가 그러셨어."

"로빈한테도 그랬어. 여행에서 돌아왔을 때 얼마나 익살을 떨었니? 그 덕분에 웃을 수 있었는데. 가엾은 로빈."

에밀리의 눈에 눈물이 고였다.

"로빈이 보고 싶어."

"그래, 나도."

엘리자베스가 동생을 껴안았다.

"롱랜즈에 갔으면 좋겠어. 우리가 사랑하는 사람들의 고향이 거기야. 그들의 영혼이 있는 곳. 여기엔 진짜 말로리가 없어. 유령도 없어. 도로시어 숙모는 이제 말로리의 혼을 잃어버렸어."

"비어 사촌이 롱랜즈에 살지 않으니까, 어쩌면 우리더러 살게 해줄지도 몰라. 시즌이 되면 난 신랑감을 찾을 거야. 막내가 더 낫겠어. 엄격하지 않을 테니까. 너도 우리랑 같이 살자. 넌 결혼하지 마. 영원히 롱랜즈에 살 수 있게."

에밀리가 고개를 끄덕였다.

"그래도 고모부 같은 사람하고 결혼하면 안 돼. 착한 분이긴 하지만, 너무 꽉 막혔어. 언니한테는 안 맞아."

“디아블로 같은 사람이 나한테 맞을까?”
엘리자베스가 두 손을 가슴에 올렸다.
“응, 디아블로 같은 사람.”
“그래, 연구해 보자. 어떤 사람을 찾아야 할지.”
소녀들이 <테베의 장미>를 읽기 시작했다.


다음 수요일, 비어와 버티는 앨러모드 식당에 앉아 있었다. <테베의 장미>에서 미랜다의 최근 모험에 대해 열심히 탐독한 후에 기력을 회복하는 중이었다.
비어가 말했다.
“미랜다는 뱀들을 속여 무덤을 탈출했어. 지하감옥에서도 경비원들을 속여넘기겠지, 아니면 디아블로의 뒤통수를 치거나.”
버티가 소고기 한 조각을 찍어 들며 말했다.
“글쎄요. 이번에는 경계가 만만치 않을 텐데요. 미랜다가 이미 한 번 시도했다가 실패했잖아요.”
“올랜도는 아무 쓸모가 없어. 미랜다를 빼내지 못할 거야. 자네 생각은 어떤가?”
버티가 고기를 씹으며 대꾸했다.
“숟가락. 숟가락이 있잖아요. 그걸로 터널을 팔 것 같아요.”
비어가 술잔을 들고 마셨다.
“숟가락으로 지하감옥을 탈출해?”
“처음에는 뾰족하게 갈아야겠죠, 돌에다.”
“아, 그래, 뾰족한 숟가락이 있으면 뭐든지 할 수 있겠지.”
비어가 원래 그 소설을 읽으려던 건 아니었다. 지팡이로 얻어맞은 다음날, 순전히 교활한 불의의 공격수, 그렌빌 양의 뒤틀린 정신세계가 어떻게 돌아가는지 알아낼 목적으로, 제인스가 갖고 있던 <아르고스> 지난 호를 읽기 시작했다.
그녀가 쓴 첫 기사부터 읽었다. 채무 사건을 다룬 기사 맞은편에

<테베의 장미> 삽화가 있었고, 자연스럽게 아래쪽 내용으로 시선이 흘러갔다.

그후에는, 자기도 모르게, 다음 호 연재 소설을 찾으려고 잡지더미를 뒤지고 있었다.

간단히 말해서, 그는, 세상의 나머지 사람들처럼, 세인트 벨레어의 이야기 덫에 걸려들었다. 겉으로 내색하진 않았지만, 오늘 아침에 버티가 <아르고스> 최신 호에 몰입한 것만큼 비어도 열성적이었다.

오늘의 표지 삽화는 룰렛 테이블에 모인 남자와 여자들이었다. 그림 설명은 '운명의 수레바퀴'. 암 드래곤의 스타일에 이미 익숙해진 비어는 다른 사람이 정했을 거라고 확신했다. 그녀가 때와 장소를 가리지 않고 말썽을 부리는 면은 있지만, 그렇게 진부한 설명문을 붙였을 리 없었다. 비꼬인 유머와 신랄함이 그 여자 글의 특징이었다.

이전 호의 <아르고스> 삽화를 보더라도, 에인즈우드 공작이 두 팔을 벌리고 입술을 오므리며 암 드래곤에게 키스를 조르는 반면, 드래곤 부인은 팔짱을 끼고 오만한 코를 높이 쳐든 채 등을 돌리고 있었다. 그 옆 그림에서, 그는 보석관을 쓴 두꺼비로 변한 채 떠나가는 여자의 뒷모습을 쓸쓸히 지켜보고 있었다. 그녀의 머리 위 말 칸에, '날 원망하지 마. 당신이 해 달라고 했잖아.'라고 쓰여 있었다.

'레이디 그렌델의 키스가 마법을 풀다.' 이것이 삽화 설명이었다. 그 여자가 쓴 기사 제목도 '비니거 야드에서 벌어진 거인들의 전투.'였다.

역시, 오만방자하고 뻔뻔스런 여자였다. 겁쟁이 글쟁이들을 잡아 흔든다고, 자기가 거인이라도 된 줄 아는 모양이지?

*다시는 귀찮게 굴지 말아요 그땐 정말 본때를 보여주겠어요*

하, 그 정도로 말로리의 마지막 망나니가 와들와들 떨 줄 아셨나? 190센티미터가 넘는 살인적인 야수 대마왕 경도 두려워하지 않았던 그가? 데인의 무시무시하고 치명적인 위협에도 굴하지 않았던 그가?

바보 이반, 그렌빌 양은 정말 자기가 비어 말로리를 위협할 수 있다고 생각했을까?

좋아, 맘대로 생각하라 그래. 넉넉히 시간을 주겠어. 몇 주일쯤, 승리에 취하도록 해 주지. 경계심이 누그러들고 우쭐해서 어깨를 으쓱거리고 난 뒤에, 그에게 한두 가지 가르침을 얻게 될 것이다. '교만은 패망의 선봉이며 거만한 마음은 넘어짐의 앞잡이니라.' '높이 날수록 더 깊이 추락한다.'는 가르침을.

그 여자의 자만심이 추락해야 할 시기가 이미 지났다. 자기가 남자의 상대가 될 수 있는 허영, 바지 입고 남자 흉내를 내면 무적이 될 수 있을 거라는 착각으로부터 깨어날 시기도 이미 지났다.

그는 진실을 알았다.

위장과 허세 안에, 가장 놀이를 하는 소녀가 있었다.

이 흥미로운 사실을 알았으니까, 그게 더 귀엽긴 하지만, 그는 서두르지 않고 천천히 작업하기로 결심했다.

사람들 앞에서 창피를 주지는 않으리라.

그녀의 추락을 목격하는 사람은 비어 한 사람이 될 것이다.

그의 품에 안겨 침대로 추락하는 것도 물론 포함된다.

그 여자도 좋아할 걸. 좋다고 인정할 걸. 더 해 달라고 애원할 걸. 그때 자선을 베풀 마음이 생기면, 애원을 받아 주어야겠지. 그리하여…….

그때 사내아이 하나가 식당으로 뛰어들었다.

"도와주세요, 도와주세요! 집이 무너져요. 안에 사람이 있어요."


하나도 아니고 집 두 채가 무너졌다. 근처에서 하수도 공사를 하던 남자 50여 명이 에세터 스트리트로 달려와 다급하게 잔해를 치우기 시작했다.

처음에 그들은 짐마차 마부의 시신을 발견했다. 30분 후에, 팔이 부러진 채 살아 있는 노파를 발견했다. 한 시간 후, 거의 상처가 없는 일곱 살 소년과 그의 젖먹이 동생의 시체를 찾았다. 타박상을 입은 그들의 열일곱 살 난 누이, 아홉 살 난 형을 구출했다. 그들의 엄마는 살아남지 못했다. 아버지는 외부에 나가 있었다.

리디아는 <아르고스>에 가끔 기사를 기고하는 사람에게 연락을 받고, 뒤늦게 그 장소에 도착했다. 하지만 에인즈우드가 구출하는 모습을 보지 못할 만큼 늦지는 않았다.

에인즈우드는 그녀를 보지 못했다. 집요하게 잔해를 치워내는 데에만 전념했다. 옆에서 트렌트도 같이 도왔다. 공작은 벽돌과 목재를 치워내고, 소년의 앞길을 터 준 다음 다른 사람들이 아이를 끌어내는 동안 어깨로 들보를 지탱해 주었다. 엄마의 시체가 나왔을 때, 공작은 흐느껴 우는 딸에게 다가가 자기 지갑을 슬며시 쥐어주었다. 그리고 트렌트를 질질 끌며 사람들 틈을 헤치고 나갔다. 마치 수치스러운 일을 한 사람이 달아나는 것처럼.

에인즈우드가 가볍게 밀기만 해도 보통 체격의 사람을 내동댕이칠 정도였으므로, 다른 기자들은 재앙의 희생자들에게 몰려갔다.

하지만 리디아는 쉽게 밀려나지 않았다.

스트랜드까지 쫓아가, 에인즈우드의 앞에 멈춰 서고 있는 마차를 알아보았다.

그녀가 공책을 흔들며 소리쳤다.

"잠깐만요! 얘기 좀 해요, 에인즈우드. 2분이면 돼요."

그는 머뭇거리는 트렌트를 마차로 밀어 넣고 얼른 따라 올랐다.

그의 명령으로, 마차가 신속하게 출발했다. 하지만 리디아는 포기하지 않았다.

스트랜드는 번잡한 도로였다. 다른 차량과 보행자들 사이로 굴렀다 멈추기를 반복하는 마차 뒤로 어려움 없이 따라붙었다.

"에인즈우드. 몇 말씀만 해 주세요. 왜 그렇게 수줍어해요? 원래 겸손한 사람 아니잖아요?"

그가 고개를 내밀어 그녀를 노려보았다. 덜그럭거리는 바퀴소리, 마부와 보행자들의 고함소리, 말들의 울음소리, 주인 없는 개들의 컹컹 소리 너머로, 그가 버럭 소리를 질렀다.

"빌어먹을, 그렌빌, 비키시오. 깔려 죽기 전에."

그녀가 계속 따라 달리며 외쳤다.

"몇 마디만. 독자들을 위해 몇 말씀만 해 주세요."

"당신처럼 귀찮은 여자는 세상 살다 처음이라고, 전하시오."

"나처럼 귀찮은 여자는 처음…… 좋아요. 그리고 에세터 스트리트의 희생자들에 대해……."

"죽기 싫으면 도보로 올라가시오. 당신 시체는 안 거둬 줄 거요."

"당신이 진심으로 성인이 되려 연구 중이라고 밝혀도 될까요? 아니면 일시적인 발작이었다고 설명할까요?"

"트렌트가 억지로 시켰어."

그가 마부에게 버럭 고함을 쳤다.

"이 비루먹은 말 좀 움직이게 할 수 없나?"

마부가 들었는지 못 들었는지, 말이 속력을 올리기 시작했다. 길이 뚫리고 마차는 빠르게 사라졌다.


비어는 흘깃 돌아보며 그 여자가 포기한 것을 확인했다.

"무지하게 성가신 여자야. 대체 여기 어떻게 온 거야? 검시장에 있어야 하잖아. 하루 종일 걸린다고 했는데. "

트렌트가 말했다.

"그런 일들이 얼마나 걸릴지는 아무도 모르죠. 말이 나왔으니 말인데, 조 퍼비스가 당신의 스파이 노릇 하는 걸 알면, 그 남자 시체가 검시 대상에 오를 거예요."

그가 밖으로 고개를 내밀어 주위를 살펴보고 나서, 인상을 찌푸렸다.

"사라졌군요. 하지만 내 머릿속에 또 찰스 2세가 떠올랐어요. 대체 왜 그럴까요?"

"둘 다 지겨운 인간들이라서 그렇겠지."

"그 여자한테 왜 그래요? 당신이 한 일을 좋게 써 주려는 건데. 게다가 당신이 먼저 달려나갔으면서 왜 내가 시켰다고……."

비어가 딱 잘랐다.

"우리말고 다른 남자들도 많았어. 그 사람들한테는 안 물었잖아. 하지만 남자들의 행동에 다 깊은 의미와 이유가 있다고 믿는 건, 딱 여자다운 짓이야."

깊은 이유 따위는 없었다. 9살짜리 남자아이를 구해 준 게 아니라 너무 일찍 장례를 치르지 않게 해 주었을 뿐이다. 그 아이가 특별했던 것도 아니다. 다른 피해자들 중의 하나였을 뿐. 다른 사람을 구한 것만큼의 의미밖에 없었다.

지금 목이 메이는 건 먼지를 너무 많이 마셔서 그렇다. 눈을 따끔거리게 하는 것도, 목소리가 쉬어 나오는 것도, 다 먼지 때문이다. 다른 생각은 없다. 자신이 구할 수 없었던 아홉 살 소년에 대한 생각은.

그는 지금의 느낌을 말하고 싶지 않았다. 마음의 짐은 없다. 그 짐을 여자한테 풀어놓고 싶어하는 멍청한 소망도 갖지 않았다. 그 여자의 기사를 읽으며, 아이들한테 냉소적이고 무정한 미친 드래곤이 아니라는 걸 알게 되었다는 이유만으로, 고백하고 싶어질까 봐 두려워할 이유는 없다. 이건 그에게 아무 일도 아니다. 왜냐하면 그는 모든 면에서 냉소적이고 무정한 놈이니까.

그는 말로리의 마지막 망나니였다. 밉살스럽고 양심 머리 없고 자만심만 많고 기타 등등. 그러니까 그가 그녀를 사용할 만한 용도는 딱 하나밖에 없었다. 고백의 대상으로 삼는 건 물론 아니다. 그는 누구한테도 고백하지 않는다. 고백할 게 없었으니까. 그럴 일이 있다 해도, 여자한테 고백하느니, 차라리 사하라 사막의 펄펄 끓는 태양 아래 말뚝 박혀 있는 게 낫다.

집으로 오는 내내, 그는 이런 생각을 했다. 그러면서 자신이 너무 강하게 부인하고 있다는 의심이 들었다. 이번만이 아니었다.

리디아는 서재로 걸어가며 중얼거렸다.

"트렌트가 시켰다고? 하, 일개 보병 연대가 총을 겨누고 명령해도, 그 고집쟁이 불한당은 거기 안 갔을 거야. 자기가 마음먹지 않는 한."

서재에 들어가, 보닛을 책상에 벗어 던졌다. 그후에 책상에서 귀족 연감 최신 호를 꺼냈다.

자신이 지난 15년간 적어 둔 기사 장부였다. 1827년 5월 사망난에서 관련된 비문을 찾았다. 금세 단서를 찾을 수 있었다.

"베드퍼드셔 롱랜즈, 자신의 영지에, 금년 9세 로버트 에드워드 말로리, 6대 에인즈우드 공작이 묻히다."

*장례는 충분히 치렀으니까.*

에인즈우드가 한 말은 정말이었다. 자료를 뒤지면서, 10년 동안 십여 명의 장례를 치른 게 확인되었다. 그것도 가까운 친족만 셈해서였다.

에인즈우드가 자신이 추구하는 것 같은 무정한 쾌락주의자였다면, 죽음이 연달아 이어졌다 해도 별 영향을 받지 않았을 것이다.

하지만 무정한 쾌락주의자가 자기 몸이 다칠 위험을 무릅쓰고 평민들을 구해낼 수 있을까?

그녀의 눈으로 직접 보지 않았다면 믿지 못했을 것이었다. 더 구출할 사람이 없다는 걸 확인한 후에야, 에인즈우드는 땀과 먼지를 뒤집어쓴 채 물러났다. 슬픔에 젖은 소녀에게 자기 지갑까지 쥐어 주면서.

리디아의 눈에서 눈물이 흘렀다.

"바보처럼 굴지 마."

자신에게 다그쳤지만 효과가 없었다.

하지만 코끼리가 접근하는 듯한 쿵쿵거림이 그녀의 얼간이 증후군을 없애 주었다. 천둥소리의 범인은 수잔이었다. 수잔과 탐신이 산책에서 돌아왔다.

리디아는 서둘러 눈물을 닦고 의자에 앉았다.

잠시 후, 수잔이 서재로 뛰어들어 리디아의 무릎에 올라오려 했다. 주인의 치마를 침으로 더럽히고 나서, '앉아!'라는 단호한 지시를 들었다.

리디아가 탐신에게 말했다.

"기분이 좋은 모양이네. 무슨 일이야? 꼬마 애랑 목조르기 놀이라도 한 거야? 평소만큼만 악취가 나는 걸 보니 똥물에서 구르진 않은 것 같은데."

탐신이 보닛을 풀면서 대답했다.

"끔찍한 산책이었어요. 소호 스퀘어에서 버티 트렌트 씨와 마주쳤는데, 이 녀석이 구경거리를 만들었다니까요. 트렌트 씨를 보자마자, 신호탄처럼, 아니 대포알처럼 뛰어나가 쓰러뜨리지 뭐예요. 그후에는 위에 올라가 얼굴과 코트를 핥고 냄새를 맡아대고, 어디 냄새였는지는 말 안 할게요. 내가 아무리 호통쳐도 듣질 않았어요. 트렌트 씨가 사람 좋게 받아주어서 다행이었죠. 그분이 간신히 일어났을 때 내가 사과드리려고 했는데, '장난친 걸요. 자기 자신의 힘을 몰랐을 뿐이에요.' 이렇게 말씀하시더군요. 그런데 또 수잔이……."

자기 이름이 나오자 매스티프가 기분 좋게 인정했다.

"으르릉."

탐신이 말을 이었다.

"자기 기술을 자랑하기 시작했어요. 앞발로 지팡이를 건드려 트렌트 씨와 줄다리기를 하고, 죽은 척하고, 긁어달라고 배를 보이기도 하고, 아, 한번 상상해 보세요."

수잔이 주인의 무릎에 커다란 머리를 기대고 엎드려 즐겁게 바라보았다. 리디아가 녀석의 머리를 토닥였다.

"수잔, 넌 불가사의야. 전에 봤을 때는, 트렌트 씨를 안 좋아했잖아."

"아까 그분이 착한 일 하신 걸 감지했나 보죠."

리다아가 소녀에게 시선을 옮겼다.

"그 얘기 들었어? 트렌트 씨가 설명해 줬어? 피곤할 텐데 집에 가서 쉬지 않았던 거야?"

"당신을 봤을 때, 찰스 2세가 또 뇌리를 스쳤대요. 너무 머리가 복잡해서, 찰스 2세의 동상을 보려고 온 거래요."

소호 스퀘어에 찰스 2세의 무심하게 버려진 동상이 서 있었다.

트렌트가 리디아를 보면서 왕정복고 시대의 그 군주를 떠올렸다는 얘기는 이미 들었다. 이해가 가지 않았지만, 이해될 거라 기대하지도 않았다. 데인 경의 처남이 어느 정도의 지적 능력을 가졌는지 이미 간파했다.

"에인즈우드 공작이 그런 선행을 하다니, 충격적이지 않아요? 개심한 걸까요, 아니면 일시적인 정신이상 증세일까요?"

탐신의 물음에 대답하기도 전에, 밀리가 들어와서 리디아에게 알렸다.

"퍼비스 씨가 오셨어요. 급하게 전할 일이 있으시대요."


그날 밤 9시, 리디아는 코벤트 가든 시장 통에 자리잡은 작은 방으로 안내를 받아 들어갔다. 묵직하게 커튼이 늘어진 방이었다. 잠시 후 리디아를 불러들인 여자가 나타났다.

리디아만큼 키가 크고 옆으로 더 넓게 퍼졌다. 머리에 터번을 칭칭 감고, 얼굴에는 두껍게 화장 칠을 하고 있었다. 마담 이프리타가 홍미로운 표정으로 상대를 바라보았다.

"재미있는 옷을 골랐군요."

"짧은 시간 안에 최선을 다한 거예요."

리디아가 답했다.

나이든 여자가 작은 테이블에 앉으라고 손짓했다.

마담 이프리타는 점술가이자, 리디아의 정보원이었다. 평소에는 런던에서 웬만큼 떨어진 곳에서 만남을 가졌었다. 그녀가 기자와 내통한다는 걸 알면 고객들이 떨어져나갈 테니까. 하지만 오늘은 사정이 여의치 않았던 모양이었다.

리디아가 이곳에 오려면 변장을 해야 했고, 남자로 변할 만한 시간은 없었으므로, 중고품 가게에 가서 자신이 집시 스타일이라 여기는 의상들을 서둘러 긁어모았다. 솔직히, 집시 스타일이라기보다 바람난 창녀 스타일이었다. 색색의 속옷을 여러 개 겹쳐 있었는데, 점잖은 차림이라 할 수 없었다. 게다가 전에 입은 사람들이 그녀와 같은 아마존 전사가 아니었기 때문에, 치맛자락이 발목 위로 저만치 올라와 있었다. 수선할 시간도 없었다.

보디스도 몸에 맞추기가 어려웠다. 지혈대처럼 딱 달라붙는 진홍색 보디스가 그나마 최선의 선택이었다. 깊이 패인 목선으로 젖가슴이 튀어나오기 직전이었으나, 숄을 걸쳐도 될 만큼 서늘한 날씨인 게 천만다행이었다.

중고 가발은 벌레들이 우글거리고 있을 것 같아 차마 쓰지 못했다. 대신에 여러 색 스카프를 터번 형식으로 말아 단단히 묶고, 스카프를 치렁치렁 늘어뜨렸다. 금발머리를 숨기면서 얼굴까지 가릴 수도 있는 이점이 생겼다.

화장품과 분가루와 싸구려 보석들을 넉넉히 활용하고 나자, 적당히 촌스럽고 야한 분위기가 완성되었다.

마담이 맞은편 의자에 앉으며 입을 열었다.

"급하게 불러서 미안해요. 하지만 오늘 오후에야 정보를 입수한 데다, 당신이 활용할 시간도 많지 않을 것 같았죠. 나의 수정구슬이 말해 준 바에 의하면."

그녀가 찡긋 윙크를 덧붙였다.

잘 속아 넘어가는 사람들은 마담 이프리타의 예지력에 놀라움을 금치 못했다. 하지만 리디아와 마찬가지로 그물처럼 퍼진 정보망을 통해 들어오는 정보를 적절히 사용하는 것일 뿐이었다.

물론 그런 정보를 싸게 얻을 수는 없었다. 리디아가 금화 다섯 개를 꺼내 테이블에 쭉 늘어놓았다. 그 중 하나를 이프리타 쪽으로 밀었다.

점쟁이가 말했다.

"코럴리 밑에서 일하는 아네트가 오늘 나한테 찾아왔어요. 프랑스로 돌아가고 싶은데 두렵다고 하더군요. 당신도 그 이유는 알 거예요. 열흘 전에 도망친 여자 하나가 강에서 발견됐어요. 얼굴이 깨지고 목이 졸려 죽은 시체였죠. 난 아네트에게 아무도 모를 거라 생각하는 비밀을 몇 가지 흘렸어요. 그 다음에 수정구슬을 쳐다보며, 코럴리한테 저주가 쓰였다고 말했어요. 그녀의 귀에, 목과 손목에 작은 핏방울이 감싸고 있다고."

리디아가 눈썹을 치켜들었다.

이프리타가 말을 이었다.

"제리머에서 마담 브리스가 달고 있었던 루비세트, 그걸 말한 거죠. 난 그 외에도 많은 얘기를 들었어요. 에인즈우드 공작이 나타나서, 다른 사람이 전혀 모르는 젊은 남자와 만나서 같이 나갔다던데. 공작이 당신을 알아본 거겠죠?"

"빌어먹을 시가 때문이었어요. 그게 아니었으면 들켰을 리 없어요."

"공작은 오늘 에세터 스트리트에서 자신의 약점을 드러냈어요."

"그랬나요?"

"이 내용도 중요한가요?"

중요했지만, 리디아는 고개를 저었다. 또 하나의 금화를 여자 쪽으로 밀었다.

"내가 알고 싶은 건 코럴리에요."

"그 여자는 심복들이 훔쳐온 보석을 자기가 챙겨요. 까치처럼 반짝이는 물건에 약하죠. 하지만 아네트가 도망치려는 이유는 그것과 상관없어요. 요즘 살해당한 여자의 꿈을 자주 꾼다더군요. 전에도 여러 명이 죽었으니까, 아네트가 살해장면을 보았든지 아니면 참가했다는 가능성을 생각할 수 있겠죠."

"아네트가 순진하지 않다는 건, 우리 둘 다 아는 사실이에요."

"그래요. 아네트가 악몽이라고 한다면, 자기 얼굴이 베이거나 목이 졸리는 모습이 보였는지도 모르죠. 그보다 심할 수도 있고. 어쨌든 아네트는 진심으로 두려워했어요. 그 정도면 이제 곧 탈출을 시도할 거예요. 다른 애들처럼 발로, 돈 한 푼 없이 달아날 정도의 바보가 아니니까, 뭔가 가져갈 만한 걸 챙기겠죠."

"그 다음에 항구로 직행하겠군요."

이프리타가 고개를 끄덕였다.

"오늘밤에는 새로 온 여자애를 길들여야 하니까 빠져나올 기회가 없어요. 내일 특별 손님을 받는다더군요. 그 손님이 시간을 얼마나 잡아먹느냐에 따라 도주 시간이 달라지겠죠. 그녀가 코럴리의 물건을 훔칠 수 있는 시간은, 포주가 외출하는 밤 9시와 돌아오기 전인 이른 새벽 사이에요. 아네트는 되도록 빨리 출발하고 싶어할 거예요. 어둠을 틈타 사라지면 추적하기가 더 곤란해지죠."

점쟁이가 잠시 말을 멈췄다.

"아네트가 보석을 가져갈 거라고 확신할 순 없어요. 루비에 저주가 쓰였다고 말했으니까. 하지만 충분한 돈을 손에 넣지 못하면, 저주도 무시할 거예요."

"내가 아네트보다 먼저 보석을 찾아야겠군요."

리디아는 초조해졌다. 헬레나의 도움을 빠른 시간 내에 얻어내야 할 것이다. 그러나 헬레나가 내켜할 것 같지 않았다.

리디아가 또 하나의 금화를 내밀자, 이프리타는 도로 밀어내며 고개를 흔들었다.

"더 말할 게 없어요. 지금 코럴리는 프랜시스 스트리트 14번지에 살아요. 두 명의 경호원을 데리고 9시쯤 집을 나서죠. 집엔 믹이라는 우락부락한 하인이 남아요. 믹이나 다른 특별 고객이 요청할 경우, 여자 하나가 더 남기도 하죠."

리디아는 헬레나밖에 믿을 사람이 없었다. 그녀가 아는 사람 중에서 그런 기술을 가진 사람은 헬레나 뿐이었고, 이건 아마추어가 맡을 일이 아니었다. 서툰 솜씨로 기회를 놓쳐버릴 여유가 없었다. 하지만 헬레나가 좋아하지 않을 것이다. 그녀를 설득하려면 많은 얘기가 필요할 텐데, 거기에 낭비할 시간이 없었다.

그녀는 마담에게 작별을 고하고 서둘러 나왔다.

밖으로 나왔을 때는 속도를 늦췄다. 조금 떨어진 곳에 마차를 대기시켜 놓았지만, 그리로 달려가지 않았다. 화류계 여자들이 뛰어다니긴 너무 이른 시간이었다. 밤문화를 즐기는 건달들은 이미 모이기 시작했다. 자칫 서둘렀다가 술 취한 수컷들의 시선을 끌기라도 하면 골치 아픈 일이 벌어질 것이다. 그래서 애써 태연하게 시장 통을 걸어 나갔다.

주랑들이 늘어선 곳을 지나 제임스 스트리트로 돌았다. 그때 덩치 큰 형체가 반대편 어둠에서 빠져나와 같은 방향으로 돌았다.

흘깃 쳐다보는 것으로 리디아는 미행을 눈치챘다. 다음 행동을 결정하기까지 정확히 2초가 걸렸다.

리디아는 시장 통에서 아는 사람을 만난 척하며 발길을 돌렸다.

# 7

에인즈우드 공작은 코벤트 가든에서 먹이 수색을 포기하려던 참이었다. 그렌빌 메두사가 혼자 나갔다 해도, 올가미에 잡아넣을 기회가 오늘 하루만 있는 건 아니었다. 서둘 거 없었다. 그 여자에게 가르침을 줄 시기가 무르익을 때까지 기다릴 수 있었다. 그 사이에 신나게 즐길 방법은 얼마든지 있으니까.

그 여자를 열렬히 보고 싶은 것도 아니었다. 그렇게 사람을 들볶고 자극하는 여자를 누가 그리워할까? 그러나 그 오만한 목소리하며, 분통 터지게 아름다운 얼굴, 아니면 악마가 만들어낸 굴곡진 몸매와 긴 다리는…….

갑자기 생각이 중단되고, 그의 걸음이 기겁하며 멈췄다. 창녀 하나가 어두운 시장 통에서 걸어나오고 있었다. 늘씬한 종아리를 여러 겹 속옷으로 감싸고 엉덩이를 살랑살랑 흔들며, 그 여자가 제임스 스트리트로 돌아설 때, 밤바람이 무지개 색 숄을 들어올려, 입에 침이 고일 만큼 풍성하고 동그란 가슴을 넉넉히 드러냈다.

비어는 그녀를 멍하니 쳐다보며 자신이 술에 취했는지를 자문했다. 하지만 오늘은 술 취할 시간이 없었고, 그의 시력은 분명히 정상 작동 중이었다.

그렇다면, 한밤중에 코벤트 가든을 어슬렁거리는 창녀가 레이디 그렌델, 바로 그 여자라는 뜻이었다.

그는 즉시 남자와 여자들의 무리 뒤로 숨바꼭질을 하듯 따라붙었다. 잠시 후, 그녀의 걸음이 느려졌다가 멈췄다. 잠깐 사이에 터번이 시야에서 사라졌다.

그녀가 시장 통으로 돌아갔다고 확신하며 발길을 돌렸다. 그 사이에 우연히 왼쪽을 흘긋 보았다.

절름발이 꽃 파는 소녀 앞에서, 집시인 듯한 여자가 쭈그려 앉아 소녀의 손바닥을 들여다보고 있었다.

비어가 가까이 다가갔다. 꽃 파는 소녀의 처연한 목소리가 가냘프게 들렸다.

"앞으로도 밑바닥에서 헤매겠죠? 내 몸뚱이처럼, 내 미래도 뒤틀려 있겠죠? 스코틀랜드에 날 고쳐줄 수 있는 의사가 있대요. 하지만 거긴 너무 멀어요, 마차 요금도 너무 비싸고 의사한테 낼 돈도 없어요. 어젯밤에, 어느 아저씨가 자기랑 시장에 있는 방에 들어가면 1기니를 주겠다고 했어요. 난 싫다고 했지만, 내가 바보 같았던 게 아닐까 계속 생각했어요. 오늘밤에 다시 오겠다고 했는데. 안 왔으면 좋겠어요. 돈에 팔려 타락하긴 싫지만, 1기니는 아주 큰돈이잖아요."

비어는 힘없는 절름발이를 유혹하려는 작자에 대해 생각하고 싶지 않았다. 그럴 시간도 없었다. 자기 전략을 궁리해야 했다. 그 순간, 블루 아울에서 술 취한 척하며 자신의 흉내를 내던 멜로 배우 같은 그렌빌 양의 모습이 떠올랐다.

그가 불분명한 목소리로 소리쳤다.

"겨우 1기니를? 이런 미인한테?"

사랑스럽게 놀란 두 여자 얼굴이 그를 올려다보았다.

비틀비틀 몸을 흔들며 그가 지갑을 꺼내들었다.

"내가 20기니 줄게. 이렇게 이쁜 얼굴을 보여준 값으로. 여기."

그가 꽃 파는 소녀의 손에 지갑을 밀었다.

"꽃다발은 나한테 줘. 이쁜 얼굴 옆에서 가엾은 꽃들이 잡초 같아 보이는구나. 그러니 사려는 사람이 없지."

집시 여왕, 그렌빌 양이 일어섰다. 꽃 파는 소녀는 지갑을 배에 움켜쥐고 휘둥그런 눈으로 그를 올려보았다.

비어가 소녀에게 말했다.

"어서 집에 가. 나쁜 놈들 눈에 띄지 않게."

심하게 휘청거리는 소녀를 목다리를 잡고 일어나도록 잡아 주었다. 리디아가 지갑을 소녀의 옷 속에 안전하게 넣어주는 동안, 그가 덧붙였다.

"내일 헤이워드 씨한테 가 봐. 아주 좋은 의사야."

주소를 일러주고, 구겨진 명함을 조끼 주머니에서 꺼냈다.

"이걸 가져가서 내가 돈 낼 거라고 말해."

더듬더듬 감사인사를 하며, 소녀가 절룩절룩 걸어갔다. 비어는 시장 통 모퉁이로 소녀가 사라질 때까지 지켜보았다.

그후에 자신의 먹이감으로 시선을 돌렸다. 아니, 마지막으로 보았던 자리를 보았다. 그녀는 이미 사라지고 없었다.

부리나케 시장 통을 뒤지고 다닌 후에, 사람들 무리 속에서 움직이는 터번을 발견했다. 북쪽으로 향하고 있었다. 러셀 스트리트 근처에서 그녀를 따라잡았다. 그녀의 앞길을 막아서며, 겨드랑이에 무심히 끼워놓았던 꽃다발을 빼내, 그녀에게 내밀었다.

"달콤한 이에게 달콤함을."

그가 햄릿의 문구를 인용했다.

그녀가 어깨를 한번 으쓱하며 뭉개진 꽃다발을 받았다.

"그럼 안녕히."

그녀가 바로 떠나려 했다.

그가 따라붙었다.

"이건 시작하는 대사였소."

"하지만 '안녕히'로 끝나죠. 그 다음에 거투르드 왕비가 꽃을 뿌려요."

그녀가 말에 맞게 꽃다발을 주위로 뿌렸다.

"아, 배우시로군. 새 연극을 광고하려고 집시 옷을 입으셨나?"

그녀가 걸음을 빨리 하며 말했다.

"세월이 좋을 때는 배우요, 어려울 때는 점쟁이랍니다."

그녀가 다른 사람 목소리를 냈다. 경박하고 새된 어조로. 퍼비스가 여기에 있을 거라고 말하지 않았다면, 비어가 진짜 취해 있었다면, 속아 넘어갔을 것이다.

그의 연기에 그녀가 속았는지는 알 수 없었다. 진짜로 자신의 변장을 알아보지 못할 만큼 그가 취해 있다고 믿는 건지, 아니면 도망칠 길을 찾을 때까지 그저 연기를 하고 있는 것인지.

그 여자가 옷이라고 걸친 것들이 '이리 와서 나와 같이 놀아주세요!'라고 근처의 사내놈들에게 소리치고 있는데 말이다.

"당신은 넉넉하게 은이나 금을 쥐어줄 수 있는 멋쟁이들을 여럿 지나쳤소. 대신에 돈 한 푼 없는 절름발이 앞에 멈춰 섰소. 천사인 줄 착각할 뻔했다오."

그녀가 그를 슬쩍 쏘아보았다.

"당신의 연기가 더 뛰어나시던데요. 전 단역 배우 노릇을 했을 뿐이랍니다."

"여자 애를 떼어놓으려던 거였소. 당신의 관심을 나한테 돌려보려고. 당신은 이미 나의 관심을 끌었거든. 확실하게."

그가 풍만한 가슴을 곁눈질하며 덧붙였다.

"이제 나의 운을 점쳐 봐야겠소. 나의 사랑 사이에 멋진 계기가 찾아온 것 같은 예감이라오."

그가 장갑을 벗고 그녀의 얼굴에 손을 들이댔다.

"한번 봐 주시겠소?"

그녀가 그의 손을 탁 쳤다.

"당신이 원하는 게 사랑이라면, 주머니를 들여다 보세요. 거기에 돈이 있으면, 밤에 피어나는 꽃들을 꺾을 수 있을 거랍니다."

다른 호색가가 그녀를 꺾는 동안? 그럴 수야 없지.

그는 깊은 한숨을 내쉬며, 그녀가 탁 친 손을 가슴에 댔다.

"그대의 손이 나에게 닿았소. 천상에 오르는 듯하오. 집시, 배우, 천사, 난 그대를 모르오. 그대의 마음으로 가는 길도 모르오. 하지만……."

그녀가 갑자기 소리를 쳤다.

"미쳤어, 완전히 미쳤어요, 슬퍼라! 아, 여러분, 이 남자를 불쌍히 여겨 주세요!"

몇몇 창녀와 고객들이 협상하다 말고 돌아보았다.

"바다와 바람처럼 미쳐 버렸어요."

그녀가 오필리어의 역을 연기하기로 한 모양이었다.

"그대 때문에 미쳤다오."

그가 커다란 목소리로 받아쳤다. 근처에 있던 창녀가 낄낄거리며 웃었다.

"이 연약한 존재의 쓸쓸한 어둠 속으로 그대가 왔소, 북극광처럼 모든 색을 불사르며……."

"오, 하늘의 힘이시여, 이 자의 정신을 되돌려 주소서!"

그녀가 소리쳤다.

"그리고 나에게 불을 붙였소! 루비 같은 그 입술의 미소만으로 불타는 나를 보시오. 시들지 않는 헌신의 불길에 소진되는 나를 보시오."

"오, 전복되어 버린 고상한 정신이여!"

그녀가 창녀들이 있는 곳으로 달려갔다.

"날 숨겨 주세요. 이 괴팍한 멍청이가 무슨 짓을 저지를까 두려워요."

나이든 창녀 하나가 웃으며 말했다.

"그 사람은 에인즈우드야. 몰랐어? 후하게 쳐주실 거야."

"아름다운 오로라, 날 불쌍히 여기시오."

비어가 애절하게 소리치며, 여자들의 밖에 무리 지은 남자들을 헤치고 나아갔다.

"나에게서 달아나지 마시오, 나의 불타는 별, 나의 태양이자 달이여, 나의 은하수여."

터번이 모자들 사이로 잠깐 사라졌지만, 웃어대는 남자들 속에서 다시 나타났을 때, 비어가 그 옆으로 달려갔다. 그리고 그녀 앞에 무릎을 꿇었다.

"사랑스런 오로라, 그대 앞에 엎드린 나를 보시오."

"그건 엎드린 게 아니에요. 얼굴이 바닥에 납작해져야……."

"위로 덮쳐달라 그 뜻이에요, 공작 나리."

어느 창녀가 소리쳤다.

"나의 여신을 위해서라면 무엇이든 하겠소. 이 썩은 땅에서 일어나라 명하길 기다릴 뿐이오. 날 불러주기만 하면, 천상에서 그대와 합류하기 위해 나의 영혼을 들어올리리다. 당신의 꿀 같은 입술을 맛보게 해 주시오. 천상의 달콤한 몸에서 방랑하도록, 그대의 발에 키스하며…… 무아지경에서 죽을 수 있도록 해 주시오."

그녀가 부르르 몸서리쳤다.

다음 순간, 속치마들을 휘날리며 뛰어갔다.

그가 게임에 몰두해 있긴 했지만, 그녀가 생각하는 만큼 몰두하거나 취하진 않았다. 그녀를 쉽게 놓칠 리 없었다. 거의 동시에 비어도 발딱 일어나 그녀의 뒤를 쫓았다.


비어는 임박한 충동을 알아차렸다.

그렌빌이 시장 통의 주랑을 향해 달리며 어깨 너머를 흘깃 쳐다보았다. 바로 그때, 검은색 차림의 여자 하나가 어둠 속에서 달려 나왔다.

"조심해!"

그가 소리치는 순간에, 그의 오로라는 검은 여자와 충돌한 뒤 기둥에 부딪혔다.

그가 재빨리 다가가 리디아를 부축했다.

"눈이 삐었냐, 꺽다리 왈패야!"

검은 옷의 여자가 소리를 질렀다.

다름 아닌 코럴리 브리스였다. 200미터 떨어진 곳에서도 그 찢어질 듯한 목소리를 알아차릴 수 있었다.

"내 잘못이었소."

비어가 뒤에 쫓아오는 우락부락한 사내 둘을 확인하며 재빨리 말했다.

"사랑싸움이었소. 나한테 화가 나서 앞을 보지 못했던 거요. 이젠 괜찮지, 나의 태양이자 달이자 별이여?"

그가 오로라에게 물으며, 흘러내린 터번을 고쳐주었다.

그녀가 그의 손을 밀어내고, 코럴리에게 사과했다.

"정말 죄송해요, 아가씨. 다치지 않으셨어요?"

이 포주가 몇십 년 동안 '아가씨'라는 들어본 적이 있을까? 아니, 평생 한 번이라도 들어봤을까? 비어는 '없다' 쪽에 50파운드 이상 걸 수 있었다. 그렌빌이 흉악한 경호원을 알아보고 화해 공작을 펴기로 한 모양이었다.

하지만 불길하게도 마담 브리스는 전혀 누그러드는 기색이 아니었다.

평상시라면 비어가 그걸 반가워하는 게 당연했을 것이다. 늘 말썽거리를 찾아다니는 망나니로서, 깡패 두 놈이 그에게 훌륭한 적수가 돼 줄 테니까.

하지만 오늘만큼은 예외였다. 오후에 벽돌, 바위, 목재들을 옮기며 보낸 터라, 남은 에너지는 오만불손 양을 위해 아껴두고 싶었다. 게다가 야수들과 맞붙어 싸우는 동안, 그녀가 다른 사내의 탐욕스런 손에 떨어질 수도 있었다.

그는 넥클로스에 있는 비취핀을 빼서 포주에게 건넸다. 코럴리가 냉큼 받아들고 살펴보더니, 표정이 부드러워졌다.

"부디, 용서하시길 바랍니다."

비어가 말한 다음, 대답을 기다리지 않고 그렌빌에게 술 취한 미소를 보냈다.

"이제 뭘 할까요, 나의 공작새?"

그녀가 고개를 흔들며 대꾸했다.

"화려한 건 다 수컷이에요. 암컷들은 칙칙하죠. 난 당신의 창녀가 될 마음이 추호도 없답니다, 정신병자 씨."

속옷을 펄럭이며 그녀가 돌아섰다.

하지만 그가 껄껄 웃으며 번쩍 안아 올렸다.

리디아가 놀란 비명을 터트렸다.

"내려놔요. 난 아주 크단 말이에요."

코럴리가 교활하게 끼어 들었다.

"게다가 늙었어요. 젊어 보이려고 발악을 하긴 했지만. 나리, 제가 더 어리고 쌈빡한 애들을 소개해 드릴 수 있는데."

비어는 성큼성큼 포주의 헛소리를 뒤로하고 멀어졌다.

그후에 집시로 가장한 리디아에게 물었다.

"너무 크다고? 나의 보물, 어디? 내 머리가 당신 어깨에 잘 맞는지 볼까?"

그녀의 목에 코를 비비며, 육감적인 봉우리로 시선을 내렸다.

"당신 가슴에 아주 편안하게 맞을 것 같군."

그는 교묘하게 그녀의 엉덩이도 매만졌다.

"여기도 분명히 맞겠어."

그녀가 꿈틀거렸다.

"내려줘요. 연극 끝났어요."

다 끝난 건 아니었다. 이 시간에 방을 빌릴 수 있는, 아주 잘 아는 건물이 있었다. 그가 그리로 그녀를 데려갔다.

"내 말 좀 들어봐요, 에인……."

그의 입술이 그녀의 말을 막았다. 문을 발로 걷어차고 어슴푸레한 복도로 들어섰다.

그녀가 더 세차게 몸부림치며 입술을 비틀었다. 그는 흔들어대는 머리를 두 손으로 붙잡아두기 위해 그녀를 내려놓아야 했다. 오늘 처음 봤을 때부터 키스하고 싶었다, 너무나도. 그가 정열적으로 다시 키스했다.

그녀의 몸이 뻣뻣했다. 입술을 꾹 다물고 그를 거부했다. 차츰 마음이 불안해졌다.

이 여잔 키스할 줄 몰라, 그가 기억해냈다.

순진한 여자야, 내면의 양심이 부르짖었다.

하지만 그는 일 년 반전부터 그 양심의 소리에 귀기울이는 걸 그만두었다.

연기하는 거야. 순진한 처녀인 척, 이 여자는 풋내기가 아니라 어른이었다.

죄악을 위해 만들어진, 그를 위해 만들어진 몸을 지녔다. 음흉한 죄인인 그를 위해 신이 만든 여자였다.

하지만 그녀가 수줍은 처녀 연기를 하고 싶다면, 기꺼이 따라주리라. 그는 키스를 부드럽게 바꾸었다. 욕정 어린 다그침에서 끈기 있는 설득으로. 손길도 부드러워졌다. 한 손에 나방을 붙잡은 것처럼 그녀의 머리를 감쌌다.

그녀의 몸에 떨림이 일어나는 걸 느꼈다. 굴하지 않던 입술이 바르르 흔들리는 것도. 가슴에 칼이 찔린 것처럼, 날카로운 고통도 느꼈다.

그는 그 아픔을 욕망이라 규정하고 그녀를 껴안았다. 가까이 잡아당겨도 그녀가 저항하지 않았다. 한없이 부드러워진 입술이 끓기 시작했다. 그에겐 가장 초보적인 포옹이었는데, 그의 몸도 불 위에서 끓는 듯했다.

순진한 여자와 놀아 보는 게 특이해서 그럴 거야. 평소에는 이렇게 작업할 필요도 구슬릴 필요도 없었기 때문에. 그래서 불이 나는 거야, 라고 생각했다.

그는 여자에게 굳이 작업을 걸 필요가 없었다. 눈짓 한번, 미소 한번이면, 그들이 제 발로 찾아왔다. 돈이나 욕망을 위해, 그리고 언제나 둘 다 해야 할 일을 알았다. 그걸 아는 여자들만 만나 왔으니까.

그러나 이 여자는 모르는 체하고 싶어했으므로, 그는 스승의 역할을 맡기로 했다. 그녀에게 할 일을 가르쳤다. 부드러운 입술이 벌어지도록 달래며 조금씩 맛을 보았다. 그녀의 향기가 주위에 맴돌았다. 그 향기와 맛이 뒤섞여 몸 속의 피를 들끓게 했다.

자신의 심장이 격렬하게 뛰는 걸 느꼈다. 이제 겨우 깊어지는 키스일 뿐인데, 흥을 돋구는 서막일 뿐인데.

단지, 게임을 해야 하기 때문이다. 느릿느릿 두 손을 그녀의 어깨에서 등으로, 완만한 곡선을 따라 내려가, 허리를 감싸쥐었다. 그 다음에 천천히, 애무하듯이, 계속 내려갔다. 순결한 여자가 남자에게 허락하지 않는 부위로. 그의 손이 풍만한 엉덩이 곡선을 매만지며 떨린 것은, 평범하지 않은 게임 탓이다. 그녀의 몸을 부푼 하체로 누르며 신음을 흘린 것은 장난을 한번 쳐본 것이다.

더 이상 안 돼, 양심의 목소리가 외쳤다. 너무 많이 나갔어.

그러나 한편으로는 아니라고 그는 확신했다. 그녀가 밀어내지 않았으니까. 대신에 그녀의 두 손이 시험하듯이, 마치 남자를 처음 안아보는 것처럼, 남자의 어깨와 등을 만져보는 게 처음인 것처럼, 움직였다. 여전히 게임을 계속하려는 듯, 수줍은 척하며 그의 허리 아래로 내려가지 않았다.

그는 입술을 떼어냈다. 수줍어할 거 없다는 말을 하려고. 하지만 말이 나오지 않았다. 비단 같은 살결에 입술을 미끄러뜨리며, 그녀의 목에 얼굴을 묻고, 그녀의 체취를 들이켰다.

그녀가 놀란 신음을 흘렸다. 마치 이 모든 일이 새로운 것인 양.

그럴 리 없어.

그녀는 거칠게 숨쉬고 있었다. 입술에 닿는 피부가 뜨거웠다. 그가 그녀의 가슴으로 손을 올렸을 때, 심하게 패인 보디스를 통해 단단한 봉오리가 느껴졌다. 간신히 가리고 있는 옷감을 끌어내려 안에 있는 봉오리를 두 손 가득 채웠다. 수도 없이 꿈꿨던 그대로.

목이 메이고 몸 전체가 욱신거렸다.

"아름다워. 너무나."

그녀의 몸이 굳었다.

"오, 맙소사, 안 돼. 안 돼."

그녀가 황망하게 그의 손을 움켜잡았다.

"빌어먹을, 에인즈우드. 주정뱅이 멍청이, 나예요, 나라구요……
그렌빌."


리디아에게는 경악스럽게도, 에인즈우드는 질겁하며 뒷걸음치지 않았다. 오히려 그녀의 가슴에서 손을 떼지 않으려 안간힘을 쓰고 있었다.

"나라구요, 그렌빌."

그녀가 다섯 번을 반복해서 말하는 동안에도, 계속 애무하며 그녀의 귀 뒤에, 지금까지 민감한 줄 몰랐지만 아주 예민하게 군 장소에 입을 맞췄다.

드디어, 그녀가 수잔에게 명령하는 어조로 단호하게 말했다.

"그만!"

그가 드디어 풀어주었다. 아름답다며 밀어를 속삭여 그녀를 세상 제일의 미인인 것처럼 느끼게 했던 정열적인 연인에서, 그 즉시 평소의 밉살스런 얼간이로 돌변했다. 그녀가 스스로를 혐오하지 않았더라면, 우스꽝스럽다 했을 만큼의 퉁명스러움도 더했다.

맙소사, 그녀는 저항하는 일말의 흔적도 보이지 않았다.

이 남자가 난봉꾼이라는 걸 알면서, 여자를 경멸하는 최악의 부류라는 걸 알면서, 그의 유혹을 받아들였다.

그가 험악하게 짜증을 냈다.

"내가 하나 설명해 주지, 그렌빌. 남자와 게임을 하고 싶으면, 끝까지 갈 준비가 돼 있어야 돼. 안 그러면 남자가 심히 불쾌해지거든."

"당신은 항상 불쾌하잖아요."

그녀가 보디스를 획 잡아 올리며 말했다.

"방금 전까지는 대단히 즐거운 기분이었소."

그녀의 시선이 그의 손으로 떨어졌다. 저 손에 경고 신호가 문신으로 박혀 있었어야 했다. 저 악마의 손이 그녀를 애무하고 매만지고 옷까지 반이나 벗겼다. 그녀는 안 된다는 말 한마디 못했다.

"금방 기분이 좋아지실 거예요. 문밖으로 나가기만 하면, 진짜 창녀들이 열렬하게 모실 테니."

"창녀 취급을 받기 싫으면, 그런 차림으로 싸다니지 말았어야지."

그가 보디스를 흘깃 보며 눈살을 찌푸렸다.

"아니면 '옷을 벗고'라고 말해야 할까? 분명히 코르셋을 안 입었어. 속치마도 속바지도 안 입었을 걸."

"그만한 이유가 있었어요. 하지만 당신에게 설명할 이유는 없어요. 난 바빠요."

그녀가 문으로 향했다.

"옷이나 고쳐 입고 나가시지. 터번이 풀어졌소. 작업복도 흐트러졌고."

"그게 더 나아요. 다들 내가 무슨 일을 했는지 안다고 생각할 테고, 난 온전하게 여기서 나갈 수 있게 되죠.”

그녀가 문을 열고 주위를 살폈다. 코럴리와 보디가드의 흔적은 보이지 않았다. 흘깃 에인즈우드를 돌아보았다. 양심이 찔렸다, 심하게.

그래도 비참하거나 쓸쓸해 하는 건 아니잖아, 그녀가 바보 양심에게 말했다.

그는 골이 나 있었다. 그 뿐이었다. 창녀인 줄 알고 궂은 일 마다 않으며 유혹했는데, 그게 허사가 되었으니까.

그가 그렇게 빌어먹게 능숙하지만 않았으면, 진짜 과정으로 돌입하기 전에 중단시킬 수 있었을 테고 그는 다른 사람을 찾았을 것이다.

그 여자를 강한 두 팔로 끌어안고 백마 탄 왕자님처럼 열렬하고 달콤한 키스와 애무로 그 여자를 세계 제일의 아름답고 탐나는 공주로 느끼게 해 주었을 것이다.

하지만 리디아 그렌빌은 공주가 아니었다. 이 남자도 백마 탄 왕자가 아니었다.

그녀가 걸어나갔다.

문을 닫은 직후에 그녀가 조그맣게 중얼거렸다.

“미안해요.”

그후에 서둘러 제임스 스트리트로 모퉁이를 돌았다.


비어는 그녀를 보내줄 만큼 충분히 화가 나 있었다. 그녀가 거만하게 일깨워 주었듯이 창녀들은 얼마든지 있었다. 그 여자가 원하는 걸 주지 않았으니까, 다른 여자한테 얻어내는 게 나을 수도 있었다.

하지만 그녀에게 추파를 던지는 호색한들의 모습이 떠오른 순간, 굳이 규명하고 싶지 않은 불쾌한 감정들이 솟구쳤다.

그는 격하게 욕설을 내뱉으며 그녀의 뒤로 따라나갔다.

하트 스트리트로 가는 길에서 그녀를 따라잡았다.

그녀가 싸늘하게 노려보며 말했다.

"당신하고 놀아 줄 시간 없어요. 중요한 일이 있거든요. 연극이든 닭싸움이든, 당신의 저능한 생각이 끌리는 다른 일을 찾아보세요."

지나가는 남자가 그녀의 발목을 흘끔 쳐다보았다.

비어는 그녀의 팔을 붙잡았다.

"당신인 줄 알고 있었소, 그렌빌, 처음부터."

"그런가요? 하지만 우리 둘 다 알고 있죠, 당신이 했던……. 그걸 절대 하지 않았으리라는 걸요. 상대가 상냥하고 야한 창녀가 아니라 귀찮은 독말풀 그렌빌이라는 걸 알았다면 말이죠."

"당신의 변장이 너무 뛰어나서 내가 알아보지 못할 거라고 스스로 착각한 거요."

그녀가 매서운 시선을 던졌다.

"당신은 취한 척했어요. 그건 더 나빠요. 나라는 걸 알고도 그랬다면, 한 가지 이유밖에 없겠군요……."

"한 가지 이유가 있긴 했소."

"복수겠죠. 2주일 전 골목에서 당한 일에 대한 앙갚음."

"거울 좀 보고 말하는 게 어떻겠소? 당신은 지금 벗은 거나 다름없는 상태요. 남자한테 그보다 더한 이유가 필요할까?"

"당신한테는 더한 이유가 필요하죠. 날 증오하니까."

"자신을 과대평가하지 마시오."

그가 눈살을 찌푸리며 쳐다보았다.

"당신은 짜증스러울 뿐이오."

아주 순화된 표현이라 해야겠지. 이 여자는 그를 조롱했다. 온갖 자극으로 발광하게 만들어 놓고…… '안 된다'고 했다. 재미난 일을 막 시작하려는 찰나에.

그보다 더 심한 건, 그에게 의심을 심어놓았다는 것이다.

어쩌면 연기하고 있는 게 아닐지 몰라.

어쩌면 다른 남자가 정말 손대지 않았을지 몰라.

적어도, 그런 식으로는.

어쨌든, 그는 알아야 했다. 이 여자가 진짜 초보라면 다시는 건드릴 이유가 없었다.

그는 처녀들을 데리고 놀지 않았다. 그런 적은 한번도 없었고 앞으로도 그럴 마음이 전혀 없었다.

도덕적인 양심과는 아무 관계가 없는 일이다. 그저, 처녀들은 공이 들어가는 것에 비해 보상이 너무 적다는 게 문제점이었다. 한 여자와 한 번 이상 자지 않는 그에게 처음인 여자는 시간 낭비일 뿐이다. 괜히 공들여 훈련시킬 필요가 있겠는가. 다른 놈만 신나할 일이다.

따라서, 이 문제를 해결할 방법은 하나였다. 단호하게. 직접적으로 묻는 거다. 그가 불쑥 물었다.

"당신, 처녀요?"

"그게 아마 분명해지고 말았으리라 생각해요."

그녀가 턱을 쳐들며 말했다.

가스등 그늘 아래서 확신할 순 없었지만, 두 뺨이 발개진 게 아닐까 하는 생각이 들었다. 그는 손을 올려 그 뺨을 만져볼 뻔했다. 그게 뜨거운 것인지, 그녀가 얼굴을 붉힌 것인지 확인하려고.

하지만 그 순간 그녀의 피부 느낌이 너무 부드러웠던 게 기억났다. 그의 손길에 떨어대던 느낌도. 가슴이 뜨끔해지는 기분이었다.

욕망이야, 그는 생각했다.

이건 단순한 욕정이다. 이 여자는 아름답고 몸매도 근사하다, 잘 익은 가슴이 그의 손에 가득 들어왔다, 꿈꾸었던 대로. 게다가 너무나 달콤하고 따뜻하게 굴복했다. 수줍은 두 손으로 그를 매만졌다.

이렇게 터무니없는 부조화가 또 있을까? 그가 시저의 수석전차

전사로 대 경기장에 서 있다면 모를까, 런던 한복판을 벌판인양 마차를 몰아대던 여자와 '수줍음'이라니. 남의 집을 기어오르고, 어두운 골목에서 남자를 덮치고, 정확하게 그의 정강이에 지팡이를 휘둘렀던 이 여자가.

수줍어? 처녀?

말도 안 돼. 황당무계해. 돌았어.

"충격 받으셨나 보군요. 할 말을 잃은 걸 보니."

그녀가 말했다.

사실이었다. 뒤늦게야 그들이 롱 에이커에 도착한 걸 알아차렸다. 또한 그녀의 팔을 너무 꽉 쥐고 있다는 것도. 멍이 들었을지도 모른다.

그가 손을 풀었다.

그녀는 옆쪽으로 가서, 보디스를 잡아 올렸다. 젖꼭지를 간신히 가리는 그 상태에서 최선을 다한 다음, 더 점잖게 솔을 둘렀다. 그리곤, 입술에 손가락을 올려 째지는 휘파람 소리를 냈다.

멀지 않은 곳에서 마차 한 대가 그들에게 달려왔다.

그녀가 설명했다.

"마차를 대기시켜 놨어요. 내가 창녀처럼 보인다는 거, 이런 차림으로 오래 걸어다니지 말아야 한다는 거, 충분히 알고 있어요. 난 문제를 일으키려던 게 아니었어요. 당신이 봤을 때, 코벤트 가든을 떠나려던 참이었죠."

"이 동네에서는 두 걸음도 보호자 없는 여자한테는 너무 멀어. 특히 어두워진 후에는 말이지. 보디가드를 데려왔어야 했소. 당신과 같이 일하는 기자들 중에 흉악해 보이는 놈 하나쯤 있었을 거 아니오?"

그녀의 표정이 생각에 잠겼다.

"보디가드라……. 크고 위협적인 남자 말이군요. 나한테 필요한 게 그거예요."

마차가 길가에 멈춰 섰지만, 그녀는 그걸 알아채지 못한 듯했다. 위아래로 비어를 훑어보았다. 종마를 고르는 사람처럼.

그녀가 심사숙고한 뒤에 말했다.

"에인즈우드, 당신 말이 맞을지도 모르겠어요."

그는 이 여자가 왜 이런 차림을 해야 했는지 모르는 상태였지만, 이유를 묻지 않았다. 알 필요 없었다. 중요한 질문을 했고 대답을 들었으니, 더 이상 머뭇거릴 하등의 이유가 없었다.

"잘 가시오, 그렌빌. 어디로 가든, 즐거운 여행이 되시길."

단호하게 말하며, 그가 돌아서려 했다.

그때 그녀의 손이 그의 팔뚝을 붙잡았다.

"한 가지 제안할 게 있어요."

"마부가 기다리잖소."

"상관없어요. 내가 하룻밤 샀어요."

"내 시간은 사지 못할 거요. 단 몇 분이라도."

그가 보푸라기를 떼듯이, 그녀의 손을 팔에서 떼어냈다.

그녀는 어깨를 으쓱하고, 숄을 미끄러뜨려, 하얀 어깨 한쪽과 한쪽 가슴 부위를 드러냈다.

"좋아요, 가세요. 매달리지 않을게요. 어쩌면, 물어본 내가 잘못이겠죠. 당신한테 그런 모험은 너무 위험할 테니까."

그녀가 돌아서서 마차로 걸어갔다. 마부와 몇 마디를 교환하면서 그녀의 숄이 더 많이 흘러내렸다.

비어는 욕설을 중얼거렸다.

저 여자가 그를 조종하려 하고 있었다. 맨살을 조금 보여 주고, 마법의 주문을 외웠다. 당신한테 너무 위험할 테니까, 라고.

그를 아는 사람들이 그가 저항하지 못한다는 걸 아는 주문. 이제 비어가 따라붙어 자기를 도와주기를 기대하고 있는 것이다.

흥, 그런 신물나는 진부한 하찮은 수법으로 비어 말로리를 광분하게 할 수 있다고 생각했다면……

…… 똑똑하군, 빌어먹을.

그는 그녀의 뒤로 다가가 마차 문을 열고, 그녀의 엉덩이에 손을 대서 확실히 도와준 후에 올라탔다.

그는 그녀의 옆에 털썩 내려앉으며 말했다.

"얌전히 구는 게 좋아. 빌어먹을, 엄청 위험한 일이어야 할 거요."

# 8

리디아는 프라이스 양의 유품에 대해서 간단히 설명했다. 강도를 당한 사건부터 오늘 알게 된 사실까지.

탐신이 누구인지, 혹은 헬레나가 도둑이었다는 말은 하지 않았다. 다만, 다른 사람에게 도움을 청할 생각이었고, 에인즈우드가 여자의 얼굴을 베고 목 졸라 죽이는 살인자의 집에 불법 침입하여 보석을 훔치는 게 내키지 않는다면 원래 계획으로 돌아갈 거라고 말했다.

그러나 에인즈우드는 팔짱을 끼고 앉아, 툴툴거리기만 할 뿐, 그 이상의 명확한 소리를 내지 않았다. 그녀가 설명을 마치고 질문을 기다릴 때조차―분명히 물어볼 게 많을 텐데―그는 침묵으로 일관했다.

창 밖을 흘깃 쳐다보며 그녀가 말했다.

"거의 다 왔어요. 일할 장소부터 둘러보는 게 낫겠죠."

"그 동네는 알고 있소. 코럴리 브리스한테 어울리지 않게 품위 있는 곳이오. 그만한 여유가 있다는 게 놀라울 뿐이지. 상등품을

파는 것도 아닌데. 그 여자가 내놓는 여자들은 마틴 양보다 훨씬
더 하급이오."

그가 리디아를 흘깃 쳐다보았다.

"친구 고르는 눈이 특이한 모양이오. 하나는 고급 창녀고, 다른
하나는 순진한 여학생보다 나을 게 없으니. 프라이스 양을 안지 겨
우 몇 주일인데, 싸구려 보석을 찾아주려고 목을 내걸겠다는 거
요?"

"소중한 보석이에요. 당신은 아마 이해 못하겠지만."

"이해하고 싶지도 않소. 여자들은 언제나 시시한 것에 안달하오.
스타킹이 찢어져도 대참사가 일어난 것처럼 굴지. 당신은 아무 거
나 마음대로 이해하시오. 난 좀더 현실적인 문제에 신경 쓸 테니
까. 들키지 않고 들어갔다 나오는 방법이 예가 되겠지. 들킬 경우
엔 사람을 죽이게 될 수도 있고, 제인스한테 어마어마한 잔소리를
들어야 돼. 내가 옷에 피를 묻히고 가면, 아주 기분 나빠하거든."

"제인스가 누구예요?"

"내 시종."

리디아가 조용히 공작의 모습을 살펴보았다.

숱 많은 검은머리가 술 취한 정원사의 갈퀴로 빗겨진 듯했고,
구겨진 넥클로스는 매듭이 풀려가고 있었다. 조끼 단추들 또한 풀
어졌고, 셔츠 자락은 허리춤에서 삐져 나와 있었다.

자신이 헝클어진 그 모습에 일조 했다는 생각에 얼굴이 화끈거
렸다. 하지만 전부 다 그녀의 작품은 아닐 것이다. 설마 그럴 리
없었다. 단추를 풀거나 무엇 하나 잡아당긴 기억이 없었다. 그러나
문제는, 자신의 기억력이 이성과 자제력보다 더 믿을 만하지 않다
는 거였다.

"시종을 바꾸셔야겠어요. 그런 모습으로 당신을 밖에 내보내다
니."

"남 말하시는군. 적어도 난 옷을 다 입었소."

그는 자기 몰골을 내려다보지도 않았다. 단추를 잠그거나 셔츠를 집어넣거나 넥클로스를 바로잡으려고 손가락 하나 올리지 않았다.

리디아는 그 사람 대신에 해 주지 않기 위해 두 손을 꽉 마주잡아야 했다.

"당신은 에인즈우드 공작이잖아요."

"빌어먹을, 그게 내 잘못이오?"

그가 창 밖을 노려보았다.

"좋든 싫든, 그게 당신의 위치예요. 수세기를 이어온 에인즈우드 혈통의 후계자."

"그따위 강의를 들으려면, 차라리 제인스의 설교나 듣겠소."

그가 바깥 풍경을 응시하며 말했다.

"프랜시스 스트리트에 거의 다 왔소. 내가 나가서 살펴보겠소. 당신은 너무 눈에 띄어."

그녀의 동의를 구하지도 않고, 그는 멈추라고 지시한 다음 문을 열었다.

그녀가 말했다.

"당신 혼자 시도해 볼 생각은 마세요. 신중하게 계획을 세워야 돼요. 충동적으로 움직이면……."

"뭐 묻은 개가 겨 묻은 개를 나무라는 격이오. 내 할 일은 내가 알아서 하오."

그가 문을 열고 내렸다.


리디아는 범죄를 계획한 당일, 매우 늦게 하루를 시작했다.

집에 아주 늦게 들어 온 것이 부분적인 이유였다. 현장을 둘러보고 온 후에 에인즈우드와 한 시간 이상 격론을 벌여야 했다. 그는 그녀 대신에 자기의 무능한 시종을 데리고 이 일을 하겠다는 터무니없는 의견을 내세웠고, 그녀는 저능아 같은 생각을 지우기 위해 상당한 에너지를 소비해야 했다. 그래서 많은 시간이 지체된 후에야 범행 계획을 상의할 수 있었다.

결국 새벽 3시가 넘어 잠자리에 들었다. 금방 곯아떨어졌다.

그들이 드디어 합의를 본 계획은 단순하고 직접적이었다. 헬레나를 끌어들이지 않아도 된다는 면에서 마음도 편했다. 잘못 될 경우, 헬레나는 생명 혹은 팔다리 혹은 지금 이룬 모든 걸 내놓아야 할 지도 모를 터였다. 하지만 이제는 그러지 않아도 된다. 에인즈우드가 그 일을 맡을 테니까. 그는 가치 없는 일에 목숨을 걸면서도 아무 생각이 없는, 늘 위험을 찾아다니는 사람이었다.

리디아는 불안이나 양심이 아니라, 자기 안의 악마 때문에 깨어 있었다.

내일 밤 그녀가 당면하게 될 위험이 아니라, 이미 경험했던 일이 머릿속을 채웠다. 바위처럼 단단한 몸, 으스러져라 끌어안았던 팔, 그녀의 이성을 무용지물로 만들어 버린 키스, 그녀의 의지력을 훔쳐갔던 손.

그녀는 그 악마와 설전을 벌였다.

에인즈우드와 엮이는 건 파멸을 부르는 짓이야. 그는 여자를 한번 쓰고 버리는 남자잖아.

그녀를 존중하지 않는 남자와 잠자면 자존심이 무너지고 말 것이다. 세상의 존경도 잃을 것이다. 그가 세상 사람들 모두한테 공표할 테니까.

잃을 게 너무 많다고, 자신에게 일깨웠다. 아무리 마음 넓은 독자들이라도 그녀의 판단력을 의심할 것이다, 그녀의 도덕성은 물론이고. 지금까지 쌓아온 영향력을 희생시키는 건 미친 짓이다. 한낱 육체적인 욕망 때문에.

하지만 '원하는 대로 해. 결과 따위는 생각하지 마', 이렇게 다그치는 맘속 악마를 침묵시킬 수 없었다.

날이 밝아올 때에야 겨우 잠이 들었고, 아침식사를 하러 내려갔을 때는 이미 정오가 지나 있었다.

리디아가 식당에 들어가서 커피를 한 모금 마시자마자 탐신이 득달같이 물었다.

"어제 끝까지 기다리려고 했는데, 수면제보다 강력한 책을 집어 드는 바람에. 마담 이프리타가 그렇게 급하게 부른 이유가 뭐였어요?"

"벨웨더의 지저분한 비밀을 알아냈대. 그게 사실이라면, 다음 호에 우리의 중요 경쟁 상대를 한방 먹일 수 있어. 진짜인지 아닌지, 오늘밤에 알아낼 거야."

탐신에게 사실을 말할 수는 없었다. 어젯밤 에인즈우드가 난리를 피운 것보다 더 심하게 만류할 것이었다. 걱정으로 잠 한숨 못 잘 게 틀림없었다.

밝혀도 될 정도의 이야기만 골라서, 에인즈우드와 어제 만났던 일을 설명했다. 오늘밤에 하려는 일은 비밀로 남기고, 시장 통에서 열렬하게 포옹한 사건에 대해서는 솔직히 말했다. 그게 탐신의 불필요한 걱정을 다른 방향으로 유도해 줄 터였다.

"머리가 어떻게 된 거냐고 묻지 말아 줘. 나도 수백 번 자문해 봤으니까."

리디아가 결론지으며, 먹으려 애쓰던 접시를 밀어냈다. 식욕이 나지 않았다.

탐신이 눈살을 찌푸리며 말했다.

"그 사람, 정말 이상해요. 하루에 두 번씩이나 고상한 행동을 하다니. 처음에는 에세터 스트리트에서, 다음에는 꽃 파는 소녀에게, 둘 다 당신이 보는 앞에서."

"세 번이야. 내가 그만두라고 했을 때 금방 그만두더라. 그러지 않았으면, 내가 처녀성을 유지하려고 반항했을지 잘 모르겠어."

"공작한테 의외로 고결한 구석이 있나 봐요."

리디아가 커피를 다시 마셨다.

"오래 가긴 힘들 걸. 하여튼, 내가 책상에 놔둔 책과 기사들 좀

살펴봤어?"

"네, 아주 슬픈 내용이었어요. 마지막 장례식은 특히. 디프테리아로 죽은 남자아이 말이에요. 아빠가 돌아가신 지 겨우 6개월만에."

그 아이의 아버지, 5대 공작은 마차 사고로 세상을 떠났다.

"5대 공작이 세 아이의 후견인을 에인즈우드로 지목했어. 영국 최고의 난봉꾼한테 자기 아이들을 맡기다니 무슨 생각으로 그랬을까?"

"그분의 고결한 구석을 알고 있었나보죠."

"어쩌면 난 핑계거리를 찾고 있는지도 몰라. 잘생긴 얼굴, 탄탄한 육체, 능숙한 난봉꾼의 유혹에 굴복 당하는 나를 정당화하려고."

"나 때문에 부담 갖지 마세요. 당신이 공작을 받아들인다고 해도, 난 이해할 수 있어요."

안경 뒤에서, 그녀의 갈색 눈이 반짝거렸다.

"오히려, 빠짐없이 다 듣고 싶어요. 물론 정보용으로요. 실연해 보일 필요는 없지만요."

리디아가 엄숙한 표정을 지으려 애썼지만, 입술이 바르르 떨렸다. 이내 포기하고 웃어버렸다. 탐신도 키득거렸다.

참 사랑스러운 아이야, 리디아가 생각했다.

그녀의 몇 마디가 리디아의 우울한 기분을 날려버렸다. 이런 일이 처음도 아니었다. 탐신에게는 무슨 얘기든 할 수 있었다. 그녀에게는 이해심과 유머 감각이 있었다.

이런 아이를 아버지는 나 몰라라 하고 어머니는 집밖으로 내몰았다니. 탐신이 그들에게 요구한 건 아무 것도 없었는데. 오히려 쓸모 있는 사람이 되려고 항상 열심이었다.

리디아가 바빠서 혼자 버려 두어도 불평 한번 한 적이 없었다. 일을 도와 달라고 하면 뛸 듯이 기뻐했고, 지루하기 짝이 없는 조사도 신기한 모험으로 받아들였다.

리디아가 이미 오래 전에 신의 은총을 포기했음에도, 이 소녀를 하늘의 선물로 여기지 않을 수 없었다.

오늘밤, 일이 잘 된다면, 소중한 선물을 돌려줄 수 있을 것이다.

그게 중요했다.

그녀가 미소지으며 일어나 탐신의 머리를 헝클어뜨렸다.

"이제 기운이 좀 나신 거예요? 맞죠? 수잔도 이렇게 빨리 기운이 났으면 좋겠는데."

소녀의 말을 들었을 때에야, 리디아는 아사 직전인 듯한 개가 식당에 없다는 걸 알아차렸다.

탐신이 설명했다.

"수잔이 아침을 안 먹었어요. 날 소호 스퀘어로 끌고 나갔다가 3분만에 집으로 끌고 돌아왔어요. 정원에 축 늘어져서, 내가 공을 던져도 본 체 만 체 해요. 막대 놀이도 싫어하고. 오리 장난감을 찾아봐야겠어요."

수잔은 자기 장난감 중에서, 낡은 끈이 달린 나무 오리를 제일 좋아했다. 하지만 그만큼 골이 나 있다면, 오리도 소용이 없을 것이다.

"맘에 안 드는 게 있나 봐. 내가 가 볼게."

리디아가 식당을 나서서 정원 쪽으로 향했다. 몇 발짝 내딛기도 전에, 부엌문이 열리고 수잔이 뛰어들어왔다. 리디아를 지나 복도로 냅다 달렸다.

그때 현관에서 노크소리가 들렸다.

리디아는 흥분한 개 뒤로 쫓아가며 명령했다.

"수잔, 얌전히."

소용없었다.

매스티프가 현관문 여는 하녀를 밀치고, 문이 열리자마자, 문 앞에 서 있는 남자에게 달려들었다. 그 남자가 매스티프의 무게에 못 이겨 비틀거리는 걸 보는 순간, 그녀도 무언가에 걸려 휘청거렸다.

리디아의 몸이 고꾸라졌다. 나무 오리가 옆으로 미끄러지는 걸 보며 아래로 곤두박질쳤다. 바닥에 닿기 직전, 그녀의 몸이 홱 들리더니 단단한 가슴에 닿았다.

"빌어먹을, 제대로 보고 다닐 수 없소?"

귀에 익은 목소리가 그녀의 머리 위에서 호통을 쳤다.

리디아가 시선을 올렸다. 에인즈우드 공작의 초록색 눈동자가 있었다.


15분 후, 공작은 리디아의 서재에 있는 책과 가구들을 마치 재산 압류하러 온 빚쟁이처럼 살펴보고 있었다. 그 사이에, 수잔이 쓰러뜨리려다 실패한 장본인, 트렌트 씨는 탐신과 수잔을 데리고 소호 스퀘어로 나갔다. 에인즈우드가 산책을 갔다 오라고 했기 때문이다.

공작이 책 한 권을 꺼내들며 말했다.

"아, <런던에서의 생활>, 피어스 에간 작품이군. 나도 좋아하는 책이오."

그녀가 쌀쌀맞게 입을 열었다.

"당신이 어째서 내 집에 침입했는지 이유를 말씀해 주셔야 하지 않을까요? 저녁 9시에 내가 모시러 가겠다고 했잖아요. 우리가 아는 사이인 걸 세상에 알리려는 거예요?"

"한 달 전에 이미 비니거 야드에서 있었던 일로 세상이 다 알았소. 똑똑히 목격했지."

"대체 여기엔 왜 오신 건가요? 자기 집인 것처럼, 트렌트까지 데리고 나타나신 이유가 뭐죠?"

"아, 트렌트는 프라이스 양 때문에 데려왔소. 그게 쉽지. 찰스 2세의 불가사의를 늘어놓으면서 그녀를 바쁘게 해 줄 테니까. 그럼 내가 왜 왔는지 궁금해할 새가 없을 거요."

"아예 오지 않았더라면, 궁금해할 필요도 없었겠죠."

그가 책을 덮고 선반에 올려놓았다. 그후에 천천히 그녀의 몸을 훑어보았다. 리디아의 목 부근이 짜릿해지면서 아래쪽으로 위쪽으로 전류가 번져 갔다. 그녀의 시선이 그의 손으로 떨어졌다. 어젯밤 그 손이 일으킨 열망이 되살아나자, 얼른 책상을 정돈하는 척 두 손을 바쁘게 움직였다.

어렸을 때 짝사랑이라도 해 봤으면 좋았을 걸. 그럼 이런 느낌에 당황하지 않아도 될 텐데. 미리 훈련시켰을 텐데.

그가 말했다.

"오늘밤에 트렌트가 프라이스 양을 극장에 데려갈 거요. 내가 그러라고 부탁했소."

리디아가 눈앞의 현실로 정신을 돌렸다. 트렌트와 탐신이 함께? 극장에?

에인즈우드가 말을 이었다.

"프라이스 양도 문제지만, 트렌트를 그냥 놔두는 것도 마땅치 않았소. 우리 작전에 끌어들일까 생각해 봤지만, 어디 걸려 넘어지고 물건 깨뜨리고 문에 부딪히고, 칼과 총알을 맞으러 달려가는 특별한 재능이 있는 사람이라, 머리가 쭈뼛해지더군."

"그렇게 골치 아픈 사람을 왜 집에 데리고 있나요?"

"재미있거든."

에인즈우드가 벽난로로 걸어갔다. 작은 서재라서 그리 많이 걸을 필요는 없었다. 하지만 그의 편안하고 유연하고 우아한 움직임을 보여주기에는 충분했다.

그가 단지 잘생긴 거라면, 초연하게 바라볼 수 있었으리라. 그 체구와 크기와 힘에서 그녀는 눈을 떼지 못했다. 그의 힘이 이미 망치로 두들겨 박은 듯 그녀에게 각인되었다. 그는 어젯밤에 힘들이지 않고 그녀를 번쩍 안아들었다. 마치 소녀가 된 것처럼 느끼게 했다.

그런 느낌은 생전 처음이었다. 어렸을 때도 없었다.

　게다가 지금은 바보 같은 느낌까지 더해 주었다. 넋이 나가버린 사춘기 소녀처럼. 이런 느낌이 겉으로 드러나지 않기를 간절히 기도하며, 그녀는 자기 손을 내려다보았다.

　"불안해할 거 없소."

　에인즈우드가 벽난로 선반에 팔꿈치를 대고 한 손을 턱에 괸 자세로, 그녀를 응시했다.

　"당신이 매우 까다로운 일에 내 도움을 청했다고 말해 두었소. 그 다음에, 프라이스 양이 의심하지 않게, 극장에 데려가라고 부탁했소. 왜 의심할지, 왜 극장에 가야 진정되는 것인지 묻지 않더군. 어차피, 뾰족한 숟가락으로 지하감옥을 탈출할 수 있다고 상상하는 남자가 무언들 생각해 내지 못하겠소?"

　그녀가 멍하니 물었다.

　"숟가락? 지하감옥?"

　"<테베의 장미>에 나오는 미랜다 말이오. 트렌트는 미랜다가 그 방법으로 탈출할 거라고 했소."

　리디아가 화들짝 정신을 차렸다.

　빌어먹을, 미랜다를 잊었어. 재빨리 책상을 살펴보았다. 원고가 없었다. 꺼내 놓지 않았나 보다. 아니면 탐신이 치웠을 게 틀림없었다. 그녀에게 비밀을 털어놓은 건 잘한 일이었다. 핑계 대려 애쓸 필요도 없고 눈치 빠르게 뒷일을 처리해 주니까. 귀족 연감과 기사 장부도 치워져 있었다. 하지만 리디아의 메모와 말로리의 계보가 책상에 그대로 놓여 있었다. 그녀는 태연한 척 그것들을 <에딘버러 리뷰> 밑으로 밀어 넣었다.

　에인즈우드의 목소리가 다시 들렸다.

　"설마 날 찌르려는 건 아니겠지? 난 비밀을 누설하지 않았소. 보아하니, 당신도 적당히 구실을 둘러댄 것 같던데."

　리디아가 <에딘버러 리뷰>를 엉덩이로 깔고 책상 모서리에 걸터앉았다.

“물론이죠. 난 경쟁 잡지사의 비밀을 캐낸다고 했어요. 전혀 눈치채지 못할 거예요. 하지만 프라이스 양이 트렌트의 초대를 거절하면 어쩔 건가요?”

그가 벽난로에서 떨어져 책상을 돌더니 그녀에게서 한 걸음 떨어진 곳에 멈췄다.

“어제 두 사람이 만났던 모양이오. 그녀가 트렌트의 장황설을 꽤 잘 들어주는 것 같았소.”

그가 고개 숙여 낮은 목소리로 덧붙였다.

“어쩌면 그를 좋아하는지도 모르지.”

얼굴에 닿는 그의 숨결이 느껴졌다. 그의 무게까지 느낄 수 있었다.

그러나 느끼는 걸로 충분치 않았다. 두 손을 올려, 저 빳빳한 넥클로스를 잡고 얼굴을 끌어내리고 싶었다.

저 빳빳한…… 넥클로스라고? 그녀가 다시 한 번 확인했다. 정말 넥클로스가 아주 단정했다. 옷들도 주름지거나 구겨지거나 찢어지거나 얼룩진 부분 하나 없다는 걸, 뒤늦게 알아차렸다.

그녀가 놀라며 소리쳤다.

“세상에, 에인즈우드. 당신, 무슨 일이에요?”

그녀의 시선이 그의 머리까지 올라갔다.

“머리도 빗었네.”

아래쪽으로 시선이 내려갔다.

“옷 입은 채로 안 잤군요.”

그의 어깨가 으쓱 올라갔다.

“우린 프라이스 양과 트렌트 얘기를 하던 중이었소. 내 옷 얘기가 아니라.”

리디아는 자기가 생각하는 주제에서 빗나가지 않았다.

“시종을 바꾸셨군요. 책임감 있는 사람을 찾았군요.”

“아니.”

그가 고개를 가까이 기울였고, 리디아는 비누와 화장수 냄새를 맡았다.

"내가 한마디했을 뿐이오."

그녀가 고개를 젖히며 물었다.

"향기가 좋네요. 무슨 향이에요?"

에인즈우드는 자기 말을 계속했다.

"시종에게, 당신이 내 옷매무새를 싫어하더라고 했소."

그녀가 앉아 있는 곳 양쪽으로 그가 두 손을 짚었다.

그녀가 눈을 감고 킁킁거렸다.

"소나무 향 같아…… 멀리…… 바람에 실려 날아오는."

눈을 떴을 때, 바로 코앞에 그의 입술이 있었다.

그가 재빨리 뒤로 물러나며, 소맷자락에서 뭔가를 털어 냈다.

"지적인 얘길 할 정신이 아닌 모양이군. 하지만 트렌트와 프라이스 양에 대한 내 계획에 반대하지 않았으니, 하나의 기적을 보았다고 해야겠지. 그럼 오늘밤에."

그가 돌아서서 문으로 출발했다.

그녀가 물었다.

"그게 다예요? 겨우 그걸 말해 주려고 온 거예요?"

"그렇소."

그는 돌아보지 않았다, 멈추지도 않았다, 문밖으로 성큼 걸어가 세차게 문을 닫았다.


그렌빌은 낡은 모자 밑으로 금발머리를 꼼꼼히 집어넣었다. 걸리거나 엉키지 않도록 치마 대신 바지를 입은 것도 웬만하면 분별력 있는 행동이었을 것이다. 남자용 셔츠를 허리춤에 찔러 넣고, 그 위에 짧은 재킷을 걸쳤다.

그런데 짧은 재킷이 허리까지밖에 오지 않았기 때문에, 바지가 엉덩이에 꽉 조여 보였다. 그 모습에 비어의 아래쪽 지역에서도 행동개시를 시작하려 했다.

이 놈의 못된 버릇.

정신 차려, 그가 자신에게 명령하는 사이, 그의 손을 타고 그녀의 발이 옥외 변소위로 올라갔다.

그들은 코럴리의 집 뒤뜰에 있었다.

비어는 보고 숨쉬는 공간만 남기고 얼굴을 스카프로 가린 다음, 그 뒤로 따라 올라갔다. 옥외 변소의 지붕에서 코럴리의 창턱까지 쉽게 닿았다. 창은 닫혀 있을 뿐 빗장이 걸려 있지 않았다. 비어는 주머니칼로 어렵지 않게 창을 열었다.

코럴리는 이미 떠났고, 몇 분 전에 남아 있는 인원을 확인했다. 아래층에서 두 사람이 싸우고 있는 듯했다. 비어는 다시 한 번 1층 사람들의 위치를 확인하고 창을 넘었다. 그렌빌이 바짝 따라붙었다.

그들이 들어간 비좁은 공간은 사용하지 않는 벽장이었다. 작은 창 하나가 나 있고, 인형 크기의 벽난로가 있었다. 책상과 의자, 벽에서 벽으로 이어진 책들이 화재에 무방비 상태로 처박혀 있었다. 하지만 그는 지금 화재 걱정을 할 경황이 없었다. 그렌빌의 시선이 영 거슬렸다. 그의 단정한 머리와 깨끗하고 구겨지지 않은 옷이 세상에서 제일 경이로운 일이라도 되는 것처럼 쳐다보았던 그 시선.

그게 우스꽝스럽게 느껴져야 당연할 테지만, 반대로 짜증이 났다. 풋사랑 상대한테 잘 보이려고 외출복을 차려입은 남학생처럼, 뜨겁고 불편한 느낌이었다.

게다가 담청색 푸른 눈이 남자의 체온을 위험 수준으로 몰아갈 수 있다는 걸 알게 되었다. 그래서 자제력을 잃기 전에 빨리 그 여자 옆을 벗어나야 했다.

그렇게 서둘러 나오다가 달라진 계획 하나를 미처 알리지 못했다. 그는 8시 반에 하인용 문으로 몰래 들어가 자기 마차에 그녀를 억지로 태웠다. 그렌빌은 일반 마차가 익명성을 더 보장해 줄 수 있다고 주장했다. 그의 정신이 어릴 적에 발육을 멈췄다고 믿는 듯했다. 마치 자기 머리에는 절대 오류가 없는 것처럼.

비어는 작은 뒷방으로 조심조심 들어가며 생각에 잠겼다.

코럴리의 집이 소호 스퀘어에서 가깝고, 그녀가 멀리 떨어진 그의 집으로 데리러 오는 것보다 그가 와서 태우고 가는 게 더 논리적이라는 것을, 이 여자는 생각지도 못했다.

하지만 이 여자한테 말해 봤자 무슨 소용이 있으랴. 아까 서재에서도 자신이 한 말을 이 여자가 스무 단어 이상 제대로 알아들었을지 의심스러웠다. 현미경으로 살피듯이, 그를 쳐다보고 그의 모든 동작을 지켜보느라 여념이 없었으니까.

지난 세월 동안, 그는 수많은 여자들의 옷을 눈으로 벗겨 보았다. 그들이 호의를 보여준다면, 그 이상 관심을 기울이지 않았다. 하지만 오늘은 흠잡을 데 없이 재단된 겹겹의 옷을 뚫고 들어오는 파란 시선을 의식하는 상황에 빠져 버렸다.

당연히 그의 물건이 운동을 하기 시작했고, 그녀가 멍하게 꿈꾸는 표정으로 시를 읊어 대자 그의 뇌는 개점 휴업을 선언하고 생식기관이 주인자리를 차지했다.

그가 책상위로 그녀를 쓰러뜨려 그 자리에서 그녀의 처녀성을 갖지 않은 건 기적이었다.

그는 짜증스럽게 그때 일을 되새기며, 손으로 문고리를 잡았다. 다시 귀를 기울였다. 인기척이 없었다. 조심스럽게 문을 열었다.

방에 작은 램프 하나가 켜진 채, 흐릿한 그림자를 드리웠다. 그가 작게 속삭였다.

"침실이오."

그녀가 마주 속삭였다.

"당신은 왼쪽을 맡아요. 내가 오른쪽을 할게요."

그는 방으로 들어가 소리 없이 반대편 문으로 움직였다. 그녀도 그의 뒤를 따랐다. 문에서부터 각자 자기가 맡은 구역을 뒤지기 시작했다.

방 안은 엉망이었다. 드레스, 속옷, 신발들이 사방에 흩어져 있었다. 비어의 뇌리에 비슷한 영상이 떠올랐다.

자신의 침실. 거기 흩어진 리디아의 옷가지. 검은 속옷, 코르셋, 스타킹이 줄줄이 이어져 침대 옆에서 끝이 나고, 그 위에 뇌쇄적인 여자의 몸이 누워 있다, 화끈하고…….

"맙소사."

비어의 시선이 그렌빌에게 날아갔다. 순간적으로, 머릿속의 음탕한 생각을 입 밖으로 말해버린 걸까 두려웠다. 하지만 아닌 모양이다. 그녀는 복면으로 얼굴을 가린 채, 무릎을 꿇고 모자 상자를 들여다보고 있었다.

그가 간이의자에서 건져 올린 속치마를 떨어뜨리고, 그녀의 옆으로 다가갔다.

흔들리는 램프 불빛 아래로, 팔찌, 귀걸이, 반지, 목걸이, 인장, 사슬, 브로치들이 반짝거렸다. 까치 둥지처럼 무지하게 얼기설기 엉켜 있었다. 하지만 그렌빌의 놀라움을 자아낸 이유는 그게 아니었다.

그녀가 보석 더미 위에서 은 장식핀을 집어들었다. 교회와 나라에서 분명히 금기시하는 식으로, 남녀의 몸이 절묘하게 결합된 모양새였다.

그가 그것을 빼앗았다.

"괜히 머리 굴리지 마시오. 프라이스 양의 물건 찾았소?"

"그래요, 여기 있어요. 서반구의 잡다한 보석들과 함께. 고디우스 국왕의 매듭*처럼 엉켜서. 목걸이와 반지가 사슬에 죄다 묶여 있어요."

---

* 알렉산더 대왕이 칼로 끊었음.

그녀가 옷 더미를 뒤지다가 속옷 하나를 끄집어냈다. 바닥에 그걸 깔고, 상자 안의 내용물을 담았다. 그 다음에 천의 끝 부분을 모아 보따리처럼 만들었다.

그녀가 지시했다.

"가터를 찾아봐요."

"미쳤소? 다 가져갈 순 없소."

"다른 방법이 없잖아요. 우리 보석만 풀어내려면 밤을 꼴딱 새워야 할 걸요. 가터를…… 됐어요. 저기 있네요."

그녀가 옆에 떨어져 있는 가터로 보따리를 묶었다.

비어는 근처 보닛 안에 외설적인 장식핀을 쑤셔 박는 것으로 분한 마음을 달랬다.

그녀가 일어나려다 굳어버렸다.

발자국 소리와 목소리들이…… 빠르게 다가오고 있었다.

비어도 그 소리를 들었다.

순간 그가 그녀에게 돌진하여 침대 밑으로 밀어 넣었다. 자신도 모자상자 위에 드레스와 속치마들을 던져, 구석으로 쓱 밀고는 침대 밑으로 들어갔다.

그와 동시에 문이 열렸다.

# 9

몇 시간이 흐른 것 같았다. 머리 위에서 격렬하게 매트리스가 흔들렸다. 여자는 비명을 지르거나 더 해달라고 애원을 하고, 남자는 웃거나 위협을 했다. 리디아의 살갗을 뚫고 들어오는 소름과 구역질까지 일으키는 목소리로.

리디아는 할 수만 있다면 에인즈우드의 커다란 몸 밑으로 파고 들어갔을 것이다. 하지만 공간이 너무 좁아서 겁쟁이 같은 행동을 실행에 옮길 수 없었다. 배를 딱 붙이고 있는데도, 가끔씩 매트리스가 머리 위로 늘어졌다.

제발, 침대가 무너지지 않기를. 이 곡예사 같은 연인들이 굴러 떨어져 우연히 침대 밑을 보는 사태가 벌어지지 않기를, 간절히 기도했다.

빌어먹을, 언제까지 계속할 거야?

드디어, 20년은 되는 듯한 2분이 지나고, 소동이 잦아들었다.

어서 가, 리디아가 말없이 명령했다. 재미 다 봤잖아. 어서 가.

하지만 아니었다. 이제 그들은 베개 던지기 놀이를 시작했다.

남자가 말했다.

"잘했어, 아네트. 하지만 난 싹싹한 계집 하나로 만족이 안 된다고, 네 주인한테 전해."

매트리스가 흔들리고 스타킹 신은 남자의 다리가 바닥으로 내려왔다, 리디아의 머리에서 몇 센티미터 떨어진 곳에. 에인즈우드의 손이 그녀의 등으로 올라와 꾹 눌렀다.

그녀는 그의 메시지를 이해했다.

가만있어.

온몸의 근육이 뒤틀리는 것 같았지만, 그녀는 가만히 있었다. 남자가 그들과 비슷한 수색작업을 벌이기 시작했다. 텅 빈 모자 상자를 찾아냈을 때, 터지려는 비명을 억눌렀다.

하지만 그는 상자를 옆으로 던지고 보닛을 집어들었다.

"내 장식편이 여기 있었군. 뻔뻔한 년. 이게 내 거라는 걸 알면서 내가 어디 됐냐고 물었을 때 거짓말을 했어. 그후엔 아무렇지도 않게 자기 보닛에 달고 자랑했겠지."

여자의 불안한 목소리가 들렸다.

"난 몰랐어요. 본 적도 없었어요. 정말이에요."

스타킹 신은 발이 침대로 돌아와 그 위로 올라가면서 사라졌다. 매트리스가 눌리고 여자의 비명이 뒤따랐다.

"마음에 들어, 아네트? 바늘꽂이 놀이 해 볼까? 꽂을 자리가 아주 많겠어."

"제발, 무슈. 제가 그런 게 아니에요. 제가 훔치지 않았어요. 왜 저를 벌하시는 거예요?"

"기분이 아주 나쁘기 때문이야. 네 주인이 내 핀을 훔쳤어, 세상에 단 하나밖에 없는, 엄청난 돈이 들어간 이걸. 내가 점 찍어둔 꽃 피는 여자애도 빼냈어. 예쁘장한 절름발이였는데, 어젯밤에 거기 없더군. 대신에 코럴리가 거기 있었어. 만면에 미소를 띠고."

매트리스가 격하게 흔들리며 여자가 비명을 질렀다.

에인즈우드의 몸이 굳어졌다. 리디아도 당장 뛰쳐나가 저 역겨운 놈을 패대기치고 싶었다. 하지만 여자가 이내 낄낄 웃기 시작했다. 아네트가 잔인하고 무자비한 마담 브리스의 수족이라는 걸 잠시 잊었다.

"이래 봤자 무슨 소용이겠어? 너한테 무슨 짓을 하든 그 년은 상관도 안 할 텐데."

다시 한 번 남자의 발이 바닥으로 내려왔고, 이번에는, 빠르게 옷을 입었다.

"옷 입어. 이제부터 보물 사냥을 나가기로 하지. 성공하는 게 신상에 좋을 거야."

"하지만 전 보석이 어떻게 됐는지 몰라요."

리디아의 심장이 목구멍으로 튀어나오려 했다.

아네트는 보석이 사라진 걸 알고 있었다. 코럴리의 침실을 뒤지다가 예상치 못하게 이 남자가 도착해서 일이 중단되었던 것이다. 아까 아래층에서 싸우던 사람들도 이 혐오스런 남자와 아네트였을 것이다.

남자가 웃어젖혔다.

"그 따위 보석 나부랭이가 무슨 소용이야? 값나가는 건 몇 개밖에 없어. 다른 건 겉만 번지르르한 싸구려들이야. 내가 원하는 건 금, 은, 수표책이야. 그 상자. 어떻게 생겼는지도 알아. 하지만 내가 찾을 기분은 아니야."

"무슈, 제발 부탁이에요. 그게 있는 곳을 아는 사람은 나밖에 없어요. 그게 없어지면……."

"내가 시켰다고 해. 확실하게 전해. 그거, 어디 있지?"

짧은 침묵 후에, 아네트가 시무룩하게 대답했다.

"지하 창고에."

남자가 문으로 움직였다.

매트리스가 움직이며 여자가 침대에서 내려와, 자기 옷을 걸치고는 서둘러 따라 나갔다.

발소리가 멀어지자, 에인즈우드가 그녀를 밀었다.

리디아는 침대 밑에서 기어 나왔다. 엉덩이에 닿는 손이 빨리 나가라고 재촉했다. 그들은 창가에서 잠시 기다렸다. 남자가 화장실에서 나오고 있었다. 일 분 뒤, 리디아가 옥외 변소 지붕을 내려왔다. 에인즈우드는 그녀와 거의 동시에 땅으로 내려와 그녀의 귀에 속삭였다.

"잠깐 기다리시오. 오래 안 걸리니."

리디아는 가만히 기다리려 했지만, 몇 분이 지나자 호기심에 참을 수가 없었다. 조심조심 벽을 따라 나가 모퉁이를 슬쩍 내다보았다.

에인즈우드의 커다란 몸이 지하로 이어진 계단 근처 벽에 붙어 있는 걸 보았다. 남자 하나가 작은 상자를 들고 올라왔다. 남자는 복면한 사내를 보고 멈칫하더니 다시 내려가려 했다. 하지만 에인즈우드는 아주 빨랐다.

공작이 남자를 계단 위로 끌어올려 벽으로 내던졌다. 상자가 바닥으로 떨어지는 순간, 에인즈우드의 주먹이 그의 배를 찔렀다. 남자의 허리가 푹 접혔을 때, 그의 얼굴로 다시 주먹이 날아갔다. 그가 땅에 쓰러졌다.

"비열한 새끼."

에인즈우드가 낮게 내뱉고는, 복면을 벗고 뒤뜰로 돌아왔다.

리디아는 아직 놀란 마음을 가다듬지 못하고, 멍하니 복면을 벗었다.

그가 그녀의 팔을 붙잡고 거리로 나갔다.

타트넘 코트 로드에 이르러서야 리디아가 겨우 입을 열었다.

"왜 그랬어요?"

"당신도 들었잖아. 꽃 파는 아이. 그놈이 아이를 건드리려고 했어."

리디아는 그의 손을 내려다보고, 딱딱하게 굳어 있는 얼굴로 시
선을 들었다.

"오, 에인즈우드."

그녀가 낮게 부르짖으며, 그의 어깨를 움켜잡았다. 그를 흔들어
줄 생각이었다. 어젯밤에 아이를 쫓아낼 셈으로 돈을 쥐어줬다고
거짓말했으니까.

"내가 하고 싶었던 게 그거였어요. 그놈을 갈겨 주는 거."

키스라도 해 주고 싶어, 그녀가 고개를 젖혀 그를 쳐다보며 생
각했다. 생각만으로는 충분하지 않았다.

그에게 키스를 했다.

하지만 이성을 잃은 건 아니었다. 빨리 끝낼 생각이었다. 그의
기사도 정신에 경의를 표하는 식으로 가볍게 뺨에 입술을 댔다.

하지만 그가 고개를 돌려 입술로 그녀의 키스를 받았다. 어젯밤
처럼 부드럽게 설득하는 키스가 아니었다. 화난 듯 고집스럽게 다
그쳤다.

그녀는 입술을 떼어 냈어야 했다. 하지만 자신이 그토록 바라는
것을 어떻게 마다할 수 있을까. 그의 목을 끌어안고, 그 거친 열기
와 분노를 탐욕스럽게 빨아들였다. 독한 술처럼, 그것이 혈관을 타
고 달려가 그녀의 안에 있는 악마를 기쁨으로 날뛰게 했다.

이런 행복을 느끼면 안 된다. 하지만 쇳덩이 같은 팔이 와락 잡
아당겼을 때, 자기 살 속으로 그를 집어넣으려는 것 같았을 때, 미
치도록 기뻤다. 여기에 머물고 싶었다. 그가 마치 잃어버린 자신의
반쪽인 것처럼.

그의 입술이 더 집요해지자 그녀는 입을 열었다. 혀와 혀가 엉
키는 순간, 죄스러운 기쁨으로 몸이 떨렸다. 그의 커다란 손이 자
기 소유물을 차지하듯이, 거기에 의문의 여지가 없는 듯이, 대담하
게 그녀의 몸으로 움직였다.

그녀도 그의 조끼 밑으로 손을 넣어 셔츠를 매만졌다. 강인한

근육이 자신의 손길에 탱탱해지자 다시 몸이 떨렸다. 자신에게도 그에게 미치는 힘이 있다는 걸 알았다. 그녀는 그가 진실을 숨길 수 없는 곳, 격렬하게 심장이 고동치는 곳을 쓰다듬었다.

그의 몸이 부르르 흔들리고, 굶주린 신음이 낮게 새어 나왔다. 그가 그녀의 엉덩이를 움켜잡아 단단하게 부푼 곳에 들이댔다.

이번에는 겹겹이 막아선 속치마들의 벽이 없었다. 얇은 천으로 뚫고 들어오는 그 크기와 열기에 그녀가 무의식적으로 움찔했다. 순간의 놀란 반응일 뿐이었다. 하지만 그가 느낀 모양이었다. 그의 몸이 떨어져 나갔다.

그는 고개를 들고 그녀의 팔뚝을 잡았다.

"제기랄, 그렌빌, 여긴 골목이잖아."

그가 옆에 떨어진 그녀가 떨어뜨린 줄도 몰랐던 꾸러미를 집어 들었다. 다른 손으로 그녀의 팔을 붙잡고 마차가 기다리는 거리로 성큼성큼 걸어갔다.


아네트는 지하실에서 다급한 발소리를 들었다. 계단으로 돌아 내려오는 소리. 다음에 쿵 부딪히는 소리, 덜그럭 떨어지는 소리, 신음소리를 들었다.

파리에서 제일 불미스럽다는 동네를 경험해 본 그녀가 그런 수상쩍은 소리를 모를 리 없었다. 자신도 술 취한 사내들을 숱하게 덮쳐 보았으니까.

그녀는 귀를 기울이며 기다렸다. 화난 영국인의 목소리가 들리고 발소리가 멀어지는 듯하더니 결국 들리지 않게 되었다.

슬며시 빠져나와 조심스럽게 계단을 올라갔다. 창 밖으로 새 나오는 흐릿한 불빛 속에서, 땅에 누워 있는 몸뚱이를 알아보았다.

그녀가 가까이 다가갔다. 놀랍게도, 돼지 같은 자식이 아직 숨을 쉬고 있었다. 그녀는 끝장을 내주려고 마땅한 도구를 찾았지만, 주위에 벽돌 한 장 떨어져 있지 않았다.

이 동네는 너무 단정하고 품위가 있어, 라고 짜증스럽게 생각하고 있을 때, 그녀의 눈에 상자가 들어왔다.

갑자기 남자가 신음하며 꿈틀거렸다. 그녀는 남자의 머리를 발로 걷어찬 다음, 상자를 들고 달리기 시작했다.


이때, 비어는 마차에 오르는 그렌빌을 지켜보며, 누군가 자기 머리를 걷어차 주길 바랐다.

마부석에 앉아 의미심장하게 미소짓는 제인스에게 험악한 표정을 던졌다. 저 깡패 같은 놈이 목격했던 모양이다.

타트넘 코트 로드를 지나가는 다른 사람들도 보았을 것이다. 하지만 그들은 비어가 왕뱀처럼 둘둘 감싸고 먹어 삼키려 했던 게 여자라는 걸 몰랐으리라.

그는 그녀에게 보따리를 던지고, 안으로 올라탔다.

너무 갑자기 마차가 움직이는 바람에 그렌빌의 몸이 그에게 부딪혔다. 그녀가 얼른 떨어져 나가는 게, 왠지 그의 성질을 돋궜다.

그가 쏘아붙였다.

"예의 따지기엔 좀 늦은 것 같소. 누가 봤다면, 내일 정오쯤 런던에 파다하게 소문이 퍼졌을 거요, 에인즈우드 공작이 남자애를 좋아하더라고."

그녀도 쌀쌀맞게 대꾸했다.

"당신이 소문 걱정하기에도 좀 늦으셨군요. 수년간 끝없는 스캔들을 냈잖아요. 왜 갑자기 오늘밤, 남들 시선에 예민해 지기로 하셨나 몰라."

그녀가 살얼음 같은 파란 눈으로 호되게 노려보았다.

"그런 식으로 노려볼 거 없소. 시작한 건 당신이야."

"당신이 도와 달라고 비명이라도 질렀던가요? 반항하는 기척도 전혀 못 느꼈는데요. 아니면 아까 주먹 두 방을 쓴 것 때문에 힘이 다 빠져 버렸다고 믿어야 할까요?"

그는 반항할 생각이 전혀 없었다. 그녀가 먼저 시작하지 않았으면 자신이 했을 것이다. 얻을 게 아무 것도 없는데, 멍청한 놈. 이 분통 터지게 거만한 여자한테 수치스런 욕정이 치밀었다 해도, 사람들 다니는 길에서 불을 끌 수는 없었다. 다른 데서 했더라도, 만족스럽지 않았을 것이다. 이 여자는 초보니까.

특별히 이 여자한테 흥분한 게 아니야. 상황 때문이었어. 위험스런 상황이 성욕을 자극하는 법이야.

하지만 침대 밑에 있었을 때는 평소처럼 흥분하지 않았다. 변태 새끼의 말을 들으며 구역질을 참았다. 거기서 뛰쳐나갔을 경우에 일어날 수 있는 끔찍한 일들을 상상했다. 등에 꽂히는 칼날, 머리를 후려치는 곤봉, 마침내 찾아오는 죽음. 비어는 뛰쳐나갈 수 없었다. 자신이 잘못되면 옆에 있는 여자를 보호해 줄 사람이 아무도 없었다. 그리고 두 변태 연놈들이 끔찍하거나 역겨운 짓거리를 할 게 틀림없었다.

비어는 열심히 필사적으로 기도했다.

'이 여자를 안전하게 내보낼 수 있게 해 주시오. 그때까지만 살려주시오. 그러면 착해지겠소. 정말이오.'

그는 생각을 떨쳐버리고, 말했다.

"난 당신을 원하지 않아."

"거짓말."

"자만심이 하늘을 찌르는군. '신의 여자' 그렌빌 양. 자기가 모두 다 안다고 착각하는 모양인데, 내가 가르쳐 줄 때까지 키스하는 법도 몰랐다는 걸 기억하시오."

"가르쳐 달라고 부탁한 적 없는데요."

"이젠, 모든 남자를 유혹할 수 있는 요부로까지 오해하는군."

"당신한테는, 그럴 걸요. 당신의 행동으로부터 내가 다른 어떤 논리적 결론을 내려야 할까요? 당신이 왜 그 일 때문에 이런 법석을 떠는 지도 알아야겠어요."

“법석 떠는 게 아니오. 그런 아량 있는 척하는 용어도 삼가주시
오.”

“당신은 거짓말을 삼가주세요. 나에게 끌리는 걸 왜 인정 못하나
요? 왜 화를 내죠? 내가 성가신 여자니까, 무지한 처녀니까, 그런
이유들이 남자로서의 체면을 깎는 거겠죠. 나에게도 굴욕적이라는
건 미처 생각 못하시나 봐요. 당신한테 끌리는 게, 나의 기호와 판
단력을 심하게 깎아 내려요. 운명이 나한테 장난을 치고 있어요.
하지만 그래도 어쩔 수 없어요.”

그가 그녀를 돌아보았다.

그녀는 뻣뻣하게 앉아서 똑바로 앞을 노려보며 무릎의 꾸러미를
꽉 움켜쥐고 있었다.

“빌어먹을, 그렌빌. 그렇게 까탈 부릴 필요 없소. 내가 당신 기
분을 상하게 하기라도 한 것처럼.”

“당신이 그럴 수 있을까요? 내가 그렇게 허락할까요?”

“그럼 뭐요? 나한테 뭘 바라는 거요? 같이 자는 거? 당신은 이
나이 들도록……”

“스물 여덟이에요. 난 쪼그랑할멈이 아니에요.”

“여태껏 순결을 지켜왔소.”

그의 목소리가 높아졌다.

“나한테 책임지란 소리 마시오. 내가 당신의 도덕성을 망쳤다고
하진 마시오.”

“맘대로 생각하세요. 나랑 상관없어요.”

“처음부터 내가 어떤 놈인지 알고 있었잖아! 당신의 창녀 친구
도 날 조심하라고 경고했소! 런던에서 떠나 있으라고 했잖소.”

“런던은 큰 도시예요. 우리가 여러 번 마주칠 이유가 없었죠.”

그녀는 흘깃 노려보았다.

“당신이 블루 아울에 나타날 이유는 없었어요. 제리머에 나타날
이유도, 헬레나의 집으로 날 쫓아올 이유도, 어젯밤 코벤트 가든까

지 따라올 이유도 없었어요. 그게 모두 우연이었다고 믿을까요? 당신이 나한테 스파이를 붙이지 않았다고? 아니라면 말해 봐요. 이것도 나의 자만심이라고, 당신이 나 때문에 그런 수고까지 했다는 착각에 빠졌다고 말해 보시죠."

그녀의 입 꼬리가 살짝 올라갔다.

"다른 무슨 소리를 해도, 나한테는 안 통해요."

"빌어먹을, 그렌빌, 당신이 젠장할 처녀인 줄 알았다면 그런 짓도 안 했어!"

그녀는 곧바로 대답하지 못했다. 그가 내뱉은 말이 긴장된 둘 사이의 허공에 매달린 듯했다. 그는 굴욕을 느꼈다.

거짓말쟁이, 몇 주일 동안 자신에게 거짓말을 해 왔다. 한심하고 유치한 거짓말. 이 아름다운 괴물을 갖고 싶었다. 얼마나 원하는지 생각하기도 겁이 날 만큼. 이토록 뭔가를 원했던 적이 있었던가. 하물며 여자한테는 더욱 없었다. 단 한 번도.

비어는 자고로 여자는 한 가지에만 쓸모가 있다고 생각했다. 어떤 여자도 이렇게 수고하며 공들일 가치가 없다고. 다른 여자도 얼마든지 많으니까.

문득 끔직한 의심이 찾아들었다. 다른 여자로 안 되면 어떡하지? 왜 진작에 다른 여자를 찾지 않았을까? 런던의 창녀들이 바닥난 것도 아닌데.

소호 스퀘어까지는 짧은 거리였다. 어떻게 해야 할지 결정할 만큼의 시간을 주지 않았다.

아름다운 괴물이 말했다.

"돌발성 기사도 정신이 또 발작을 일으킨 모양이군요."

"나한텐 그런 건 없소. 나를 왜곡하지 마시오. 몇 번 실수한 것, 그뿐이오. 내가 드물게 실수하는 것도 아니오. 데인의 부인을 창녀로 착각한 적도 있지. 당신 근처에도 애초에 내 머리를 두들겨 패 줄 사람이 있었으면, 이런 일이 일어나지 않았을 거요. 나는 실수를

알아차린 즉시 물러나려 했소. 그런데 어젯밤에 날 도로 불러서 도
와 달라고 부탁한 건 당신이었소. 방금 전에도 당신이 가만있었으
면, 내 손은 옆구리에 딱 붙어 있었을 거요. 하지만 당신은……."

그의 시선이 아래쪽으로 흐르며 말이 끊겼다. 길게 뻗은 다리의
곡선, 완벽한 모양의 엉덩이, 한 손으로 감아쥘 수 있는 허리, 황
홀하게 부풀어오른 젖가슴…… 평생 간직해 온 냉소와 자존심을
욕망이 갈기갈기 찢어대고 있었다.

"알겠어요."

그녀가 입을 열었다.

"내가 흡족하지 않았던 거군요. 경험 있는 여자였다면 개인적인
혐오감을 억누를 수도 있었을 텐데, 나의 불쾌한 성격을 견뎌야 할
뿐 아니라 선생 노릇까지 해야 하는 건 무리한 일이겠죠."

그녀가 창 밖을 내다보았다.

"그래요, 당신 책임이 아니에요. 당신이 별 생각 없이 시작했다
는 이유로, 그걸 끝내야 하는 건 아니죠. 내가 모르는 걸 조금 가
르쳐 줬다고 해서, 끝까지 훈련시켜야 한다고 주장할 수는 없어요.
그게 풀 수 없는 수수께끼도 아니에요. 다른 선생을 찾을 수 없는
것도 아니에요."

"다른 사람? 도대체 누가…… 농담이 지나치군."

그는 웃어 보이려 시도했다. 헬레나 마틴이 소문 퍼트리기의 명
수 셀로우바이에게 소개시켜 주겠다고 했던 일이 떠올랐다.

"사람마다 취향이 다른 법이에요. 나를 좋아하는 남자들도 있어
요."

"블루 아울의 술 취한 글쟁이들 말이겠지. 그래, 남자에 대해서
내가 하나 설명해 주리다, 메살리나*, 그렌빌 양. 그들이 감탄하는
건 당신의 성격이나 지성이 아니라오."

---

* 로마황제 클라우디우스의 세 번째 아내로 음욕을 참지 못하는 여자.

“거의 다 왔어요.”

그녀가 창에서 시선을 떼어 냈다.

“당신에게는 짧은 시간이 아니었을 거예요. 그래도 나의 감사를 받아주실 수 있겠죠? 오늘밤에 같이 일할 수 있어서 기뻤어요. 아주 거슬리던 남자를 해치워 준 것도 감사했어요.”

마차가 그녀의 집 앞에 멈췄다.

비어는 여전히 그녀를 노려보고 있었다. 격렬한 심장 박동과 함께 머릿속에 ‘다른 사람’이라는 말이 나팔을 불어 대듯이 메아리쳤다. 그는 내면의 아우성을 틀어막았다.

다른 사람을 찾을 리 없어. 나한테 미끼를 던져서…….

질투가 아니다. 가공의 남자에게 질투하는 건 터무니없다.

“당신이 원하는 걸 내가 하게 하려고, 어젯밤에 조종한 것처럼, 술수를 쓰는 거요. 날 조롱한 것뿐이오.”

마차 문이 열렸다. 제인스는 꼭 이럴 때만 부지런했다. 마부라는 불명예스러운 역할을 빨리 해치우려고 몹시도 서둘렀다.

그녀가 아주 정중하게 말했다.

“죄송해요. 조롱할 뜻은 아니었어요. 옆으로 비켜 주시겠어요, 나리? 아니면 당신을 타고 넘어가야 할까요?”

비어는 한마디 한마디를 귀담아 들으며 서 있는 제인스에게 무시무시한 시선을 쏘아보내고, 마차에서 내렸다. 도와주려고 손을 뻗기도 전에, 그렌빌이 재빠르게 내렸다. 멈추지 않고 문으로 종종 걸음쳤다.

비어가 쫓아갔다.

“무슨 말이 하고 싶은 거요? 내가 당신의 마음을 타락시켰다, 이거요?”

그녀는 재킷 주머니에서 열쇠를 꺼내기 위해 멈춰 섰다.

그가 문을 막았다.

“그 뜻이오?”

"바보 같은 소리 말아요. 난 레이디가 아니라, 기자예요. 기자는 마음으로 움직이지 않아요."

열쇠를 쥔 손이 성마르게 흔들렸다.

"비키세요, 에인즈우드. 당신을 탓하지 않을 테니, 구경거리 만들지 말아요."

"날 탓하지 않아?"

그의 목소리가 커졌다.

"아, 물론이겠지. 난 당신을 타락시키지 않았어. 잠깐 시작하려다 말았을 뿐이야. 아무 피해도 없었어, 맞아, 아무 피해도. 당신의 작은 머리에 그 정도는 들여보낼……."

"소리 낮추세요. 수잔이 깨겠어요. 자기 주인한테 소리치는 남자를 싫어한다고요."

"빌어먹을 개가 무슨 상관이야! 날 멋대로 쥐고 흔들 생각은 꿈도 꾸지 마시오."

"내가 언제…… 어머나, 어째, 당신이 기어이 일을 저질렀군요."

비어에게도 들렸다. 집 안에서 들려오는 쿵쿵 소리, 알아채지 못할 리 없는 멍멍 소리, 기분 좋은 상태가 아닌 게 분명했다. 사이에 벽과 문이 있는데도, 진동이 느껴졌다. 창문이 덜그럭거렸다.

"아, 그래, 내가 해 냈군."

비어가 짐승의 소음보다 더 크게 소리쳤다.

"너무 늦었다, 수잔. 난 벌써 시작했어. 적응하는 게 좋을 걸."

그렌빌이 문을 열고, 그의 팔을 잡아 안으로 끌어당긴 다음, 힘껏 닫았다.

다음에 비어가 들은 것은 분한 으르렁 소리였다.

모든 일이 순식간에 일어났다. 개가 뛰어오르는 걸 보았다. 검정색, 죽음, 송곳니를 드러내며 그들을 향해 휙 날아왔다. 그리고 그렌빌이 자기 몸을 내던져 그의 앞길을 막았다.

"앉아, 수잔!"

"앉아, 빌어먹을 암컷아!"
돌진하는 야수에게 그가 고함쳤다.

비어의 등이 문에 축 늘어졌다. 구세주 노릇 하려던 여자를 두 팔로 꽉 감싸안은 채, 심장이 벌렁거리고 내장이 심하게 꼬였다.
매스티프가 성난 하녀의 손에 붙잡혀 복도로 끌려가고 있었다.
주인의 마지막 명령, 어쩌면 비어의 고함치는 소리가 수잔의 살인적인 뇌 속으로 파고들었던 모양이었다. 그들의 팔다리가 무사히 달려 있었다.
비어는 그 개가 어떻게 멈춰 섰는지 알지 못했다. 지켜보지 못했다. 여자를 안고 뒤로 돌아섰기 때문이다.
매스티프가 천성적으로 포악하거나 신경질적이진 않지만, 오히려 아이들을 믿고 맡겨도 될 만큼 온순하지만, 그래도 개였다. 성질이 났을 때 주인의 명령이나 이성에 따를 수 없는 짐승.
그의 메두사가 상처 입을 수 있었다. 죽을 수도.
성난 매스티프 앞으로 뛰어들다니, 빌어먹을 바보 같은 여자.
그를 보호하려고…….
비어는 그녀의 머리를 움켜쥐고, 거칠게 속삭였다.
"당신이 나 대신 죽을 뻔했소, 그렌빌."
"당신이 가만히 있었으면, 수잔이 덤벼들지 않았을 거예요."
그녀가 그의 가슴을 밀어냈다.
"수잔은 겁줘서 쫓아내려던 것뿐이었어요."
비어는 개가 달려든 그 끔찍한 순간에 십년감수했다. 흰머리가 한 무더기 솟아났을 거라고 확신했다.
그의 손이 그녀의 어깨로 미끄러졌다. 그녀를 흔들어 주고 싶었다. 그럴 생각이었다. 하지만 그녀의 눈이 불꽃을 번득이며 더 많은 유황불을 던지려 입술을 벌리고 있었다. 그 말을 듣지 않으려고 자기 입술로 틀어막았다.

그녀가 그의 가슴을 밀면서 다른 손으로 갈비뼈 아래쪽을 때렸다. 힘주어 화난 주먹으로……. 한 번, 두 번, 세 번. 하지만 입술이 차츰 부드러워지더니 그의 무릎이 녹아 내릴 것 같은 키스를 돌려주었다. 그의 뇌도 녹아버렸다. 거기 쌓아두었던 핑계들도 모두 사라졌다.

순진한 여자들은 너무 골치가 아파. 이 여자는 못 말리게 거만해. 제멋대로야. 고집쟁이야. 잘난 척을 얼마나 하는지, 여자 중에서도 제일 못마땅한 종류…….

그는 성인군자가 아니었다. 유혹에 빠지지 않으려고 애써 본 적도 없었다. 유혹이 한아름 안겨 있는 지금, 밀어낼 의지력도 방법도 없었다.

그녀가 혀를 들이밀며, 풍만한 몸을 눌러왔다. 그녀의 손이 그의 등을 느리게 때리고 있었다. 그가 너무 잘 가르쳤든지 이 여자가 그를 너무 잘 알든지 둘 중 하나였다. 그의 가슴에는 두꺼운 문이 가로막혀 있어서 때려야만 들어갈 수 있을 테니까.

그는 이 여자를 어떻게 떼어내야 할지 알 수 없었다.

그녀의 손을 잡아내려, 자신의 허리에 감았다. 키스가 깊어지는 동안, 천천히 그녀의 주먹이 풀렸다. 그녀의 손이 헤매 다니기 시작했다, 그의 허리로, 등으로, 엉덩이를 돌아 다시 위쪽으로.

그녀는 이제 수줍음을 타지 않았다. 그 뻔뻔스런 손길이 그의 옷을 뚫고 들어와 살갗을 불태웠다. 혼자 불타는 건 불공평하다. 그도 그녀의 등으로 손을 올렸다가 당당한 등을 타고 내려가 허리로, 풍만하게 퍼진 엉덩이로 움직였다. 심장이 두근거리고 혈관으로 피가 줄달음쳤다.

이 여자를 원한다는 것 외에 다른 건 중요하지 않았다. 그녀의 향기와 맛을, 비단 같은 피부와 늘씬하고 관능적인 굴곡을 원했다.

그녀가 입술을 떼어 냈을 때, 봉홧불이 다시 번득였다. 그녀의 입술이 그의 턱에서 목으로 흘러 내려가자 금세 꺼져버렸다. 그는 그녀의 뺨에서부터 목으로 입술로 낙인을 찍었다. 백합과 모닥불과 다른 무언가 섞인 그녀의 향을 들이켰다.

"드래곤의 향기로군. 나의 아름다운 드래곤."

그녀의 손이 조끼 단추를 풀기 시작했다.

더 이상 수줍어하지 않았다. 수줍음과는 전혀 거리가 멀었다.

그녀는 그의 셔츠위로 심장 부위를 매만졌다. 진실을 숨기지 못하는 곳. 진실을 숨기고 싶어할 단계도 지났다. 그는 이성의 영역도 벗어났다.

무작정 단추들을 풀어 나갔다. 그녀의 뜨거운 살갗을 찾아, 가볍게 젖가슴 위를 쓰다듬으며 엄지손가락으로 탱탱한 유두를 건드렸다. 미약한 비명과 숨죽이는 소리가 들렸다.

그녀의 몸이 더 가까워졌다. 하체가 바짝 맞붙었다. 부풀대로 부푼 그의 아래쪽이 그녀의 부탁을 들어주고자 열렬히 반응했다.

다시 한 번 경고의 횃불이 스쳤다. 하지만 그는 그녀의 목덜미에 얼굴을 묻고 폐부 깊숙이 그녀의 향기를 들이켰다. 경고의 빛이 황홀할 감각에 질식하여 꺼졌다.

그녀의 손이 셔츠를 잡아당겨 그의 피부를 뜨겁게 달구고 있었다. 그의 손도 바빠졌다. 그녀의 바지 허리춤을 더듬어, 열 수 있는 부분을 찾았다. 그걸 찾아내는 순간, 팔꿈치에서 어깨로 격한 통증이 생겼다.

한순간 정신을 차리며, 그가 바보 같이 눈을 깜박였다. 욕망에 취한 주정뱅이처럼. 다음 순간, 자신의 팔꿈치를 찌른 게 문고리였다는 걸 알았다. 문에 매달려 있었다.

문!

맙소사, 현관문에 기대서 이 노릇을 하고 있었다.

그가 고개를 들어, 크게 숨을 들이쉬고 또 한 번 들이쉬었다.

"맙소사."

그녀의 손이 떨어져 나가는 걸 느꼈다, 떨리는 숨결도.

“그렌빌.”

자기 혀가 숨을 막는 느낌으로 입을 열었다.

그녀의 손이 어색하게 움직이며 풀어진 바지춤을 여몄다.

“아무 말 말아요. 내가 시작했어요. 내 책임이에요.”

“그렌빌, 당신…….”

“내 정신이 아니었어요. 그건 분명해요. 감사해야겠죠. 아직 감사할 기분은 아니지만. 어젯밤 당신이 왜 그렇게 기분 나빠했었는지 이제 알겠어요.”

그녀가 눈을 질끈 감았다 떴다.

“당신이 자존심에 입은 상처에 대해 얘기하진 않았지만, 그랬을 거예요, 그죠?”

“빌어먹을, 그렌빌, 상처받았다는 말은 하지마.”

자신의 목소리가 너무 크다는 걸 알고, 진정시키려 애썼다.

“현관에서 그걸 할 순 없잖아.”

그녀가 꾸러미를 집어들고 복도로 걸음을 옮겼다.

그가 뒤따라갔다.

“당신은 사실 날 원하는 게 아니야. 순간의 열기였어. 흥분. 위험이 불러일으킨 흥분. 내 근처에 오지 말았어야 했소, 그렌빌. 난 나쁜 놈이야. 누구한테든 물어 봐.”

“나도 미덕의 전령사는 아니에요. 그랬으면, 당신처럼 한심한 망나니한테 끌리지 않았겠죠. 가세요. 나한테 멀리 떨어지세요.”

그녀가 그의 갈비뼈를 팔꿈치로 찔렀다.

그는 멈춰 서서 그녀를 보내 주었다. 꼿꼿하게 등을 세우고 씩씩하게 걸어가는 그녀의 뒷모습을 바라보았다.

그녀가 서재 문을 열고 뒤돌아보지도 않은 채 들어가서 굳게 닫았다.

그는 미동 없이 서 있었다. 이 여자 근처에 있을 때면 늘 그렇듯이 마음이 복잡하게 뒤섞였다. 이번에는 ‘다른 사람’이라는 말까지 뒤엉켜, 스스로에게 주입했던 모든 거짓말과 길 잃은 진실의 조각들이 머릿속에서 난동을 피웠다.

거기서 단 한가지의 진실. 가장 수치스러운 진실을 하나 발견했다. '다른 사람'이라니, 견딜 수 없었다.

이건 그녀를 위해 너무나 불행한 일이었다. 하지만 어쩔 수 없었다. 그녀는 그의 앞길에 나타날 만큼 운이 없었고, 그의 관심을 자극했기에 더 운이 나빴다. 그리고 이제…….

이런 건 생각조차 하지 말아야 했다. 자신이 여태껏 저지른 부도덕한 짓거리와 행동을 생각하면, 터무니없는 공상이었다.

그는 말로리의 마지막 망나니였다. 방탕하고 양심 머리 없고 혐오스럽고 기타 등등.

그간의 죄악에 하나 더 덧붙인들 무슨 차이가 있을까?

그가 서재 문을 밀고 들어갔다.

그녀가 속옷으로 싼 내용물을 쏟아내고 있었다.

"가라고 했잖아요. 분별력이 조금이라도 남아 있다면……."

"그런 거 없소."

그가 문을 닫았다.

"나와 결혼합시다, 그렌빌."

# 10

에인즈우드는 난파선 같은 꼴로 문 앞에 섰다. 코트와 조끼는 구겨지고 더러웠으며 단추도 풀려 있었다. 넥클로스는 어디론가 사라졌다. 아마 리디아가 도왔을 것이다. 셔츠가 벌어져 남성적인 목과 어깨와 가슴의 선이 드러났다. 바지는 얼룩이 졌고 신발에는 홈집이 생겼다.

"결혼합시다."

그가 다시 말했다. 그녀의 시선이 그의 얼굴에 고정되었다. 그의 표정에 완고함이 서렸다. 그건 이미 결정했다는 뜻이었고, 그 사람에게 말하느니 차라리 돌문에 대고 말하는 게 나을 것이다.

무슨 기생충이 그의 머리에 결혼이라는 단어를 집어넣었는지 확신할 수 없지만, 짐작은 가능했다. 뒤늦은 양심의 가책, 의무감이라는 착각, 아니면 지배하고 싶은 단순한 남자의 욕구. 그 세 가지가 뒤죽박죽 되었을 가능성이 컸다. 자비심 한 움큼과 다른 유해한 성분들도 몇 개 섞였으리라.

여하튼, 그녀는 결혼이 남자의 지배를 뜻한다는 걸 알고 있었다.

사회의 권위, 법률, 교회, 왕실, 기타 모든 형식과 사람들이 그걸 지원해 주었다. 하지만 지배당해야 할 여자들은 기꺼워하는 수준—오해하고 있는 몇 명—에서부터 혐오하는 수준—개화된 사람들—까지 폭넓게 존재하고 있다.

리디아는 십대 후반에 들어서면서 후자 쪽을 선택하였고, 그후로 그 자리에서 꿈쩍하지 않았다.

그녀가 차갑고 결연한 어조로 말했다.

"고마워요. 하지만 나한테 결혼은 안 맞아요."

그가 문에서 떨어져 책상 맞은편으로 다가왔다.

"결혼하지 않겠다는 과도한 망상에 빠진 게 아니길 바라오."

"솔직히, 그런 망상을 갖고 있답니다."

"여자가 남자와 다르게 행동해야 하는 이유를 모르는가 보군. 당신이 나와 잠자리를 하고 간단히 떠날 수 없는 이유를 모르는가 보오. 남자들이 그러는데, 나라고 왜 못할까? 이런 건가?"

"그런 여자도 많아요."

"창녀들이나 그래."

그가 책상에 걸터앉았다.

"이제 당신은 그들을 '창녀'라 부르는 게 불공평하다고 하겠지? 남자들이 하는 일을 여자도 한 것뿐인데, 왜 천한 취급을 받아야 하느냐고?"

사실 그녀가 하려던 말이 그거였다. 리디아는 조심스럽게 그를 살폈다. 얼굴이 반쯤 돌려져 있어서 표정을 읽을 수 없었다.

그녀는 차츰 불안해졌다. 이 남자 머릿속에 그녀의 생각과 정반대되는 생각이 박혀 있는 게 틀림없었다.

그는 여자에게 생각이 있다는 자체를 인정하지 않았다. 여자는 신체적인 매력으로 등급을 매기는 존재였고, 한가지로밖에 쓸모가 없었다.

그녀가 입을 열었다.

"왜 나에게 결혼을 제안하는지 모르겠군요. 다른 수백 명의 여자한테 돈을 내고 얻을 수 있었던, 단지 그걸 위해서 말이죠."

"마음대로 생각하시오. 당신한테는 잔인하고 비인간적인 처벌을 하려는 걸로 들리겠지, 틀림없이. 내가 당신에게 손해나는 장사라고 생각하는 모양이군. 그보다 더 심할 수도 있겠지."

그가 책상에서 일어나 벽난로로 걸어갔다. 석탄 바구니를 들고 죽어 가는 불길을 되살리며 말을 이었다.

"남자를 너무 경멸하는 탓에, 나와의 결혼으로 인해 얻게 될 이익을 보지 못하는 것 같소."

소위 결혼의 이익이라는 것을 리디아는 평생 보면서 지냈다. 결혼한 여자들의 가슴앓이, 무기력, 불안 그리고 소름끼치는 폭력까지 매일매일 보아왔다.

그녀가 물었다.

"어떤 이익이 있다고 생각하시나요? 당신의 돈? 난 내가 쓰고 저축할 만큼 벌어요. 아니면 귀족의 특권? 다른 사람 헐뜯기와 최신 유행하는 옷 쇼핑하기가 주된 오락인 그 사람들? 아니면 궁궐에 들어갈 수 있는 권리 말인가요? 기껏 왕에게 굽실거리며 절해야 할 뿐인데?"

그는 부지깽이로 석탄을 늘어놓고 불이 활활 일어나도록 풀무질을 했다. 하인이 하는 일을 수년간 해 온 사람처럼 능숙하게 해냈다. 리디아의 시선이 그의 넓은 어깨와 날렵한 허리와 엉덩이로 흘러갔다.

마침내 그가 일어서서 그녀에게 돌아섰다. 그의 표정은 화가 날 정도로 침착했다.

"프라이스 양을 생각해 볼 수 있겠지. 에인즈우드 공작 부인이 되면, 그녀에게 지참금을 챙겨줄 수 있소. 좋아하는 남자와 결혼할 수 있게."

프라이스 양이 결혼하고 싶어한다는 그릇된 착각을 갖고 계시는군요, 라고 그에게 대꾸를 해 주려고 입을 열었다. 하지만 양심의 목소리가 소리쳤다.

네가 어떻게 알아?

그래서 아무 말 못한 채 에인즈우드를 노려보았다.

탐신이 트렌트를 흠모하고 있다면 어쩌지? 그는 돈 많은 부자가 아니다. 결혼한 뒤에 살아갈 방편이 없을 것이다. 하지만 아냐. 탐신이 그에게 관심 있을 리 없다. 그 남자가 특이해서 호기심을 보이는 것뿐이다. 원래 호기심이 많은 아이니까.

양심이 다시 다그쳤다.

네가 중병에 걸리거나 사고가 나면, 탐신의 미래는 어떻게 될까?

머리가 복잡해진 리디아에게 에인즈우드가 말을 이었다.

"당신은 런던의 빈민, 불공평함에 대한 기사를 써왔소. 에인즈우드 공작 부인이 되어 맘만 먹으면 그런 문제에 대해 상당한 영향력을 행사할 수 있지. 경시청 만드는 법안을 통과시킬 가능성도 있고. 그 외에 아동학대 문제도 있소. 불결한 빈민가, 벌레가 득실거리는 감옥, 당신은 그걸 '질병과 악덕을 키우는 장소'라고 말한 바 있소."

리디아의 눈앞에, 누덕누덕 기운 옷을 입고 냄새나는 골목에서 놀던 사라의 모습이 떠올랐다. 그녀보다 더 심했던 많은 아이들도 마셜시는 또 어땠던가? 그 악취, 불결함과 질병들…… 더러운 환경에서 무 작위적으로 번지는…… 동생마저도 죽게 했던 질병.

그의 깊은 목소리가 채찍처럼 그녀를 괴롭혔다.

"트렌트의 사촌, 론즈레이 백작의 부인이 다트무어에 현대식 병원을 세우고 있다는 거 아시오? 교육과 의료면에서도 다양한 일을 할 수 있지."

학교 교육, 리디아가 갈망했던 것이었다. 퀴스가 아니었다면 무슨 수로 글을 익힐 수 있었을까? 퀴스 덕분에, 그녀는 교육을 받았고 독립적으로 살아갈 방법을 찾았다.

하지만 그런 행운마저 없는 사람들은 어떻게 할까? 의사와 병원을 필요로 하는 가난한 병자들은 어떻게 할까?

"당신은 무엇이든 원하는 행동을 취할 수 있소."

이 남자가 그녀에 대해서 몇 년을 연구했다 해도, 이보다 더 정확하게 가슴을 찌를 수는 없었으리라. 표창에 찔리는 것보다 더 아팠다. 자신이 세상에서 제일 이기적인 여자인 것처럼, 선한 일을 할 수 있는 권력과 부를 거부하고, 일신의 자유만 지키려 하는 여자가 되어 버린 느낌이었다.

어딘가 논리적인 흠이 있을 거야. 이 남자가 전적으로 옳고 내가 전적으로 틀릴 수는 없는 일이야. 거절할 방법을 찾자. 분명히 있을 거야.

문에서 쿵 소리가 들려 와, 그녀의 정신을 분산시켰다. 두 번째 쿵 소리가 생각을 완전히 흩어 놓았다. 리디아는 속으로 아는 욕을 다 해 대며, 문을 노려보았다.

"부엌, 부엌으로 가, 수잔."

문 밖에서 개가 낑낑거렸다.

"엄마가 그리운가보군."

에인즈우드가 문으로 걸어갔다.

"안 여는 게 좋을 걸요."

리디아의 경고에 아랑곳하지 않고, 에인즈우드가 문을 열었다. 수잔이 그를 지나쳐 리디아에게 달려갔다. 킁킁거리며 리디아의 손을 핥았다.

"괜찮아. 아까 저 남자 때문에 화낸 건, 네 잘못이 아니야."

"나 때문이었나, 수잔?"

에인즈우드가 눈살을 찌푸리며 개를 쳐다보았다.

"그것만은 아니었을 거야. 작은 부엌에 갇혀 지내려니 성질이 날 만도 하지. 롱랜즈에서는 실컷 달리고 놀 수 있어. 같이 놀 매스티프들도 있어. 거기 가면 좋겠지, 수잔? 친구들과 놀고 싶지 않니?

마음껏 뛰어다니고 싶지 않아?”

그가 부드럽게 물어보며 쪼그려 앉았다.

수잔의 귀가 쫑긋 했지만, 돌아보지 않았다.

“수잔. 수우잔!”

수잔이 주인을 돌아 걸어가다가 멈춰서 그를 쳐다보았다.

“그르릉.”

리이다는 그 소리를 알았다. 전혀 위협하는 게 아니었다. 심통부리는 소리였다.

리이다가 속으로 명령했다.

그러지 마. 너마저 굴복하지 마.

비어가 자기 무릎을 톡톡 두드렸다.

“이리 와, 수잔. 내 얼굴을 물어뜯을래? 네 엄마는 그래주길 바랄 거야. 그렇지? 수잔!”

“그르르르르.”

수잔이 말했다.

하지만 나 잡아봐라 놀이를 하고 있을 뿐이었다. 영악한 녀석. 잠시 후, 수잔이 그에게 슬슬 걸어가기 시작했다. 처음엔 책상 모서리에 관심이 있는 척하다가 양탄자를 살피고, 시간을 들이다가, 결국 그에게 갔다.

리디아는 아주 못마땅한 듯이 자기 개를 쳐다보았다.

“취향이 형편없어.”

개가 잠깐 리디아를 돌아보고 나서, 공작의 냄새를 맡기 시작했다. 그는 쪼그린 채 앉아서 수잔이 자기 얼굴과 귀, 목, 헝클어진 옷은 물론 사타구니 냄새까지 다 맡는 동안 태연한 표정으로 견뎌냈다.

리디아의 목이 뜨거워졌다. 자기 주인의 냄새가 그 남자한테 묻어 있을 테니, 수잔이 쉽게 넘어갈 것이었다. 에인즈우드도 이걸 알고 있었다. 그의 눈에 악마 같은 웃음기가 반짝거렸다.

그걸 확인하는 순간, 그녀가 따끔하게 쏘아붙였다.

"당신이 언제부터 불행한 사람들과 나의 학대받는 개한테 관심을 갖게 되셨나요? 언제부터 에인즈우드 성인이 되셨죠?"

그가 수잔의 귀 뒤를 긁어주었다. 수잔이 툴툴거리며 고개를 돌렸지만, 충분히 잘 견뎌냈다.

"당신이 생각지 못한 점을 몇 가지 지적했을 뿐이오."

"당신은 나의 동정심을 이용하고 있어요."

"그럼 나에게 무얼 기대했소? 정정당당한 게임? 교활한 술수 전문가인 당신과?"

"거절을 받아들이지 못하는 사람이군요, 당신은!"

그가 일어났다.

"뭘 두려워하는 거요?"

"두려워하다니요? 내가 두려워해요? 당신을?"

"당신 뜻대로 세상을 움직일 수 있다는데도 기회를 거절하는 건, 그 남자를 감당할 수 없을 거라는 두려움밖에 이유가 없잖소."

"워낙 편협하신 분이라, 한 가지 이유밖에 생각할 수 없는 거겠죠. 내가 처녀라고 인정한 후로, 당신은 악성 기사도 정신을 개발했어요. 처음엔 고상하게 날 버리기로 결심했고, 이젠 파멸에서 구하겠다고 결심하셨군요. 당신이 그렇게 고집스럽지 않다면, 다소 재미있을 수도 있었어요."

"내 행동이 재미있다고? '연극의 여왕, 세기의 사기꾼' 양이 그런 말을 할 때 난 뭐라고 해야 하겠소?"

"난 당신을 유혹하려고 수작을 부리거나 연극을 하지 않았어요. 날 염탐하고 쫓아다녔던 사람은 당신이에요. 그리고 내가 당신이 원하는 걸 주려 하니까, 이젠 그걸로 충분치 않다고 하는군요. 나더러 자유, 직업, 친구를 포기하고, 죽음이 갈라놓을 때까지 헌신하라는 맹세까지 요구하는군요."

"그 대신, 나는 당신이 휘두를 수 있는 부와 계급과 힘을 주잖소.”

그가 성마르게 대꾸했다.

수잔이 두 사람을 번갈아 쳐다보다가, 주인에게 다가가 다리에 코를 비볐다. 리디아는 아는 척하지 않았다.

“희생이 너무 커요! 난 그런 거 필요 없어요.”

“오늘밤에 날 필요로 했잖소? 당신 입으로 인정했잖아?”

“그렇다고 당신한테 영원히 묶이고 싶다는 뜻은 아니에요!”

수잔이 벽난로 앞에 내려앉으며 으르렁댔다.

에인즈우드는 문에 등을 기대고 팔짱을 꼈다.

“내가 어젯밤에 따라가지 않았으면, 당신은 오늘까지 살지 못했을 수 있소. 코럴리와 흉악한 악당들이 당신의 변장을 알아차리기 전에 내가 제리머에서 당신을 끌고 나가지 않았다면, 어젯밤에 코벤트 가든을 살아서 걸어다닐 수 없었을지 모르오. 내가 비니거 야드로 쫓아가지 않았다면, 코럴리의 수하가 당신 등에 칼을 꽂았을 수 있소. 내가 트렌트를 제때 잡아끌지 못했다면, 당신이 그를 죽일 수도 있었소.”

“죽일 정도는 아니었어요, 눈먼……..”

“당신은 다른 일처럼 마차도 무모하게 몰더군.”

“몇 년째 마차를 몰았어도 사람이나 짐승 하나 다치게 한 적 없어요. 당신이 무슨 할 말이 있을까요? 국왕의 생일날, 미친 전차 경주로 두 마리 말을 죽인 사람이.”

그 공격이 정곡을 찔렀다. 그가 똑바로 몸을 세웠다.

“내 말이 죽은 게 아니오!”

드디어 우월하신 공작의 아픈 부분을 찾아냈을 때, 리디아는 가차없이 이점을 활용했다.

“당신이 전차 경주를 제안했기 때문이었죠. 당신이 먼저 동료들에게 도전……..”

“그건 정당한 경주였소! 얼간이 크렌쇼가 자기 짐승을 학대한 건 내 잘못이 아니야."

그의 얼굴색이 검어졌다.

"아, 우월하신 귀족인데도 마차 모는 실력이 없으셨군요. 난 단지 여자라는 이유만으로 유능한 마부가 아니라는 말을 들어야 하고요."

"마부? 당신이? 4두 마차를 모는 여전사, 그게 당신이 상상하는 거요?"

에인즈우드가 웃어젖혔다.

"내가 당신이나 다른 남자들과 상대 못할 줄 알아요?"

"첫 번째 코스에서 벌써 구덩이에 박혔을 게 뻔하지."

리디아가 세 걸음만에 그들 사이의 간격을 좁혔다.

"아, 그럴까요? 얼마 거시겠어요?"

그의 초록빛 눈이 번득였다.

"얼마든지."

"뭐든지?"

"말만하시오."

리디아는 재빨리 머리를 굴렸다. 여기 해결책이 있었다.

"첫째, 프라이스 양에게 5천 파운드. 둘째, 내가 이름을 대는 자선활동에 천 파운드씩 세 번. 셋째, 당신이 의회에 나가서 경찰법안을 통과시킬 것."

그가 두 손을 움켜쥐었다 폈다.

"내기 상금이 너무 큰가요? 나의 무능함에 확신이 안 서나 보죠?"

"당신은 나의 무능함을 얼마나 확신하고 있을까? 당신은 무얼 걸겠소, 그렌빌?"

그가 앞으로 한 걸음 다가왔다. 조롱하는 시선으로 작고 열등한 상대를 대하듯이 내려다보았다.

"당신의 소중한 자유는 어떨까? 그걸 걸 만큼 자신 있소?"

그 말이 끝나기 전에, 리디아는 스스로 막다른 골목에 들어가 버린 걸 알았다. 한순간 멈칫했다. 에인즈우드가 최고로 은혜를 베푸는 듯한 미소를 지으며 눈을 번득이고 있었다.

더 생각할 계제가 아니었다. 이성의 목소리 따위는 벌리스터 가의 자존심에 상대가 되지 않았다. 물러설 수 없었다. 자기 능력을 의심하는 듯한 말 한마디, 행동 하나 하나를 용납할 수 없었다. 연약함과 두려움을 인정하는 짓이었으니까.

리디아는 턱을 높이 쳐들며 단호하게 말했다.

"좋아요, 나의 자유를 걸죠. 내가 지면, 당신과 결혼하겠어요."


그들은 다음 수요일 아침 8시 정각에 뉴윙턴 게이트에서 출발하기로 했다. 날씨나 질병, 법령이나 천재지변에 하등의 상관없이. 어떤 이유로든 나오지 않은 사람이 지는 것이다. 통행세와 사용료 지불 등의 잔일을 도와줄 수 있는 보조 인원 한 명씩을 태우기로 했다.

마차를 끄는 말은 한 필. 처음에는 자신의 말로 시작하고, 코스 중간에 들르는 여인숙에서 자신이 원하는 말로 교체한 다음, 립훅에 있는 앵커 여인숙을 결승 지점으로 정했다.

조건을 정하는 데는 30분도 걸리지 않았다. 그 사이에 이미 비어는 자신의 실수를 깨달았지만 되돌리기에는 너무 늦어 버린 후였다.

그녀의 입에서 자극적인 말이 튀어나온 건 운명의 심술이었다. 그는 미끼를 덥석 물었고, 이성과 자제력을 잃었다. 적어도 고대 로마의 전차 경주를 재연해 보자고 동료들에게 제안했을 때는 취해 있었다는 변명이라도 가능했다.

다음날 아침에 제정신으로 돌아와 보니, 출발선에서 다른 십여 대의 마차와 같이 마차에 앉아 있었다.

그 경주는 악몽이었다. 선수 네 명이 크게 다쳤고, 마차 두 대가 부서졌으며, 두 마리 말이 죽었다. 물론 경주를 꼭 해야 한다고 그가 강요한 건 아니었지만, 언론이나 주위에서는 비어에게 모든 책임을 넘겼다. 그는 개혁주의자들과 위선주의자들의 맛 좋은 먹잇감이 되었다. 입만 잘 다물고 있었더라면, 그런 소란도 생기지 않았으리라.

하지만 지금은 술 취했다는 변명도 할 수 없었다. 말짱한 정신으로 어리석을 혀를 나불거려, 그때까지 결혼에 대해 반박할 여지 없이 신중하게 펼쳐 온 논리를 다 망쳐버렸다.

이제 그의 뇌리에는 뒤집어진 마차와 뒤엉킨 몸뚱이와 비명 지르는 말의 영상이 그려졌다. 그녀의 마차와 말, 그녀의 뒤엉킨 몸뚱이였다.

서재에서 나가 복도를 걸어가는 동안, 그 영상 때문에 제대로 눈앞이 보이지 않았다. 망연하게 문을 열었을 때. 바로 앞에 선 버티 트렌트가 시야로 들어왔다.

뒤에서 천둥처럼 울리는 개의 발소리가 들렸다. 그가 본능적으로 길을 피하려는 순간, 수잔이 사랑하는 사람에게 뛰어들었다.

"뭐가 그리 좋을까?"

비어가 중얼거렸다.

매스티프는 뒷발로 일어나 앞발을 버티의 가슴에 대고, 그의 얼굴을 핥으려 했다.

"젠장할, 수잔, 내려와. 앉아!"

공작이 짜증스럽게 명령했다.

놀랍게도 개가 그의 명령을 들었다. 너무 갑자기 압력이 사라지는 바람에 문지방에 걸려 쓰러지려는 버티를 프라이스 양이 다급하게 붙잡았다.

버티가 그녀에게 미소지었다.

"아, 이런, 감사합니다. 몸집은 작아도 힘이 좋으시군요. 아, 작다는 건 그 뜻이 아니라 말하자면……."

그가 뒤늦게 비어를 알아차리며 시선을 돌렸다.

"아니, 당신이 여기 있을 줄은 몰랐어요, 에인즈우드. 두고 간 물건이 있으세요?"

비어는 수잔의 끈을 잡아 문간에서 떼어냈다.

"그런 거 없어. 방금 떠나려던 참이야."

호기심을 보이는 프라이스 양에게 간단히 작별을 고하고 집을 빠져나갔다.

마차 문을 열었을 때, 버티가 기다리라고 소리쳤다.

비어는 기다리고 싶지 않았다. 제일 가까운 술집으로 당장 달려가 술을 들이부으며 수요일 아침까지 내리 마시고 싶었다. 하지만 복수의 여신, 그렌빌 양과 처음 마주친 날부터 그가 원하는 대로 된 일은 하나도 없었다. 이제 그것에 거의 적응이 될 지경이었다. 그래서 한숨을 삼키며 버티가 프라이스 양에게 작별 인사를 할 때까지 기다렸다.


탐신이 수잔을 달고 달려 들어온 것과 에인즈우드가 서재에서 나간 게 거의 동시의 일처럼 느껴졌다.

소녀가 리디아의 바지를 보며 눈썹을 치켜들었다. 그 다음에 날카로운 시선으로 책상 위의 물건들을 살폈다. 콧잔등에 안경을 추켜 올리고 자세히 들여다보았다.

"맙소사, 그게 뭐예요? 해적의 보물이라도 찾으셨어요? 어머나!"

그녀가 눈을 깜박깜박 했다. 얼굴이 일그러졌다.

"오, 세…… 세상에."

침을 꿀꺽 삼키고 입술을 깨물었지만, 흐느낌이 새어 나왔다. 그녀가 리디아에게 다가와 힘껏 껴안았다.

리디아도 마주 안았다.

"별 거 아니야. 전부터 보석 도둑이 되고 싶었거든. 도둑맞은 물건을 찾아온 거니까 죄 될 것도 없어."

탐신이 부엉이처럼 커다란 눈에 눈물을 가득 담고 쳐다보았다.

"보석 도둑이 되고 싶었어요?"

"재미있을 것 같았어. 재미있었어. 전부 얘기해 줄게. 차 한잔할래? 난 배고파. 바보 귀족하고 너무 오래 싸웠더니 쓰러지기 직전이야."


탐신은 멍하니 이야기를 들었다. 가끔 고개를 끄덕여 미소를 지었지만 평소처럼 완전히 활기가 넘치는 분위기는 아니었다.

"내 얘기가 너무 충격적이었니?"

부엌을 나서며 그녀가 불안하게 물었다.

"그런 게 아니라, 트렌트 씨 때문이에요. 찰스 2세 얘기로 내 머리를 뒤죽박죽 만들어 놨거든요. 극장으로 가는 내내, 쉬는 시간에도, 집에 오는 동안에도, 그 왕 얘기를 했어요. 내가 찰스 2세와 관련된 사건들을 아는 대로 다 얘기했지만, 전혀 도움이 안 됐어요. 이제 다른 데로는 머리가 안 돌아가는 느낌이에요."

그들이 복도에 도착했다.

소녀는 다시 한 번 고맙다는 인사와 잘 자라는 인사를 남기고, 혼잣말을 중얼거리며 자기 방으로 들어갔다.


동트기 직전, 곤죽이 된 프랜시스 뷰몽을 조지아와 빌이 집안으로 끌고 들어왔을 때 코럴리 브리스는 기분이 과히 좋지 않았다.

예전에 파리에서 호화로운 매음굴을 운영할 때는 뷰몽이 두뇌 역할을 톡톡히 했었다. 하지만 쫓겨나듯 파리를 떠나온 뒤 뷰몽의 뇌는 아편과 술로 썩어 가는 중이었다. 남의 머리가 썩든 말든 그녀가 알 바는 아니었지만, 지금 눈에 보이는 결과—즉 거리에서 어린애들을 팔아가며 힘들게 일하는데 파리에서보다 벌이가 변변치 않은 이 상황—가 한심하고 속 터졌다.

코럴리는 직접 큰 사업을 벌일 정도로 똑똑치 못했다. 생각이 단순하고 옹졸했던 터라, 교육을 받아도 영리해지지 않고, 경험을 해도 배우지 못하고, 사례를 들어줘도 깨닫지 못했다.

영국에서 성가신 존재가 되어버린 프랜시스 뷰몽을 죽여도 아무 이상이 없을 수 있다면, 간단히 죽여버렸을 것이다. 말 안 듣는 계집애들을 한두 번 죽인 게 아니었으니까. 하지만 그 애들은 아무도 찾거나 슬퍼하지 않는 일개 창녀일 뿐이었다. 템즈 강에서 끌어올린 익명의 시체에 불과했다.

하지만 뷰몽에게는 귀족들과 연이 닿는 유명한 화가 부인이 있었다. 그가 시체로 발견되면, 사건에 관한 조사가 시작될 테고 보상금이 걸릴 것이다. 그리고 코럴리의 수하들이 보상금의 유혹을 뿌리칠 수 있을 리 없었다. 그래서 그 자가 의자에 늘어져 있는 걸 보면서도 뒤로 다가가 목에 끈을 감지 않았다.

그를 진작에 죽이지 않았던 게 실수였다. 이번에 다른 사람도 그런 실수를 했다. 이 실수가 심각한 결과를 낳았다.

뷰몽이 진을 마시고 기운을 차렸을 때쯤, 코럴리는 비명을 지르며 발작을 일으키고 있었다. 하인 믹이 부엌에 기절해 있었고, 침실도 엉망이 되어 있었다. 아네트뿐 아니라 돈 상자와 보석이 사라진 걸 보았기 때문이다. 그녀는 당장 아네트를 잡아오라고 조시아와 빌을 보냈다.

"산채로 잡아와. 아주 천천히 고통스럽게 죽여줄 테니까."

남자들이 사라지자, 뷰몽은 그래봐야 시간 낭비라고 말했다.

"아네트는 몇 시간 전에 달아났어. 덩치 큰 건달 놈을 달고."

코럴리가 고래고래 소리질렀다.

"왜 지금 와서 그 얘길 하는 거야? 더 빨리 하면 입 구멍이 터진대?"

"내가 주먹에 쓰러진 게 두 번째야. 6개월 전에 데인한테 맞았던 것과 똑같아. 그놈만큼 덩치가 컸어."

그의 시선이 코럴리의 옷에 달린 비취핀을 쳐다보았다.

코럴리가 본능적으로 그걸 가렸다.

뷰몽이 거짓말을 섞어 말했다.

"아네트년이 내 핀을 훔쳐갔어. 너의 보석들과 같이. 그 계집이 도둑질하는 걸 막으려다 난 죽을 뻔했어. 네가 나한테 한 짓을 생각하면 나설 필요가 전혀 없었는데 말이야. 넌 내 핀을 훔친 데다 꽃 파는 계집도 빼냈어. 어느 매춘굴로 넘겼어?"

"난 그 계집애 근처에 간 적도 없어! 어젯밤 일 못 들었어? 코벤트 가든에서, 에인즈우드가 그 계집애한테 돈을 쥐어주고 집시 같은 꺽다리 창녀를 쫓아갔다는……."

"에인즈우드? 꺽다리 여자?"

"그렇다니까. 이 핀을 준 게 그 남자야. 꺽다리가 날 들이받았는데, 그 대신에 미안하다고."

뷰몽이 부르튼 입술로 흉하게 미소지었다.

"에인즈우드가 몇 주일 동안 쫓아다니던 꺽다리 여자가 있지. 비니거 야드에서 너한테 대들던 여자, 기억 안나?"

"당연히 알지. 하지만 그 여자는 칙칙한 옷을 입고 있었어. 어젯밤 여자는 도둑질하는 집시 같았어."

뷰몽은 빤히 코럴리를 쳐다보다가 고개를 흔들고는, 술병을 들이켰다.

"이 나라에 너보다 아둔한 여자는 없을 거다."

"그래도 얼굴이 뭉개질 정도로 멍청하진 않았잖아."

"어제 아네트년을 도와준 게 에인즈우드였다는 걸 모르다니, 쯧쯧."

"공작이? 잠 한 번 자려고? 금화 가득한 지갑을 뿌리면서 런던을 달려도 얼마든지 달릴 수 있는 그 귀족이?"

"코럴리, 난 너의 그 비논리적인 머리가 마음에 들어. 더 머리를 쓰면 아마 고장나 버릴 거야, 그렇지?"

코럴리는 전혀 다른 나라 말을 들었다는 듯이 그 말을 이해하지 못했다. 그를 무시하고, 술 한 병을 꺼내 마셨다.

뷰몽이 그 모습을 지켜보며 말했다.

"내가 깨우쳐 주려 애쓸 필요가 있을까? 모르는 게 약이라던데."

사실, 입을 움직이는 게 매우 아팠기 때문에 말하려 애쓰는 것부터가 이상했다. 하지만 프랜시스 뷰몽은 아프거나 불쾌하거나 문제가 생겼을 때, 다른 인간을 더 비참하게 만드는 게 취미였다. 그래서 코럴리를 깨우쳐 주기 위해 나섰다.

"생각을 해 봐. 네가 모아들인 싸구려 보석들 중에, 리디아 그렌빌이 데려간 그 계집애 것도 있었어."

코럴리가 의자에 앉으며 눈물을 글썽였다.

"그래, 정말 예쁜 거였어. 루비하고 주정."

"수정이야, 주정이 아니라, 이 무식한 여자야. 그리고 그들이 찾으러 온 걸 보면 인조보석이 아니라 원석이었을 거야. 꺽다리 여자가 에인즈우드한테 그걸 찾게 도와달라고 요청했어. 그 와중에 아네트도 끌어들인 거지. 내가 여기 왔을 때 아네트년이 벌써 믹한테 아편을 먹여놨더군. 놈들이 다 한패였어. 내가 위층으로 억지로 데려가서 방안 꼴을 확인했을 때 아네트년이 도망치기 시작하더군. 그 뒤를 쫓아가다가 난 에인즈우드와 부딪혔어. 지금쯤 아네트년은 물건을 나눠 갖고 런던 밖으로 나갔을 테고, 리디아 그렌빌은 에인즈우드와 신나게 웃고 있을 걸. 왜 아니겠어? 너한테 계집애 둘을 훔쳐내고, 반짝이는 보석과 돈까지 몽땅 훔쳐냈으니."

코럴리는 이미 술 한 병을 다 마시고 또 한 병을 마시려 하고 있었다.

뷰몽은 코럴리를 혼자 내버려두기로 했다. 자신이 심은 독약의 씨가 자라나는 걸 지켜볼 필요가 없었다. 상대의 성격에 맞춰 신중하게 골라서 한 말이니 만큼, 그 상대는 그가 없어도 실컷 독약을 가꾸어 악의 열매를 거둘 것이었다.

금요일에 엘리자베스와 에밀리는 <위스퍼러>를 읽으며, 후견인이 매몰된 사람을 구한 영웅적인 행동과 그렌빌 양이 그의 뒤를 쫓아갔다는 흥미로운 사실을 알아냈다.

토요일, 가족끼리 아침식사를 하고 있을 때 런던에서 속달 편지가 도착했다. 소녀들이 에인즈우드 공작의 인장과 지독한 악필을 알아보는 순간, 마스 경이 편지를 갖고 서재로 들어갔고 레이디 마스도 뒤따라 들어갔다.

서재 문이 두껍게 닫혀 있는데도 비명소리가 밖에까지 들렸다. 잠시 후, 하녀 하나가 정신 차리는 약을 들고 들어갔다.

토요일 밤, 도로시어의 세 자매들이 남편과 함께 도착했다. 일요일에 나머지 두 명도 부부동반으로 찾아왔다.

이때를 틈다, 엘리자베스와 에밀리는 고모부의 서재로 들어가 편지를 훔쳐 읽었다. 저녁식사 후에는 침실 창의 커튼 뒤에 숨어서 테라스에 모여 담배 피우는 남자들의 대화를 엿들었다. 제일 연장자인 뱅니게 경이 말하고 있었다.

“엘리자베스와 에밀리를 생각해야지. 우린 받아들일 수 없어. 함께 뭉쳐야 돼. 망할 놈. 허다한 스캔들로도 모자라서, 친척도 가문도 없는 형편없는 여자를 고르다니. 게다가 경주라니. 경주를 벌여서 여자를 얻겠다고? 이제 엘리자베스가 사교계에 데뷔해야 하는데 어떻게 얼굴을 들고 다니겠어? 하찮은 글쟁이가 에인즈우드 공작 부인? 돌아가신 노인네가 무덤에서 돌아누우실 게야.”

엘리자베스는 창가에서 동생을 끌어냈다.

“저 사람들 마음은 안 바뀔 거야.”

“아빠는 찬성하셨을 텐데.”

“비어 사촌은 큰 일이 있을 때마다 아빠 편이었어.”

“로빈 편도 돼 줬어.”

“아빠는 비어 사촌을 좋아했어.”

“로빈도 비어 사촌을 좋아했어.”

“난 그 여자 친척이 누구든 상관없어. 비어 사촌이 좋다면, 그걸
로 족해.”
“나도.”
“우리 뜻을 확실히 알려야겠어. 그렇지?”

# 11

10월 1일, 수요일

수요일 아침의 태양은 어렵게 지평선을 뚫고 올라왔다. 짙은 강 안개를 헤치고, 그보다 옅은 안개 사이로 드문드문 비치다가 회색 구름 덩어리에 숨어버렸다.

같이 가겠다는 탐신을 만류하려다 허사가 되어 버리는 바람에, 리디아는 15분 전에야 뉴잉턴 게이트에 도착했다.

이른 시간인데도 기자, 건달, 창녀, 술 취한 상류층 남자들에서 부터 일반 평민들까지 다양하게 모여 있었다. 결승 지점인 립훅에 는 이보다 더 많은 사람들이 진을 치고 있을 터였다.

에인즈우드의 패거리 대부분은 립훅에 있었다. 에인즈우드가 자 기 승리를 축하하자며 친구들에게 초대장을 돌렸다고, 토요일에 헬 레나가 알려주었다.

"셀로우바이가 그러는데, 공작이 결혼 허가증과 반지를 준비해 뒀대. 목사님까지 거기 여인숙에 대치시켜 놨대."

그때 이후로 리디아의 속은 부글부글 끓었다.

하지만 8시 15분 전인데도 에인즈우드가 보이지 않자, 이제는 셀로우바이가 왜 그런 헛소문을 퍼뜨렸는지 알 수 없어졌다.

리디아가 마차를 출발선으로 끌고 나가며 말했다.

"제 정신이 들었나 봐. 그의 위치와 책임감을 일깨워준 사람이 있었겠지. 그 집안 사람들한테 조금이라도 생각이 있다면, 공작을 그런 웃기는 꼴로 만들진 않을 거야. 이런 방법으로 아내를 얻다니. 이제 곧 사교계에 나가야 할 여자 애들도 생각해야지. 얼마나 창피하겠어. 그 인간이 자기 피후견인이란 이름의 의미를 알고 있기나 한지 의심스럽군."

에인즈우드의 피후견인, 엘리자베스와 에밀리가 고모와 함께 블레익스레이에서 살고 있다는 건 알았다. 리디아는 두 소녀에 대해 생각하고 싶지 않았지만, 불행히도 지난 수요일에 귀족 연감을 열었을 때, 판도라의 상자를 열고 말았다.

이제 그녀는 벌리스터 가만큼이나 말로리 가에 대해서 알 만큼 알게 되었다. 리디아가 다른 일을 하느라 바쁠 때면 탐신이 대신 정보를 수집했다.

말로리 가의 인물 중에서 가장 안타까움을 일으킨 사람은 로버트 에드워드 말로리였다. 한번도 만난 적 없지만 너무 이른 나이에 세상을 떠나 버린 소년이 가엾었다. 그런 마음이 부모 없는 그의 누이들에게 옮겨갔고, 마치 그들을 직접 아는 것처럼, 자신이 책임져야 할 아이들인 것처럼, 자주 그들을 생각하며 노심초사하게 되었다. 고모네 집안에서 적절히 보호받으며 행복하게 지낼 거다, 라고 자신을 설득하려 했지만, 머리는 설득을 당하더라도 마음은 아니었다.

그녀가 주머니 시계를 확인하며 눈살을 찌푸렸다.

"10밖에 안 남았어. 젠장할, 포기할 거면 미리 연락했어야 하잖아. 벨웨더가 나 혼자 꾸민 일이라고 난리 피울 게 뻔해. 부끄러운

줄도 모른다고, 기막혀. 그 잘난 척하는 고집쟁이한테 말려든 게
정말 창피해.”

탐신이 장갑을 벗으며 대꾸했다.

“공작이 저를 미끼로 삼은 건 너무 심하셨어요. 아무리 결혼하고
싶어도, 당신의 여린 마음을 이용하다니요. 이해하는 데도 한계가
있는 거예요. 지참금이라니. 트렌트 씨도 마찬가지예요. 내가 생활
비를 벌 수 있다는 아주 간단하고 명백한 사실을 전혀 이해 못하
시더군요. 두고 보라죠. 그들은 먼지만 실컷 먹고 끝날 거예요. 난
에인즈우드 공작한테 5천 파운드를 받아서 가난한 사람들한테 쓸
거예요. 나에겐 그런 도움이 필요 없으니까요.”

탐신은 버티 트렌트의 찰스 2세 건과 잃어버린 보석을 찾은 충
격에서 회복하고 나자, 자신이 연관된 내기 부분에 몹시 분개했다.
콘월에서 런던까지 온 고집스러운 결단력으로, 리디아와 꼭 같이
가겠다고 고집했다. 게다가 트렌트에게 화난 마음도 아직 남아 있
었다.

리디아가 다시 시계를 꺼냈다.

“남자들이 먼지를 먹지 않기로 결심했나 봐. 이제 몇 분밖
에……”

그때, 사람들의 고함과 휘파람 소리가 터지더니, 튼튼한 밤색 말
이 끄는 2륜 마차가 출발선으로 당당하게 걸어왔다. 에인즈우드가
그녀의 왼쪽에 마차를 세우고 모자를—모자 쓴 건 이번이 처음이었
다—들어 올리며 씩 미소지었다.

길가로 더 가까이 마차를 세울 걸 그랬다. 그랬으면 에인즈우드
의 마차가 그녀의 오른쪽에 섰을 테고, 공작이 트렌트의 덩치에 다
소 가려졌을 것이다. 하지만 그들 사이에는 아담한 탐신이 앉아 있
었으므로, 그 머리 너머로 에인즈우드의 남성적인 자신감, 교활한
초록색 눈의 번득임, 오만한 턱선까지 보아야 했다. 우아한 옷들이
그에게 조각처럼 들어맞는 것도 보았다. 넥클로스의 풀 냄새와 리

넨 셔츠의 빳빳함을 느낄 수 있을 정도였다. 그 커다란 몸에서 나오는 힘과 온기가 너무 생생하게 기억났다. 그녀의 손길에 꿈틀거리던 근육, 손바닥에서 고동치던 그의 심장박동…….

심장이 갈비뼈까지 쿵쿵 닿는 느낌이었다. 그 다음에 반갑지 않은 영상들까지 밀려들었다. 어린 나이에 그의 곁을 떠났던 소년, 두 명의 고아 소녀, 그가 무너진 집에서 구출한 아이들, 꽃 파는 소녀, 비열한 악당에게 주먹을 날리던 분노…….

하지만 그녀는 위엄 있게 고개를 한번 까딱해 보이고, 시계를 갈무리했다.

"많이 기다렸소, 그렌빌?"

공작이 사람들의 환호 소리보다 크게 소리쳤다.

"신경이 발작을 일으키던가요? 그래서 늦으셨겠죠?"

"내 몸이 떨리는 건 맞소. 하지만 기대감 때문이지."

"나도 기대감으로 떨게 될 거예요. 결승선 2킬로미터 전방에서."

이제 돌이킬 수 없었다. 자신이 노력해서 쌓은 것을 싸워보지도 않고 포기할 수 없었다. 리디아 그렌빌은 이기기로 작정한 싸움만 벌였다.

누군가 관중의 아우성 너머로 소리쳤다.

"일 분 전이오."

구경꾼들이 잠잠해졌다.

리디아의 마음과 머리도 고요해졌다.

누군가 손수건을 들어올렸다. 그녀는 거기에 초점을 맞추며 채찍을 움켜잡았다. 교회 종소리가 울리는 순간, 하얀 리넨 손수건이 아래쪽으로 내려갔다. 그녀가 채찍을 휘둘렀다.


포츠머스 로드는 런던 브리지에서 출발하여 서더크를 통과, 마셜시를 지나고 킹스 벤치 감옥을 지나, 뉴잉턴과 복스홀 턴파이크를 통하여 원스워스로 내려가, 푸트니 히스를 통과하여 로빈 훗 게이

트까지 나아간다.

이것은 리디아가 선택한 루트였다. 8시쯤이면 다른 마차들이 이미 출발했거나 상당히 앞서 나갔을 터라서, 충돌할 가능성이 적었다. 리디아의 검은색 암말 클레오에게도 적합했다. 거리를 달리는 데 익숙하므로 차량이나 사람이 갑자기 튀어나오더라도 놀라지 않을 것이다.

다만, 문제는 두려움 없는 클레오가 에인즈우드의 강한 숫말에 상대가 되지 않는다는 거였다. 남자들의 무게 때문에 그들의 말이 더 부담스러울 텐데도, 에인즈우드는 복스홀 턴파이크를 지날 때부터 빠르게 선두를 유지했다. 리디아가 로빈 훗 여인숙에서 말을 바꿀 때쯤에는, 상대 마차가 눈에 보이지도 않았다.

리치몬드 파크를 지나며 탐신이 걱정스레 쳐다보았다.

리디아는 그 말없는 질문에 대답했다.

"그래, 확률이 큰 건 아니야. 하지만 희망이 없는 것도 아냐. 이 말과 내가 한 마음으로 움직이면 돼."

새로 교체한 암말은 클레오만큼 협조적이지 않은데다 그림자가 나타날 때마다 겁을 먹었다. 하지만 킹스턴 마켓 스퀘어를 통과할 때쯤, 그 말도 리디아의 의지력에 복종해야 했다. 일단 마을을 벗어나자 리디아는 탐신에게 꽉 붙잡으라고 지시한 다음, 날카로운 채찍 소리를 냈고, 암말은 엄청난 속력으로 6.4킬로미터를 달렸다.

에셔에서 말을 바꾸고, 리디아는 다음 코스로 출발했다. 그리고 마침내 코헴 게이트에서 상대 마차의 모습을 발견했다.

트렌트가 마차 옆에 매달려 뒤쪽을 쳐다보았다.

"맙소사, 또 나타났어요. 포기하지 않을 모양이에요, 에인즈우드."

비어가 흘깃 하늘을 보았다. 무거운 회색 구름들이 굴러다니며 비구름을 만들고 있었다. 나무에 약하게 매달린 잎사귀들이 찢어질 듯 바람에 나부끼고, 바람은 회오리바람이 되어 휘몰아쳤다.

그는 이미 말을 한계까지 몰아붙였다. 제정신을 가진 사람이라면 포기할 정도로 충분한 거리를 확보하기 위해서였다.

하지만 그렌빌은 포기하지 않았을 뿐 아니라, 뒤를 바짝 쫓고 있었다.

비바람이 몰아치는 지금, 제일 어려운 코스가 남아 있었다.

그는 벌써 천 번째, 그녀를 자극한 자신, 아니면 자신을 자극한 그녀를 저주했다. 아직도 누가 누굴 먼저 건드린 건지 알 수 없었다. 자신이 이성을 잃어 일을 엉망으로 만들었다는 것만 확실했다. 차라리 그렌빌이 그에게 물건을 집어던지거나 때렸더라면 나았을 걸. 그럼 그녀의 분이 풀렸을 테고, 어쩌면 자신도 정신을 차렸을 텐데.

하지만 너무 늦었다. '만약에……', '혹시……', '어쩌면……' 이런 생각은 이미 지겨워할 시기를 넘어섰다.

오컴 공원이 뒤로 멀어지고, 리플리의 흩어진 집들이 불길한 검은 하늘 아래서 모습을 나타내고 있었다. 바람이 더 매서워졌다. 비어는 그래서 한기가 느껴지는 것이라 믿고 싶었다.

하지만 그게 아닌 걸 알았다.

불타는 더위, 서릿발치는 추위, 폭우, 진눈깨비, 눈보라 따위는 그에게 하찮은 날씨 변덕에 지나지 않았다. 그는 절대 병에 걸리지 않았다. 자기 몸을 아무리 학대해도, 어떤 질병에 노출되더라도, 아무리 전염성이 강해도…….

그는 생각을 얼른 접어버리고, 눈앞의 길에 초점을 맞췄다.

38킬로미터를 더 가야 한다. 최악의 날씨에서 가장 험악한 지형을 넘어야 한다. 그녀가 재난을 당할 수 있는 함정들이 기다리고 있는데……. 그는 그녀를 구할 만한 거리에 있지 못할 것이다.

언제나처럼, 그를 필요로 하는 사람 옆에서 너무 멀리 떨어져 있는 것이다.

탈보트 여인숙 마당으로 들어가 새 말에 마구를 달고 잠시 후에 빠져나왔다. 장례 종소리처럼 똑같은 단어가 머릿속을 맴돌았다.

너무 멀리. 너무 늦게.

말머리 너머로 채찍을 휘두르자, 말은 넓은 마을길로 돌진했다.

불과 몇 개월 전, 교외의 마을 길로 경주를 했었다.

하지만 그 생각이 밀려들기 전에 재빨리 밀어냈다.

그들은 클랜돈 공원을 지나, 길게 펼쳐진 길에 접어들었다. 비어는 말을 더 재촉하며, 경쟁자가 정신 차리기를 기도했다.

이길 희망이 없으니까, 그가 훨씬 앞서 있으니까, 포기해야 하잖아. 제발, 포기해.

트렌트가 다시 뒤를 돌아보았다.

"아직 따라와?"

비어는 물어보면서도 대답을 듣기가 두려웠다.

"가까워지고 있어요."

그들은 길퍼드로 돌진했다. 자갈 깔린 길을 달려 비탈길에서 속도를 붙였다.

하지만 그렌빌의 마차는 점점 가까워졌다.

웨이 강을 넘고, 세인트 캐더린스 언덕을 올랐다. 가파른 오르막 길을 오르고 나자 피즈 마쉬 황무지를 건널 즈음에는 속력을 내기 힘들 정도로 말들이 지쳤다.

그동안 그렌빌의 마차는 줄기차게 가까워졌다. 비어가 추격 당하는 걸 의식할 정도로까지.

하지만 그는 그보다 격한 바람을 더 많이 의식했다. 낮아지는 하늘과 멀리서 들리는 우르릉 소리. 가파른 오르막과 위험한 내리막을 19킬로미터나 더 가야 한다.

순간 폭우가 쏟아지고, 공포에 질린 말들이 놀라 버둥거리다가, 그렌빌의 마차가 산산조각 나는 장면이 선하게 떠올랐다.

그는 그녀가 포기할 거라 믿으려 애썼다. 하지만 시간이 갈수록 믿음이 사라졌다.

그 여자가 물러선 적이 있었던가?

프라이스 양을 구출할 때, 크록포드 앞에서 크렌쇼를 공격했을 때, 블루 아울에서 비어를 놀렸을 때, 제리머에서 남자인 척 변장했을 때, 헬레나 마틴의 집을 올라갈 때, 코벤트 가든을 반쯤 벗은 차림으로 걸어갈 때, 보석 도둑질을 할 때 그렌빌은 굴하지 않았다. 아무 것도 두려워하지 않았다. 자존심에 관한 한, 그녀의 못 말리는 오만함에 비할 만한 사람은 이 세상에 단 한 명, 대마왕 경밖에 없을 것이다.

그때 문득, 기억의 언저리에서 뭔가 신호하는 걸 알아차렸다. 하나의 영상. 전에도 몇 번 떠올랐지만 홀연히 사라지곤 했었다. 잡힐 듯 말 듯 감질나게 단어 하나를 남기고 이번에도 금세 사라졌다. 하지만 그는 그걸 잡으려 애쓰지 않았다. 과거의 기억보다 현재가 더 중요하니까.

이젠 더 이상, 그 여자가 물러설 거라 믿지 않았다. 40일의 홍수나 세상 종말이 오더라도. 자신에게 그렇듯이, 그녀에게도 후퇴란 말은 어울리지 않았다.

고달밍에 있는 여인숙 마당에 들어섰을 때, 그는 결단을 내렸다.

그렌빌이 바로 뒤따라 들어왔다.

구름이 차가운 물방울을 뿌리기 시작했고 경고의 굉음이 더욱 커졌다.

그가 소리쳤다.

"날씨가 안 좋소, 그렌빌. 중지합시다. 승패 없이. 우리는 우열을 가릴 수 없소."

"하나님, 감사합니다."

버티가 옆에서 중얼거리며, 손수건을 꺼내 이마를 닦았다.

그렌빌은 차갑게 노려보기만 했다. 비어를 견딜 수 없이 자극하는 시선이었다.

악독한 시선만큼이나 싸늘한 어조로 그녀가 물었다.

"용기가 없어졌나요?"

"나 때문에 당신을 죽게 할 수 없소."

마구간 남자가 그녀를 위해 커다랗고 검은 숫말을 끌고 왔다. 거친 표정이 예사롭지 않았다.

그가 버럭 소리쳤다.

"그 말 도로 가져가시오. 야생마와 다를 바 없잖아."

"이리 가져와요."

그렌빌이 명령했다.

"그렌빌……."

"당신 말이나 찾아보시죠. 립훅에서 만나요."

"비겼다고 했잖소, 망할! 진 사람 없다니까. 귀가 먹었어? 결혼할 필요 없어. 끝났어. 못 알아들어? 끝났다고. 당신은 유능한 마부야. 됐어?"

그녀가 메두사 같은 눈으로 노려본 다음, 옆에 있는 일꾼을 불렀다.

"거기 당신, 마구 다는 것 좀 도와줘요. 멍청하게 쳐다보지만 말고."

비어가 어이없이 쳐다보는 동안, 지옥에서 온 것 같은 짐승의 몸에 마구가 채워졌다.

비어가 정신 차려 그 여자를 끌어내릴 겨를도 없이, 검은말이 프라이스 양을 좌석 뒤로 내동댕이치며 와락 달려나갔다. 그렌빌의 웃음소리가 메아리쳤다.


"오, 맙소사. 이건 말이 아니라 야수 같아요."

탐신이 두 손으로 마차 옆을 꽉 잡으며 숨을 삼켰다. 무시무시한 말의 속도로 볼 때 똑똑한 행동이었다.

"걱정 돼?"

리디아가 눈앞의 길을 주시하며 물었다. 그 말은 힌드헤드 언덕을 빠르게 올라갈 정도로 강했다. 하지만 왼쪽으로 빗나가려는 심술궂은 경향을 보였다.

탐신이 고개를 내밀어 뒤를 살폈다.

"아뇨. 너무나 흥분돼요. 그들이 다시 따라오기 시작했어요. 트렌트 씨의 얼굴이 새빨개요."

황무지에 천둥소리가 퍼지며 멀리서 빛이 번쩍였다. 잠시 후에 또 한 번 굉음이 울렸다.

"공작이 엄청 불안해하시는 것 같던데. 걱정되시나 봐요. 더 요령 있게 무승부 제안을 했다면……."

"그 사람은 내가 목숨을 내던질 만큼 무책임하고 우둔하다고 생각해. 너까지 데려갈 거라고. 그래서 화가 난 거야."

그녀는 또 다른 빛줄기를 알아보았다. 곧이어 낮은 천둥소리가 이어졌다.

"내가 남자 옆에 얌전히 앉아서 인생을 종칠 줄 알아? 평생 그 얼굴을 흠모하듯이 쳐다보라고? 그럴 수야 없지. 난 남자의 소유물이 아니야. 죽음이 갈라놓을 때까지 묶여 있지 않을 거야."

그들은 언덕을 반 이상 올라갔다. 검은 숫말이 느려지기 시작했지만, 쉬고 싶어하는 기색은 없었다.

"그분이 흠모하는 시선으로 돌아봐 주시면 그리 나쁠 것 같진 않아요."

"그건 더 나빠. 에인즈우드의 그런 시선은 치명적이야. 코벤트가든에서 내가 얼마나 흔들렸는지 알잖아. 차라리 수잔을 쳐다보는 게 나아. 그 녀석은 먹을 거나 애정만 주면 만사 해결이니까."

"가엾은 수잔. 공작이 수잔을 이용한 건 정말 교활했어요."

"그래, 가엾지. 그 녀석 행동은 창피해서 눈뜨고 볼 수가 없었어."

"그 사람이 불쌍해서 그랬는지도 몰라요. 사람들이 우울해 하거나 낙담해 있는 걸 기막히게 알아차리잖아요. 어제도 밀리가 기운이 쭉 빠져 있었는데, 수잔이…… 어마나, 교수대예요.”

그들은 언덕 정상에 거의 다 올라왔다. 옆쪽에 힌드헤드 교수대가 서 있었다. 빗방울이 흩어지기 시작했고, 매서운 바람이 교수대의 사슬을 흔들어 소름끼치는 소리를 냈다. 분지의 멀리 끝 쪽에 번개가 쳤다. 잠시 후에 천둥소리가 울리며, 악마의 협주곡에 불길한 북소리를 더했다.

언덕 꼭대기에서, 리디아는 말을 정지시켰다. 휴식이 필요할 것 같아서였다. 하지만 그 말은 금세 내려가자는 듯 초조하게 고삐를 잡아당겼다.

“너 대단하구나. 하지만 이제부터는 조심해서 내려가야 된다.”

리디아가 말하는 순간, 뒤쪽에서 말발굽과 바퀴소리가 들렸다.

앞쪽은 위태로운 내리막이었고, 양쪽에 깊은 구덩이가 패였다. 멀리 세븐 톤스 여인숙에서 올라오는 연기만이 이 삭막한 곳에 인적이 있음을 알려주었다.

평소에 왕래가 잦은 길이지만, 지금은 변덕스런 날씨 때문에 텅비어 있었다. 빗방울이 성나게 마차 덮개를 두드렸다. 바람이 불어와 그들에게도 비가 몰아쳤다. 하지만 리디아는 이런저런 생각할 겨를이 없었다. 속도를 늦추려는 노력에도 불구하고 숫말이 완고하게 길가 쪽으로 비켜가려 했다. 남성의 전형적인 자기 파괴적인 성향을 보였다.

언덕 밑에 도달했을 때쯤 고삐를 잡은 두 팔이 욱신거렸지만, 말은 여전히 지친 기색을 보이지 않았다.

리디아가 죄스럽게 탐신을 쳐다보았다. 흠뻑 젖어버린 치마를 입고 덜덜 떨고 있었다.

“3킬로미터만 가면 돼.”

리디아가 빗소리와 천둥소리보다 크게 목소리를 높였다.

“옷이 젖었을 뿐이에요. 괜찮아요.”

탐신이 이를 다그닥 부딪히며 말했다.

하나님, 용서하소서,

리디아의 양심이 따끔거렸다. 탐신을 데려오지 말았어야 했다. 이 어리석은 경주에 동의하지 말았어야 했다. 적어도, 에인즈우드가 휴전하자고 했을 때 제안을 받아들였어야 했다. 탐신이 독감에 걸리기라도 하면…….

눈앞에 번개가 번쩍하고, 뒤따르는 천둥소리가 길을 뒤흔드는 듯 했다. 말이 놀라며 뒷다리로 일어섰다. 마차가 구덩이로 뒤집어지지 않게 하려고 두 팔에 온 힘을 쏟았다.

순간적으로 세상이 캄캄해졌다. 그후에, 눈이 멀 정도의 눈부신 번개가 황무지에 내리꽂히며, 귀청 떨어지는 충돌음이 이어졌다.

다른 소리를 알아차리는데 1분이 걸렸다. 고함소리, 고통이나 공포에 젖은 말의 울음소리, 마차 바퀴의 덜거덕 소리.

그 다음에 그걸 보았다. 그녀의 마차 바퀴가 길에서 벗어나는 순간, 리디아는 왼쪽으로 마차를 되돌렸다. 공작의 마차가 그녀의 마차를 가까스로 피하며 미친 듯이 오른쪽으로 돌아갔다. 다시 번개가 번쩍이고 에인즈우드의 굳은 실루엣이 언뜻 드러났다. 천둥소리, 고삐와 악전고투하는 공작의 모습, 그리고 공작의 마차가 멀리 옆쪽으로 구르며 더 무서운 충돌 음이 났다.


내리치는 빗줄기와 호된 번개, 몸서리쳐지는 천둥소리, 목소리…… 리디아는 그걸 다 알았다. 하지만 몇 만겹 떨어진 다른 세상의 일 같았다.

부서진 마차 가장자리에 너무 고요하게 정지되어 있는 형체, 거기에 그녀의 온 신경이 고정되었다. 그에게 가까이 다가가 가는 시간이 너무 길게만 느껴졌다.

그가 엎드려 누운 진흙에 무릎을 꿇고 주저앉았다.

*당신 앞에 엎드린 날 보시오*

　코벤트 가든에서 불한당 같은 웃음기를 번득이며 연극하던 모습이 떠오르자, 미치광이 웃음이 터져 나오려 했다. 하지만 그녀는 히스테리를 부리지 않았다.

　대신에, 그의 코트를 끌어당겼다.

　"일어나요. 나쁜 사람아, 일어나. 제발."

　그녀는 울지 않았다. 눈에 가득한 것은 빗물, 목이 따끔거리는 건 추위 때문이었다. 너무 추웠다. 그는 너무 무거웠다. 그녀는 그의 코트를 잡아 돌아 눕혔다. 진흙탕에 눕혀둘 수가 없어, 그를 자기 무릎으로 끌어당겼다.

　"일어나. 멍청이, 얼간아. 어서, 일어나란 말이야. 제발."

　그녀가 고함을 쳤다.

　하지만 그는 깨어나지 않았고, 그녀는 그를 지탱하지 못했다. 그의 머리를 부둥켜 안고 얼굴에 묻은 진흙을 씻어 주며, 명령하고 대들고 애원하고 약속할 따름이었다. 뭐든지.

　"나 때문에 죽지 마. 나쁜 놈. 난…… 좋아하게 됐단 말이야. 그러려던 게 아니었는데. 날 비참하게 할거야? 어떻게 이럴 수 있어? 이건 아니야. 불공평해. 얼른 일어나. 당신이 이겼단 말이야."

　그녀가 그를 흔들었다.

　"내 말 들려, 돌대가리 멍청아? 당신이 이겼다니까. 할게. 그 반지, 목사, 그 빌어먹을 거. 당신의 부인. 원하는 게 그거지? 결정해. 지금 아니면 영원히 안 돼, 에인즈우드. 지금이 마지막 기회야. 일어나, 빌어먹을. 나랑 겨…… 결혼하잔 말이야."

　그녀는 흐느낌을 삼키며 고개를 숙였다.

　"아니면 이대로 내버려둘 거야. 여기 진흙탕에, 도랑에. 당신이 나쁘게 끝날 줄…… 알았어."


　비어는 나쁜 남자였다. 희망이 없었다.

　몇 마디 하기 전에 이미 눈을 떴어야 했다. 하지만 일어나면, 그게 꿈일까 봐, 이 드래곤이 그를 다그치며 비통해 하는 게 상상일까 봐 두려웠다.

하지만 꿈이 아니었다. 그녀가 뼛속까지 젖었을 텐데, 가치 없는 망나니 때문에 앓아 눕게 만든다면, 세상 제일의 나쁜 놈이 될 게 틀림없었다.

그래서 비어는 손을 올려 그녀의 아름답고 강한 얼굴을 잡아당겼다.

"여기가 이승인가 저승인가? 당신은 천사요? 아니면 그냥 당신이오, 그렌빌?"

그가 속삭였다.

그녀가 고개를 뒤로 빼려 했지만, 그는 그리 약하지 않았다. 키스도 없이 그녀를 놓아줄 정도로 고상하지도 않았다. 그가 그녀의 머리를 끌어내렸다. 그녀가 굴복했다, 언제나처럼 즉시. 그제야 꿈이 아니라는 걸 알았다.

그 어떤 꿈에서 그녀의 부드럽고 통통한 입술처럼 달콤한 맛이 날까, 그는 그 맛을 음미했다. 더 깊이 오랫동안. 폭우가 내리치는 가운데 그녀를 들이켰다.

자신의 자제력을 찬미해야 할 만큼 마지못해 그녀를 풀어주었을 때, 진실이 그의 경계심보다 앞서 나갔다.

"천국의 천사를 다 준대도 난 심술쟁이 당신이 낫겠어. 달콤해. 날 받아줄 거요? 그 말 진심이오?"

그녀가 떨리는 한숨을 내쉬었다.

"그래요. 진심이에요. 나쁜 사람 그리고 난 달지 않아. 일어나요, 이 희대의 사기꾼아."


이번이 버티가 당한 첫 번째 사고는 아니었지만, 자신이 몰지 않는 마차에서는 처음 당하는 사고였다. 하지만 그렌빌 양이 에인즈우드에게 달려간 후에 프라이스 양에게 설명했듯이, 아무리 말을 잘 다루는 사람도 그 사고를 막지는 못했을 것이다. 번개에 놀란 말이 벌떡 일어나며 마차 바퀴의 채 하나를 부러뜨렸고, 마차를 뒤 집으며 말이 돌진했다.

버티는 간발의 차이로 뛰어내려서 바닥에 살짝 부딪혔을 뿐이었 다. 그렌빌 양이 달려가지 않았더라면 그가 에인즈우드의 옆으로 달려갔을 것이다. 그때 버티의 뇌리에 하나의 문장이 스쳤다.

숙녀분 먼저, 그래서 리디아를 보내고, 자신은 프라이스 양을 도 우러 갔다.

버티는 그녀에게 설명했다. 에인즈우드가 죽는다면 아무도 그를 도울 수 없다고. 죽지 않는다면 그를 립훅으로 데려갈 지원이 필요 할 것이다. 남자들의 마차는 부서졌고, 그렌빌 양의 마차에는 네 명이 탈 수 없었다. 자신과 프라이스 양이 마차를 타고 마을에 도 움을 청하러 가는 게 최선일 것이다. 그래서 둘은 현장을 떠났다.

그리 오래 걸리지 않았다. 앵커 여인숙은 사고 현장에서 불과 1.5킬로미터 떨어진 곳으로, 에인즈우드의 친구들이 가득했다. 모두 들 경주 결과를 알고 싶어 안달이었다. 잠시 후, 누군가의 마차가 준비되고 구출할 사람들이 출발했다.

버티는 그게 누구의 마차인지 알지 못했다. 또다시 정신이 산란 해졌기 때문이다. 여인숙으로 가는 길에 근처 몇몇 마을의 거리와 방향을 알려주는 표지판이 나타났을 때, 그의 혼란은 시작되었다.

"아, 블랙무어. 그게 그거였군."

그가 눈을 깜박이며 말했다.

프라이스 양은 지난번에 그가 무슨 말을 해서인지 모르겠지만, 화를 내며 걸어가 버렸고, 그리 화난 것 같아 보이진 않았어도, 마 을까지 오는 동안 평소처럼 친절하게 말을 걸어 주지 않았다. 하지 만 그가 블랙무어를 중얼거리자, 예리한 시선을 돌리며 물었다.

"그 마을을 알아요?"

그가 고개를 흔들었다.

"아니. 그림이었어요. 찰스 2세가 아니라, 그의 친구, 그 남자가 작위를 얻으려고 뭘 했는지는 몰라요. 긴 노란색 곱슬머리를 보면서 왜 남자가 여자처럼 보이고 싶어할까 궁금해하느라고. 그래서 열심히 듣지 않았어요. 하지만 내가 알려고 했던 건, 왕이 아니라 이 남자였어요."

프라이스 양이 그를 잠시 쳐다보았다.

"긴 노란색 곱슬머리. 찰스 2세의 친구. 그럼 왕의 가신들 그림을 봤던 모양이에요."

버티가 여인숙 입구에 마차를 멈추며 말했다.

"그 남자가 그렌빌 양의 오빠라고 해도 될 걸요. 몇 세기 전에 죽은 사람이니 그럴 리야 없겠지만. 블랙무어의 초대 백작, 나의 망할 누이가 그림에 있는 남자들 중에서 제일 좋아하죠, 누이가 말하기로는…… 맙소사, 저기 매형이 있네, 이렇게 서둘러 올 줄은 몰랐는데, 누이를 데려오지 않았기를 기도할 밖에."

프라이스 양이 앵커 여인숙의 문으로 시선을 돌렸다. 데인 후작이 그 유명한 악마의 시선으로 쳐다보고 있었다. 버티는 거기 점점 익숙해지는 중이었다.

하지만 프라이스 양은 익숙해지지 않았다.

"오, 하나님."

놀란 숨을 삼킨 후에 그녀의 몸이 기울어졌다. 이때 버티의 정신은 완전히 분산되었다.

# 12

탐신이 리디아의 머리에 능숙하게 핀을 꽂아 주며 말했다.

"당연히 나도 같이 가야죠. 흥분과 배고픔이 다소 과했던 모양이에요. 하지만 이젠 괜찮아요. 아무렇지 않아요. 오늘은 내 평생 가장 흥분되는 날이에요. 한 순간도 놓치지 않을 거에요."

두 여자는 앵커 여인숙의 침실에 있었다.

데인 경과 셀로우바이가 도착했을 때 리디아와 에인즈우드는 젖은 길을 막 출발하던 참이었다. 탐신이 기절했다는 걸 잠깐 들었지만—셀로우바이의 설명에 의하면, 데인의 모습에 기가 질려서 기절했다—그 당시 리디아는 미처 신경 쓸 마음의 여유가 없었다.

에인즈우드 때문만이 아니었다. 너무나 흔들리는 마음, 그래서 결혼하기로 동의해 버린 사실이 머릿속에 대소동을 일으켰다. 하지만 갑자기 눈앞에 등장한 데인 경도 머릿속의 혼란을 부채질했다.

리디아가 데인 경의 아버지와 똑같이 생겼다던데, 여인숙에 도착해서 신랑 신부가 옷을 갈아입자마자 결혼식이 거행될 거라고 선포되었을 때까지 데인 후작이나 셀로우바이는 그걸 알아차린 일말의 기색도 보이지 않았다. 그때 리디아는 즉시 구속을 마무리지으려는 공작의 재촉에 조리 있게 거절할 능력이 없었다.

뜨거운 물로 목욕을 하고 차 한잔 마시고 탐신의 도움을 받고 있는 지금도, 리디아는 막막할 따름이었다. 온통 헝클어져 버리고 자제력이 사라진 느낌은 결코 유쾌하지 않았다.

"쉴 시간을 달라고 할 걸 그랬어. 하지만 에인즈우드가…… 아, 그 인간은 황소고집에다 성질도 급해. 자기 맘대로 안 되면 아주 짜증스럽게 굴어."

"결혼식을 연기하는 게 무슨 의미가 있겠어요? 그분이 다 준비해 놨는데. 한번 발동이 걸리면 굉장히 체계적인 분이신가 봐요."

"독선적이고 독단적이라고 해야 할 걸. 그래도 준비는 다 해 놓은 모양이야. 친구들까지 모여 있으니. 빨리 해치우는 게 나을지도 몰라."

탐신이 한 걸음 물러나, 멋들어지게 단장한 머리모양을 살폈다.

몇 가닥 곱슬머리가 옆으로 흘러내리고, 목덜미에 매듭을 지었던 평소 스타일과 달리, 머리 위로 깔끔하게 틀어 올려졌다.

탐신이 미소지으며 말했다.

"레이디 데인이 그러더군요. 남자를 오래 기다리게 하면 성질을 부리게 된다고. 결혼 준비를 하는 몇 주일 동안 데인 경 때문에 미칠 뻔했대요."

리디아가 중얼거렸다.

"그 결혼식은 아주 거창했어. 준비하는 게 전쟁 치르는 것 같았을 거야. 교회 안이 꽉 찼고, 결혼 만찬에서는 사람이 더 많았어."

"그분은 고급스런 취향을 지니셨어요, 데인 경에 따르면."

"우린 그렇게 성대하지 않아. 내 머리만 빼면. 정말 우아하게 꾸몄네."

하지만 그건 외모일 뿐이라고, 그녀는 생각했다. 그리고 이젠 자신이 누군지 확신이 서지 않았다.

고상한 레이디가 되고 싶냐고, 오래 전에 아빠가 비웃었을 때, 그 때는 벌리스터 가의 한 사람이라는 환상을 갖고 있었다. 하지만 엄마의 말이 정말이라면, 데인의 얼굴에서 뭔가 놀라움이나 짜증이나 흥미 같은 표정을 파악할 수 있었을 것이다. 하지만 그는 그녀를 아주 잠깐 쳐다봤을 뿐, 자기 친구 에인즈우드에게 관심을 돌려버렸다.

그렇다면 셀로우바이가 데인의 조상과 닮은 여자를 봤다고 했을 때 멀리서 비슷한 점을 발견했을 뿐이리라. 가까이에서 보니 전혀 닮지 않았던 모양이다. 어쩌면 엄마가 데인 경을 언뜻 보고 리디아와 닮았다고 생각해서 허구적인 이야기를 지어낸 건지도 모른다.

탐신의 목소리가 리디아를 현실로 끌어들였다.

"공작은 머리 모양이 어떻든 상관없을 거예요. 진흙과 빗물 범벅 상태에서라도 결혼했을 테니까요."

리디아가 경대 의자에서 일어나며 말했다.

"자기도 신사의 몰골은 아니었어. 결혼식 내내 물을 뚝뚝 흘리며 쓰러지기 직전 상태로 서 있었을 걸. 신혼생활을 환자 간호나 하며 보내긴 싫어. 내가 미친 것 같지? 아니면 너무 변덕스러워 보일까?"

그녀가 탐신의 눈을 쳐다보았다.

"그분에 대한 감정을 여학생의 동경이나 짝짓기 본능이라 말할 순 없어요. 제 느낌에는, 그분이 당신을 생각하는 마음이 점점 자라는……."

"곰팡이균처럼 말이지."

"싫어하는 척할 거 없어요. 에인즈우드 공작만 쳐다보며 마차에서 뛰어내리는 걸 봤답니다. 정말 로맨틱했어요."

리디아가 인상을 찡그렸다.

"로맨틱, 왜 이렇게 머리가 아프지."

"신부의 신경과민이에요. 그분은 더 심하게 고통스러워하고 계실 거예요. 두 분의 고통을 어서 목사님이 풀어 주셔야죠."

탐신이 문으로 움직였다.

리디아가 턱을 쳐들고 문으로 걸어갔다.

"난 히스테리 같은 거 안 부려. 고통스러운 것도 없어. 아주 편안해."

그녀가 방을 나섰다. 탐신이 웃으면서 뒤를 따랐다.


데인, 셀로우바이, 트렌트 덕분에 비어는 정신이 하나도 없었다. 30초 동안 입 다물고 있는 작자가 한 놈도 없었다.

그들이 모인 작은 응접실에서 트렌트가 말하고 있었다.

"이렇게 괴상한 데가 있을까요. 당신들 눈엔 왜 그게 안 보이는지, 나로선 이해할 수가 없어요. 단 한가지 이유라면, 그녀가 비와 진흙 투성이라서 친엄마도 알아보지 못할 정도로……."

셀로우바이가 끼어 들었다.

"그 여자를 못 알아볼 리가 있나. 데인의 결혼식 날도 내가 알아봤는데. 그렇게 커다랗고 잘생긴 처녀가 어찌 눈에 안 띄겠나. 기자들 사이에서 아름다운 꽃 같았어. 여자 글쟁이가 많은 것도 아니고 레이디 그렌델 하나뿐일지 몰라. 멀리서도 시선을 잡아끌던 걸."

트렌트가 고집했다.

"내 말이 그 말이에요. 내가 금발 곱슬머리를 한 커다란 사람을 본 건……."

"그걸 금발이라 해야 하나? 엷은 황갈색이야. 곱슬거리지도 않던데."

데인이 말했다.

"연한 금발일세. 그걸 보면 언뜻."

"내가 그림에서 본 그 남자, 기사가……."

"에스몽 백작이 생각나더군. 눈동자는 좀 달라도. 그녀의 파란색이 더 연해."

"그 여자가 프랑스 태생일 리 없어."

데인이 한마디 던졌다.

"프랑스 태생이라는 게 아니라, 그 말에 관련된 프랑스어가 있는데, 프라이스 양이 cheval……."

데인이 처남이 없는 것처럼 말을 이었다.

"소문에 듣자 하니, 그녀가 보르네오에서 태어나 악어들 손에 자랐다던데. 자넨 그녀의 배경에 대해서 모르나, 에인즈우드? 보르네오에 악어가 사는지도 난 모르겠어."

"그 여자 배경이 무슨 상관이야? 내가 알고 싶은 건, 빌어먹을 목사가 어디 갔는지, 신부가 대체 언제쯤 내려올 건지 그것 뿐이야."

그가 목욕하고 옷을 갈아입는 데는 30분밖에 걸리지 않았다. 그래서 한 시간 반 동안이나 공작 부인 예정자를 기다려야 했고, 그 사이에 친구라는 놈들은 그녀의 머리와 눈 색깔에 대해, 보르네오에 악어가 있는지에 대해 떠들어 대고 있었다.

데인이 주먹으로 갈기고 싶을 만큼 오만한 표정으로 미소지었다.

"생각이 바뀌었는지 몰라. 충격 상태에서 결혼하기로 했다가 제정신이 들었는지도."

"난 불쌍해서 결혼해 주기로 했어요."

문가에서 차가운 여자 목소리가 들렸다.

"그리고 시민의 의무로. 이 남자를 도로에서 날뛰게 놔둘 수 없으니까요."

네 남자가 동시에 돌아보았다.

비어의 암 드래곤이 문 앞에 서 있었다. 목에서 발끝까지 검은색 옷으로 감싸고 얼굴 바로 밑까지 단추를 채웠다.

그 뒤로 프라이스 양과 목사가 따라 들어왔다.

데인이 문으로 향하며 말했다.

"내 아내를 찾아와야겠군. 우리 없이 시작하는 건 생각도 마시게. 내가 신부를 인도해야 하니까."

그렌빌의 눈썹이 올라갔다.

비어가 설명했다.

"셋이서 제비를 뽑았어. 트렌트가 신랑 들러리, 셀로우바이가 문 지키는 일을 맡았어, 소란스런 술꾼들이 들어오지 못하게."

커다란 공간에 우글우글 사람들이 들어찼고, 시끌벅적하게 노래하며 신나게 즐기는 중이었다.

그의 암 드래곤이 말했다.

"경주 결과를 못 본 친구들에게 이런 구경거리마저 못 보게 할 건가 보군요."

"그들은 결혼식에 참석할 상태가 아니오, 그렌빌. 와인 통과 신랑을 구분하지도 못할 걸. 구별한다 해도, 와인 통 옆을 더 좋아할 거요."

목사가 엄숙하게 입을 열었다.

"이것은 신성한 예식입니다. 결혼으로 들어가는 엄숙함과 또한……."

그렌빌의 싸늘한 눈이 그에게 고정되자, 목사가 말을 중단하며 옷깃을 잡아당겼다.

"하여튼, 각자 자리를 잡기로 하지요."

다시 한 번 흐릿한 기억 같은 것이 비어의 머릿속에 거치적거렸다. 하지만 그때 데인과 그 부인이 들어오고, 대마왕경이 주도권을 장악하여 한참 동안 이걸 저기 세우고 저걸 거기에 세울 것이며, 누구는 이걸 하고 다른 이는 그걸 하라고 명령했다.

이윽고 예식이 시작되자, 비어는 자기 옆에 있는 여자만 생각했다. 절대적으로…… 영원히 자신의 아내가 될 여자만.


신부측은 이미 몇 시간 전에 물러갔다. 하지만 비어가 결혼 축

하연에서 풀려난 건 자정이 지나서였다. 그것도 누군가가 창녀들을 한 무더기 불러들였기 때문이었다. 그 시점에서 데인은 유부남인 관계로 자리를 뜨겠다 했고, 트렌트는 유부남이 아니었지만 같이 물러나기로 했다.

셋이서 계단을 올라가는 동안, 트렌트는 자기 매형을 이해시키려 애썼다.

"초상화가 쭉 있는 자리에서 그게 매형 자리였는데, 화랑 길이가 1킬로미터는 족히 될 텐데 누이가 제일 좋아하는……."

"화랑 길이 54미터야. 에인즈우드가 증명할 수 있지. 내 아버지의 장례식 날에, 난 이젤에 나의 선조 초상화 하나를 세우고 궁술 대회를 하자고 했어. 자네도 기억나지, 에인즈우드? 자넨 내 아버지를 과녁으로 삼는 게 시건방지다고, 아버지 침실에서 빨강머리 채리티 그레이브와 성교하는 게 더 재미있을 거라고 했지. 직접 시험해 보니까 꽤 괜찮더라고."

데인이 2층에 올라서며 비어의 어깨를 툭 쳤다.

"아, 그런 시절이 다 끝났군. 이젠 창녀 하나를 공유할 일은 없네. 우린 레이디들과 해야 돼, 한 사람하고만."

그가 버티를 돌아보았다.

"잘 자게, 트렌트."

"하지만 매형."

데인의 무시무시한 시선이 그의 말을 잘랐다.

버티가 넥클로스를 잡아당겼다.

"즉 말하자면, 좋아요. 축하해요, 에인즈우드. 잘 자요, 그리고 고마워요, 들러리로 세워 준 거. 영광이었어요."

그가 비어의 손을 잡아 흔들고, 데인에게 고개를 까닥한 다음, 자기 방으로 사라졌다.

비어의 시선이 즉시 마지막 방으로 향했다. 자신의 아내가 기다리는 곳이었다.

데인이 그에게 말했다.

"2월이나 3월 중에 내 아이가 태어날 걸세. 대부 대모가 있어야 하는데. 자네 부부가 그 자리를 맡아 주면 좋겠군."

비어는 자기 귀를 의심했다. 그후에 무슨 뜻인지 알아차렸다. 싸한 감동이 밀려들었다. 서로 떨어져 지낸 시간, 이별과 오해, 주먹다짐에도 불구하고, 대마왕은 여전히 그의 친구였다.

애써 태연하게 입을 열었다.

"그래서 내 결혼을 그렇게 반가워했었군."

"몇 가지 이유가 있었어. 하지만 그 이유를 설명하며 자넬 붙잡아둘 수야 없지. 자넨…… 할 일이 있잖나. 할 일을 해야지."

그가 슬쩍 미소지었다.

어이없게도, 비어는 얼굴이 화끈거리는 느낌이었다.

"아니, 에인즈우드의 얼굴이 빨개지다니. 오늘은 정말 기적의 날이로군."

"꺼지기나 해."

비어가 중얼거리고 복도를 걷기 시작했다.

뒤에서 데인의 낮은 웃음소리가 들렸다.

"문제가 생기거든, 언제든 내 방문을 두드리게."

"문제? 자네가 아는 건 죄다 내가 가르쳤어. 자넨 내가 아는 반도 몰라."

비어가 돌아보지도 않고 대꾸했다.

또 한 번 웃음소리가 들리고, 문이 열렸다 닫히는 소리가 이어졌다.

"자기 방문을 두드리라고? 웃기는군. 자기한테 첫 여자를 물어다 준 게 누군데."

그는 자기 방 입구에서 성마르게 문을 두드렸다.

"잘난 척하기는. 하기야 항상 그랬어. 앞으로도 안 고쳐질 걸. 진작에 그 매부리코를 부러뜨렸어야 하는 건데."

그의 신부가 문을 열었다.

그녀가 아직 완전히 입은 상태라는 걸 어렴풋이 알아차렸다. 하지만 궁금해할 시간이 없었다. 그는 들어서자마자 문을 걷어차 닫고, 두 팔로 으스러져라 그녀를 끌어안았다.

그녀의 목에 얼굴을 묻으며 탐욕스럽게 향기를 들이켰다. 그녀의 부드러운 머리카락이 뺨에 간지럽게 닿았다.

"아, 그렌빌. 영원히 못 빠져나오는 줄 알았어."

그녀의 팔이 뻣뻣하게 그를 마주 안았다. 몸이 경직되어 있는 듯했다. 그가 고개를 들어 쳐다보았다. 얼굴이 하얗고 창백하게 굳어 있었다.

그가 구렁이 같은 손에 힘을 풀며 말했다.

"피곤하겠군. 아주 길고 힘든 하루였소."

"피곤하지 않아요. 난 여기 오자마자 침대에 쓰러져 잤어요."

그녀가 그의 품에서 빠져나갔다.

"난 한 시간 전에 깼어요. 생각할 시간도 많았구요."

"그래서 첫날밤에 입을 적당한 옷으로 갈아입지 못한 거로군."

그는 양심의 찔림을 무시하며 말했다. 다짜고짜 그녀를 결혼식장에 세웠다. 약한 순간을 이용해서 결혼 승낙을 받아 냈다.

그래, 좋아. 난 양심 없는 놈이다. 타락하고 밉살스럽고 기타 등등. 그게 내 천성이다.

"괜찮아. 내가 기꺼이 갑옷을 벗겨 줄 테니까."

그가 맨 위의 단추로 손을 올렸다.

"난 준비가 안 됐어요."

"상관없어. 내가 준비시켜 줄게."

첫 번째 단추를 풀었다.

그녀가 그의 손을 탁 밀어냈다.

"장난 아니에요, 에인즈우드. 우린 얘길 해야 돼요."

"그렌빌, 우리가 언제 2분 이상 싸우지 않고 얘기한 적 있소?

오늘밤은 얘기하지 맙시다. 무슨 얘길 하겠어?”

그가 두 번째 단추를 풀려고 했다.

차가운 그녀의 손이 그의 손을 눌렀다.

“내 양심상, 당신 아내가 될 수 없어요. 결혼을 물러줘요.”

그는 그녀의 오똑한 코에 키스했다.

“당신 양심이 미친 거야. 신경이 예민해져서 그래.”

“난 예민한 사람이 아니에요.”

그녀의 목소리가 높아지고, 더 떨렸다.

“불안해서 이러는 게 아니에요. 제정신을 찾은 거예요. 난 레이디가 아니에요. 레이디 근처에도 못 가요. 하지만 당신은 에인즈우드 공작이에요. 가문을 위해 레이디와 결혼해야 돼요.”

“난 당신과 결혼했소. 레이디는 필요 없어. 그게 무슨 상관인지 모르겠군.”

그가 성마르게 대꾸하며 그녀의 어깨를 움켜잡았다.

“나한테 새침 떨 거 없어.”

“우린 같이 자면 안 돼요. 당신은 나한테 자손을 얻으면 안 돼요. 내가 허락 못해요.”

“왜?”

“내 가문 말이에요.”

그녀의 목이 잠겼다.

“내 가족에 대해 모르잖아요. 진작에 말했어야 했지만, 당신이 죽었을까 봐 너무 놀라서…… 그 다음에는…… 정말 기도 안 차는 일이지만, 당신을 행복하게 해 주고 싶었어요. 그런데 당신이 급하게 결혼식을 끝내 버린 거예요. 내가 왜 당신을 행복하게 해 주고 싶었는지, 내가 왜 그럴 수 있다고 상상했는지 모르겠어요.”

“날 행복하게 해 주기는 쉬워, 그렌빌. 그냥 옷 벗고…….”

“엄마는 동생을 낳은 후부터 아팠어요.”

그녀의 말이 단숨에 흘러나왔다.

"내가 열 살 때 돌아가셨죠. 3년 후에 동생도 폐결핵에 걸려 죽었어요. 아버지는 삼류 배우였고 술주정뱅이에 도박꾼이었어요. 자랑할 장점 하나 없었어요. 난 순수 혈통이 아니에요. 당신 가문에 안 어울려요. 그걸 생각하세요. 당신이 낳게 될 후손을 생각해야 돼요."

두 손을 비틀며 그녀가 벽난로로 걸어갔다.

"빌어먹을 후손."

그가 시무룩하게 중얼거렸다. 그렌빌이 분명 흥분해 있었다. 히스테리 상태였다. 힘든 하루를 보냈으니 당연한 일이었다. 그가 그녀에게 다가갔다.

"이리 와, 그렌빌, 자기 마음에 귀기울이면 돼. 당신은 데인보다 더한 속물이야. 내가 낳을 후손? 자유, 평등, 우애를 외치던 아가씨가 어디 갔지? '여성 권리의 주창자' 양은 어디로 가셨나? 나의 암 드래곤이 어떻게 된 거야?"

"난 드래곤이 아니에요. 나쁜 피를 타고난 글쟁이예요."

"이성에 귀기울일 상태가 아닌 것 같군. 그렇다면 게임으로 푸는 수밖에."

그가 코트를 벗고, 넥클로스를 풀었다. 몇 번 빠르게 손을 놀려 조끼 단추를 풀어내고 그걸 옆으로 던졌다. 신발까지 벗어 던졌다.

이제 주먹을 위로 올리며 싸울 자세를 취했다.

"날 쳐봐. 세 번의 기회를 줄게. 당신이 못하면 내가 세 번 기회를 잡는 거야."

"나한테 주먹을 쓰겠다고요?"

그녀가 당황하며 물었다.

그가 자세를 풀었다.

"그렌빌, 나하고 주먹으로 상대하면, 당신은 금세 쓰러져. 머리를 써 봐. 나한테 어떻게 해야 이길 수 있을까?"

그가 권투 자세를 다시 잡았다.

"당신이 실패하면, 내가 당신을 침대에 쓰러뜨려 욕망으로 허덕이게 만들 거야. 물론 내가 가진 기회도 세 번."

그녀의 파란 눈에 호전적인 빛이 번득였다.

"빌어먹을, 에인즈우드, 내 말 못 들었어요? 잠깐이라도 당신의 생식기관말고, 미래에 대해서 생각할 수 없어요?"

"미안. 그렇게 교양 있는 위인이 아니라서. 어서 덤벼, 그렌빌."

그가 고개를 흔들고 나서, 불쑥 턱을 내밀었다.

"내 턱을 부수고 싶지 않아? 내 코는 어때?"

자기 코를 가리켰다.

"날 쳐부수고 싶지 않아? 잘 될 것 같진 않지만, 노력하는 모습을 보는 것도 재미있겠지."

그녀가 노려보았다.

그는 오른손과 왼손을 허공에 번갈아 날리며 살짝살짝 움직였다.

"오라니까, 뭘 두려워하나? 나한테 한방 먹일 기회가 왔어. 전에 한 말이 다 허풍이었나? 내 턱을 쳤을 때 너무 손이 아팠나? 그때 교훈을 얻었나?"

순식간의 일이었다. 번개처럼 빠르고 낮게, 그녀의 주먹이 하체로 뻗었다.

그가 간발의 차로 피했다.

"거기가 아니야, 그렌빌. 우리 자식들을 생각해야지."

그가 놀라움을 삼키며 말했다.

그녀가 뒤로 물러나, 눈을 가늘게 뜨고, 머리부터 발끝까지 살피며 그의 자세에서 허점을 찾았다.

"정당하게 싸우란 말은 안 했잖아요."

그녀가 두 팔을 이상한 각도로 올려 잡고, 몸을 좌우로 흔들기 시작했다, 공격준비를 하는 코브라처럼. 그녀의 머리가 풀어져 어깨로 흩어졌다. 황홀한 광경이었다. 그는 그 머리채에 손가락을 엮고 싶었다. 하지만 정신 똑바로 차려야 했다. 이 여자는 오만가지 다양한 수법을 아는 데다, 전혀 예측이 불가능했다. 빠르기야 말할 것도 없고.

그는 공격에 대비하며 기다렸다. 어디로 공격이 날아 들어올까? 문득 그녀가 장난치고 있다는 걸 알아차렸다. 허점을 찾는 동안 그의 정신을 분산시키려는 것이었다.

그는 그녀가 움직이기 바로 직전에 그걸 포착했다. 아주 슬쩍 아래쪽으로 향하는 시선. 그녀의 치마가 홱 올라가며 발이 뻗어 나왔다. 하지만 그는 때맞춰서 옆으로 빙글 돌았다. 목표물을 놓치자 그녀가 휘청거리며 쓰러지려 했다. 그가 무의식적으로 손을 뻗었다. 그 순간, 그녀의 팔꿈치 찌르기 공격이 그의 사타구니를 향했다. 얻어맞기 직전에 그가 몸을 뺐다.

"십년감수했어."

비어가 경악하며 숨을 몰아쉬었다. 조금만 늦었더라면, 그의 입에서 고음의 비명이 터져 나왔을 것이다.

"이번이 세 번째였소, 그렌빌. 이젠 내 차례야."

그녀가 그를 똑바로 마주보았다.

"실패하면 어쩔 건가요?"

"당신이 다시 세 번. 그 다음엔 나. 둘 중 하나가 이길 때까지. 이긴 사람이 원하는 걸 갖는 거요."

내가 원하는 걸 당신도 원하게 될 걸, 그가 속으로 덧붙였다.

그녀가 팔짱을 끼고 턱을 치켜올렸다.

"좋아요. 최선을 다해 보세요."

그가 그녀를 위아래로 훑어보고, 주위를 빙빙 돌기 시작했다. 그녀는 그 자리에 서서 고개만 돌렸다. 그가 그녀의 뒤에서 멈췄다.

오랫동안 가만히 서서 그녀의 긴장을 유도했다. 그 다음에 가볍게 그녀의 목에서부터 크림색 뺨으로 입술을 벌려 살짝 미끄러뜨렸다.

"아주 부드러워. 당신 피부는 장미꽃잎 같아."

손가락으로 그녀의 팔을 어루만져 내려갔다.

그녀가 날카롭게 숨을 들이켰다.

"이게 한 번이에요."

그는 그녀에게 뺨을 비볐다.

"당신 향기도 좋아."

두 손을 아주 살짝 스치듯이 움직여 그녀의 젖가슴 위로, 허리로 그보다 더 아래로 내려갔다. 배를 부드럽게 눌러, 자신의 바지 앞부분에 그녀의 엉덩이를 끌어당겼다. 그의 물건이 열렬하게 부풀었다.

그녀가 눈을 감으며 침을 삼켰다.

"이게 두…… 두 번째예요."

그는 아무 것도 하지 않았다. 그 순간을 길게 늘이며 기다릴 뿐이었다. 그녀에게 뺨을 대고, 두 손을 배에 올린 채.

그녀의 몸이 부르르 떨렸다.

그대로 그는 기다렸다. 죽을 지경이었다. 하지만 뜨거운 긴장감이 그녀에게도 일어나고 있었다. 그걸 느낄 수 있었다. 그녀의 마음속 투쟁, 감정과 이성의 싸움, 추상적인 원리와 육체적이고 감각적인 본능과의 싸움.

그녀가 아주 살짝 꿈틀거렸다. 아주 조금 더 가까이 왔다.

그는 그녀의 입술 끝에 입술을 부볐다.

작은 신음과 함께 그녀가 고개를 돌려 그의 키스를 받으려 했다.

그는 여전히 장난만 쳤다. 가볍고 느릿하게 그녀의 통통한 입술에 입술을 움직일 뿐. 그러면서 속삭였다.

"이게 세 번째요. 이제 당신 차례로 갈까?"

"내가 못 버틸 줄 알면서. 나쁜 놈."

그녀가 씩씩거리며 그에게 돌아서려 했다. 하지만 그는 그녀를 풀어주지 않고, 그녀의 엉덩이에 사타구니로 고문을 했다.

"아, 안 돼, 너무 빠르면 안 되지. 드래곤 부인."

그가 그녀의 귀를 잘근거리며 바짝 끌어안았다.

"힘들지 않게 해 줄 생각이었어. 이번이 처음이니까. 하지만 당신은 얼마든지 나와 싸울 수 있어. 수줍어하지도 않아. 어쩌면 복잡하게 굴 필요가 없을지 모르겠어."

그가 그녀의 허리를 한 팔로 감고, 다른 손으로 길게 이어진 단추들을 풀어나갔다.

드레스를 허리로 밀어 내렸다. 소매가 팔꿈치에 걸려 그녀의 두 팔을 꼼짝 못하게 묶어 놓았다.

속치마와 코르셋으로 가려지지 않은 곳의 보드랍고 하얀 살갗이 그를 유혹했다. 그는 그녀의 향긋한 귀 뒤에 키스를 퍼부으며 목덜미로 내려가 어깨로 이동했다. 그녀의 몸이 떨렸다.

끈과 고리들을 풀어, 소매에서 두 팔을 빼내고, 드레스를 더 밀어 내렸다. 옷가지가 바닥으로 미끄러져 그녀의 발치에 쌓였다. 그녀가 옷 더미에서 빠져나가는 즉시, 코르셋의 레이스를 풀기 시작했다. 마침내 빳빳한 코르셋까지 그녀의 몸에서 떨어져 나갔다.

그가 그녀를 안아들고 침대로 향했다. 짐짝처럼 매트리스에 툭 떨어뜨렸다. 그녀가 욕설을 중얼거리며 일어나 싸우려 들기 전에, 그의 몸이 그녀의 몸을 감쌌다. 그녀의 머리채를 움켜쥐고 격렬하게 키스를 퍼부었다.

그녀의 몸부림은 잠깐이었다. 이제 굴복할 수밖에 없다는 걸 이해한 듯.

"결혼 무효는 안 돼."

마침내 그가 입술을 떼어내며 으르렁댔다.

"다른 사람도 안 돼. 영원히. 꿈도 꾸지 마."

"바보."

그녀가 쉰 목소리로 욕을 한번 쏘아 붙여주고 나서, 그의 셔츠 앞자락을 홱 잡아당겼다. 그녀가 생각할 수 있는 복수, 숨막히게 입술을 들이대고 혀로 그의 감각을 미치게 했다.

그가 굶주린 듯 입술을 포갠 채, 그녀의 속치마 안으로 다리를 넣으며 몸을 굴렸다. 치맛자락을 들어올려, 스타킹을 매만지며 그녀의 매끈한 허벅지 윤곽을 그리며 신음했다. 가터에서 조금 위로 올라간 곳에, 따뜻한 살결이 있었다…… 따뜻한 살결이 엉덩이까지 이어졌다.

아무 것도 없는 맨살의 엉덩이로.

속삭임처럼 그의 목소리가 튀어나왔다.

"맙소사. 속옷은 어디다 팔아먹었소?"

"짐 싸는 걸 잊었어요."

"잊어버렸다?"

그 말을 끝으로, 그의 입에서 확실한 단어가 흘러나오지 않았다. 확실한 생각도 물 건너갔다.

짐승 같은 신음을 흘리며, 그녀를 똑바로 눕히고, 나머지 옷가지를 벗기는 데 몰두했다. 정신 없이 벗겨내는데 몇 초밖에 걸리지 않았다. 속치마의 보디스 끈도 풀어버렸다.

느슨해진 속옷을 와락 잡아당기자, 그녀의 뽀얀 피부가 달빛을 받았다. 부드럽고 풍만한 곡선이 고스란히 그의 눈으로 들어왔다. 그녀의 젖가슴을 두 손으로 움켜쥐며 엄지손가락으로 핑크빛 젖꼭지를 희롱했다.

그녀의 몸이 휘어지며 낮은 신음이 새어나왔다. 그가 장밋빛 진주를 빨아 넣으려 입술을 들이대는 동시에, 그녀가 가슴을 더욱 내밀며 그의 어깨를 붙잡았다.

그녀는 그의 머리카락을 움켜쥔 채 무기력한 신음을 흘렸다. 그 소리에 그의 심장은 쿵쾅거리고, 뱃속이 아플 정도로 뒤틀렸다.

그가 그녀의 배를 어루만지며 마지막으로 남은 속치마마저 다급하게 잡아 던졌다. 그의 동작이 멈칫했다. 너무나 완벽하고 아름다운 아마존 여전사. 두 손과 입술로 대담하게 매만지며 맛을 보았다. 그녀가 놀라움과 쾌감 섞인 소리를 내뱉으며 뜨거운 애무로 화답했다.

이 여자는 분명 그를 위해 만들어진 여자였다. 그의 여자가 될 운명. 구석구석 벨벳처럼 부드럽고 드래곤의 향기가 나는 그녀. 그의 손가락이 다리 사이의 보들보들한 곳으로 숨어들어 갔다. 그녀의 몸은 준비되어 있었다.

이미 촉촉이 젖어 있는 정열적인 드래곤 부인. 은밀한 곳을 부드럽게 애무하자 그녀의 몸이 과격하게 꿈틀거렸다.

드디어 그의 힘이, 그의 손길이 그녀를 쟁취했다.

이 시간을 더 늘리고 싶었다. 자기 만족보다 먼저, 이 여자를 미친 쾌감에 빠지게 하고 싶었다. 거칠고 무기력하게 만들고 싶었다. 앞으로 그럴 수 있으리라. 애원을 받아낼 수 있으리라. 지옥 같은 나날을 보내게 한 보답을 주어야 하리라.

그녀의 빠르고 뜨거운 반응이 그런 모든 다짐과 소망을 불살라 버렸다.

남자로서의 자존심도 지옥의 불길처럼 혈관 속에서 날뛰는 욕망을 이기지 못했다.

그는 그녀를 어루만지며 길을 열었다. 그리고 안으로 돌진했다. 그녀의 비명이 터졌다.

# 13

자신이 생각하는 것보다 실은 더 긴장해 있었던 신랑에게 비명처럼 들린 소리는 그저 작은 놀라움의 소리에 불과했다.

그래서 갑자기 그의 몸이 굳었을 때, 리디아는 불안하고 당혹스러웠다.

감았던 눈을 뜨자 딱딱하게 굳은 남자의 얼굴이 보였다.

"왜 그래요? 내가 뭐 잘못했어요?"

"아팠어?"

아, 그래서였군, 리디아가 고개를 흔들었다.

"내가 너무 서둘렀어. 아직 준비가 덜 된 거였는데."

"어떤 일이 일어날지 몰랐어요. 그래서 조금 놀랐어요."

그녀가 자세를 바꾸어 무릎을 살짝 끌어올렸다. 그가 헉 숨을 들이켰다. 안에서 느껴지는 묘한 감각에 그녀도 놀란 숨을 들이켰다. 그녀의 몸 속에 있는 그의 일부는 크기도 크기려니와 뜨거운 열을 발산하며 고동치는 생명체 같았다.

그녀가 속삭였다.

"이런 건 줄 몰랐어요."

그의 표정이 풀어졌다.

그녀의 몸에서도 긴장이 풀리며 그의 침입에 적응하기 시작했다.

사실 아팠던 건 아니었다. 처음에는 따끔하고 불편한 느낌이었지만, 이제는 더 편안해졌다. 육체적으로.

"난 나한테 무슨 잘못이 있는 줄 알았어요. 당신한테 맞지 않는."

"당신 몸엔 아무 이상 없어."

그가 그녀의 몸 속에서 움직이자, 그녀가 다시 숨을 죽였다.

그래, 그녀의 몸에는 아무 이상이 없었다. 상대가 상대인지라 자신이 거인처럼 느껴지지도 않았다. 하지만 그녀가 확신할 수 있는 건 몸뿐이었다. 그녀는 레이디가 아니었다. 벌리스터 가의 혈통이 그녀에게 흐르지 않았다. 더 이상 자신이 누군지, 어떤 여자인지 알 수 없었다.

그가 고개를 숙였다.

"그렌빌."

"뭘 해야 할지 모르겠어요."

그의 입술이 그녀의 입술을 덮었다.

그녀는 그의 머리를 휘감아 안았다.

이 남자를 원했다. 그 점에 대해서만큼은 확실했다. 그의 사악한 맛과 체취를 마음껏 들이켰다. 생각을 그만두고, 키스하는 법, 감각 속에서 헤엄치는 법을 배웠다.

자제력이 얼마나 약한 것인지, 욕망이 얼마나 쉽게 이성을 제압할 수 있는지도 배웠다.

욕망이 심장을 찌르는 비수라는 것도 알았다.

그가 자신의 일부가 되어 몸 속에 있는 지금, 그녀의 가슴이 고통을 호소했다. 이 남자가 어떤 사람인지 아니까, 변하길 바랄 수 없다는 걸 아니까. 자신이 열망하는 걸 그가 줄 수 없다는 걸 아니까.

그의 손이 움직이며 애무하고 있었다. 그들의 몸이 합쳐진 그 부분까지. 그가 그곳을 만졌다. 하지만 조금 전과 달랐다. 그녀의 안으로 들어와, 뻐근한 열기와 묘한 감각을 불러 일으켰다. 통증과도 같은 느낌이 온몸으로 번져갔다.

그가 물러나려 했다.

"안 돼요, 잠깐."

그녀가 그의 어깨를 힘껏 붙잡으며 애원했다.

그가 다시 안으로 들어왔다. 혈관과 근육 구석구석에 쾌감이 밀려들었다.

"어머나. 세상에. 하나님 아버지."

그녀는 본능적으로 엉덩이를 흔들었다. 뜨거운 밀물처럼 쾌감이 그녀를 뒤덮었다. 또 한 번의 애무, 그리고 다시, 또다시……. 의심과 좌절이 산산이 흩어져 버릴 때까지.

그녀는 몸과 영혼, 의지 모든 걸 이 남자에게 내주었다. 땀으로 미끈거리는 그의 살에 매달려 그와 함께 몸을 흔들었다. 리듬이 점점 빠르고 거칠어졌다.

어느 순간, 황홀경이 불시에 습격했다. 그의 낮은 신음소리가 들렸다, 짐승의 소리, 그의 손이 엉덩이를 부여잡고 들어올리는 게 느껴졌다. 마지막 격렬한 삽입을 느꼈다. 그리고 타는 듯 작열하는 환희가 찾아 들었다.

그후에 또 한 번, 또 한 번.

폭발하는 별처럼 부서지고 어둠이 그녀를 감쌌다.

그후로 한참 동안 그녀는 넋을 잃고 누워 있었다. 오랫동안, 입을 열 수 없었다. 생각할 수도 없었으니, 당연한 일이었다.

마침내 무거운 눈꺼풀을 들어올렸을 때, 그의 눈이 바로 앞에 다가와 있었다.

그 표정을 읽기도 전에 그가 눈을 깜박이고 시선을 피했다. 조심스럽게 그녀의 몸에서 떨어져 나가, 말없이 천장을 쳐다보았다.

그녀도 한동안 말없이 천장을 올려 보았다. 거절당한 느낌이 들다니, 외로운 기분이 들다니 말도 안 돼, 자신에게 스스로 중얼거렸다.

내 잘못이 아니야. 이 남자의 습관이 그래서 그런 거야. 헬레나가 경고했잖아. 한 번 쓰고 나면, 가치가 없어진다고.

하지만 그에게 가치가 없어질 뿐이다. 그녀는 가치 없는 여자가 아니었다. 남자가 시선을 피하며 떨어져 나갔다고 해서 그런 식으로 느낄 필요는 없다.

그녀가 벌떡 일어나 앉으며 말했다.

"내 잘못이 아니에요. 당신이 결혼하자고 했잖아. 당신은 날 침대로 데려갈 수 있었고, 나도 좋다고 했어. 이제 와서 그것 때문에 화내는 건 말도 안 돼요. 난 마음을 고쳐 먹으라고 몇 번이나 당신한테 기회를 줬어요."

그가 몸을 일으켜, 그녀의 얼굴을 감싸쥐고 격렬하게 키스했다.

그녀는 금세 녹아 내리며 그를 마주 안았다. 그가 그녀의 몸을 눕혀 긴 다리를 그녀에게 휘감으며, 깊고 황홀한 키스로 의심과 외로움을 씻어 냈다.

이제 그녀는 알았다. 뭐가 잘못된 건지는 모르지만, 그의 욕망이 식은 것과는 전혀 관계없는 일이라는 것을. 그는 아직 그녀에게 싫증나지 않았다. 마침내 그가 입술을 풀어 주었다. 하지만 두 손으로 여전히 그녀의 몸을 쓰다듬었다.

그녀가 말했다.

"후회하는 마음이 있어도 인정 못하는 거로군요. 워낙 고집이 센 사람이라."

"애초에 결혼을 없던 걸로 하자며, 빠져나갈 길을 찾은 건 당신이었어."

리디아는 이제 빠져나갈 길이 없었다. 좋든 싫든, 이제는 이 남

자의 아내였다. 그에게 쓸모가 있으면 좋은 일이고, 쓸모가 없더라
도 하는 수 없었다. 그녀가 팔꿈치로 몸을 일으켜 그의 길고 날렵
한 몸을 바라보았다.

"상황을 최대한 이용하는 게 낫겠죠. 난 불만 없어요, 적어도 육
체적인 면에서는."

그녀의 말을 듣자마자, 그의 얼굴이 풀어지고 입가에 미소가 번
졌다. 그가 심각하게 긴장한 상태였다는 걸 그녀는 이제야 알게 되
었다. 이런 미소를 본 적이 없었다. 보았다면 틀림없이 기억에 남
았을 것이다.

무장해제 한 소년의 그것처럼, 북극에서도 장미꽃을 피울 수 있
을 만한 미소였다.

그 미소가 리디아에게 태양의 따스함처럼 전해졌다. 가까스로 평
화를 되찾았던 맥박이 다시 급해지기 시작했다. 무슨 말이든 믿어
버리고 말 태세로, 뇌조직도 부드러워지는 느낌이었다.

"이거 알아, 그렌빌? 당신은 나한테 홀딱 반해 있어."

"대단한 통찰력이시네요. 그렇지 않았으면 내가 결혼했을 것 같
아요? 나한테 이성이 살아 있었다면?"

"그럼 날 사랑하는 거야?"

"사랑?"

리디아가 그를 쳐다보았다. 그녀는 글 쓰는 사람이었다. 말이 그
녀의 밥줄이었다.

"반한 것과 사랑은 동의어가 아니랍니다."

"아까 길에서, 날 좋아하게 됐다고 했잖아."

"난 내 개도 좋아해요."

그녀가 학교 선생님처럼 차근차근히 설명했다.

"수잔은 열등한 지성을 가졌지만, 이성적인 수준에서 비위를 맞
춰 줘요. 수잔에게 무슨 일이 생긴다면 난 아주 슬플 거예요. 그게
수잔을 사랑하는 건가요?"

“그 말은 알겠어. 하지만 녀석은 개같아.”

“경험을 근거로 내가 얻게 된 믿음은 그렇다 쳐도, 남자들의 두뇌가 개의 두뇌와 비슷하게 기능한다는…….”

“당신은 남자 보는 눈이 비뚤어져 있어.”

그가 여전히 미소지으며 꾸짖었다.

“사랑에는 마음과 정신 그리고 영혼이 들어가야 돼요. 반면에 반했다는 건 신체적인 상태의 변화를 말하죠. 술에 취했을 때 일어나는 현상과 비슷해요. 둘 다.”

“그렌빌, 이거 알고 있소? 당신이 아는 체할 때 더 사랑스럽다는 거?”

“술에 취한 것과 사람한테 반한 건 둘 다 신체적인 현상이에요. 주로 판단 실수를 이끌어 내죠.”

“아는 체하면서 벌거벗고 있으면 금상첨화겠지.”

그의 초록색 눈동자가 그녀의 얼굴에서 발가락 끝까지 천천히 훑어 내려갔다. 그녀는 몸을 웅크리고 싶은 걸 간신히 참았다.

원래부터 여자가 하는 말을 귀담아 듣지 않는 남잔데, 벌거벗은 여자가 하는 말을 들어줄 리 있을까? 그걸 기대하는 것 자체가 무리야, 그녀가 생각했다.

하지만 리디아는 그의 감탄스런 시선을 즐거워할 수 있는 여자였다. 그 감탄을 부추기면서 보상해 주기 위해 미소를 보낸 다음, 침대를 빠져나갔다. 돌아서 있었던 터라, 언뜻 흐려지는 그의 미소와 그림자처럼 번지는 불안감을 보지 못했다.

“어디 가?”

“씻으려요.”

그녀가 병풍 뒤에 있는 세면대로 향했다.

“이거 아시오, 공작 부인? 당신은 앞모습만큼이나 뒷모습도 훌륭해. 당신…….”

그녀의 모습이 병풍 뒤로 사라지자 그의 말꼬리가 흐려졌다.

그녀는 나머지 칭찬까지 듣고 싶은 마음이었지만, 현실적인 문제로 관심을 돌렸다.

피가 별로 나지 않았다. 운동을 즐기는 여자에게 그건 놀라운 일이 아니라 오히려 평범한 일이었다. 그래도 흐릿한 핏자국이 조금 묻어 있는 데다, 비어의 정액 때문에 아주 끈적끈적했다.

그녀는 재빨리 몸을 씻었다. 말로리 가의 후손들이 그녀의 몸에 벌써 뿌리를 내리고 있을지도 모른다.

그래도 그녀는 이미 경고했었다, 그녀가 일류 번식 혈통이 아니라는 걸. 그 남자에게 결과까지 생각하길 기대할 수는 없는 일이다. 그는 그녀가 그를 사랑했을 경우에 빠지게 될 대혼란에 대해서보다도 더 자기 아이들의 탄생에 관심이 없었다.

"그렌빌."

"금방 끝나요."

세면대의 물소리만 들리는 침묵이 흘렀다.

"그렌빌, 엉덩이에 있는 그게 뭐요?"

"어머나!"

그제야 기억이 났다.

"아, 점 말이군요. 문신처럼 보이죠? 하지만 문신은 아니에요."

그녀는 얼른 몸을 씻고 병풍 뒤에서 빠져나왔다. 벌거벗은 남자의 커다랗고 단단한 몸이 바로 앞에 있었다.

"돌아 봐."

그의 목소리는 아주 온화했고, 표정을 읽을 수 없었다.

"에인즈우드, 당신은 사랑을 나눈 후에 더 짜증스러워지는군요. 난……."

"어서 돌아보시오."

그녀가 입을 앙 다물고 그의 요구대로 따랐다. 이상한 물체처럼 검사 당하는 게 마음에 들지 않았지만, 조만간 그 호의를 돌려주리라 마음먹었다.

"이럴 줄 알았어."

그가 중얼거렸다. 그녀의 어깨를 잡아 부드럽게 돌려세웠다.

"그게 뭔지 아시오, 부인?"

그의 다정한 어조가 오히려 긴장됐다.

"점이라니까요. 아주 작아요. 보기 싫지는 않은데. 그런 것에 병적인 혐오감 같은 게 있는 거라면…….."

"당신은 아름다워. 그리고 그 점은 더욱 매력적이오."

그가 그녀의 굳은 턱을 어루만졌다.

"그게 뭔지 모르는 거겠지?"

"당신은 그게 뭔지 아나 보죠? 대답을 듣고 싶어서 안달이 나는군요."

그녀의 본능이 문제를 감지하며 긴장하기 시작했다.

"아무 것도 아니오. 아무 것도. 당신이 신경 쓸 거 없소."

그가 돌아섰다.

"다만 놈을 패 죽여야겠어. 그 뿐이오."

그가 성큼성큼 침대로 돌아가, 혼잣말을 중얼거리며 침대 옆 바닥에 놓여 있는 가운을 집어들었다. 전에는 침대보 위에 단정하게 놓여 있었던 것이지만, 격렬한 사랑 행위 도중에 바닥에 떨어져 버렸다.

그녀는 도대체 무슨 말이냐고 캐묻지 않았다. 자신의 가운을 걸쳐 입고, 그가 문을 활짝 열어 젖혀 달려나가는 뒤로 그녀도 허리띠를 묶으며 쫓아갔다.


비어가 험악하게 뇌까렸다.

"그녀의 배경이 어째? 보르네오의 악어? 트렌트가 말하려던 게 그거였어."

"에인즈우드."

뒤에서 아내의 목소리가 들렸다.

그가 돌아서서, 방문 앞에 서 있는 리디아를 보았다.

"편안히 쉬고 있으시오. 이 일은 내가 처리하겠소."

그가 다시 걸음을 재촉했다.

데인의 방문 앞에 멈춰, 주먹으로 쾅쾅 두드렸다.

한 번, 두 번, 세 번.

"잘난 척하는 건 감히 따라갈 재주가 없군. 대마왕 이놈. 아버지의 초상화가 기억나냐고? 그래, 아주 재밌어. 굉장히!"

문이 열리자, 190센티미터가 넘는 이탈리아인의 피가 반쯤 섞인 소위 친구라는 자가 문 앞을 메웠다.

"어이, 에인즈우드. 충고를 구하러 왔나?"

대마왕이 피식거리며 그를 쳐다보았다.

그녀의 미소. 왜 그걸 알아차리지 못했을까?

비어도 똑같은 미소를 흉내냈다.

"그녀의 머리가 금발이 아니라고? 프랑스인일 리 없다고? 보르네오의 악어? 알고 있었지? 이 매부리코 이태리 자식아!"

대마왕의 검은 눈이 비어의 왼쪽으로 움직였다. 그 성마른 시선으로 자기 아내가 평화롭게 쉬기는커녕 빠르게 다가오고 있다는 걸 알았다. 그것도 맨발로. 독감에 걸리면 어쩌려고 그는 그 와중에도 그녀를 걱정했다.

"그렌빌, 내가 처리하겠다고 했잖소."

아내는 비어의 옆에 다가와 서서, 팔짱을 끼고 입을 꼭 다물고 눈을 가늘게 뜬 채로 기다렸다.

이때, 레이디 데인이 남편의 옆자리로 밀고 들어왔다.

"무슨 일이에요? 에인즈우드에게 말 안 했어요, 당신? 하겠다고 했……."

"빌어먹을!"

비어가 버럭 소리질렀다.

"세상 천지가 다 알고 있었어? 악마가 영혼을 잡아가도 시원치 않을 놈, 난 상관없어. 하지만 내 아내의 감정을 생각했어야 하잖아. 불쌍한 여자가……."

그렌빌이 싸늘한 어조로 끼어 들었다.

"날 칭하는 게 아니길 바래요. 당신 머리를 웬 기생충이 좀먹고 있는지 모르겠지만, 에인즈우드."

데인이 입을 열었다.

"아, 모르시는 모양이군. 신랑이 발작을 일으켜, 자기 머릿속에 뭐가 요동치고 있는지 설명하려 들지도 않고 달려나왔군. 안타깝지만, 이게 평상시 그의 모습이라오. 에인즈우드는 일단 먼저 뛰어들고 나중에 생각하는 가엾은 성향이 있거든. 저 아둔한 머리로 한번에 한 가지 이상을 생각할 수 없는 게지."

"남 말하지 마세요, 데인 경."

레이디 데인이 말했다.

데인이 그녀를 돌아보았다.

"제시카, 침대로 돌아가시오."

"이젠 안 되겠어요. 천 파운드를 준대도 안 돼요."

그녀의 시선이 비어에게 움직였다.

"어떻게 알아냈어요, 에인즈우드?"

"어려움이 꽤 컸을 걸. 셸로우바이와 내가 천 번 정도 힌트를 줬을 뿐이오. 그 와중에 트렌트가 블랙무어 백작, 찰스 2세의 사랑하는 사수, 금발의 곱슬머리 기사에 대해서 헛소리를 늘어놨지."

비어는 아내의 날카로운 숨소리를 들었다.

데인이 리디아에게 관심을 돌렸다.

"당신은 나의 조상과 매우 닮았소. 트렌트가 내 아버지의 초상을 보았다면, 더 일리 있게 말했을 거요. 유감스럽게도, 악마의 자식, 내 아들 도미닉이 그 그림과 교전을 벌이다가 심각한 결과를 나았지. 트렌트가 왔을 때 그건 수선 중이었소. 그걸 봤더라면, 더 가까이 밝혀냈을 텐데. 슬퍼하는 사람 없는 나의 아버지가 만약 여자였다면, 아마 당신 모습이었을 거요. 사촌."

버티가 평상시처럼 잠들어 있었다면, 대포알이 터졌대도 깨지 않았을 것이다. 하지만 안경 쓴 처녀들의 어여쁜 발을 악어들이 깨물어 대고, 머리와 어깨에 돌돌 말린 금발 외에 아무 것도 걸치지 않은 음탕한 기사들이 처녀들을 뒤쫓고 있는 혼란스런 꿈 때문에 잠을 설치는 상황이었다.

그래서 복도의 소란이 그의 의식으로 뚫고 들어와, 벌떡 자리를 박차고 일어났다. 당장 침대 밖으로 나가, 가운으로 점잖게 몸을 가리고 슬리퍼를 찾아 신은 후에 문을 열었다. 때맞춰 데인이 초상화에 대해서 하는 말과 마지막의 흥미로운 단어, 사촌이라는 말을 들었다.

버티가 이 단어를 충분히 이해하기도 전에, 4명은 데인의 방으로 들어가며 문을 닫았다.

버티는 방금 들은 내용을 정리해 보려고 방에 돌아가려 했다. 그때 계단과 가까운 복도 모퉁이에서 하얀 번득임이 보였다.

잠시 후에 하얀 주름장식이 온통 둘러싸고 있는 안경 낀 여자의 얼굴이 모퉁이를 살짝 내다보았다. 주름장식으로 온통 둘러싸인 하얀 손이 그에게 손짓했다.

잠시 갈등을 하다가 버티가 그리로 다가갔다.

프라이스 양이 물었다. 하얀 주름장식 투성이의 여자는 프라이스 양이었다.

"무슨 일이에요?"

뽀글뽀글한 잠자리용 모자가 그녀의 검은머리를 덮었고, 그녀의 목에서부터 여며진 깃으로 주름장식이 이어졌다. 얼굴과 손가락말고는 완전히 모든 걸 상상에 맡기는 갑옷과 같았다.

"나도 확실히는 몰라요."

버티가 눈을 껌벅거리며 말했다.

"뒷부분만 언뜻 들었는데, 그래도, 내가 길을 제대로 잡았는데 방향이 틀렸던 것 같아요. 그건 기사가 아니라 데인의 아버지였어요. 데인이 그녀에게 '사촌'이라고 했어요. 충격이었어요. 난 여동생일 거라고 짐작했는데, 말하자면……."

그의 얼굴이 빨개지면서 넥클로스를 잡아당기려 했다. 그게 없다는 걸 알게 되자, 얼굴이 더 빨개졌다.

"말하자면, 배다른 형제 말이에요, 목사님의 축복을 받지 않은, 무슨 말인지 아실 지 모르겠지만."

프라이스는 아주 잠깐 동안 그를 빤히 쳐다보았다.

"기사나 블랙무어 백작이 아니라, 데인 경의 아버지였다, 그건가요?"

"그분과 닮았어요."

"그렌빌이 예전의 후작과 닮았다는 뜻이군요."

"그리고 데인이 '사촌'이라고 불렀어요. 그게 다예요. 그 다음에 다들 방으로 들어갔어요. 어떻게 생각해요? 데인이 그녀를 알아보았다면, 왜 미리 그렇게 말하지 않았을까요? 그게 농담이었을까요? 그녀를 알고 싶어하지 않았다면 '사촌'이라고 말하지 않았을 텐데, 그렇죠?"

그녀의 눈이 예리하게 데인의 방으로 향했다.

"농담, 그게 설명이 되겠죠. 나도 닮았다는 건 알았어요, 그 특이한 시선, 하지만 내 상상인 줄 알았어요. 그렇지 않아도 오늘은 아주 특이한 날이었는데 굉장한 결론까지 났군요. 그렌빌 양, 아니 공작 부인이 공작의 친한 친구의 친척으로 밝혀진 거예요."

"제일 친한 친구죠. 그래서 난 너무 놀랐어요, 데인이 나에게 들러리 자리를 내주었을 때 말이죠. 에인즈우드한테 하지도 않은 제비뽑기를 했다고 하면서. 신부를 자기가 넘겨주기로 결정한 건 데인이었어요. 평소에 아무도 그에게 반대하지 않아요, 에인즈우드만 빼고. 하지만 그는 그 자리에 없었어요."

프라이스 양이 커다란 눈을 몇 번 깜박이며 울음을 삼켰다.

"이 세상에 친척 하나 없는 줄 알았더니, 그게 아니었군요, 그렇죠? 친척의 손에 이끌려 식장에 입장하다니. 내가 몰랐던 게 나았어요. 안 그러면 내리 눈물을 쏟았을 거예요. 너무  감동적이에요."

그녀의 목소리가 끊겼다.

버티가 놀라며 그녀를 응시했다.

"아, 그럼요."

그녀가 풍성한 주름장식 속의 어딘가에서 손수건 한 장을 꺼내 눈물을 닦았다.

"죄송해요. 너무나 다행스럽고…… 행복해서."

버티도 다행스러웠다. 그녀가 금방 울음을 그쳐주어서.

"네, 오늘은 정말 흥분되는 날이었어요. 좀 쉬어야 겠어요. 당신이 감기에 걸릴 위험은 없더라도, 이 시간에 입에 담아선 안 되는 걸 입고 돌아다니면 안 되죠. 남자들이 대부분 술 취해 있으니, 무슨 생각을 하게 될지 모르는 일이에요."

그녀가 잠시 그를 쳐다보다가 작게 웃음을 터트렸다.

"농담도 잘 하시네요, 트렌트 씨. 무슨 생각을 할지 모르다뇨. 남자들은 벌써 취해서 기절했을 걸요. 입에 담아선 안 되는 걸 입은 날 찾아낼 리 없어요."

그녀가 킥킥거렸다.

버티는 술 취하지 않았다. 그녀가 가까운 거리에 서 있었으니, 그녀를 충분히 쉽게 찾아낼 수 있었다. 그녀의 눈은 마치 그가 세상에서 제일 재미난 남자인 것처럼 웃음기로 반짝였다. 뺨에도 엷은 홍조가 어려 있었다. 그는 그녀가 세상에서 제일 예쁘다고 생각했다. 그 다음에, 그는 머릿속의 한 가지 생각을 깨달으며 도망쳐야 한다고 자신에게 일렀다.

그는 틀린 방향으로 움직였다. 어떻게 된 일인지, 품에 하얀 주름장식을 가득 안고 있었고, 부드러운 입술이 닿아 있었다, 그의 머리에 휘황찬란한 빛들이 춤을 추었다.


같은 시간, 리디아는 자신의 사촌에게 별을 보게 해 주고 싶은 충동에 휩싸였다.

레이디 데인과 함께 불가에 앉아, 샴페인이 가득한 술잔을 들고 있었다.

"가문의 역사에 대해서라면 데인은 몇 주일이라도 강의할 수 있을 정도죠. 지겨운 척 농담을 하기도 하지만, 그 주제를 제일 좋아해요."

레이디 데인의 말에 이어, 데인이 말했다.

"달리 어쩔 수가 없잖소. 거기 관련된 책과 서류상자들이 집안 가득이니. 벌리스터는 역사적 가치가 있는 종이 쪽지 한 장도 절대 버리지 않지. 나의 아버지도 당신 모친의 존재를 기록에서 완전히 지우지 못했소. 하지만 셀로우바이가 우리 호기심을 자극하지 않았으면 알지 못했을 거요. 우리 결혼식에서 당신을 보고 나서, 그후에 비니거 야드 사건이 있고 나서, 셀로우바이는 당신이 나의 아버지와 아주 닮았다고 편지를 보냈소. 자신이 들은 내용과 <아르고스>의 그렌빌을 언뜻 보았던 게 벌리스터와의 관련성을 의심하게 했던 거요."

리디아가 입을 열었다.

"셀로우바이를 피하려고 무던히도 애썼는데, 그게 다 허사였군요. 그 남자는 형사 기질이 있나 봐요."

"그렌빌, 그래서 헬레나의 집에 기어올라갔던 거요? 셀로우바이와 마주치지 않으려고?"

에인즈우드가 놀라며 쳐다보았다.

"괜스레 과거를 들춰내고 싶지 않았어요."

그들의 호기심 어린 표정이 그녀에게 더한 설명을 기다리는 듯했지만, 그녀는 말하지 않았다. 엄마의 가출과 그 비참한 결과를 아는 사람들은 모두 죽었다.

앤 벌리스터의 슬픈 이야기는 상류사회의 시선을 끌지 않고 조용히 묻혀 있었다. 리디아는 그 비밀을 밝히고 싶지 않았다. 엄마의 어리석은 실수와 몰락이 사교계의 대화거리가 되는 걸 원치 않았다.

에인즈우드가 말했다.

"셀로우바이가 그렇게 오래 입을 다물고 있었다니 놀라워. 하지만 그가 영원히 침묵하기를 기대할 수는 없소."

데인이 대꾸했다.

"셀로우바이는 자세히 몰라. 그렌빌은 보기 드문 성이 아니야. 그녀의 부모가 가족과 사이가 좋지 않았다는 걸로 충분해. 그들이 어떻게 되었는지, 그들이 딸을 낳았는지조차 아무도 몰라."

레이디 데인이 리디아에게 말했다.

"한 가지 궁금한 게 있어요. 공작이 어떻게 이 놀라운 사실을 알아낸 거죠?"

"내 점을 보고 난 후였어요."

리디아가 대답했다.

"그럴 리 없어."

"나도 바로 그 생각을 했어. 내 눈을 믿을 수가 없었어."

에인즈우드가 중얼거렸다.

데인의 시선이 친구에게 고정되었다.

"확실해?"

"200미터 떨어져서도 알아볼 수 있어. 벌리스터의 점이라면. 자네가 말했잖아, 그게 자네 모친이 다른 데 가서 아일 낳아오지 않았다는 증거라고. 채리티 그레이브가 도미닉을 들먹이며 괴롭혔을 때, 내 아이가 아니라 자네 아이란 걸 확실히 한 사람도 나였어. 같은 자리에 그게 있었어, 작은 갈색 석궁모양."

"그 점이 여자한테 있을 줄은 몰랐어. 남자한테만 나타나는 것 같았거든. 아버지가 그걸 알았으면, 아무 것도 아닌 남자와 가문에서 쫓겨난 여자의 산물에게 그게 있다는 걸 알았으면, 그 자리에서 죽어 버렸을 거야. 그럼 난 신나는 고아가 되었을 텐데. 어때, 나의 장난을 알고 나니 화가 치밀어 오르나? 나와 자네가 친족으로 묶인 게 소름 끼치나? 벌리스터 후손을 아내로 삼기 싫으면, 우리가 기꺼이 그녀를 데려가겠네.”

에인즈우드가 술잔을 비우고 내려놓았다.

“헛소리 마. 이 여자를 자네한테 넘기려고, 상상할 수 없는 공포와 시련의 5주일을 견뎌 낸 게 아니야. 그리고 당신, 그렌빌.”

그가 짜증스럽게 덧붙였다.

“왜 이 자의 코를 뭉개 놓지 않는 거야? 이 놈이 당신을 속였어. 귀족의 피가 아니라서 내 피를 오염시킨다며 흥분한 사람이 누구지? 그런데도 이걸 아주 침착하게 받아들이는군.”

“난 장난을 웃음으로 받아들일 수 있어요. 당신과 결혼한 몸이잖아요?”

그녀가 빈 술잔을 내려놓고 일어섰다.

“레이디 데인을 이만 주무시게 해 드려야겠어요. 무리하면 안 돼요.”

레이디 데인이 일어났다.

“우리끼리 얘기할 기회가 없었네요. 서로 자신이 잘났다는 시끄러운 남자들 틈에서 지적인 대화를 나눌 수 있으리라고 바랄 수 없는 일이죠. 내일 아스코트로 우리와 같이 가요.”

데인도 거들었다.

“당연히 그래야지. 거기가 조상의 고향이니까.”

에인즈우드가 리디아의 어깨에 팔을 둘러 소유권을 주장했다.

“말로리도 조상의 고향이 있어. 내 아내는 자네 사촌일 뿐이야, 먼 사촌. 그리고 이젠 말로리야, 벌리스터가 아니라, 그녀에게 흔적이 있든 없든.”

리디아가 부드럽게 말을 잘랐다.

"다음 기회로 하죠. 에인즈우드와 난 정리해야 할 게 많거든요. <아르고스>에서 마무리할 일도 있고."

"그래, 정리할 게 많지."

에인즈우드가 대화를 종결짓고, 아내와 같이 복도로 나섰다. 레이디 데인이 그들을 불렀다. 그들이 돌아보자, 부지런히 달려와 리디아의 손에 작은 꾸러미를 쥐어주고, 그녀의 뺨에 키스한 다음 방으로 돌아갔다.

리디아는 방에 들어간 후에 꾸러미를 풀어 보았다.

작은 흐느낌이 그녀의 입에서 새어나왔다.

에인즈우드의 놀라며 다가왔다.

"무슨?"

그녀는 그의 품으로 돌아섰다. 그 팔이 따뜻하고 강하게 안아주었다.

"엄마의 일기예요. 엄마의 이-일기장을 줬어요."

그녀의 목소리가 갈라지면서 여태껏 단호하게 유지해 왔던 침착함도 부서졌다.

그의 가슴에 얼굴을 묻은 채, 그녀가 흐느껴 울었다.

# 14

앤 벌리스터의 일기.

오늘이 나의 열아홉 번째 생일이라니, 믿어지지 않는다. 집을 떠나온 지, 20개월이 아니라 20년이 흐른 듯하다.

아버지는 오늘이 어떤 날인지 기억하고 계실까? 아버지와 그의 사촌 데인 후작은 실제로 죽이지만 않았을 뿐 모든 수단을 동원해서 나의 존재를 지워 버렸다. 하지만 기억이란, 족보에서 이름을 지우는 것처럼 쉽지가 않다. 딸 하나의 이름을 다시 언급하지 말라고 명령하기는 쉽다. 하지만 기억은 어떤 힘에도 굴복하지 않는다. 벌리스터 가문의 힘이라 해도. 그 이름과 모습은 죽은 후에도 오래 살아 남는다.

난 살아 있어요, 아버지. 나의 사랑스런 딸을 나을 때 아버지의 바람이 현실로 닥치긴 했지만. 난 값비싼 조산원에 들어갈 수 없었어요. 그래서 이미 세 명의 아이를 낳고 또 임신한 내 나이 또래의 여자와 같이 아이를 낳았어요. 알리스 마틴이 진통할 때 내가 산파 노릇을 해야 했죠.

내가 살아난 건 기적이었어요. 이 가난한 동네 여자들이 다 그렇게 말해요. 하지만 난 기적이 아니라 나의 의지력 때문이라고 생각해요. 난 죽음에 굴복할 수 없었어요. 아무리 죽음이 거칠게 들볶아도, 갓 태어날 나의 딸을 내가 결혼한 이기적인 사기꾼에게 맡길 수 없었어요.

나와 리디아가 살아난 걸 존은 반가워하지 않아요. 최소한의 자기 역할을 해야 하니까요. 대사 몇 줄이라도 외워야 해요. 나는 그의 돈이 내 수중에 들어오도록 조치해 놨어요. 그렇게라도 안 하면, 그 작은 수입마저 술과 여자와 도박으로 없어질 테고, 나의 리디아는 굶어 죽을 거예요. 그는 시도 때도 없이 불평해요. 내가 자기 인생을 망쳤다고, 나한테 접근한 그 날이 후회스럽다고.

그의 접근이 성공했다는 게 나는 진심으로 수치스러워요. 그렇게 어리석었다는 게. 집에서 도망쳐 올 때 난 아무 것도 모르는 철부지였어요. 우리가 벌리스터의 중요할 거 없는 막내 집안이긴 했어도, 난 공작의 딸만큼 응석부리며 보호를 받았죠. 난 너무 순진했어요. 잘생기고 구변 좋은 존 그렌빌 같은 불한당에게, 너무 쉬운 표적이 되었어요. 그의 감동적인 언변과 눈물로 가득한 사랑 고백이 단지…… 연기였다는 걸 내가 어떻게 알았겠어요?

그는 그리 현명하지도 않았어요. 나를 돈 많고 편안한 인생으로 가는 통로로 여겼죠. 무대에서 귀족 연기를 해 보았던 것으로 영국의 귀족계급을 안다고 생각했어요. 벌러스터처럼 자부심 강한 가문에서 열일곱밖에 안 된, 고생 한 번 안 해 본 딸을 가난과 몰락으로 내버릴 줄은 상상도 못했겠죠.

그는 자기가 받아들여질 거라 믿었어요. '신사'라는 말의 어느 한 부분도 따라가지 못하는 남자, 인간 이하의 '배우'라는 직업적 오명을 지닌 남자가.

내가 존의 허황됨을 알아차렸더라면, 그에게 깨우쳐 주었을 거예요. 나도 혼란스럽고 무지했지만. 하지만 난 내가 알고 있듯이,

그도 알고 있는 줄 알았어요. 내가 가출한 것으로, 벌리스터와의 모든 인연이 끝난다는 것, 다시 회복할 가능성이 없으며, 우리가 우리 힘으로 자립해야 한다는 것을.

난 집승 우리에서 살더라도 그와 같이 있으면 만족스러웠을 거예요. 우리가 같은 마음인 한, 좀더 나은 삶을 위해 함께 노력하는 한. 하지만 그는 노력이라는 걸 몰라요. 내가 장사 수완을 배우지 못한 게 너무나 후회스러워요. 난 동네 사람들 대신에 편지를 써 주고 돈을 받아요. 자기 이름이나마 쓸 수 있는 사람이 거의 없거든요.

나는 바느질도 해요. 하지만 솜씨가 훌륭하지 않아요. 그리고 이 부근에서 개인교사를 쓸 수 있는 사람이 누가 있겠어요? 그럴 가치도 못 느낄 거예요. 이따금씩 내가 버는 몇 푼의 수입을 제외하고, 난 존에게 의지해야만 해요.

쓰다 보니 불평밖에 늘어놓지 않았군요. 이제 그만 써야겠어요. 리디아가 깼나 봐요. 조금 옹알거리다가 금세 지루해 지겠죠. 리디아는 정말 아름답고 영리하고 착해요. 다른 아기들과 비할 수 없는 걸물이에요. 이런 아기가 내게 있는데, 어떻게 불평할 수 있겠어요?

그래, 아가야, 엄마가 금방 갈게.


리디아는 더 이상 읽지 못했다. 목소리가 너무 높게 떨려 나왔기 때문이었다.

그녀는 베개를 등에 대고 침대에 앉아 있었다. 에인즈우드가 베개를 대주고, 작은 탁자를 가져다 주고, 방안에 있는 촛불을 모조리 밝혀 주었다.

그는 창가로 가서 마당을 내다보다가, 그녀가 크게 읽기 시작하자 놀라며 돌아보았다. 그녀 자신도 놀랐다. 자신이 왜 이러는지 몰랐으니까.

굶주린 듯 다급하게 읽어 나갔다. 너무 오래 전에 보았던 그 필체, 그때는 이해하지 못했고 그후로 기억이 가물가물해졌던 엄마의 이야기. 엄마의 목소리가 아주 분명하게 들리는 듯했다. 자신의 입에서도 엄마의 목소리가 흘러나왔다. 일부러 그런 게 아니라 그냥 그렇게 되었다.

영원히 잃었다고 여겼던 보물을 되찾았다. 예상치 못한 소중한 선물이었다.

*그래, 아가야, 엄마가 금방 갈게.*

엄마는 언제나 그녀가 내는 소리를 들었고 언제나 달려와 주었다. 순수하고 강렬하게 흔들림 없는 사랑. 리디아는 그런 것이 있었다는 걸 알았다. 그녀는 10년 동안, 엄마의 사랑 안에서 천국의 보살핌을 받으며 살았다.

목이 메었다. 눈가에는 촉촉한 눈물이 맺혀 글을 읽을 수 없었다.

그가 다가와, 침대에 걸터앉았다.

그녀가 떨리는 목소리로 말했다.

"처…… 첫날밤을 이렇게 보내는군요, 내 울음소리만 듣고."

"당신도 가끔은 사람이 돼야 하잖소. 벌리스터는 그러면 안 된다고 법으로 정해져 있나?"

그의 따뜻한 몸과 강인한 팔이 그녀를 안아 주었다. 천국의 보살핌이 아니란 걸 알지만, 이 순간만큼은 그런 것 같았다. 그런 체한다고 손해날 것도 없었다.

"엄마는 날 사랑했어요."

리디아가 공책을 응시하며 중얼거렸다.

"왜 아니겠소? 당신도 나름대로 사랑스러울 수 있는데. 게다가 벌리스터로서 그녀는 당신의 특이한 성격에 더 감탄했을 거요. 데인도 당신한테 아무 이상이 없다고 믿는 것 같더군."

그는 자기 친구를 미치광이로 고려해야 마땅하다는 듯이 그 말을 했다.

"난 이상하지 않아요. 여기 써 있잖아요. 내가 걸물이라고."

"그래, 그분의 말을 더 듣고 싶어. 아마 그런 걸물을 다루는 법도 잘 알고 계셨을 테니까 말이오."

그가 어깨로 그녀를 살짝 찔렀다.

"계속 읽어 봐요. 그게 당신 어머니 목소리라면, 아주 푸근한 분이셨겠소."

그녀도 그가 가까이 있어서 푸근한 기분이었다.

그녀가 계속 읽었다.


여명의 햇살이 방의 어두움과 섞였을 때에야, 그렌빌은 책을 덮고 그의 베개에 머리를 기댔다가 자신의 베개로 바꿔 누웠다. 그를 향해 몸을 돌리지 않았다. 하지만 비어가 끌어당겼을 때 반대하지는 않았다. 그가 편안하게 그녀의 몸을 조절했을 때쯤, 그녀는 고르게 숨을 내쉬고 있었다. 곧 곤히 잠이 들었다.

그가 남들 깨어날 시간에 잠자리에 들곤 했어도, 오늘은 유달리 피곤했다. 힘들게 사는 게 익숙해진 남자라도, 흥분과 위험을 갈망하며 몸과 마음에 난타를 퍼붓는 남자라곤 해도, 오늘처럼 긴 하루는 무리였던 듯했다.

침묵이 찾아와 평화로워야 할 지금, 그는 하루를 꼬박 격한 태풍과 맞서 싸운 후 바위틈에 낀 배의 선장이 된 기분이었다.

그가 안전한 항구로 들어가려 애쓸 수도 있었으리라. 그 작은 책이 아니었다면.

그 내용이 그의 양쪽에 박힌 바위들이었다.

아내의 목소리지만 아내의 것이 아닌 목소리를 들으면서, 적어도 여섯 번, 그 공책을 빼앗아 불 속으로 던지고 싶었다.

앤 그렌빌이 지옥 같은 인생을 묘사하는 그 아이러니와 태연한 용기를 듣는 건 끔찍했다. 어떤 여자도 그런 용기와 초연함이 필요치 말아야 했다. 어떤 여자도 그런 걸 강요하는 삶을 살지 말아야 했다. 그녀는 언제 쫓겨날지, 자신의 초라한 소지품이 언제 전당포

로 넘어갈지, 그날 밤의 식사가 마지막이 되지 않을 것인지도 모르
는 채 하루하루를 살았다.

그런데도 그녀는 궁핍을 농담 삼았고, 남편의 파렴치한 행위를
풍자 가능한 괴행동으로 바꾸었다. 그녀에게 너무나 잔인했던 운명
을 조롱하려는 것처럼.

딱 한번, 끝 부분에서 자비를 호소하는 것 같은 글을 적었다. 그
때도 자신을 위해서가 아니었다. 세상을 뜨기 며칠 전에 거의 읽을
수 없는 글씨로 적은 마지막 문장, 그것이 낙인처럼 그의 머릿속에
파고들어 이글거렸다.

하늘에 계신 하나님 아버지여, 나의 딸들을 살펴 주소서.

그는 뇌리에서 지우려 애썼다. 하지만 그럴수록 그게 뿌리를 내
리며 더 깊이 박혔다. 벌리스터 조상들이 본거지로 삼은 척박한 황
무지의 가시 금작화처럼.

젊어서 죽은 여자의 말들이 그에게 파고들어, 자신을 겁쟁이 망
종처럼 느끼게 했다. 그녀에게는 용기와 유머감각이 있었다. 그 자
신은 거의 흉내낼 수 없는 자질이.

그는 다른 것들을 지우는데 분노를 사용하려고, 그 기회를 잡아
테인과 싸우려 했다. 자신이 깨달은 불쾌한 사실이 세상에서 제일
견디기 힘든 일인 것처럼. 하지만 그게 아니었다. 우스운 건 비어
자신이었다.

그는 그렌빌을 갖고 싶었다. 다른 어떤 여자에게도 그런 적이
없을 만큼. 그리고 드디어 잠자리를 같이 했을 때, 다른 여자와의
그것과는 사뭇 다르다는 사실에 너무 놀라웠다.

다른 여자들과는 몸으로 성교를 했을 뿐이다.

그런데 이 여자와는, 사랑을 나눴다.

그렌빌은 기자를 업으로 삼은 사람이니까, 그 경험을 묘사할 만

한 갖가지 은유를 생각해 낼 수 있을 것이다. 그게 무엇과 같으며, 어떻게 다른지.

그에게는 그런 재주가 없었다. 하지만 그는 다른 남자가 했을 것보다 더 많은 경험을 지닌 난봉꾼이었다. 차이를 식별할 만큼의 경험과 자신의 마음을 이해할 정도의 머리가 있었다.

"날 사랑하는 거야?"

그는 그런 가능성이 우습기라도 한 듯 미소지으며 물었다. 그리고 계속 웃으며 농을 걸었다. 그러나 그녀가 원하는 답을 들려주지 않았을 때, 신체적인 상처로는 한번도 그런 적이 없을 만큼, 가슴이 아팠다.

상처, 그게 다였다.

사랑, 그것 때문이었다.

앤 그렌빌이 견뎠던 고난에 비하면 그게 무슨 대수일까? 그녀의 딸이 견딘 시련에 비하면?

물론 그는 그 이야기의 일부밖에 알지 못했다. 그의 손바닥을 간신히 덮는 얄팍한 공책. 몇몇 페이지는 사이사이에 커다란 공백이 자리잡았다. 그는 거기에 아주 일부밖에 들어 있지 않다는 걸 확신했다.

그러나 더 이상 알고 싶지 않았다. 지금보다 더 초라하게 느끼고 싶지 않았다. 초라하고 좀스럽고 이기적이고 눈먼 인간처럼.

하지만 그렌빌이 얼마나 가혹했을지 모르는 삶을 살 수 있었다면, 그는 적어도 그걸 아는 정도쯤은 견딜 수 있어야 하리라.

그녀에게 듣지는 않을 것이다. 과거를 들춰내고 싶지 않다고 했으니까 되새기게 하지 않을 것이다.

데인이 좀더 알고 있으리라. 그리고 내키든 내키지 않든, 그걸 말해야 할 것이다. 그는 대답해야 할 게 아주 많았다. 적어도 몇 가지 질문에는 답할 수 있으리라. 혼자 현명한 척, 혼자 다 아는 척하는 대마왕이니까.

　내일 아침에 제일 먼저 데인을 만날 것이다. 필요하다면 그놈의 입에서 사실을 끄집어낼 것이다.
　그 결심으로 마음을 가라앉히며 에인즈우드 공작도 드디어 잠이 들었다.


　비어는 데인을 찾으러 나설 필요가 없었다. 오후에 공작 부부가 일어났다는 소식을 듣고 데인이 그를 개인용 응접실로 데리고 갔다. 레이디들은 늦은 아침식사를 하는 중이었다.
　계단을 내려가며 데인이 말했다.
　"제시카가 내 사촌과 밀담을 나누고 싶다는군. 골치 덩어리 남편들과 살아가는 요령을 알려주겠다나? 트렌트는 프라이스 양과 같이 포츠머스에 갔어. 내 아내가 자네 아내에게 없어서는 안 된다고 주장하는 몇 가지 의복을 사려고. 그러니 우리가 식사하는 동안 헛소리로 괴롭히지 못할 거야. 내가 그 둘을 아스코트로 데려가겠네. 자넨 아내가 생긴 만큼 집안을 재정비해야 할 테고, 그동안 트렌트가 없는 게 나을 테니까. 나도 데리고 가긴 싫지만, 그리 거치적거릴 것 같진 않아. 적어도 나한테는. 트렌트는 프라이스 양을 따라다닐 거야, 평생 한 번쯤은 지적인 행동을 보이겠지. 그를 이해해주는 이 우주 단 한 명의 여자를 사랑하게 됐거든."
　비어가 멈춰 서며 물었다.
　"사랑? 확실해?"
　"확실하진 않아. 내가 어떻게 알겠나? 나한테는 평소와 같은 얼간이로 보이던데. 하지만 제시카가 프라이스 양에게 트렌트의 작은 두뇌 작용이 고정되어 있다고 했어."
　그들은 계속 계단을 내려갔다. 데인은 프라이스 양이 트렌트를 불쌍히 여겨 결혼해 줄 경우에 얼마의 돈을 내줄 것인지에 대해 계산했다.
　그 시간 비어의 머릿속에는 '사랑'이라는 단어가 메아리치며 레이디 데인이 자신한테서도 똑같은 질병 증세를 알아차렸을지 궁금해했다.

의자에 앉으며 데인이 흘끔 쳐다보았다.

"자네, 이상하게 조용하군. 거의 5분이 지났는데, 그 입에서 호전적인 말 한마디가 안 나왔어."

하인이 들어와서 주문을 받고 나갔을 때, 비어가 말했다.

"그렌빌에 대해서 아는 걸 몽땅 털어놔."

"우연인지, 나도 그럴 생각이었네. 자네가 듣기 싫다고 해도, 기절하도록 패 준 다음에 되살려서 부서진 몸뚱이를 의자에 묶어놓을 준비가 됐던 참이야. 그런데 자네가 웬만한 얘기를 빨아들일 스펀지가 되었으니, 어쩌면 충고 몇 마디도 덧붙일 수 있겠군."

"재밌군. 나도 비슷한 생각을 했는데, 자네가 평소처럼 공격적인 성향을 보일 경우에."

"이번에는 자네한테 자선을 베풀 마음이야. 내 사촌을 공작 부인으로 만들어, 세상에서 적절한 자리를 찾아 주었으니. 게다가 자넨 그녀와 결혼했어, 고상한 동기는 아니었더라도, 완전히 저열한 처사는 아니었지. 솔직히 감동 받았어, 에인즈우드. 그녀의 과거에 대해 차분하게 관심을 보이다니. '차분하다'는 게 정확한 단어가 아닐 수 있겠군. 그래도 난 매우 놀랐고, 그래서 내 마음이 움직였다네. 자네의 헛된 인생에서 단 한 번, 고상한 취향을 보여주었군 그래. 그녀는 매우 잘생겼어, 그렇지? 벌리스터 중에서도 매우 훌륭해. 외할아버지한테 외모를 물려받은 덕이지. 프레더릭 벌리스터와 나의 아버지는 어렸을 때 쌍둥이 같았다더군. 하지만 프레더릭이 십대 후반에 천연두에 걸리는 바람에 얼굴이 망가졌어. 그래서 앤이 자기 딸을 내 아버지와 비교했던 거야. 프레더릭이 아름다운 벌리스터였다는 걸 몰랐던 거지. 아직 앤의 초상화를 찾진 못했어. 하지만 그런 게 있다면, 제시카가 꼭 찾아낼 걸세. 무얼 찾는데는 비상한 재주가 있는 여자거든."

레이디 데인이 찾았다는 '무엇들' 중에 그의 사생아 아들 도미닉도 들어 있을 것이다. 비어는 왠지 마음 한구석이 섬뜩해지면서 머리가 복잡해졌다. 배고파서 그런 거라 생각하고, 그가 짜증스럽게 문 쪽을 쳐다보았다.

"맥주 한잔 가져오는데 왜 이리 오래 걸려?"

"하인들 모두, 결혼식 하객을 치르느라 발에 불이 나게 뛰어다니고 있네. 아니, 송장들을 수습한다고 해야 할까. 내가 아까 내려왔을 때는 식당 한가득 몸뚱이들이 흩어져 있더군. 우리의 옥스퍼드 시절이 생각날 정도였어."

그때 하인이 다른 하인 둘을 달고, 무거운 쟁반을 낑낑대며 들고 왔다. 겨우 두 사람 분의 식사였지만, 그들은 식욕이 왕성한 아주 덩치가 큰 남자들이었다.

데인이 본격적인 이야기로 돌입하기까지 잠시 시간이 걸렸다. 하지만 그는 문학적인 미사여구나 더 심하게, 감상적인 문장을 섞어 이야기하지 않았다. 비어가 바라는 그대로 말했다. 이유와 원인 등 온갖 쓸모 없는 샛길로 새지 않고, 사실 그대로를 질서 정연하게 이어나갔다.

그건 비어가 예상했던 것만큼 고약한 내용이었다. 마셜시에 대해 들었을 때, 그는 첫 번째 접시를 비우기도 전에 식욕을 잃었다.

그가 접시를 밀어냈다.

"동생이 죽었다는 말은 들었어. 하지만 그게 다야. 어떻게 죽었는지, 채무자 감옥에 들어간 적이 있는지에 대해선 못 들었어."

"벌리스터는 고백을 안 해. 리디아도 벌리스터의 한 사람이야. 과거를 들추고 싶지 않다는 말이 전부였어. 내 결혼식에 와서도 아는 척하지 않았어. 대체 무슨 생각을 하고 있었을까? 내가 자기 모친의 일을 꼬투리 삼을까 봐? 내 어미도 상인과 도망을 쳤네. 창녀한테서 얻은 나의 사생아가 내 집에서 살아. 자기가 우리한테 어울리지 않는다고, 내가 그렇게 생각할까 봐 그랬을까?"

"나한테 묻지 마. 난 그 여자 머릿속이 어떻게 돌아가는지 몰라."

데인이 인상을 찌푸렸다.

"그래, 자네 관심은 다른 데 있겠지. 그녀의 머리 때문에 결혼한 게 아니야. 그녀가 아니라 다른 어떤 여자한테도 머리라는 게 있다고는 상상도 못하겠지. 내가 한 마디 해도 되겠나, 에인즈우드? 그들에게도 머리가 있어. 여자들도 항상 생각을 한다네. 뒤통수 맞기 싫으면, 그 아둔하고 부진한 머리로 자네 아내를 이해하려고 애써 보게나. 물론 자네한테 힘든 일이겠지. 알아. 생각이란 건 자네의 체계를 뒤흔들어 놓을 테니까. 내가 되도록 쉽게 얘기할게. 우리 남자들은 뭉쳐야 살 수 있다네."

"하던 얘기나 마저 하지 그래? 그녀의 동생에 대해선 거의 안 했잖아."

데인이 이야기를 시작했지만, 그렌빌의 아비가 미국으로 떠나고 그녀가 종조부와 같이 살게 된 후로는 할 이야기가 많지 않았다. 그녀의 아비는 미국에서 부잣집 여자와 도망치려다 그 오라비들한테 붙잡혀서 두들겨 맞은 후에 상처가 도져 죽었다.

"리디아는 종조부 부부와 같이 해외를 여행한 모양이더군. 그들은 지난 가을에 세상을 떠났어."

데인이 술잔을 비운 후에 말을 이었다.

"자네 변호사에게 헤리어드를 보내겠네. 늦었지만 내 아버지에 대한 나의 작은 복수를 거절하지 말아주게. 리디아에게 지참금을 주고 싶어. 물론 리디아에겐 자기 한 몸 간수할 능력이 있어. 하지만 자기 자녀의 미래를 보장하기 위해서라고 하면 굳이 반대하지 않을 걸세."

"그녀가 반대하면, 그 건에 대해서는 자네와 싸우라고 말해 두겠네."

비어가 말했다. 물론 자식은 생길 거라고 생각했다. 미래에 대한 다른 몇몇 가지가 비어에게 새로운 걱정거리를 안겨 주었다 해도, 그걸 알아차린 건 뱃멀미를 하듯 메스꺼운 내장뿐이었고, 내장은 데인에게 보이지 않는 몸 속에 있었다.

데인이 말했다.

"난 자네가 모르는 얘길 해 줬어. 그러니 이제 자네가 내 호기심을 채워 줄 차례야. 최근 사건에 대해서는 셀로우바이한테 들었는데, 헬레나 마틴의 집에 기어올라갔던 일은 못 들었단 말이지. 어떤 사건이었는지 알고 싶어 조바심이 나는군. 그때 셀로우바이가 거기 있었나?"

"말하자면 길어."

"맥주를 더 주문하겠네."

하인이 다시 들어와 술잔을 채우자, 비어가 이야기를 다시 시작했다. 비니거 야드에서 만났던 처음 사건부터. 물론 모든 걸 다 말하지는 않았지만, 모두 다 우스개처럼 말했다. 진짜 우스운 것 같기도 했다.

자기가 향하는 곳을 알지 못한 채 결혼으로 무작정 돌진한 남자가 어디 비어 하나 뿐이겠는가? 무지몽매한 어둠 속에서 문으로 걸어간 것과 같다. 데인도 그 문으로 걸어갔으니, 당연히 알고 있을 터였다.

자기 입장과 다를 바 없었으므로, 데인은 친구의 실수와 실패를 듣게 될 때마다 양심의 가책 없이 웃어댔고, 바보와 비슷한 여러 모욕적인 언사를 남발했다. 무자비할 정도였다. 그들은 언제나 서로에게 잔인했다. 언제나 모욕과 주먹을 주고받았다. 그게 그들의 의사소통 방식이었다. 서로에게 애정과 이해를 표시하는 방법이기도 했다.

비어는 익숙한 분위기에 젖어 들자 긴장이 풀렸다. 불안감이 전혀 사라지지 않았더라도, 한동안은 잊어버렸다.

예전 시절로 돌아간 것 같았으니, 비어가 시대가 변했음을 이해

하지 못한다 해도 괜찮을 것 같았다. 그는 실제로 시대가 변했다는
걸 아직 이해하지 못했다.

결혼 후에 어떻게 변하게 될지. 이미 결혼생활을 겪은 대마왕
경은 이 친구의 넥클로스를 끌고 벽에다 그 머리를 부딪혀 주고
싶은 충동이 일었지만, 억지로 참았다. 나중에 그는 아내에게 그
이유를 이렇게 설명했다.

*리디아가 옆에 있잖아. 리디아더러 하라고 해.*


"언니, 미안해."

에밀리가 기운 없이 중얼거렸다.

엘리자베스가 차가운 수건으로 동생의 이마를 닦아주며 씩씩하
게 말했다.

"너 때문에 무지 놀랐어. 겁나서 죽을 뻔했다고. 하지만 단순히
토하는 거라면 괜찮아."

"너무 많이 먹었나 봐."

"뭘 먹은 지가 오래 됐잖아. 음식도 형편없었고. 나도 속이 메스
꺼웠어."

"결혼식을 못 봐서 어떡해?"

지금은 목요일 저녁. 그들은 에일즈버리 근처의 여인숙에 묵고
있었다. 목적지까지 수 킬로미터나 남아 있는 곳이었다. 결혼식 때
에 맞춰 립훅에 도착할 수도 있었지만, 수요일에 에밀리가 급하게
점심을 먹고 체하는 바람에 그들은 다음 정류소에서 내려야 했다.


다른 사람들에게 보이는 그들의 모습은 가정교사와 아이였다. 엘
리자베스는 검은색이 더 나이들어 보일 것 같아서 낡은 상복을 입
고, 독서용 안경도 하나 고모부 서재에서 가지고 왔다. 안경 너머
로 내다보는 게 불편했지만, 엄격한 인상을 심어 주는데 효과적이
었다.

“할 수 없지. 일부러 아픈 것도 아니잖아.”

“언니 혼자라도 갈 걸 그랬어.”

“미쳤니? 우린 한 패야. 말로리는 함께 뭉쳐야 돼.”

엘리자베스가 동생의 등에 베개를 받쳐 주었다.

“이제 곧 수프와 차가 들어올 거야. 넌 기운 차리는 데만 신경 써. 회복되면 바로 출발하자.”

“블레익스레이에는 안 갈래. 우리 의견을 분명히 해야 돼. 우리 사촌도 이걸 알아야 돼.”

“편지로 쓰면 되잖아.”

“안 읽을 걸.”

롱랜즈의 가정부가 3개월에 한번씩 두 소녀에게 편지를 보냈으므로 그들은 공작이 일 년 반 동안 개인적인 편지를 펼쳐 본 적이 없다는 걸 알았다. 롱랜즈에서는 그 집의 청지기가 공작의 공적인 서신들을 다루었고, 런던에 있는 에인즈우드 하우스에서는, 하울 집사가 그 일을 맡았다.

“그렌빌 양에게 편지를 쓰면, 비어 사촌에게 말이 들어갈 거야.”

“두 사람이 정말 결혼했을까? 소문이 빨리 돌기는 해도 항상 정확한 건 아니잖아. 어쩌면 그 여자가 경주에 이겨서, 우리 사촌이 다른 방법을 써야 할지도 몰라.”

“내일 신문에 나와 있을 거야. 그때 우리가 할 일을 결정하자.”

문에서 똑똑 노크소리가 났다.

엘리자베스가 의자에서 일어났다.

“식사가 왔나 봐. 뱃속에 뭔가 집어넣으면 기분도 좋아질 거야.”


리디아와 에인즈우드가 에인즈우드 하우스에 도착한 건 목요일 밤늦은 시간이었지만, 모든 하인들이 그들을 기다리고 있었다.

가정부가 리디아의 겉옷을 벗겨 주었을 때쯤, 나머지 하인들은 2층 복도에 쭉 늘어서서 차려 자세를 취하고 있었다. 아니, 그들 나름대로의 차려 자세였다.

리디아는 웰링턴이 워털루 전에 앞서서 자신의 '형편없는 군대'를 살펴볼 때 어떤 기분이었을지 알 만했다. 그 군대로 어떻게 나폴레옹을 물리쳐야 할지 고민스러웠을 것이다.

이 집의 하인들은 구겨진 앞치마와 변색된 제복을 입고 있었다. 가발과 모자는 비스듬하고, 수염은 들쭉날쭉했다. 두려움에서부터 건방진 표정까지, 당혹감에서부터 절망까지 오만가지 인간의 표정이 다 드러나 있었다.

하지만 그녀는 비판적인 말을 자제하고 이름과 지위를 외우는데 신경을 썼다. 웰링턴과 달리, 그녀는 오합지졸을 가정 전투요원으로 만들 시간이 충분했다.

집 자체의 상태도, 많이 보진 않았지만, 하인들보다 더 한심한 상태라는 걸 알 수 있었다.

놀랄 일은 아니었다. 에인즈우드가 여기서 보내는 시간이 거의 없는 데다가, 대개의 남자들은 먼지와 더러움과 무질서를 알아보는 능력이 거의 없다시피 했다.

주인용 침실 하나만 그럭저럭 봐 줄 만했다. 틀림없이 제인스 덕분이리라. 그녀는 제인스가 외모와 다르게 유능한 시종이라는 걸 눈치챘다. 그에게는 비협조적인 주인과 같이 일하는 불운이 있었을 뿐이다.

집사와 가정부가 하인들을 소개하자마자 에인즈우드가 성마르게 쫓아 버렸기 때문에, 리디아에게 숙소를 보여주는 임무를 제인스가 맡아야 했다. 에인즈우드의 숙소 바로 옆이었지만, 최근 몇 년 새 아무도 들어온 적이 없는 듯했다. 제인스가 방문을 열자마자 에인즈우드는 자기 방 의상실로 들어가 버렸다.

리디아가 온화하게 말했다.

"너무 급하게 연락해서, 내 방을 정돈할 수 없었나 보군요."

제인스가 천장 구석의 거미줄과 폼페이 화산재를 맞은 듯 자욱하게 먼지가 내려앉은 거울과 유리를 둘러보며, 얼굴을 굳혔다.

"클레이 부인이 마음만 먹었다면 뭐든 할 수 있었을 겁니다."

리디아는 의상실이라는 거미줄 투성이 음침한 동굴을 들여다보았다.

"독신 남자들은 자기 물건에 손대는 걸 좋아하지 않잖아요."

"여기 하인들은 4대 공작 때부터 일했습니다. 그 전부터 말로리 가에 몸바쳐 온 집안도 있죠. 충성심은 좋습니다. 하지만 할 일이 없을 때는, 할 일을 찾지도 않고 찾으려 하지도……."

그가 말을 멈추고 입을 꾹 다물었다.

"그럼 하인들을 내 방식으로 끌고 나가기가 더 쉽겠군요. 가정부가 자기 방식을 고집할 리도 없고, 간섭하는 시어머니도 없으니 말이에요."

"맞는 말씀입니다, 마님."

제인스가 다시 입을 꾹 다물었다.

리디아는 그가 과묵한 타입이 아니라는 걸 일찌감치 알아차렸으므로, 그런 모습이 오히려 우스웠다.

그날 아침에 공작의 몸단장을 도울 때도 시종일관 중얼중얼 대면서 가끔은 그리 작지 않은 소리로 잔소리를 했었다.

리디아는 남편 침실과 연결된 문으로 움직였다.

"여하튼, 어떤 변화를 시도하든 내일까지 기다려야겠어요."

"네, 마님."

제인스가 침실로 따라붙었다.

"하녀가 필요하시겠군요. 제가 내려가서……."

때마침 에인즈우드가 자기 의상실에서 나왔다.

"드디어 왔군. 밤새도록 나의 레이디를 붙잡고 늘어지려나 궁금하던 참이었어. 내 옷들을 다 어떻게 했어?"

"의상실에 다 있는데요."

제인스가 들리지 않게 무슨 말인가 중얼거렸다.

“그거말고. 어제 입은 옷 말이야. 셔츠와 넥클로스밖에 없잖아. 조끼는 어디 있어?”

“어제 입으신 조끼는 제 거처에 있습니다, 세탁하려고요.”

“빌어먹을, 망할! 주머니를 비우지 않았단 말이야.”

“그러셨더군요. 제가 확인했습니다. 그러니까, 그 상자를 찾으시는 거군요. 제가 바로 찾아 드리겠습니다.”

제인스가 의상실로 걸어가려 했다.

에인즈우드가 문을 가로막았다.

“상관없어. 장님 아니니까 내가 찾을 수 있어.”

“그러면 저는 내려가서 하녀를 불러오겠습니다. 종을 울려야겠습니다만, 아무도 누굴 부르는지 무엇 때문인지 모를 테니까요.”

의상실로 다시 들어가려던 에인즈우드가 멍한 표정을 지었다.

“하녀? 뭣 때문에 나한테 하녀가 필요해?”

“나리가 아니라, 마님께서…….”

“내 방에 들이는 건 안 돼.”

“마님의 침실은 아직 준비가…….”

“자정이 지났어, 망할! 여자들이 재잘거리며 법석 떠는 꼴은 못 봐.”

마침내 에인즈우드가 리디아의 존재를 기억해낸 듯했다. 못마땅한 시선이 그녀를 향했다.

“빌어먹을, 그렌빌, 오늘밤 그 소란을 시작해야겠소?”

“아니에요.”

초록색 시선이 제인스에게 홱 돌아갔다.

“들었지? 가서 잠이나 자. 아부하려면 내일 해.”

제인스가 입술을 뒤틀며 고개 숙이고, 물러났다.

문이 닫히자, 에인즈우드의 표정이 조금 부드러워졌다.

“옷 벗는 건 내가 도와줄 수 있어.”

그가 무뚝뚝하게 말했다.

"도와줄 수 있다는 건 도와주고 싶다는 것과 다르죠."

그녀가 그에게 다가가 그의 밤색 머리카락을 쓸어 넘겼다.

"나는 흥분이 식었다고 생각했어요. 벌써 한 번 했으니까."

그가 뒤쪽으로 고개를 빼며 시선이 신중해졌다.

"그렌빌, 당신…… 친절하게 굴려고 하는 말 아니지?"

그가 눈살을 찌푸렸다.

"참아주는 거 말야."

그 말도 만족스럽지 않은 듯 인상을 찡그렸다.

"레이디 데인과 무슨 얘기했어? 남편과 관련된 얘기라던데."

"당신은 데인과 무슨 얘길 했나요?"

"당신 얘기."

그가 피식 웃었다.

"나한테 지참금을 주겠다더군."

"레이디 데인에게 들었어요. 집에 오는 동안 그 문제를 상의할 생각이었어요."

하지만 내내 잠을 자고 말았다.

그의 미소가 흐려졌다.

"상의를 하겠다고? 그래서 내 비위를 맞춰 주는 거요? 그건 시간 낭비일 뿐이오. 그 일에 반대하려면 데인하고 직접 얘기해."

그녀가 그를 살펴보았다. 코트와 조끼와 넥클로스를 벗은 상태였다. 혼자서 벗었다는 건 의상실 바닥에 옷이 널려 있다는 뜻이리라. 셔츠의 왼쪽 소매는 단추가 잠겼고 오른쪽 단추는 사라졌다. 오른쪽 소매가 찢어진 이유를 알 수 있었다. 그녀가 소맷자락을 붙잡으며 물었다.

"단추 풀기가 힘들면 우릴 부르지 그랬어요? 바로 옆방에 있었는데."

그가 그녀의 손을 뿌리쳤다.

"보살피려 들지 마. 필요 없어."

그의 대답에 대해 그녀의 성질이 부르르 일어났지만, 애써 참으
며 한 걸음 물러섰다.

"그래요, 당신한테는 아내도 필요 없겠죠. 당신이 날 어떻게 할
지 고민하는 걸 지켜봐야겠어요. 재미있을 거예요."

그가 의상실로 쿵쿵 걸어 들어가 문을 닫았다.

# 15

10초 후, 쿵쿵 소리가 나더니 문이 도로 열리고 그가 소리쳤다.

"그런 건 생각 안 했어. 이제 됐어? 좋아, 인정하지. 결혼식 이후의 일은 생각하지 않았어. 이제 당신이 모든 걸 뒤집어 놓겠지. 하녀들이 내 방에 들락날락할 거고, 난 단 1분도 평화를 누릴 수 없겠지!"

리디아가 침착하게 대꾸했다.

"예리하시네요. 난 이 집안을 뒤집어 놓을 거예요, 다락방부터 지하실까지. 난 흐트러진 걸 참을 수 없어요. 참을 생각도 없어요. 이젠 어떡할 건가요? 총으로 쏠 건가요? 아니면 창 밖으로 집어던질래요?"

"그런 짓은 안 해! 빌어먹을, 그렌빌."

그가 벽난로로 걸어가 선반을 탕 내려치고는 불길을 노려보았다.

"내가 더러움과 무질서를 참을 수 있다 해도, 그건 하인들 의욕을 저하시켜요. 여긴 멋진 집이에요. 이런 곳을 난장판 폐허로 놔두는 건 부끄러운 일이죠. 유능한 하인들을 놀리는 것도 그렇고.

이 문제에 관해서는 타협하지 않겠어요, 에인즈우드. 좋다고 하든지 아니면 참으세요."

"빌어먹을."

"어쩌면 착각을 지금 다 쓸어 내는 게 나을지도 모르겠어요. 앞으로도 나와 타협하기는 힘들 거예요. 그럴 위인이 못 돼요."

그가 고개를 들어 잠깐 그녀를 쳐다보았다.

"당신은 나와 결혼했소. 그건 타협이었어. 당신의 빌어먹을 원리 원칙과의 타협."

"그건 타협이 아니라, 완벽한 내 원칙의 전복이었죠. 내가 평정을 되찾을 수 있는 유일한 길은 모든 걸 정확하게 있어야 할 상태로 정돈하는 거예요."

그의 시선이 그녀에게 비난하듯이 고정되었다.

"날 행복하게 해 주고 싶다면서."

그녀가 반박하려 입을 열었다가 다시 다물었다.

그녀는 대신에 방을 쭉 걸었다. 상당한 거리였다. 그는 아무 말 하지 않았다. 벽난로 옆에 똑바로 서서 그녀를 지켜볼 뿐이었다.

그녀는 기본적인 문제점을 파악했을 때 정면 대응하는 게 평소의 습관이었다. 따라서 본능은 그에게 대항하라고 다그쳤다. 하지만 에인즈우드는 문제를 똑바로 바라보는 타입이 아니라는 게 걸림돌이었다. 그렇지 않았으면, 애초에 그런 문제를 만들지도 않았을 것이다.

그녀는 신중하게 말을 골라야 했다.

그녀가 다시 한 번 방을 길게 걸었다. 그 다음에 창가로 가서 정원을 내려다보았다. 부슬비가 내리고 있었다. 빗방울이 보인다기보다는 소리가 들렸다. 별빛과 달빛마저 사라져, 바깥 세상은 심연처럼 캄캄했다.

그녀가 창에서 돌아섰다. 그가 불길에서 멀지 않은 곳에 의자 등을 움켜쥐고 서 있었다. 자기 손을 응시하며, 그의 잘생긴 얼굴이 가면처럼 굳어 있었다.

"집안을 재정비하는 게 무슨 소용이오? 난 이 집에 아무 관심도 없는데."

분명히 그렇다는 걸 그녀도 알았다. 그는 이 집이 없기를 바랐다. 그래서 그게 없는 척하기로 했다. 아무 것도 변하지 않은 척, 자기가 에인즈우드 공작이 아닌 척. 그는 공작으로서의 다른 책임들에 눈감아 버린 것처럼, 이 집과 하인들에게도 눈과 마음을 닫아 버렸다.

그녀가 침대 쪽으로 걸어갔다.

"당신이 전혀 관심 없다고 했으니까, 내가 이 집에 무슨 짓을 하든 화낼 필요 없겠군요. 솔직히 인정할게요. 집안을 정리하려면 2주일 정도 소란과 혼란이 있을 거예요. 그게 싫으면, 다른 데서 기분을 풀도록 하세요. 집 밖에서."

"집 밖에."

"하인들에게 화내지 말고요. 당신이 그들에게 발을 굴러 대고 으르렁대고 화를 낸다면 어떻게 일과 주인에 대한 열정이 생기겠어요?"

"날 내 집에서 쫓아내는 거요?"

그녀가 그의 사나운 시선을 마주보았다. 그 시선이 차라리 나았다, 분노가 쓸쓸한 표정을 지워 주니까.

"당신은 거의 여기에 오지 않았잖아요. 여기 일에 관심도 없고요. 그래서 다른 데 가는 걸 더 좋아할 줄 알았어요."

"빌어먹을, 그렌빌, 우린 바로 어제 결혼했어. 그런데 날 쫓아내?"

그가 한달음에 다가와 그녀의 어깨를 움켜쥐었다.

"난 당신과 결혼했어. 난 당신 남편이오, 섹스 한 후에 버릴 수 있는 애인이 아니란 말이야."

그의 입술이 빠르고 격렬하게 그녀의 입술을 주장했다. 에로틱한

광란의 키스였다. 거기에 담긴 분노와 힘, 하지만 혀로 일구는 사
랑의 언어, 악마적인 기교를 알고 있었다.

그녀가 반응을 보이기도 전에 그가 밀어냈다. 리디아는 균형을
잃고 그의 셔츠를 붙잡았다.

"어머나, 에인즈우드!"

그게 그녀가 말할 수 있는 단 몇 마디였다.

"비어. 이름을 불러, 리디아."

그녀가 그의 얼굴을 감싸쥐고 끌어 당겼다.

"비어. 다시 해 봐요."

"날 쫓아내진 못할 걸."

그가 능숙한 손놀림으로 보디스의 윗 단추를 풀었다. 아르페지오
를 연주하는 피아니스트처럼 빠르게 나머지도 풀어냈다.

그녀가 속삭였다.

"당신이 잘못 해석한 거예요."

"제대로 해 볼게."

그가 고리와 끈들까지 효과적으로 풀어 버리자, 순식간에 그녀의
검은 드레스가 바닥에 떨어졌다. 그는 드레스를 옆으로 차내고 속
치마를 벗기기 시작했다.

"당신을 원하지 않는다는 게 아니에요."

"충분히 원하지 않아."

하지만 그의 손이 멈칫하더니 레이스와 비단을 쓰다듬었다. 험악
한 표정이 다소 부드러워졌다.

"예쁘군."

"레이디 데인이 선물했어요."

그가 고개를 숙여, 망사처럼 가벼운 속치마 위로 혀를 움직였다.

그녀가 놀란 숨을 삼키며, 그의 머리를 잡아 밀었다.

"뭐 하는 거예요?"

자신의 목소리가 불안하고 걱정스럽게 들렸다. 인정하기 싫어도

어쩔 수 없었다. 이 남자는 난봉꾼이었다. 그녀로서는 전혀 경험이 없는, 상상조차 할 수 없는 방탕한 짓을 해 왔을 것이다.

그가 고개 돌려 그녀의 팔꿈치를 깨물었다.

그녀가 얼른 팔을 내렸다.

"날 위해서 새 속옷을 입었군. 아주 예뻐."

"이제 골나지 않았다는 뜻인가요?"

그가 시선을 들었다.

"골이 나?"

그가 미소지었다, 그 지독한 뼈와 살과 머리를 녹아 내리게 하는 미소. 그의 방종한 입술이 느긋하게 곡선을 그리는 건 치명적이었다. 자신도 그걸 알고 있으리라.

이 남자가 여자를 경멸하는 것도 이상할 게 없었다. 그 미소 한 번이면 여자들이 줄줄이 쓰러질 테니까. 그녀도 예외가 아니었다. 실제로 쓰러지지만 않았을 뿐. 대신에 그녀는 그의 얼굴을 감싸쥐고 그 곡선을 자신의 입술에 댔다.

그는 그녀가 하는 대로 내버려두었다. 움직이지 않았다. 반응도 보이지 않았다. 그의 손은 방금 전과 같이 허리에 남아 있었다.

그녀가 그의 입술에 혀를 댔다. 그가 자신에게 했던 것처럼 감질나게. 허리를 쥔 손에 힘이 들어갔다.

그녀가 그의 아랫입술을 깨물었다. 그가 같이 깨물며 입술을 벌렸다. 이번에는 절벽에서 떨어지는 것 같은 느낌의 길고 깊은 키스였다.

그녀의 몸이 하염없이 떨어지는 것 같은 느낌이 드는 순간, 속치마도 떨어졌다. 알아차리지 못할 만큼 부드럽고 쉽게 풀어져, 작게 폭포 치는 소리를 내며 발치로 떨어졌다. 그가 무릎을 꿇고 속치마를 치운 다음, 신발을 벗겨 옆으로 얌전히 내려놓았다.

그녀가 그의 앞에 사르르 무릎을 꿇었다.

"코르셋도 예뻐. 급하게 벗겨 버리기 싫을 정도로. 돌아봐, 리디아.”

분홍색 덩굴과 작은 잎사귀들이 수놓아져 있었다. 그가 뒤에서 코르셋을 매만지며 가슴을 감싼 레이스로 손을 미끄러뜨렸다. 앞쪽에 두 손을 펼치고 그녀의 목과 어깨에 입술을 비볐다.

그녀는 이미 약해졌다. 그의 손을 어루만지며 감각에 빠져 허우적댔다.

그가 코르셋을 벗겼다.

“아, 리디아.”

거친 속삭임이 들렸다.

그녀가 제일 안에 입은 속옷은 나비 날개처럼 얇은 비단이었다. 아주 연한 분홍빛이었다.

“돌아봐.”

그녀가 몸을 돌렸다. 몸을 가리고 싶은 부끄러움이 일었다. 하지만 전에도 이미 그는 그녀의 나신을 보았다. 새삼스레 부끄러워할 이유가 있을까?

그녀가 말했다.

“입은 것 같지도 않죠?”

“용서해 줄게.”

그의 초록색 시선이 그녀의 젖가슴에 머물렀다.

“뭘?”

“뭐든지 다.”

그녀를 품에 끌어안고 양탄자로 쓰러뜨렸다.

깊고 거친 키스가 날아들었다. 그의 두 손이 거칠었다 부드러워지길 반복하며 그녀의 몸을 애무했다.

그녀의 자제력이 사라졌다. 크고 강하고 아름다운 남자, 악마처럼 많이 아는 남자. 그의 모든 것, 그의 세포 하나 하나까지 독차지하고 싶었다.

벌리스터의 핏속에는 소유와 정복의 욕구가 있었다. 뜨겁고 거칠고 탐욕스런 욕구였다.

그녀는 더 이상 기다릴 인내심이 없었다. 그의 손을 밀어내고, 그를 눕혀 셔츠를 벗겼다. 그가 짧게 웃음을 흘렸다. 바지를 벗기자 그 소리는 신음으로 바뀌었다. 그녀는 그의 옷을 벗기고 걸터앉았다.

길고 날렵한 근육질의 몸. 탄탄한 넓은 가슴이 날렵한 허리와 엉덩이로 이어졌다. 그의 가슴에 난 검은 털을 손으로 만지며 아래로, 색이 더 연해지는 곳으로 내려갔다.

"어젠 자세히 못 봤어요."

금지된 그곳에 살짝 손가락을 대보았다.

"이젠 봐. 만져 봐."

그녀가 뜨겁게 부풀어 있는 물건을 쥐었다. 그것이 그녀의 손에서 고동을 쳤다. 그가 고통스런 신음을 흘렸다.

"만져도 된다고 했잖아요."

"그래, 난 이런 고문이 좋아."

그녀가 고개 숙여 거기에 혀를 댔다.

"맙소사."

그가 그녀의 손을 밀어내고 끌어올렸다. 속바지가 열린 곳을 찾아 그 안으로 손가락을 넣었다.

황홀했다. 날카로운 충격 같은 쾌감. 그녀의 몸이 부들부들 떨렸다. 그 충격이 또 한 번, 또 한 번······.

그 다음에 그의 남성이 밀고 들어왔다. 그녀는 본능적으로 몸을 올렸다가 다시 내려가 그를 깊이 받아들였다.

억제할 수 없는 승리의 거친 신음이 터져나왔다.

그가 그녀의 몸을 움직이는 동안, 그녀는 그의 빨라지는 리듬과 같이 그의 혀를 빨아들였다.

그가 탐욕스런 그녀의 키스를 떼어 내며 돌려 눕혔다. 그의 목에서 손을 비틀어 내 양탄자에 고정시켰다. 그녀가 그를 올려 보았다. 막바지 충격이 그녀의 몸에 경련을 일으키고 있었다.

눈을 감았다. 그 뒤로 작열하는 불꽃이 보였다. 몸서리쳐지는 한 순간, 불꽃이 그녀의 머리 꼭대기까지 관통했다.

억눌린 비명소리가 들렸다. 그녀의 이름을 부르는 소리. 그가 풀썩 쓰러지며 하얀 액체를 쏟았다, 그녀의 몸 위에.


다음날 아침 10시 20분, 공작 부인은 비어의 서재에서 가정부인 클레이 부인과 만났다.

11시 30분, 에인즈우드 하우스에 대혼란이 시작되었다.

수백 명은 될 듯한 하녀와 하인들이 걸레, 먼지털이, 대걸레, 빗자루, 들통 그 외에 비어가 정체를 알 수 없는 온갖 무시무시한 도구들로 무장을 한 채 집안을 뛰어다녔다.

비어는 당구장으로 달아났다. 하지만 그곳에도 또 다른 하인들이 매복하고 있었다.

다시 그는 서재로 도망쳤다. 하인들이 뒤쫓아 들어왔다.

그는 피난처를 찾아, 방에서 방으로 옮겨다녔다. 하지만 매번 침입자들과 마주칠 뿐이었다.

마침내 그가 집무실로 들어가 문을 닫고 의자를 문 앞에 괴어 놓았다.

뒤에서 아내의 목소리가 들려 왔다.

"어머, 그럴 필요 없어요."

그가 홱 돌아섰다. 얼굴이 화끈거렸다. 책상에 앉아 있는 아내가 웃음을 터트리지 않으려 안간힘을 쓰고 있었다.

"사방이 하인들이야."

"오늘은 여기에 안 들어올 거예요. 클레이 부인한테 일해야 한다고 했거든요."

"일? 하인들이 집안을 수천 조각으로 산산이 쪼개고 있는데. 당신 발 밑에서 깔개를 뜯어내고, 커튼을 잡아당기고, 커튼 봉까지 모두 끌어내려……."

그녀가 미소지었다.

"그런가요? 클레이 부인이 확실하게 일하는 모양이군요. 그럴 줄 알았다니까."

그녀가 펜을 내려놓고 책상 위로 두 손을 포갰다.

"그런데 당신 혼자 재미 보는 거요?"

그가 투덜대며 문에 있는 의자를 치우려 했다. 하지만 마음이 바뀐 듯 그대로 두고 책상으로 걸어와, 외면당한 자신의 우편물이 쌓인 쟁반을 옆으로 밀어내고, 구석에 걸터앉아, 그녀를 쳐다보았다.

"당신이 꽤나 무서운가 봐. 그들은 내가 있다는 걸 전혀 모르는 눈치요."

"왜 아직까지 집에 있어요? 벌써 오래 전에 집밖으로 달아났을 줄 알았는데."

"어디로 가야 할지 결정 못했거든. 중국은 너무 멀고. 범죄자 식민지인 뉴 사우스 웨일즈가 더 적당할지 모르겠어."

"베드퍼드셔는 어때요?"

그는 움직이지 않았다. 흐트러진 편지더미를 마냥 응시하며, 마음속으로는 오늘 아침에 느긋하게 나눴던 사랑, 창문을 두드리던 낮은 빗소리, 아내가 먼저 침대에서 빠져나가고, 자신은 잠깐 졸다가 베개와 침대보와 자신의 피부에 남은 그녀의 향기에 취해 깨어났던 상황을 떠올렸다.

"그래요, 당신이 열의를 보일 거라 기대하진 않았어요. 하지만 난 이제 당신 아내예요. 새 가족과 만나야 할 시기죠. 앞으로 며칠 동안 이 집은 정신 없을 테니까, 여길 떠나 가족과 인사할 수 있다면 일석이조가 될 거라고 생각했어요."

"할 일이 있다면서."

그가 아주 조용하게 말했다. 이젠 어젯밤의 기억이 떠올랐다. 속옷 하나만 달랑 걸친 아내를 보았을 때, 여자의 알몸을 처음 본 소년처럼 입이 바짝바짝 말랐었다. 그런 걸 수백 번 보았던 비어 에인즈우드가.

"<아르고스> 일을 마무리짓고 있었을 뿐이에요. 이제 나는 에인 즈우드 공작 부인이에요. 책임을 적절히 수행할 작정이에요. 그럴 마음으로 결혼을 받아들였어요. 최소한 우리 중 한 명은 결과를 생 각했던 거죠."

"그럼 마음대로 하시오."

그가 책상에서 일어나 문으로 향했다. 침착하게 의자를 치웠다.

"난 베드퍼드셔에 안 가."

그가 문을 열고 나갔다.


리디아는 그의 뒤로 쫓아 나갔다. 그가 뛰듯이 복도를 걸어가고 있었다.

복도에서 일하는 하인들이 쳐다보든 말든, 그녀가 소란스럽게 그 의 뒤를 따라갔다

그러다 그가 현관문을 여는 순간에 양동이를 집어들고 그 안의 내용물을 그에게 던졌다.

놀란 비명이 합창소리처럼 일어났다.

갑자기 세상이 쥐 죽은 듯 고요해졌다.

에인즈우드는 꼼짝 않고 서 있었다. 더러운 비눗물이 머리에서 목으로 어깨로 흘러내리고, 그의 코트를 거쳐 문지방으로 뚝뚝 떨 어졌다.

아주 천천히, 그가 돌아섰다.

"어머나."

그녀가 말했다.

그의 초록색 눈이 하인들을 훑어보았다. 두 손으로 입을 가리고 있는 하녀들과 입을 쩍 벌린 하인들이 있었다. 충격으로 마비된 극

적인 장면이었다.

그는 자신의 젖은 옷을 내려다보고는 다시 리디아에게 시선을 옮겼다.

그의 입이 벌어지고, 다음 순간, 커다란 웃음이 터져 나왔다. 양탄자 없는 복도에 웃음소리가 쩌렁쩌렁 울렸다. 그가 문틀에 기댄 채 어깨를 떨며, 무슨 말인가 하려고 했다. 그러나 끅끅 소리만 나올 뿐이었다.

마침내 그가 말을 했다.

"고맙소, 부인. 아…… 아주 개운했소."

몸을 세우고 하인들을 쳐다보았다. 이제 그들은 서로 당황스레 쳐다볼 만큼 정신이 들었다.

"먼지가 말끔하게 씻긴 것 같군. 옷을 갈아입어야겠소."

그래요, 갈아입는 게 낫겠어요, 리디아가 그를 쳐다보며 생각했다. 그가 물을 뚝뚝 떨구며 그녀를 지나쳐 복도로, 계단 위로 어슬렁어슬렁 올라갔다.


에인즈우드 공작은 시종의 끊임없는 잔소리와 불평과 조롱을 수상쩍을 만큼 온순하게 견뎌 냈다.

목욕하고 옷을 입은 후, 공작은 오랫동안 거울에 비친 자기 모습을 살펴보았다.

"자네가 신경을 너무 많이 썼군. 창문으로 나갈 때 어차피 망가질 텐데."

"제가 감히 한 말씀 드려도 될까요? 현관문은 전혀 이상 없이 작동된답니다."

제인스가 대꾸했다.

"물벼락만 맞고 끝난 게 다행이지. 그 여자가 또 무슨 시도를 할지 상상이 안 가."

"감히 저의 소견을 말씀드려도 된다면, 나리가 이 집에서 나가시는 데 마님께서 무슨 반대할 이유가 있었을까 심히 의심스럽군요."

"그럼 왜 날 막았을까?"

"나리를 막으신 게 아닐 겁니다. 감정을 표시하신 거죠."

공작이 흘깃 그를 쳐다보고, 두 손을 뒷짐 지으며 창으로 걸어 갔다.

"제가 솔직히 말씀드려도 된다면, 나리는 아주 분통 터지게 하는 분입니다."

"알아."

"나리가 주무실 때 마님이 죽이신다 해도, 놀랄 사람 하나 없을 겁니다. 대영제국의 배심원들 중에서 마님에게 즉시 무죄를 선고하 지 않을 사람도 없을 테고요. 오히려, 마님은 영국 최고의 훈장을 받으실 겁니다."

"알아."

제인스는 주인이 발끈하기를 기다렸다. 하지만 공작은 창 밖을 내다볼 뿐이었다.

제인스는 한숨을 억누르며, 공작의 주머니 시계와 애지중지하는 작은 상자를 가지러 의상실로 들어갔다. 딱 2분 뒤 그가 침실로 돌아왔을 때, 창문은 열려 있었고 주인 나리는 사라진 뒤였다.

목을 길게 빼고 쳐다보니, 높은 덤불 사이에서 밤색머리가 눈에 띄었다.

"또 모자를 안 쓰셨군. 차라리 그게 나아. 어차피 잃어버리실 게 뻔하니까."

날이 서늘하고 축축한 게 비가 올 듯했다. 그래서 그는 상자와 주머니 시계를 창턱에 내려놓고 창을 닫았다.

"비에 젖은 상태로만 돌아오셔도 아마 기적일 거야."

군시렁군시렁 주인 나리의 돌아오실 모습을 예상하느라, 제인스 는 창턱에 놔 둔 물건들을 까맣게 잊어버리고 침실을 나섰다.

윗분들을 다뤄 본 경험이 많은 '룬델과 브리지' 상점의 점원들은, 코끼리 새끼만한 덩치의 검은 매스티프가 엄청나게 덩친 큰 귀족 남자와 함께 등장했음에도 놀라움이나 당황한 기색을 보이지 않았다.

"빌어먹을 녀석. 트렌트한테 달려갈 때하고는 왜 이리 딴판이냐, 수잔?"

비어가 가죽끈을 잡아당기며 투덜거렸다.

수잔은 느릿하게 문지방을 넘어 쭈그리고 앉았다. 커다란 머리에 앞발을 대고, 순교자 같은 한숨을 내쉬었다.

"내가 억지로 데려왔나? 네가 불쌍하게 낑낑거렸잖아."

비어가 옷을 갈아입으러 올라간 사이에 그 개가 도착했던 모양이었다. 정원에 나왔을 때, 개줄을 입에 물고 배회하는 녀석을 발견했다. 그가 머리를 토닥여 주고 문으로 향하자, 수잔이 졸래졸래 따라오며, 문을 닫으려 하자, 낑낑대기 시작했다.

비어가 다시 녀석을 다그쳤다.

"문 앞을 막았잖아. 일어나, 수잔. 일어나!"

점원들이 괜찮다고 합창을 했다.

"그게 문제가 아니야. 이 녀석이 날 돌아 버리게 하려고 일부러 이러는 거야. 녀석이 세인트 제임스 스퀘어에서부터 내내 달려왔을 거라 생각하겠지? 흥, 마차 안에서 내리 잠만 잤어."

점원 중 젊은 남자가 카운터에서 걸어나왔다.

"이게 공작 부인의 매스티프, 맞죠? 문을 지키고 있나 봐요. 나리를 지켜 주려고요."

비어가 개를 쳐다봤다가 점원을 보았다.

남자가 고개를 숙였다.

"나리, 결혼을 진심으로 축하드립니다."

다른 사람들도 웅얼웅얼 축하인사를 했다.

비어는 갑자기 넥클로스가 꽉 죄어들며, 가게 안이 더워지는 기분이었다.

"싸구려 장신구를 사고 싶소. 내 아내한테 줄 것으로."

싸구려라는 말이 이 가게에 어울리는 단어는 아니었지만, 점원은 불만스런 티를 내지 않았다.

"알겠습니다, 나리. 이쪽으로 오시겠습니까?"

그가 비어를 개별실로 안내했다.

10분 후, 수잔이 어슬렁어슬렁 들어와 비어의 발치에 앉았다.

두 시간 후, 비어는 발가락이 마비된 채 상점을 나섰다. 조끼 주머니에는 작은 꾸러미가 들어 있었다.

그는 가게 창에서 후다닥 물러나 골목으로 들어가는 여자를 보지 못했다. 수잔이 누굴 노려보는 건지, 아니면 억지로 움직이게 해서 심술을 부리는 것인지 알지 못했다.

골목 모퉁이에서 내다보는 코럴리 브리스에 대해서도 알아차리지 못했다. 당연히, 그 여자의 마음에 휘몰아치는 살인적인 분노도 알 리 없었다.

리디아가 상자를 발견한 건 초저녁이 다 되었을 때였다.

이때쯤 에인즈우드가 개를 데리고 외출했다는 걸 알았다. 수잔에게 먹이를 주려고 정원에 나갔던 밀리가 때마침 에인즈우드와 매스티프의 동반 외출을 보았다고 했다.

리디아는 침실에서 저녁을 먹기로 했다. 그곳이 그나마 두꺼운 먼지로 뒤덮이지 않은 공간이었기 때문이다. 베스가 식사를 갖고 들어와서, 나리가 침실 창문으로 나가셨다는 정보를 전해 주었다.

"제인스 씨가 화를 내더라고요. 새 코트를 입고 창을 넘어 가신 것 때문에. 아, 다른 사람들한테는 말 안 했어요. 나리가 한밤중에 같은 길로 들어오실 때 마님이 놀라시면 안 되니까, 그래서 말씀드리는 거예요."

베스가 나간 후, 리디아는 창으로 다가갔다. 그때 작은 상자가 그녀의 시선을 끌었다. 노랗게 페인트칠한 창턱에서 작은 상자가 까맣게 빛나고 있었다.

어제 에인즈우드가 주머니에 있는 물건 때문에 소란 피웠던 일이 기억났다.

다른 사람의 속사정을 캐내던 기자 정신이 발동했다. 호기심 많은 그녀가 상자를 열었다.

안에 몽당연필, 까만 단추, 머리핀과 흑단 토막이 들어 있었다.

상자를 닫고, 처음 있던 곳에 놓아두려 했다. 다시 그걸 들어올려 가슴에 눌렀다.

"아, 에인즈우드. 못 말리는 사람. 지독한 사람. 유품이로군요."


"너처럼 성질 부추기는 암컷도 세상에 없을 거다. 왜 이리 만사가 귀찮은 거냐?"

비어가 개 옆에 쪼그려 앉았다.

"비가 오잖아. 빗속에서 뭘 하려고? 크고 따뜻하고 보송보송한 집안을 다니며 하인들을 뛰어넘기도 하고 하녀들을 공포의 도가니로 몰아넣고 싶지 않니? 엄마도 거기 있어. 엄마 안 보고 싶어?"

개다운 낙담한 한숨이 대답이었다.

비어는 옆에 던져 놓았던 꾸러미들을 모아들고 집으로 성큼성큼 걸어갔다. 안에 들어서자마자 제인스를 불렀다.

"망할 놈의 개가 들어오질 않아."

수잔의 뒤처리를 제인스에게 넘기고, 비어는 계단을 올라가 침실로 들어갔다.

침대에 꾸러미를 던지고, 젖은 코트를 벗었다. 코트를 의자에 던지려고 돌아서다가 아내를 보았다. 벽난로 앞에 무릎을 두 팔로 감싸안은 채 앉아 있었다.

그의 심장박동이 세 배는 빨라진 것 같았다.

그는 그녀의 시선을 피하며 편안하게 숨쉬려 애썼다. 그녀의 앞에 쪼그려 앉아 어색하게 시선을 움직였다. 문득 잉크 얼룩진 그녀의 손가락 사이로 작은 상자를 보았다.

그가 눈살을 찌푸리며 그걸 쳐다보았다. 그 다음에 기억이 났다. 제인스. 저 상자.

"뭘 갖고 있지, 그렌빌? 성질 고약한 남편한테 먹일 독약인가?"

그가 태연하게 말했다.

"유품이에요."

"아니야."

그가 완강하게 말했다. 얼굴에 올라온 홍조가 거짓말이라는 걸 알려주는데도.

"난 주머니에 이것저것 넣고 다니는 게 좋아. 그러면 제인스가 미쳐 날뛰거든."

그녀가 미소지었다.

"당신이 당황할 땐 참 귀여워요."

"당황하다니. 개와 대화하면서 반나절을 보낸 남자가 당황할 게 더 있겠나."

그가 손을 내밀었다.

"이리 주시오, 그렌빌. 남자의 개인 소지품을 뒤지다니, 창피한 줄 알아야지. 내가 언제 당신이 일하는 곳에 몰래 들어가서 <테베의 장미> 다음 내용을 본 적 있던가?"

그의 손바닥으로 상자가 툭 떨어졌다. 그녀의 얼굴에 놀란 표정이 나타났다가 즉시 사라졌다.

"내가 장님인 줄 알아? 레이디 데인의 반지를 봤소, 커다란 루비, <테베의 장미>에 나오는 것처럼 대단하더군. 세인트 벨레어가 누굴까 궁금해한 적이 있는데, 재미있지 않나, 그 이름이 '벌리스터'와 비슷하다는 게? 오늘 내가 직접 알아봤소. 레이디 데인의 루비에 대해서. 정말 파라오의 무덤에서 나온 건지 확실치는 않지만 이집트에서 들어온 거라고 하더군."

기특하게도, 그렌빌은 그의 말을 모르는 척하지 않았다.

"어떻게 알았어요? 아무도 의심하지 않았는데. 예민한 프라이스 양도, 내가 그걸 고백했을 때 1분 이상 멍하니 쳐다보던데."

"지난번 내용을 보니, 디아블로가 나처럼 말하기 시작하더군."

그녀가 벌떡 일어나 걸어다니기 시작했다.

그는 머리 밑에 두 손을 깍지 끼고 양탄자에 드러누웠다. 그후에 옆으로 돌아누워 그녀를 지켜보았다. 그녀의 걷는 모습을 보는 게 즐거웠다. 자신감 있는 걸음걸이, 커다란 엉덩이가 살랑거리는 것만 아니면 남자 같아 보일 것이다. 하지만 그 엉덩이는 대단히 여성적이었다.

겉으로는 편안히 누워 있는 것처럼 보였지만, 그의 머릿속에는 파도에 실려 떠다니는 난파선 조각처럼 수많은 영상들이 오락가락 했다.

그는 수잔을 데리고 마셜시에 갔었다. 거기서 아이들을 보았다, 감옥을 떠날 수 없는 부모들 대신 심부름하러 종종걸음치는 아이들. 그리고 더 힘없이 돌아오는 아이들, 정문에 가까워질수록 아이들의 걸음은 질질 끌리다시피 했다.

아내가 그들 중 하나였다. 그리고 마셜시가 그녀에게서 훔쳐 갔던 걸, 그는 알았다.

'…… 새 가족과 만나야 할 시기죠.'

그녀가 베드퍼드셔에서 원하는 게 무엇인지 그는 알았다.

그녀가 의자에 털썩 내려앉았다. 팔걸이에 팔꿈치를 대고 손등에 턱을 괴고, 책망하는 눈으로 그를 쳐다보았다.

"이럴 순 없어! 당신은 항상 날 뒤집어 놔요. 마음이 풀어진다 싶으면 불쾌하게 하고, 불쾌하게 만든 후에는 또 마음을 흔들어 놓고. 어떻게 한 거죠? 내가 쓴 글을 하나하나 읽고 분석하고 해부했나요?"

그가 천장을 쳐다보았다.

"당신 마음 흔드는 방법을 알았으면, 괜한 돈 쓸 필요가 없었을 거요. 짜증스러운 수잔까지 데리고 다닐 필요도 없었겠지."

침묵이 흘렀다. 드디어 그녀가 침대에 있는 꾸러미들을 발견한 모양이었다.

그녀의 목소리가 불안정하게 흘러나왔다.

"나쁜 사람. 나한테 선물을 사 온 거예요?"

"뇌물이야."

그녀가 침대로 다가가 꾸러미를 물끄러미 내려다보았다.

"마구간으로 안 쫓겨나려고."

'룬델과 브리지'를 나온 후에, 그는 수잔과 같이 마셜시에 있는 수많은 가게를 돌아다녔다. 영양공급을 할 겸 잠깐 여인숙에 들렀던 게 휴식의 전부였다.

"당신, 정말로 내 마음을 못 읽는군요. 그런 생각은 스친 적도 없어요."

그가 일어나서 다가왔다.

"열어 보시오."


부드러운 가죽으로 장정된 공책, 섬세하게 은세공을 한 펜통, 그 통 밑에 부착된 잉크병. 신화의 그림들이 그려진 여행용 필기도구 상자. 그 상자 안에 펜, 잉크, 잉크 번짐을 막는 가루통, 그리고 작은 서랍에 봉함용 풀, 편지지, 주머니칼이 있었다.

"어머나."

포장지를 풀 때마다 리디아의 입에서 탄성이 흘러 나왔다.

"아, 고마워요."

어느새 그녀가 앉은 침대와 바닥에 포장지가 쌓였다. 그녀는 무릎에 필기도구 상자를 놓고, 작은 서랍들을 열었다 닫아 보기도 하고, 칸막이 뚜껑을 올려 내용물을 꺼냈다 다시 집어넣었다. 새 장난감에 홀린 아이처럼.

정말 아이가 된 기분이었다. 생일이나 크리스마스 때, 종조부에게 예쁜 신발과 옷, 때로는 귀걸이와 팔찌를 선물 받은 적이 있었다.

하지만 이것은 달랐다. 그녀가 일할 때 쓸 수 있는 소중한 장비들이었다. 말로 먹고사는 그녀가 할 말을 잃어버렸다.

"고마워요."

그녀가 다시 속삭였다. 그의 잘생긴 얼굴을 쳐다보며 다시 이성을 찾으리라는 희망을 포기했다.

그의 눈에 기쁨이 반짝였고, 입술이 그녀의 가슴을 따끈한 시럽으로 만드는 미소로 휘어졌다. 그건 반쯤 장난스럽고 반쯤 수줍어하는 소년의 미소였다.

"나의 하찮은 선물이 여왕폐하를 기쁘게 했나 보군."

그녀가 고개를 끄덕였다. 이 순간 말을 할 수 있더라도 감히 시도할 수 없었다. 엉엉 울어 버릴까 봐.

"그럼 최후의 일격을 준비하시오."

그가 조끼 주머니에서 또 하나의 꾸러미를 꺼냈다.

이번 선물은 자신이 직접 열었다. 그녀가 보지 못하게 돌아서서.

"눈 감아 봐. 그 상자는 내려놓고. 훔쳐 가지 않을 테니까."

그녀가 상자를 내려놓고 눈을 감았다.

그가 그녀의 오른손을 잡아 네 번째 손가락에 반지를 끼웠다. 매끄럽고 차가운 느낌. 그녀의 손이 바르르 떨렸다.

"이제 눈떠도 돼."

짙고 선명한 파란색의 사파이어였다. 단순하게 커트 된 직사각형으로 양쪽에서 다이아몬드가 반짝거렸다. 그녀의 신체 다른 부분처럼 그리 가냘프지 않은 손이 아닌 다른 손에는 어울리지 않을 만큼 커다랬다.

그녀의 눈에서 눈물이 흘러내렸다.

바보같이 굴지 마, 그녀가 자신에게 호통쳤다.

"너무나…… 예뻐요. 그리고 이런 거 가져올 필요 없었단 말은
못하겠어요. 그런 기분이 아니니까. 동화 속 공주가 된 것 같아요."
그가 그녀의 머리에 입술을 눌렀다.
"베드퍼드셔에 같이 갑시다."

# 16

비어는 구겨진 종이 뭉치에 둘러싸여 서재 책상에 앉아 있었다. 토요일 아침, 마스 경에게 편지를 쓰려고 애쓰는 중이었다. 그게 어려운 일이 될 건 아니었는데, 그렌빌이 사교적으로 쓰라고 하는 바람에…….

그게 무슨 뜻인지, 원.

아내를 찾아 정확한 뜻을 물어 봐야겠다고 생각하는 순간, 그녀가 문을 열고 들어왔다.

"마스 경이 오셨어요. 분위기로 봐서, 심상치 않은 상태인 것 같아요."

잠시 후, 그들 셋이 서재에 모여 앉았다.

마스 경은 수염도 깍지 않은 채 피곤과 먼지에 쩔어 있었다. 그가 불쑥 입을 열었다.

"아이들이 가출했소. 제발, 그 애들이 여기 있다고 말해 주시오. 엘리자베스와 에밀리가 안전하다고."

비어가 멍하니 그를 쳐다보았다.

그렌빌이 와인을 한 잔 가득 채워서 마스 경에게 건네주었다.

“앉으세요. 마음을 가라앉히세요.”

그가 어깨를 축 늘어뜨리며 의자에 쓰러졌다.

“여기에 없는 게로군. 그럴까 봐 두려웠어. 그래도 희망은 있었는데.”

*두려웠어. 희망. 그 애들이 여기 있다고 말해 줘. 안전하다고*

방이 어둡게 오그라들었다가 다시 커지는 듯했다. 비어의 안에서, 무언가 커다랗고 묵직한 게 뭉치기 시작했다.

“무슨 소리요? 아이들을 제대로 못 챙긴 거요?”

마스가 창백하게 굳은 얼굴로 일어섰다.

“난 그 아이들은 내 자식처럼 아꼈소. 하지만 나의 애정, 나의 관심은 아무 소용이 없었던가 보오. 난 당신이 아니었거든.”

그가 주머니에서 구겨진 종이를 꺼내 탁 던졌다.

“자. 아이들이 쓴 내용을 직접 읽어보시오. 당신이 무시해 왔던 아이들. 당신이 한마디 건네주지 않고, 한번 찾아 주지도 않고, 쪽지 한 장 보낸 적 없고, 당신에겐 죽은 거나 다를 바 없었던 아이들. 그런 그들이 내 집의 안락함을 박차고 나갔소. 사랑과 보살핌이 있는 곳에서 떠나갔단 말이오. 당신, 자기 후견인에 대한 애정 때문에.”

“마스 경, 부디 진정하세요.”

그렌빌이 마스 경을 자리에 앉히고 다시 술잔을 쥐어 주었다.

비어는 쪽지를 읽었다. 겨우 몇 줄이었다. 하지만 심장을 쿡쿡 찌르는 단검 같았다. 그가 아내를 바라보았다.

“아이들이 우리 결혼식에 오고 싶어했어.”

그녀가 쪽지를 받아 얼른 읽었다.

술을 약간 들이킨 마스는 혈색을 되찾고, 계속 말을 이었다. 아이들이 월요일 동트기 전에 출발한 게 틀림없다. 처남들과 같이 아침부터 아이들을 찾아 나섰지만 출발한지 몇 시간밖에 안 되었을 텐데, 흔적을 찾을 수 없었다.

그들을 보았다는 사람이 아무도 없었다. 마차 여인숙에서도, 필히 거쳐갔을 중간 지점에서도. 립훅에 도착했을 리는 없다. 그가 마을과 근처를 샅샅이 뒤져보았다.

마스가 작은 초상화 두 개를 꺼내 서재 테이블에 놓았다.

"이렇게 예쁜 아이들인데, 어떻게 사람들 눈에 띄지 않았겠소?"

비어는 작은 그림을 내려다보았다. 그의 입술에는 수치가, 가슴에는 차가운 추가 내려앉았다. 그는 그들을 알아보았을 것이다, 그래, 그들에게 찰리의 모습을 보았을 것이다. 하지만 그는 그들을 몰랐다. 그들의 목소리도 몰랐다. 말을 건네 본 적도, 그들의 말을 들은 적도, 관심을 기울인 적도 없었으니까.

그런데 그들이 사랑과 보호가 있는 곳에서 도망쳤다. 그의 결혼식을 보겠다는 일념으로. 쪽지에 이렇게 쓰여 있었다.

우린 후견인이 행복해지길 바래요, 그 점을 분명히 해야겠어요, 아빠라면 결혼식에 꼭 가셨을 거예요,

비어는 아내의 목소리에 정신을 차렸다.

"마스 경이 조금 쉬시는 동안 당신은 준비를 하세요. 친구들에게 전갈을 보내세요. 모을 수 있는 한 많은 사람을 동원하세요. 하인들 반을 데려가세요. 나머지 반은 내가 데리고 런던 근교를 찾아볼게요. 하녀들도 몇 명 데려가세요. 여자들은 남자가 보는 시각과 다르니까. 나도 내 정보원들에게 연락할게요."

그녀가 마스 경에게 돌아섰다.

"경께서는 부인에게 연락을 보내셔야 할 거예요. 문제를 해결하는 중이라고 안심시켜 주세요. 좋은 소식을 보낼 수 있을 때까지 기다리고 싶겠지만, 그분으로서는 아무 것도 모르는 채 기다리는 게 더 끔찍할 거예요."

마스 경이 대답했다.

"마음이 넓으시군요. 나 자신이 부끄럽소. 우린 당신에게 반대하기로 합의를 보았다오. 귀족 태생이 아니라서. 스캔들 때문에."

"내 아내는 벌리스터의 후손, 데인의 사촌이오. 그렇다면 당신은 벌리스터를 냉대한 것이오."

마스가 힘없이 고개를 끄덕였다.

"오는 중에 들었소. 헛소문인 줄 알았는데, 방금 전에 아니라는 걸 깨달았소."

그가 일어나서 빈 잔을 조심스레 내려놓았다. 그의 손이 떨렸다.

"잠을 거의 못 잔 터라, 처음에는 내 눈을 의심했다오. 유령이 나타난 줄 알았소. 하지만 3대 데인 후작, 그 사람과 똑같소. 놀라울 만큼 닮았소."

그가 미소를 지으려 했으나, 그리 성공적이지 못했다.

"잘 보셨군. 아이들을 찾지 못하면, 이 여자는 복수의 여신이 될 것이오. 내가 방에 데려다 주겠소. 당신은 씻고 먹고 잠깐 잠을 청하시오. 그래야 머리가 제대로 돌아갈 테니까."

비어가 마스의 팔을 잡았다.

"갑시다. 그렌빌이 부대를 집결시킬 거요. 아내가 조직에 나설 때는 멀리 떨어져 있는 게 최선이오."


데본, 애스코트.


"프라이스 양, 당신은 슬쩍 빠져나가는 재주가 있나 봅니다, 이렇게 큰 저택에서야 쉬운 일이긴 합니다만. 숙녀들의 편의를 위해 마차가 있어야겠어요. 하지만 당신이 날 피한다는 사실을 아무도 부인할 수 없을 겁니다."

버티가 엄격한 시선으로 덧붙였다.

"그건 그리 유쾌하지 않습니다. 특히 당신이 내가 하려는 말을 알고, 난 이리저리 뒤지고 다녀야 할 때는, 그렇잖아요?"

"어머나."

그녀가 두 손을 쥐어짰다.

"당신은 나한테 불쾌한 말을 하기 싫은 겁니다. 날 조금도 좋아하지 않아요, 그렇죠?"

그녀의 얼굴이 체리 빛으로 붉어졌다.

"전 당신을 아주 많이 좋아해요."

"그렇다면 우린 잘 어울릴 거예요, 그렇게 생각지 않나요?"

그녀는 무력하게 애스코트의 음악실을 둘러보았다. 트렌트 씨에게 몰려 이곳에 단 둘이 들어서게 되었다.

오늘은 일요일, 여기 도착한 어제부터 그의 노력은 쉴 새가 없었다. 그는 하루 더 시도했다가, 그후에 어디서든, 주위에 누가 있든 청혼할 작정이었다. 어쨌거나 이 지구상의 어떤 일도 데인이나 제시카에게 충격을 주지 못할 터였다.

"무릎을 꿇고 청혼해야 하나요, 프라이스 양? 내가 당신을 얼마나 좋아하는지 말해야 할 모양이군요, 장님과 귀머거리에게도 그것이 명백할 텐데."

그녀의 눈이 놀라움으로 커졌다.

"어머나, 제발 무릎은 꿇지 마세요. 전 지금도 매우 당황스러워요. 이렇게 겁쟁이처럼 굴면 안 되는 건데, 에인즈우드 공작 부인이 대단히 실망하실 거예요."

"겁쟁이? 맙소사, 날 두려워하는 건 아니겠죠?"

"물론 아니에요."

그녀가 안경을 벗어 소맷자락으로 닦은 뒤에 다시 썼다.

"제가 당신을 기만하려는 게 아니었다는 걸 이해해 주시리라 믿어요. 사실, 저의 성은 프라이스가 아니라 프리듀예요. 탐신 프리듀. 고아도 아니에요. 부모님 모두 살아계세요 콘월에. 하지만 견딜 수 없는 상황이 생겨서 그분들을 떠나와야 했어요. 난 도망쳐

나왔어요. 공작 부인만이 진실을 알고 계세요.”

“아.”

그가 당황했다. 하지만 빨리 그런 느낌을 지워야 한다고 느꼈다. 자신이 이해해 줄거라 믿는 그녀를 실망시키고 싶지 않았다.

“견딜 수 없었다고요? 그렇다면 뛰쳐나올 수밖에 달리 어쩔 수 있었겠습니까? 나도 그랬어요. 나의 숙모가 여자 상속인들을 집에 데려오거나 그들이 있는 곳으로 날 쉴새 없이 끌고 다녔지요. 그들에게 문제가 있는 건 아니지만, 남자는 한 여자를 좋아하거나 좋아하지 않거나 둘 중 하나잖아요. 난 좋아하지 않는 쪽이었어요. 그들의 마음을 다치게 하고 싶지도, 숙모의 잔소리를 듣고 싶지도 않아서, 난 도망쳤답니다.”

그가 눈살을 찌푸렸다가 다시 밝아졌다.

“나도 이름을 바꿀 걸 그랬군요. 그 생각을 못하다니. 참 영리해요. 프리듀 아니 프라이스. 토마시나, 탐신. 탐신에서 토마시나로. 생각해 보니, 난 탐신이 더 마음에 들어요. 꼬마요정의 이름 같잖아요?”

그녀가 잠시 그를 응시하다가, 피식 미소지었다. 진짜 꼬마요정 같아 보였다.

“그럼 ‘네, 좋아요’라는 건가요? 레이디 트렌트가 되어 줄 수 있다는 건가요?”

“당신이 다른 걸 신경 쓰지 않는다면요.”

그녀가 안경을 고쳐 썼다, 비뚤어진 것 같지도 않은데.

“우린 부모님에게 의지할 수 없어요. 당신도 그렇고, 나도 공작 부인에게 지참금을 받을 수 없어요. 하지만 난 큰돈이 필요치 않아요, 트렌트 씨.”

“버티라고 불러 줘요.”

그녀가 입술을 깨물었다가 조그맣게 말했다.

“버티.”

"아, 아주 듣기 좋군요."

그가 더 기분 좋은 상황을 연출했다. 그녀를 품에 안아 머리가 어질어질할 때까지 키스했다.

아직 결혼하지 않았다는 걸 의식하지 않았다면, 어지러운 상태 이상으로 넘어 갔을 것이다. 아직 결혼하지 않았다는 건, 좋든 싫든, 참아야 한다는 뜻이었다. 하지만 필요 이상으로 결혼식을 미뤄야 한다는 뜻은 아니었다. 그래서 버티는 미래의 신부 손을 붙잡고 데인을 찾으러 갔다. 한시라도 빨리 그 미래를 만들기 위한 도움을 받기 위해.


애스코트가 영국에서 제일 큰 저택에 속하긴 하지만, 그들은 멀리 갈 필요가 없었다. 데인이 그들을 찾고 있었기 때문이다. 그들은 웅장한 계단에서 그와 마주쳤다.

버티가 말했다.

"데인, 우리 결혼하기로 했어요."

"기다려야겠어. 방금 에인즈우드에게 편지를 받았는데, 그의 피후견인들이 사라졌대. 자넨 프라이스 양을 모시고 런던에 가서 내 사촌을 도와주게."

상황을 간단히 설명한 후에 그가 탐신에게 돌아섰다.

"이런 부탁을 해서 미안하오. 내 아내는 본인이 '조심스런' 상태가 아니라 생각할지 모르지만, 나로선 휴식기도 없이 긴 여행을 다시 떠나게 할 수가 없소. 리디아 옆에 도와줄 친구가 있으면 마음이 한결 편해질 거요."

"그럼요, 당연히 제가 도와야죠. 한 시간 내로 짐을 꾸릴게요."

탐신이 서둘러 달려갔다.

데인이 말했다.

"행복해지길 바라겠네, 트렌트. 그녀가 너의 무얼 보고 승낙했는지 도저히 감이 안 잡히지만. 그런 수수께끼를 풀 시간이 없군. 에인즈우드에게 도움이 필요해. 그후에 늘씬하게 패 줘야겠어.”

데인이 계단을 올라가며 말을 이었다.

“그놈한테 피후견인이 또 있는지는 몰랐어. 그런데 찰리가 죽은 뒤에 그들이 마스 부부와 같이 살고 있었다더군. 염병할 자식! 난 제시카한테 듣고 나서야 알았어. 누가 살고 누가 죽었는지 알지도 못하게, 장례가 많았어. ‘엘리자베스가 대체 누구야?’ 내가 물었더니, ‘우리가 결혼하기 일 년쯤 전에 죽은 남자아이의 누이에요.’라고 하더군. ‘그 누이는 죽었잖아. 내 친구 워델이 묻힌 직후에. 내가 분명히 말로리가의 장례식장을 여러 군데 다녔단 말이오.’라고 내가 고집했더니, ‘그때 죽은 사람은 남자아이의 모친이에요.’ 제시키가 말하더군. ‘그럼 내 비서가 그 녀석 편으로 마지막 추모장을 보낸 사람은 대체 누구야?’ 난 알고 싶었어. 그 위의 누이였다는군.”

이때쯤 그들은 버티의 방이 있는 손님용 별관으로 접어들었다.

“그런데 그 아이 누이가 둘이나 살아 있었대. 마스의 아홉 아이들과 지금 뱃속에 든 다른 아이와 같이 살고 있었던 거야. 마스 부인은 45세 밖에 안 됐거든.”

후작이 버티의 침실 문을 열었다.

“나한테 말했어야지, 에인즈우드 자식.”

“나한테도 아무 말 안 했어요.”

버티가 따라 들어가며 말했다.

“너한테는 말 안 해도 돼.”

데인은 복도로 나가서 시종을 소리쳐 부른 다음 다시 들어왔다.

“난 결혼한 지 6개월이 지났어. 언제든 그 아이들을 데려와서 여기 살게 할 수 있었어. 여기에 공간이 부족한 것도 아니고. 제시카도 좋아했을 거야. 게다가 그들은 찰리의 딸이야. 나의 가장 멋진 친구. 얼간이 친구 놈이 나한테 드디어 연락할 맘을 먹었을 때, 난 장례식에 참석하려고 파리에서 부리나케 달려왔어. 하지만 내가 그 소식을 들었을 때는 이미 찰리가 땅에 묻힌 지 일주일이나 지나고 난 뒤였어."

그가 버티의 가방을 찾아 침대로 던졌다.

그때 앤드류가 도착했다. 하지만 데인이 그를 내몰았다.

"여긴 내가 맡을 테니, 자넨 내 짐을 싸. 마님이 필요한 걸 알려 줄 거야."

앤드류가 나갔다.

데인이 옷장에 있는 걸 죄다 꺼내며 계속 말했다.

"찰리의 장례식 때 나도 있었어야 했어. 에인즈우드 옆에 있었어야 했어. 그럴 때 진짜 친구가 필요한 거야. 에인즈우드 옆에는 찰리의 누이와 그 남편들밖에 없었어. 적어도 이번에는 부탁을 하는군. 도와 달라고. 틀림없이 내 사촌이 한 일일 거야. 넌 프라이스 양을 데려가서……."

버티가 끼어 들었다.

"사실은 프리듀 양이에요."

"어쨌거나."

데인은 침대에 옷가지를 쌓아 놓은 다음, 서랍에 있는 조끼들을 끄집어냈다.

"네가 할 일은, 그녀를 런던에 데려가서 너도 거기 머무르는 거야. 내 사촌이 하라는 대로만 해. 리디아는 런던을 알아. 내무부 장관보다 뛰어난 정보망이 있어."

"아이들이 런던에 올 거라고 생각해요? 집에 갔을지도 모르잖아요."

"그럴 수도 있겠지. 문제는 집이 어디냐, 그거야."


비어는 열대 우림처럼 빽빽한 숲 속을 헤치고 지나갔다. 어딘가에서 뻗어 나온 뿌리들이 그의 발을 잡아챘다. 그는 쓰러졌다가 다시 일어나 계속 걸었다.

추웠다. 매섭게 춥고 깜깜했다. 달빛 한 점, 별빛 한 줄기 스며들지 않았다. 어디로 가는지 알 수 없었다. 맹목적으로 공포에 질린 아이의 비명소리를 따라갈 뿐이었다.

셔츠가 식은땀으로 흠뻑 젖었다.

"내가 갈게."

입을 움직여 보았지만, 소리가 나오지 않았다. 아이는 그의 말을 들을 수 없었다. 알지도 못할 것이다. 비어가 자신을 버렸다고 생각할 것이다.

그렇지 않아. 난 버리지 않았어. 절대. 절대로.

하지만 그는 찰리의 아들을 버렸다. 그를 바보와 겁쟁이들에게 남겨 놓았다.

그래서 지금 벌을 받는 것이다. 숨이 막혔다. 아이가 숨막혀 하고 있다. 죽음의 디프테리아가 그의 몸 속에 번지고 있다.

손이 대리석에 닿았다. 그 위를 더듬어, 손잡이를 찾았다. 그게 움직이지 않았다. 잠겨 있었다. 그는 문을 두드렸다. 꿈쩍도 않는 철문을.

안 돼!

자물쇠를 잡아당겨 비틀었다. 육중한 문을 밀어젖히고 소리나는 쪽으로 달렸다. 소리가 흐릿해지고 있었다.

촛불 두 개가 관 양쪽에서 타올랐다. 그는 뚜껑을 밀고, 수의를 찢어발겨, 소년을 들어올렸다.

하지만 그가 안은 건 차가운 안개였다. 희미한 그림자가 사라져 갔다.

"안 돼. 안 돼! 로빈!"

비어는 자신의 비명소리에 깨어났다.

가슴에 베개를 움켜쥐고 일어나 앉았다. 손이 떨리고 있었다. 몸이 축축했다. 뺨으로 물기가 흘러내렸다.

베개를 내려놓고 얼굴을 닦았다.

그는 창가로 걸어갔다. 창 너머로 어둠과 안개가 무거워 보였다. 창을 열자, 작은 빗소리가 들렸다. 밝아 오는 햇살의 흔적 하나 없었지만, 공기에 새벽 기운이 실렸다.

목요일. 소녀들이 실종된 지 일주일이 지났다. 아직도 그들의 흔적을 찾지 못했다.

그는 세수하고 혼자서 옷을 입었다. 제인스가 런던의 구석구석, 골목골목을 잘 알고 있었으므로, 암흑가 어디라도 들어가 섞일 수 있을 터라서, 그렌빌의 휘하에 남겨 놓았다.

암흑가에 대해서는 생각하고 싶지 않았다. 많은 가출한 아이들처럼, 자신의 피후견인들이 그리로 굴러 들어갔으리라는 생각 자체를 거부했다.

비니거 야드에서, 그렌빌이 포주를 체포하여 영국 지배계급으로서의 의무를 다해 달라고 부탁했는데, 그는 코럴리를 놓아주었다. 다른 소녀들을 먹이로 삼으라고.

토요일 이후로 수치심이라는 무거운 짐을 안고 지냈다. 거기에 또 하나가 추가된들 그 무게를 느낄 수 있을까.

그는 그렌빌이 건네준 필기도구 상자를 꺼냈다. 종이를 꺼내고 잉크병을 열고, 펜을 들었다.

보고서를 써야 했다.

그렌빌은 스스로를 장군으로 지명했다. 런던이 사령부였고, 그녀의 '부관들'은 하루에 두 번 보고해야 할 의무가 있었다.

수색 부대는 런던에서 최대 80킬로미터 반경을 돌기로 했다. 그 중에서 50킬로미터 이내 마차가 다니는 주요 루트가 집중 수색 대상이었다. 데인은 에세터와 사우드햄프톤 루트를 맡았고, 비어와 마스는 바스, 스트라우드, 글로스터 길이 만나는 메이든헤드에 있었다.

비어는 전날의 수색과 오늘 일정들을 보고서로 작성했다.

"우린 밀리를 따로 활용하기로 했소. 그녀는 자기 루트에서 벗어

나는 경향이 있지만, 소문을 두루두루 모아들이오. 아직 중요한 내용은 없지만, 평민들이 우리보다 그녀와 더 편하게 대화할 수 있소. 그래서 어제, 그녀에게 마차와 마스의 하인을 조달해 주었소. 어젯밤에 우리에게 돌아오지 않았지만, 장정이 하나 붙어 있으니 별일 없으리라 믿소. 단서를 찾고 있을 거라고, 나 자신에게 말하는 중이오. 결실이 있기를 진심으로 바라오.”

자기가 쓴 글을 보며 그는 눈살을 찌푸렸다. 차갑고 형식적이었다. 하지만 사실을 다 쓴 것은 아니다.

그가 일어나서 방을 걸어다니다가 다시 앉았다. 새 종이를 꺼내 다시 펜을 들었다.

부인,
하루에 두 번 나는 당신에게 편지를 쓰오. 그리고 우린 아직 아이들을 찾지 못했소.

그런데 그들의 동생이 여기 있구려. 난 그를 피하지 않고, 함께 여행했소, 로빈과 나.

보는 곳마다, 그 아이와 함께 보았던 곳이오.

난 그 녀석을 내 머리에서 지우려고 노력했소, 술과 창녀와 싸움으로, 그 아이와 관련된 모든 것 모든 사람을 피해 왔소.

그런데 당신이 내 인생에 들어온 후로, 이런 겁쟁이 같은 도피가 끝났소. 베드퍼드셔에 가자고 했을 때가 마지막 일격이었소. 난 당신이 무얼 원하는지 알고 있었소. 나에겐 책임져야 할 두 아이들이 있었소.

당신은 프라이스 양과 베스와 밀리를 받아들인 것처럼 그 아이들도 데려오고 싶어했소. 당신이 그들 셋을 직접 선택했다는 걸 아오, 신중하게 골랐겠지. 그렇지 않았으면 런던의 모든 부랑아와 고아들이 소호 스퀘어의 당신 지붕 아래 우글거렸을 테니.

레이디 데인이 데인의 사생아를 데려오도록 했던 일이 생각나더군. 데인이 책임져야 할 아이라는 이유로. 난 당신의 책임감이 그녀보다 더 유연할까 의심스러웠소.

남자가 피할 수 없음을 안다 해도, 그것이 싸움 없이 받아들일 거라는 뜻은 아니오. 특히 당신과 결혼한 남자는.

이제 난 내 어리석음의 대가를 치르오. 만약이라는 가정으로 나를 힐난하며 수 시간을 보내오. 나와 결혼함으로써 당신이 얻게 될 이득에 대해서 구구절절 늘어놓았던 그 말들은 매우 어리석었소. 나에게 보살펴야 할 두 소녀가 있고 그 아이들을 위해 당신 도움이 필요하다고만 하면 되었던 것을.

하지만 난 그들을 생각하지 못했소. 로빈을 지운 것처럼 그들도 내 머리에서 지워 버렸소. 찰리는 가장 소중한 선물, 자기 자식들을 나에게 맡겼는데, 그런데 난…… 그의 믿음을 저버렸소. 나에게 바로잡을 기회가 있기를 간절히 기도할 뿐이오.

리디아는 화장대에 앉아 에인즈우드의 편지를 읽었다. 벌써 열 번째였다. 탐신이 수색 부대의 움직임을 따라잡을 수 있도록 첫 번째 장을 내주고, 다음 장은 서재에서 그녀 혼자 읽었다. 그후에도 짬짬이 시간을 내서 다시 읽었다.

그날 도착한 두 번째 편지는 평소와 다를 바 없었다. 그의 행적에 대한 보고일 뿐이었다.

그 편지에 답장을 쓰기는 쉬웠다. 그녀는 달리 전할 내용이 없었고 다만 새로운 제안을 했다. 하루에도 몇 번씩 도착하는 도로시어의 편지에서 알게 된 내용을 근거로, 아이들이 가져간 소지품에 대해 알려주었다.

그녀는 수색 부대에게 그들이 안경을 쓰고 있을 거라고 전했다. 하녀를 데리고 여행하는 젊은 과부나, 가정교사로 보이는 젊은 여자를 찾아보라고. 런던의 정보원들에게 같은 연락을 보냈다.

에인즈우드에게만큼은 '내가 당신 곁으로 갈게요.'라는 답장을 쓰고 싶었다. 하지만 그럴 수 없었다. 탐신에게 모든 일을 맡기는 건 무리였다. 수색 궤도를 추적하고 메시지에 답하는 일만으로도 잠잘 시간이 부족했다.

가지 못하는 대신에 리디아는 남편에게 편지를 썼다.


사랑하는 비어,

당신 혼자 모든 책임을 지려 하지 말아요. 도와주는 사람들이 많잖아요. 우리 함께. 믿어 봐요.

도로시어의 편지를 읽고 나니, 당신의 피후견인들이 그녀의 눈을 속일 수 있었다는 게 놀랍지 않더군요. 하지만 25년 동안 의회에 몸담고 있었던 마스마저 속아넘어갔다는 걸 어떻게 이해해야 할지 모르겠어요.

여하튼, 그들이 마스의 눈을 피할 수 있었다면, 마차꾼, 여인숙 주인, 순진한 마을 사람들보다 훨씬 지략이 뛰어나리라 의심치 않아요. 용기를 내세요. 내가 지금껏 알게 된 바에 의하면, 그들은 대단한 아이들이에요. 그들과 함께 살게 될 날을 고대하고 있을게요.


로빈에 대해서 쓰기는 더 힘이 들었다. 하지만 그녀는 계속 써 나갔다.


당신이 로빈의 유령에 대해서 쓴 말을 나도 이해할 수 있어요. 나 또한 15년 동안 사라의 유령과 함께 다녔죠. 다시 만날 때, 우리 함께 얘기해요.

지금은, 만약이라는 가정을 밀어 두고, 로빈과 함께 주위를 살피세요. 이건 명령이에요. 그들은 로빈의 누이에요. 어쩌면 그의 눈으로 주위를 둘러보면, 그들을 볼 수 있을지 몰라요. 당신은 6개월 동안 그와 같이 지냈어요. 도로시어의 편지로 알게 된 일이죠. 로빈이 돌아왔을 때, 거의 알아보지 못할 만큼 변했다고 하더군요.

나쁜 사람, 무슨 수법을 가르친 건가요? 기억해 보세요, 로빈이 누이들에게 그걸 가르쳐 주지 않았을까요? 그들이 감쪽같이 사람들을 속이며 미소짓고 있지 않을까요?

그녀는 편지를 보내고 나서도 초조했다. 로빈에 대한 얘기를 쓰기까지 비어가 얼마나 고통스러웠을지 알았다. 너무 오랫동안 지워 버렸던 고통이기에 더 심했을 것이다. 그가 힘들게 한 고백을 자신이 가볍게 받아들인 것처럼 보일 수도 있었다. 하지만 그녀가 눈물 젖은 감상으로 답한다고 해서 그에게 무슨 도움이 될 것인가?

리디아는 옳은 일을 했다고 생각했다. 비어가 로빈으로 인해 비통해 하고 있지만, 지금 제일 걱정하는 건 엘리자베스와 에밀리였다. 유익한 방향으로 그의 생각을 돌리는 게 나았다.

그는 쓸모 없는 동정이 아니라, 할 일을 찾고 싶을 것이었다. 지금은 아이들을 찾는 게 무엇보다 시급했다. 다른 건 모두 부차적인 문제였다.

그녀는 편지를 챙겨 두고, 탐신에게 그만 자라고 설득하기 위해 아래층으로 내려갔다. 버티 트렌트는 수잔을 데리고 야간순찰을 나갔다. 하이드 파크 턴파이크와 듀크 스트리트 사이 지역을 돌아볼 예정이었다.

만약 아이들이 어두워진 후에 돌아다닐 만큼 어리석다면, 수잔을 피하기 힘들 터였다. 레이디 마스가 소녀들이 떠나기 전날 입었던 옷을 보내 준 덕분에, 수잔은 그들의 냄새를 알았다. 수잔도 자신의 임무를 잘 아는 듯했다. 여자들이 지나갈 때마다 킁킁거린다고 버티가 말해 주었으니까.

버티는 리디아가 지시한 모든 일과 마찬가지로 대단히 부지런했다. 그녀가 불현듯 생각나는 아이디어를 큰소리로 중얼거리기만 해도, 그는 '내가 처리할게요.'라고 말하며, 정말로 자신이 처리했다. 게다가 야간순찰을 끝내고 집에 돌아왔을 때 다음날을 위해 자러 갈 만큼 현명했다. 하지만 탐신에게는 자라고 잔소리를 해야만 했다.

리디아가 계단 밑에 내려설 때쯤, 노크소리가 들리고 하인이 문을 열었다.

에인즈우드의 연락책이라는 걸 알아보자마자, 그녀는 마차로 달려가 편지를 받았다. 서재로 달려가며 봉투를 뜯었다.

　부인,
　현명한 제안을 해 준 당신에게 축복이 있기를. 밀리를 나에게 보내 준 것도 그에 못지 않소.
　그녀는 북쪽으로 다니던 참이었고, 당신의 편지를 읽었을 때 난 로빈과 함께 여행한 곳이 생각났소. 에일즈버리에서 멀지 않은 쿰 힐에 올라갔던 일이. 얘기하자면 길고 복잡하니 간단히 쓰겠소. 밀리는 에일즈버리 근처에서 아이들이 며칠 묵었던 여인숙을 찾아냈소. 에밀리가 배탈이 났었다 하오. 토요일에 다시 떠날 때는 꽤 건강이 회복되었다더군.
　일요일에, 그들은 리스버로우에 있었소. 에밀리는 남자아이 옷으로 갈아입고 갈색 드레스를 남겨 두었소. 그 옷을 교회의 자선 바구니에 넣어 두었더군. 밀리가 목사 부인과 얘기해서 확인한 내용이오.

남자아이의 옷에 대한 설명이 뒤를 이었다.

그는 그들이 남쪽으로 향한다고 했다. 비어와 마스가 수색했던 마차 길이었지만, 이번에는 젊은 여자와 남자아이를 탐문해야 할 것이었다. 편지를 다 읽고 나서, 리디아가 탐신에게 핵심 사항을 알려주었다.

"하인들을 깨워야겠어. 모두에게 알려야 돼. 그 애들이 에인즈우드보다 얼마나 앞서 갔을지 알 수 없어. 벌써 런던에 들어와 있을 수도 있고, 조만간 들어올지도 몰라. 모두들 빈틈없이 대기해야 돼."

"설명문은 내가 베껴 쓸게요. 몇 줄밖에 안 되니까. 연락책 한 명당 한 부씩, 그래야 애써 기억할 필요 없어요. 많이 졸릴 거예요."

"너도 마찬가지야. 하지만 지금은 어쩔 수 없겠어. 커피 한 주전자 보내 줄게."


농부 아저씨가 엘리자베스와 에밀리를 코벤트 가든에 내려 주었다. 6시를 알리는 교회 종소리가 몇 분 전에 울렸을 뿐인데 벌써 그곳은 깨어 있는 듯했다.

농부는 돈을 받지 않으려 했다. 어차피 방향이 같았던 데다, 자기 사과가 맛이 좋아서 돈을 많이 벌게 될 거라고 했다. 그 말이 맞는 듯했다.

어슴푸레한 새벽을 뚫고 과일 행상들의 수레로 달려오고 있었다. 엘리자베스가 잠이 덜 깬 동생을 땅으로 내릴 때쯤에는 벌써 흥정이 시작되었다. 엘리자베스는 들어주지도 않는 농부에게 여러 번 감사 인사를 하고, 사람들의 어깨와 팔꿈치를 피해 가며 에밀리를 이끌어 나갔다.

"이제부터 어려울 거 없어. 세인트 제임스 스퀘어는 여기서 가까워."

어느 방향인지 모른다는 게 문제지만, 그녀가 속으로 덧붙이며, 토끼 사육장 같은 시장 통을 휘 둘러보았다. 태양 빛은 없는 거나 마찬가지여서 도움이 되지 않았다. 나침반을 가져왔더라면 좋았을 걸. 하지만 그때는 깊이 생각할 겨를이 없었다. 2~3일 여정이 8일간의 긴 여행으로 변하게 될 줄은 생각도 못했다.

돈이 충분치 않아, 오는 도중에 소지품을 팔거나 교환해야 했다. 그조차도 애초에 많지 않았지만. 이제 그들은 기운 없고 배가 고팠다. 농부 아저씨의 권유로 사과를 먹었지만, 겨우 몇 개였을 뿐이었다. 고마운 분의 소득을 줄이고 싶지 않았다.

이제 곧 끝날 거야, 엘리자베스가 생각했다.

드디어 그들은 런던에 입성했다. 세인트 제임스 스퀘어로 가는 방향을 알아내기만 하면…….

그때 에밀리가 비틀거리며 그녀에게 기댔다. 옆에서 날카로운 목소리가 소리를 쳤다.

"어머, 어린애가 아픈가 봐. 도와줘, 넬."

엘리자베스는 동생을 붙잡을 시간이 없었다. 한순간에 모든 게 잘못되었다. 야한 빨강머리 여자가 에밀리를 끌고 가는 중이었다. 주위의 군중들 틈으로, 팔 하나가 비집고 들어와 엘리자베스의 팔뚝을 힘껏 죄었다.

"괜찮아, 아가야. 아무 말하지 마. 비명도 지르지 마. 조용히 따라와. 넬리가 화나면 네 친구의 목이 끊어질 거다."

# 17

거리의 부랑아 톰은 그 둘을 자세히 보지 못했다. 수레가 도착했을 때 사과가 떨어진 걸 보고 다가갔을 뿐이었다. 그때 나이든 쪽이 예쁜 발목을 살짝 보이며 내렸다. 보이는 나이와 다르게, 빠르고 가벼운 움직임이었다. 그는 이상한 느낌이 들어서 더 자세히 보려고 노력했다.

키 큰 쪽이 주위를 둘러보며 당황하는 듯했고, 작은 쪽의 아이는 얼굴이 하얗게 질려 있었다.

그 순간, 눈 깜박하는 사이 그들이 코럴리 브리스와 그 하수인에게 이끌려 토우 스트리트로 들어갔다.

톰은 자신 생각이 맞는지 틀리는지, 코럴리가 데려간 자들이 그렌빌이 찾고 있는 그 사람인지 생각할 틈도 없었다. 일단 쫓아가 보지 않으면 알 수 없는 일이었다. 놓치는 것보다 따라가 보는 게 나으리라. 그래서 그는 머뭇거리지 않고, 당장 그 뒤를 쫓아 달렸다.

코럴리가 아무리 멍청해도, 여자와 남자쯤은 구별—입은 옷에 상관없이—할 수 있었고, 상류층의 억양도 알아차릴 수 있었다. 그녀는 구석에서 기다리고 있던 마차 안으로 포로들을 밀어 넣으며 이 사실을 알아차렸다.

나이든 쪽이 코럴리의 칼날을 조심스레 응시하며 말했다.

"몸값을 노리는 모양인데, 에인즈우드 하우스로 우릴 데려가서 당신이 구출했다고 하는 게 나을 거예요. 그러면 원하는 보상을 얻을 수 있을 거예요."

여자 애가 에인즈우드의 이름을 들먹이지 않았다면, 코럴리는 마차를 세워 가차없이 둘을 걷어차 냈을 것이다.

그녀의 원칙은 아무도 신경 쓰지 않는 여자 애들만 납치하는 것이었다. 세력 있는 가문의 여식을 잘못 건드렸다가는 법의 강제력이 동원될 테고, 보상금이 나붙기 때문에, 자기 보호 본능이 있는 포주라면 귀족의 여식을 유괴하지 않았다.

보상금 때문에 제 어미나 자식을 배신하는 인간들이 얼마나 많은가. 돈이 걸리기 때문에 상류 계급에 대한 범죄가 더 빠르게 해결되는 것이다. 런던의 경관들은 죄인의 고백이나 제보를 바탕으로 수사했다. 범죄자의 심리에 대해 그리 영리하지도 않았다.

코럴리의 지적 능력이 그리 높은 편은 아니지만, 잡히지 않을 만큼은 교활했다. 잘못 건드리면 안 될 위험한 여자이기도 했다. 말썽부리는 여자 애들한테 잔인한 처벌을 가하고, 배신하거나 도망친 자들은 붙잡힌 후 사지가 잘려 죽었다. 지금까지 살아서 빠져나간 여자는 아네트가 유일무이했다. 그건 그녀가 돈과 보석을 수중에 지녔기 때문이었다.

조시아와 빌이 돌아오지 않는 걸 보면, 그 얼간이들한테 뇌물을 먹였거나 파리에서 같이 일하자고 꼬드겼을 것이다.

이게 다 에인즈우드 공작 부인 때문이라고 생각했다. 그러니 공작의 피후견인인 듯한 여자 애들을 잡았다는 걸 알았을 때, 코럴리가 마차에서 둘을 쫓아내지 않은 건 당연했다.

에인즈우드 하우스에 뭔가 문제가 생겼다는 소문을 들었었다. 공작이 다급하게 집을 떠났다고.

그녀는 집세를 내지 않고 프랜시스 스트리트를 떠나와야 했기 때문—이 또한 영악하게 공작을 홀린 꺽다리 때문이었다—에, 최근 몇 주 동안 죽은 듯이 숨어 지냈다.

하지만 며칠 전에 도망치려던 계집애 하나를 죽이고, 술기운에 다른 계집애 하나를 불구로 만들어 버렸기 때문에 여자 두 명이 부족했다. 그건 돈 들어올 구멍이 줄었다는 뜻이었으므로, 좋든 싫든 오늘 아침 일찌감치 보충 인력을 찾으러 나선 것이었다.

그러나 이제 더 이상 그런 건 필요하지 않았다. 글쟁이 암캐에게 복수하고, 그와 동시에 한몫 잡을 건수가 생긴 것이다. 그녀는 듬성듬성 박힌 누런 이를 드러내며 교활한 미소를 지었다.

"에인즈우드 공작은 여기 없어. 가출한 여자 애들을 찾으러 간 것 같던데? 너희 말이야. 그런데 내가 찾았으니 얼마나 다행이냐. 세상엔 '찾는 사람이 임자다.'라는 말을 좋아하는 사람들이 있단다. 그 사람들이 가출한 애들한테 어떻게 하는지 아니?"

나이든 쪽이 작은 쪽을 바짝 끌어당겼다.

"알아요. <아르고스>에서 읽었어요."

"그럼 얌전하게 착하게 굴어야 한다. 말썽부리지 말고."

그녀가 창 쪽을 턱으로 가리켰다.

"여기가 어딘지 알겠냐? 고상한 데는 아니야. 내가 문을 열고, '예쁜 계집 둘이 있는데, 누구 사가실라우?'라고 말하기만 하면, 너희는 끝나는 거야."

넬이 고개를 기울이며 속삭였다.

"그런 거 싫지? 잡지에서 읽은 건 진짜의 반에 반도 안 돼. 더 끔찍한 일들이 널렸어."

코럴리가 말했다.

"내가 안전한 데로 데려다 줄게. 얌전히 있어. 그러면 너희를 데려가라고 연락하마. 빠르면 빠를수록 좋겠지. 제 밥벌이 못하는 계집애들을 뭐에 쓰겠냐?"

톰은 한동안 그들의 뒤꽁무니를 쫓았다. 하지만 사람과 마차 사이에서 그들을 한번 놓친 후 다시 흔적을 찾을 수 없었다.

몇 시간이나 지난 후에 그는 리디아에게 보고했다. 두 사람의 옷과 체구를 설명했을 때 그들이 엘리자베스와 에밀리라는 게 확실해졌다. 리디아는 그들을 잡아간 사람이 코럴리가 아닐 거라 믿고 싶었지만, 그 점을 의심하기 힘들었다. 이 근방에서 그 포주를 모르는 부랑아는 없었다.

톰이 요기할 수 있게 부엌으로 보낸 뒤, 리디아는 에인즈우드에게 연락책을 급파했다. 수색을 중지하고 급히 런던으로 돌아와 달라고 전했다.

그 다음에 탐신과 버티와 함께 작전을 짰다.

지금까지, 그들은 수색 건에 대해 최대한 신중을 기했다. 두 소녀가 가출한 게 알려지면, 사교계에서 평판이 나빠질 것은 물론이고, <아르고스>의 그렌빌을 미워하는 적들이 엘리자베스와 에밀리를 이용해서 복수하려고 찾아 나설 수도 있는 일이었기 때문이다.

하지만 불행히도, 에인즈우드의 피후견인들이 적의 손아귀에 들어갔다.

"선택의 여지가 없어요. 그들을 안전하게 데려오는 자에게 큰 보상금을 주겠다고 공지해야겠어요. 탐욕이 복수심보다 강하길 바라는 수밖에."

그녀와 탐신이 공지문을 작성하고, 버티가 <아르고스> 사무실로 그걸 가져갔다. 맥거윈이 공지 전단을 인쇄해 줄 것이다.

버티가 외출한 후에, 리디아는 개별 정보원들에게 코럴리의 은신처를 찾아 달라고 연락을 띄웠다. 할 일을 다하고 그녀가 탐신에게 말했다.

"경찰에 기대할 순 없어. 며칠 전에도 코럴리가 부리던 여자 시체가 강에서 나왔지만, 범인을 잡지 못했어. 인력에 한계가 있기 때문이기도 하고, 그런 일에는 재정적인 지원이 없거든."

탐신이 대꾸했다.

"소굴을 어디로 정했든, 분명히 런던 안에 있을 거예요."

"문제는 런던이 한번 숨었다 하면 찾기 힘든 곳이라는 거야."

리디아가 하인을 불러, 보닛과 재킷을 챙겨 오라고 했다.

"외출하실 건 아니죠? 혼자 찾아 나서는 건 아니시겠죠?"

탐신이 소리쳤다.

"보 스트리트에 갈 거야. 직접 얘길 해 봐야겠어. 단서라는 걸 모르는 단서가 그들한테 있을지도 몰라. 남자와 여자는 세상을 바라보는 시각이 다르거든. 남자들은 자기 코앞에 있는 것도 못 알아 봐."

베스가 외출복을 들고 나타나자, 리디아는 옷을 걸친 후 탐신을 바라보았다.

"코럴리는 정당하게 게임할 생각이 아니야. 그럴 마음이었으면, 지금쯤 연락해 왔을 거야."

"몸값 말씀이군요."

리디아가 고개를 끄덕이며 주머니 시계를 꺼냈다.

"정오가 지났어. 그 여자는 새벽 동트기 전에 우리 애들을 데려 갔어. 이리 데려와서 자기가 구출한 척하며 보상금을 요구할 수도 있었는데, 왜 여태껏 데리고 있는 걸까? 즉시 애들을 넘기면, 그 여자를 고소할 근거가 없어. 오히려 보상금을 받았을 거야. 그게 현실적인 행동이야. 그렇게 하지 않는다는 건, 복수를 노리고 있다 는 뜻이겠지. 여기 앉아서 그 여자한테 선수를 내주진 않겠어."

이동 지점을 계속 알리겠다는 약속을 남기고, 리디아는 보 스트 리트로 출발했다.

버티 트렌트는 <아르고스>의 작은 사무실에 앉아, 광고 전단이 인쇄되길 기다리는 중이었다. 그동안, 자신의 양심과 불쾌한 싸움을 벌이고 있었다.

런던으로 돌아오는 길에, 탐신이 자기 이야기를 들려주었다. 버티는 그녀가 가출한 것을 탓하지 않았다. 그녀의 어머니가 정신이 올바르지 않은 건 확실했고, 아버지는 일을 핑계로 딸을 돌보지 않았다.

하지만 가정사가 복잡해질 때 남자는 갈피를 못 잡고 헤맬 수 있는 종족이었다. 여자들 때문에 미쳐 버릴 수도 있었다. 버티 자신도 누이 때문에 꼭지가 돌아 버릴 뻔한 적이 여러 번이었으니까. 하지만 누이에게 무슨 일이 생긴다면 매우 가슴이 아플 것이다.

남자들은 어떻게 처리해야 할지 모를 복잡한 일이 생기면, 제일 간단한 방법으로 무시해 버리고 만다. 멀리 떨어져서, 불쾌한 꼴을 아예 쳐다보지 않는 게 제일 낫다고 생각한다. 하지만 그것이 남자에게 아무 감정이 없다는 뜻은 아니다.

프리듀 씨는 집에서 얼마나 심각한 일이 벌어졌는지 모를 수도 있다. 그걸 알았다면, 지금쯤 죽도록 딸의 생사를 걱정하고 있을 것이다. 에인즈우드의 피후견인을 만나 본 적 없는 버티조차 그들을 걱정하고 있지 않은가.

데인도 심란해 했다. 그 소식이 전해진 날, 데인이 보인 행동으로 알 수 있었다. 그가 그렇게 주절주절 얘기하는 건 생전 처음 보았다. 쉴 새 없이 하인들에게 명령하며 뛰어다니게 하던 대마왕이 버티의 짐까지 직접 싸 주었다.

결론적으로, 프리듀 씨는 지금 자기 딸이 극악무도한 악당일 수 있는 남자와 같이 미국으로 도망쳐서, 당할 수도 있는 끔찍한 일들을 상상하고 있을지 모른다.

버티는 그런 상상을 하기 싫었다. 하지만 상상이 됐다. 시간이 지날수록 그의 양심이 점점 크게 비명을 질렀다.

그는 심란한 마음으로 책상 위에 있는 잉크병과 펜, 연필, 종이를 바라보았다.

탐신에게 먼저 물어 봐야겠지만, 그녀는 지금 생각할 게 너무 많았고, 그녀의 양심이 지금 자신의 양심처럼 고생하기를 바라지 않았다. 게다가 남자가 자기 양심을 믿을 수 없다면, 누가 무엇이 그를 믿어 주겠는가? 옳은 일이 있고 그른 일이 있는 법이다. 그의 양심은 이 순간, 매우 분명하게 사리 분별을 했다.

버티는 깨끗한 종이를 꺼내, 잉크병을 열고 펜을 들었다.


에인즈우드 하우스를 출발한지 몇 시간 후, 리디아는 치안판사의 사무실 마당에서 늙은 여자의 시체를 바라보며 서 있었다.

강 속에서 시체를 찾는 리버 파인더가 어제 찾아낸 시체였다. 며칠 전 강에서 끌어낸 젊은 창녀와 상처가 매우 흡사한 시체가 나왔다는 걸 보 스트리트에 갔을 때 알았다. 지금 그 시체는 얼굴이 칼로 베이고, 목에 깊이 교살 당한 흔적이 역력했다.

벨 경관이 리디아에게 물었다.

"코럴리의 솜씨 같지요?"

"그래요. 하지만 평소에 죽이던 대상이 아니군요. 왜 미친 노파를 죽였을까요?"

"미쳐요? 이 여자가 미쳤는지 어떻게 압니까?"

"내가 어릴 적에 봤을 때는 미쳐 보였어요. 옆에 사람이 없는데도 혼자 싸우곤 했죠. 아이들은 그 여자가 익사한 유령들한테 소리치는 거라고 생각했어요."

"그래도 알아보다니 놀랍군요. 강 속에 오래 있은 건 아니지만, 칼이나 유리 같은 것에 난도질을 당했는데."

"몇 개월 전에 래트클리프에서 창녀들을 인터뷰할 때 봤거든요. 야하게 염색한 빨강머리였고, 손목에 거뭇한 반점이 있었어요. 내가 아는 이름은 '미친 도리'에요. 하지만 도리가 진짜 이름인지는 몰라요."

"그 정도도 낫죠. 정체를 알 수 없는 여자보다 미친 도리에 대해서 알아내기가 더 쉬울 테니까요."

그가 시체 위로 담요를 덮었다.

"하지만 공작 부인에게는 별 도움이 안 되겠군요. 이 여자는 코럴리가 공작의 피후견인들을 잡아가기 전에 죽었습니다."

시선을 드는 순간, 그는 혼자 말하고 있다는 걸 알았다.

공작 부인은 이미 가고 없었다.

"에인즈우드 부인?"

그가 입구 쪽으로 달려갔다. 해가 아직 저물지 않았는데, 안개로 인해 사위가 음침했다. 대답소리가 들리지 않았다. 자갈에 닿는 흐릿한 발자국 소리뿐이었다. 그가 그 쪽으로 서둘러 갔다.


방금 돌아온 에인즈우드 공작은 매우 반갑지 않은 소식을 접하고, 소리쳤다.

"아내가 이스트 엔드에 혼자 갔다고? 정신이 있어, 없어? 그렌빌이 어떤 여자인지 몰라? 빌어먹을 주머니 시계만 갖고 강도 일당을 전멸시킬 수 있다고 믿는 여자야. 수잔도 안 데리고 갔잖아."

"으르릉!"

수잔이 말했다.

비어가 개를 노려보았다.

"왜 주인을 혼자 보냈냐, 이 멍청한 개야?"

탐신이 입을 열었다.

"리디아가 나갈 때 수잔은 버티와 같이 있었어요. 치안판사 사무실에 들르겠다고 했어요. 하인과 마부를 데려가셨으니까 별일 없을 거예요. 무모하게 행동하지 않으실 거예요."

"한심하게 속았군."

비어가 쿵쿵거리며 현관문으로 향했다. 하인이 열어 주기도 전에 직접 문을 열어 젖혔다. 앞에 서 있던 경관을 밟고 지나갈 뻔했다.

비어가 그 남자에게 말했다.

"내 아내의 연락을 가져왔다고 말하는 게 좋을 걸. 치안판사 사무실에 조용히 앉아 있다고 말하는 게 신상에 좋아."

경관이 대답했다.

"죄송합니다, 나리. 저도 그런 연락을 가져왔다면 좋았을 겁니다. 그러지 못한 건 저의 불찰입니다. 제가 그분과 같이 있었죠. 잠시 다른 데를 쳐다보았을 뿐인데, 공작 부인이 사라지셨습니다. 걸어서 말입니다. 그분의 마차를 찾긴 했는데, 안에 안 계셨습니다. 뭔가 짚이는 데가 있으셨던 모양입니다. 저도 그걸 알아낼 수 있을까 해서 여기 온 겁니다."

리디아가 치안판사 사무실에 없다면 어디 가서 찾아야 할지, 비어는 도대체 알 수가 없었다.

하지만 마음을 진정시켰다, 적어도 겉으로는 그런 척했다. 그리고 경관을 안으로 초대했다.

벨 경관이 간결하게 상황을 설명했다. 공작 부인이 미친 도리에 대해서 뭔가 더 알고 있는 듯하다고 말했다.

"제가 더 여쭙기도 전에 몰래 빠져나가셨습니다. 코럴리가 그 노파를 죽인 거라면, 증거 상으로는 그런데 그 이유가 궁금하지 않을 수 없습니다. 공작 부인께서 해답을 아시는 것 같습니다. 노파가 포주를 협박한 게 아닐까요? 숨어 있는 곳을 불어 버리겠다고 하지 않았을까요? 아니면 비밀을 발설하는 실수를 저질렀는지도 모르죠."

탐신이 나섰다.

"아니면 코럴리가 좋아할 만한 은신처를 확보하고 있었는지 몰라요. 리디아가 정확한 행선지를 알고 있었던 게 분명해요 그렇지 않고서야 그렇게 급히 달려갔을 리 없어요. 그런데 왜 약속한 대로 행선지를 알리지 않았을까요?"

비어는 아내가 연락하지 않았던, 아니면 연락할 수 없었던 이유를 생각하고 싶지 않았다. 오늘 하루는 그야말로 최악이었다. 출발할 즈음에 마스가 마차에서 내리다 넘어져서 발목을 삐었다. 그래서 여인숙에 남아야 했다.

또 런던에서 16킬로미터 지점쯤 왔을 때는, 술꾼이 몰던 마차 때문에 말 한 마리가 다리를 다쳤다. 결국 비어는 다음 지점까지 걸어가서, 말 한마리를 빌려 타고, 남은 거리를 질주해 왔다. 그리고 마침내 집에 도착했을 때는, 아내가 없다는 걸 발견했다.

런던으로 돌아오는 내내, 왠지 불안을 떨칠 수 없었다. 아내가 그에게 돌아오라고 했다. 아내에게 그가 필요했다. 그래서 최대한 빨리 돌아왔다. 로빈이 병들었다는 연락을 받았을 때처럼.

너무 늦었어. 너무 늦었어, 그 말이 머릿속에 후렴구처럼 반복되었다.

"나리?"

비어는 악몽에서 깨어나, 벨 경관에게 시선을 집중시켰다.

"제가 동료들한테 물어 봤는데, '미친 도리'라는 이름을 다들 모른다고 하더군요."

"리버 파인더…… 래트클리프 근처에서 마지막으로 보았다."

그가 머리를 중얼거리며 굴려 봤지만, 소용없었다.

"내가 거기서 그 여자를 봤더라도, 취해 있었거나 싸우느라 못 알아봤을 거야."

"제인스가 같이 있었으면, 알아봤을 지도 모르죠."

버티 트렌트가 말했다.

비어가 멍하니 그를 쳐다보았다.

버티의 말이 이어졌다.

"제인스가 런던에서 태어나 자랐다면서요. 그렌…… 아니, 공작 부인이 미친 도리에 대해서 들어봤다면, 제인스도 들어봤을 걸요. 한때는 꽤나 유명한 노파였던 것 같은데."

비어의 놀란 시선이 탐신에게 이동했다. 자기 약혼자에게 환한 웃음을 보내고 있었다.

"당신, 정말 똑똑하군요, 버티. 제인스를 왜 생각 못했을까?"

그녀가 자리에서 일어나 서재 테이블로 갔다. 깔끔하게 쌓인 서류더미에서 종이를 꺼냈다.

"제인스는 30분 후에 저녁 수색을 시작하기로 돼 있어요. 당장 출발하면, 피어케스 술집에서 만날 수 있을 거예요."

잠시 후, 세 사람과 개 한 마리가 집을 나섰다.


리디아가 하이 스트리트로 접어들었을 때, 거리의 부랑아 톰이 골목에서 불쑥 튀어나왔다.

"어디 가세요? 마차는 저쪽에 있던데요."

소년이 엄지손가락으로 뒤를 가리켰다.

"내가 가는 곳은, 마차로 갈 수 없어."

그녀가 조용히 덧붙였다. 런던 암흑가의 인물들은 몇 킬로미터밖에 경관이 나타나기만 해도 기가 막히게 알아차렸다. 순식간에 범죄자들은 사라지고, 그들을 알던 자들에게 전혀 들은 바 없는 인물로 바뀌었다.

지금 코럴리는 자기가 수배 당하는 걸 알 테지만, 안전하다고 생각할 것이다. 그 환상을 깨지 않는 편이 나았다. 평소에도 코럴리는 충분히 위험한 인물이었다. 궁지에 몰리면 미쳐 날뛸 것이다.

리디아가 톰에게 눈살을 찌푸렸다.

"프라이스 양이 날 따라가라고 했니?"

소년이 고개를 흔들었다.

"아뇨. 내가 생각했어요. 당신이 곤경에 처하면, 그건 내 잘못이니까. 내가 그들을 놓친 것 때문이니까."

"네가 애초에 그들을 발견하지 못했으면, 어딜 찾아야 할지 전혀 몰랐을 거야. 하지만 지금은 얘기할 시간 없어. 난 도움이 필요해.

도와줄 거지?”

그녀가 다가오는 마차를 불러, 래트클리프에 가자고 말한 다음 톰과 같이 올라탔다.

그녀는 상황을 설명하며 자신이 의심하는 바를 말했다. 코럴리가 미친 도리의 거처를 은신처로 잡았을 것이고, 미친 도리가 성가시게 굴자, 죽여서 강물에 던졌을 것이라고.

“그 집이 중요해. 고립돼 있어. 쥐들이나 좋아할 강변이야. 하지만 도리에게는 배가 있어. 그것도 중요해. 코럴리는 아마 몸값을 가져오라며 날 그리 불러들이려 할 거야. 물론 그건 함정이겠지. 아직 몸값 통지가 왔다는 소리를 못 들었으니까, 어두워질 때까지 기다리려는 속셈이야. 그럼 매복했다가 날 공격하고 도망치기가 쉬워. 배로 말이야. 그 여자가 예상치 못할 때 내가 들이닥쳐야 이길 가능성이 생겨.”

“내 생각에는, 당신이 결혼한 그 덩치큰 아저씨를 같이 데려가는 게 좋을 것 같은데요. 곤봉을 든 다른 덩치큰 아저씨들도.”

“내가 집에서 나올 때 공작은 아직 돌아오질 않았어. 언제 올지 몰라. 여하튼, 지금 연락해서 도착할 때까지 기다릴 시간도 없어. 벌써 어두워지고 있어. 코럴리의 허를 찌르려면 일 분도 낭비해선 안 돼. 우린 미친 도리의 집 근처에서 최대한 지원군을 모아야 돼.”

톰이 대답했다.

“거기 있는 애들 몇 명 알아요. 여자 애들도.”


그때쯤, 미친 도리의 지저분한 집에서 인질을 감시하고 있던 넬은 시간이 흐를수록 두려움에 빠졌다.

아네트가 없어진 후로, 넬이 코럴리의 오른팔이 되었다. 아네트의 예쁜 옷들, 아네트의 그리 예쁘지 않은 특별 손님들도 그녀의 차지였다. 특별 손님들이 기분 좋을 때는 두둑한 화대를 받아 반을 챙길 수 있었고, 기분 나쁠 때는 물론 덜 받아야 했다.

오늘 코럴리는 그녀에게 더 이상 일하지 않아도 된다고 약속했다. 거금을 챙겨서 파리로 갈 수 있을 거라고. 아네트를 잡아서 훔쳐 간 걸 되찾으면 더 부자가 될 거라고.

하지만 시간이 지날수록, 넬의 마음은 불안해졌다. 부서진 선창가에 묶여 있던 끈적끈적하고 지저분한 배에 올라탔을 때부터 내키지 않았다. 원래 배를 좋아하지 않는데다가, 강에서 시체를 끌어 올렸던 작은 배는 더더욱 꺼림칙했다. 집도 아주 더러웠다. 더구나 최근까지 사람이 살았던 흔적들이 보였다. 코럴리가 이런 집과 배를 어떻게 알아냈을까?

어둠이 내려앉으면서 군데군데 뚫린 틈새로 강바람이 불어 들었다. 코럴리는 여행에 필요한 물건을 싣기 위해 배로 내려갔다. 두 명의 귀족 여자들이 창고에 갇혀 있었지만, 아무 소리도 내지 않았기 때문에, 넬은 완전히 혼자 있는 기분이었다. 바람이 불 때마다, 사람의 신음소리처럼, 누군가 그 안을 걸어다니는 것처럼 집이 삐거덕 거렸다.

시체를 찾는 보상금 공지문들이 벽에 다닥다닥 붙은 것으로, 그 집이 리버 파인더의 집이라는 걸 알았다. 이 집에 시체들의 남은 부분이 널브러져 있었을 것이다. 죽음의 냄새가 나는 듯했다. 넬은 몸서리를 치며 책상에 있는 종잇장을 노려보았다.

코럴리가 몇 시간에 걸쳐서 낡은 전단 뒤에 자기의 요구사항을 적었다. 그 사이사이에 창고로 들어가, 에인즈우드 공작 부인이 말을 안 들을 경우에 인질들에게 가할 행동들을 신나게 알려주었다.

문제는 코럴리 브리스가 그 위협을 확실히 실천하리라는 거였다. 그녀가 여자 애들을 살려 둘 리 없었다. 그 일을 발설할 수 있는 사람을 뒤에 남기지도 않을 것이다. 자신은 몸값을 챙겨서 어둠을 틈타 배로 도망치면 그만이었다. 밀고할 수도 있는 인물을 살려둘 사람이 아니었다.

그때 문이 열리고 코럴리가 들어왔다. 넬의 보닛과 숄을 집어 그녀에게 던졌다.

"갔다 와. 10분 안에 와야 돼. 1분이라도 꾸물거리면 후회하게 만들어 줄 거야."

넬은 술집에 통지문을 가져가서 청소하는 아이한테 그걸 넘기고, 동전 몇 개 쥐어 주며 에인즈우드 하우스로 보내야 했다. 그 아이가 아무 것도 모르니, 그 집의 사람들한테 알려줄 것도 없었다. 우락부락한 경호원 믹이나 넬이 뇌물을 받아먹고 배신할까 봐 예방조치를 취하는 것이기도 했다.

넬은 천천히 보닛을 쓰고 끈을 묶었다. 천천히 숄도 걸쳤다. 문 밖에 나서는 순간부터 그녀에게 주어진 시간은 딱 10분이었다. 어느 쪽이 더 위험할지 결정할 수 없었다. 돌아와서 코럴리에게 생명을 맡기느냐, 아니면 믹이 쫓아오는 걸 감수하고 에인즈우드 하우스로 달려가느냐? 아니면 배를 타고 무시무시한 강에 운을 맡겨볼까?

문지방을 넘어설 때, 그녀는 마음을 결정했다.


빠르게 다가오는 발소리를 듣고, 리디아는 뒤집어진 배 뒤로 얼른 숨었다. 발소리가 도로로 이어진 길이 아니라 강 쪽으로 향하는 걸 알았다. 슬쩍 내다보니, 여자 하나가 썩은 선창을 목표로 바위를 기어오르고 있었다.

그녀는 창녀 한 명에게 빌린 단검을 빼들고 살금살금 다가갔다. 코럴리이길 빌면서.

미친 듯이 부두에 묶인 밧줄을 푸느라, 그 여자는 리디아의 접근을 알아채지 못했다.

리디아가 여자의 등에 칼을 들이댔다.

"소리치면 죽일 거야."

놀란 숨소리 한번을 내 쉬고는 아주 조용해졌다.

실망스럽게도, 코럴리가 아니었다. 길이 넓이 면에서 조금씩 부족했다.

그 여자는 넬이었고, 그 집에서 나왔다. 그렇다면 거기서 앞으로 일어날 일을 알고 있을 것이다.

리디아가 선창 밑의 돌 쪽으로 그녀를 이동시키며, 낮게 말했다.

"협조하면 피해가지 않도록 해 줄게. 여자 애들은 살아 있어?"

"네…… 네. 적어도. 내가 나왔을 때 까지는요."

"리버 파운더의 집에? 여기서 400미터 떨어진 거기?"

"네."

넬이 이를 달달거리며 떨어 댔다.

"코럴리가 그리 데려갔어요. 믹이 밖에서 망을 보고요. 난 몸값 통지를 보내고 돌아가야 돼요. 조금만 늦어도 날 찾으러 올 거예요."

"애들을 죽일 셈이겠지?"

"네. 당신도. 종이에 써 있는 대로 안 할 거예요. 당신을 기다렸다가 덮쳐서 죽이고 돈을 빼앗을 거예요. 돈을 빼앗고 나서 여자 애들도 죽일 거예요. 날 파리로 데려가겠다고 했지만 안 그럴 걸요. 배에서 처치해 던져 버릴 걸요."

넬이 흐느끼기 시작했다.

"잘못했어요. 나한테는 애들을 데려다 줄 거라고 했으면서, 안 그랬어요. 당신을 죽이고야 말겠대요."

리디아는 배를 풀어 하류로 흘려 보냈다. 다른 계획이 성공하든 못하든, 최소한 코럴리는 배를 타고 도망치지 못할 것이다. 그후에 넬에게 말했다.

"애들을 구해야 돼. 넌 따라오든지 아니면 '벨 앤 보틀'로 가. 거기 가면 안전할 거야."

"따라갈래요. 온전한 몸뚱이로 술집까지 못 갈 거예요. 믹이 얼마나 악독한데요."

그럼 믹을 먼저 처리해야겠군, 리디아가 결정했다.

빠르고 조용하게 해치워야 하리라. 쉽지 않을 것이다. 그녀의 지원군은 10살이 넘지 않은 부랑아 세 명과 지금까지 본 중에서 제일 형편없는 창녀 둘뿐이었다. 그 근방에 있는 다른 사람들은 너무 취했거나 몸이 못쓰게 됐거나 너무 악랄한 자들이었다.

이 순간, 에인즈우드를 옆에 데려다 놓을 수만 있다면 무엇을 주어도 아깝지 않을 텐데.

하지만 그는 없었다. 넬의 말대로, 코럴리가 몸값을 챙길 때까지 기다렸다가 엘리자베스와 에밀리를 처리할 계획이기를 바랄 뿐이었다.

리디아는 그렇게 희망하고 기도하며 미친 도리의 소굴로 넬과 함께 출발했다.


늙은 여자가 무슨 짓을 할 것인지 자세히 들었으므로, 엘리자베스와 에밀리는 문이 닫히는 소리가 들린지 얼마 지나지 않아 유리 깨지는 소리를 들었을 때 그게 무슨 뜻인지 알 수 있었다. 술병도 이미 보았다. 코럴리가 몇 번이고 휘둘렀으니까.

엘리자베스는 혐오감을 꾹 참으며, 썩은 짚더미 밑에 숨겨 놓았던 꿈틀거리는 자루를 집어들고, 속치마 조각으로 묶은 끈을 풀었다. 에밀리를 문 쪽으로 밀었다. 에밀리가 그 옆에 바짝 달라붙었다.

엘리자베스가 속삭였다.

"쓸데없는 짓말고, 그냥 달려."

입술을 깨물며 에밀리가 고개를 끄덕였다.

그들은 일 년 같은 2분 동안을 기다렸다. 문이 열리고 코럴리가 깨진 술병을 들고 들어섰다.

엘리자베스가 여자의 얼굴에 자루를 던졌다. 포주가 비명을 질러 댔다. 엘리자베스가 달려들어 마귀할멈을 쓰러뜨렸다. 에밀리가 문

밖으로 달아나고, 곧바로 엘리자베스도 일어나서 뛰쳐나갔다.

에밀리의 비명소리가 들렸다. 괴물 같은 믹이 쫓아가고 있었다. 포주의 고함소리도 들렸다.

그녀는 동생을 구하기 위해 힘껏 달렸다.


리디아는 믹을 따라잡으려 했다. 그 순간, 집에서 튀어나오는 코럴리를 보았다.

"넬, 톰…… 애들을 도와 줘."

지원군에게 명령을 내리고, 자신은 같은 방향으로 뛰어가는 코럴리를 쫓았다. 분이 날대로 난 이 여자가 믹보다 훨씬 위험했다.

그녀가 소리쳤다.

"포기해, 코럴리. 우리 수가 더 많아."

포주가 목소리 나는 쪽으로 돌아섰다. 순간적으로 멈칫하다가, 욕을 하며 방향을 틀었다. 이번에는 낡은 선창 쪽으로 달렸다.

리디아도 따라갔다. 하지만 거리를 두고 좀더 천천히 달렸다.

"배가 없을 걸. 넌 도망 못 가."

그래도 코럴리는 계속 달려, 미끌거리는 바위를 내려갔다.

"제기랄!"

그녀가 소리를 꽥 질렀다. 그보다 훨씬 낯뜨거운 욕설이 뒤를 이었다.

마귀할멈의 고함소리 너머로, 멀리서 매스티프의 으르렁 소리가 들려 왔다.

"하나님, 감사합니다."

리디아는 미끌거리는 바위에서 코럴리 브리스와 뒤엉킬 마음이 없었다. 넘어져서 머리가 깨지는 날에는 단검도 아무 소용없었다. 그래서 위쪽 길에 서 있었다.

"손에 쥔 거 내려놓으시지. 개 짓는 소리 들었지? 싸워봤자 소용없어. 수잔이 널 갈기갈기 찢어 줄 테니."

코럴리가 그때 움직였다. 길이 있는 위쪽이 아니라, 선창 아래로, 그리고 위로 올라가, 뒤집어진 배 쪽으로 향했다.

멍멍 소리가 점점 가까워졌지만, 수잔이 도착하려면 아직 몇 분은 있어야 했다. 그 몇 분 안에, 코럴리가 배를 뒤집어 강으로 밀어낸다면, 오늘밤의 이 사건으로 더 위험해질 게 틀림없었다. 기필코 분풀이를 하리라.

리디아는 더 망설일 새 없이, 마귀할멈 쪽으로 뛰었다.


비어와 그의 동료들은 비명소리를 알아차리는 즉시 소리나는 쪽으로 달렸다. 강 끝 부분에 가까워지자, 여자 뒤로 달려가는 커다란 덩치와 그 뒤로 달려가는 작은 조무래기들이 보였다.

그가 소리쳤다.

“엘리자베스! 에밀리! 이쪽이야!”

포악하게 짖어 대는 수잔의 소리 때문에 몇 번 더 목청을 높여야 했다. 수잔이 살인적인 기세로 끈을 잡아당기고 있었다.

하지만 마침내 그 소리가 전달되었고, 무리 전체가 잠깐 얼어붙는 듯하더니 흩어졌다. 두 개의 날씬한 형체는 그가 있는 쪽으로 향했다. 믹은 혼자 서서 미친 듯이 주위를 둘러보았다.

“저 놈을 잡아!”

비어가 명령하며 개 끈을 풀었다.

수잔이 믹을 향해 뛰었다. 강 쪽으로 달리는 남자의 다리를 물고 진흙탕에 쓰러뜨렸다. 그후에도 다리를 물고 늘어졌다.

비어는 자신의 피후견인들에게 달려갔다. 아이들이 믹과 수잔의 실랑이를 지켜보며 서 있었다.

“괜찮냐?”

어둠 속에서 그들의 얼굴을 분간하기 힘들었다. 하지만 얘기하려 애쓰며 그들이 내는 거친 숨소리를 들었다.

그가 양쪽 팔로 하나씩 꼭 끌어안았다. 그들이 그에게 축 기대며 썰물 냄새를 연상시키는 향기를 위로 올려 보냈다.

비어가 메이는 목으로 간신히 말했다.

"맙소사, 냄새 한번 고약하구나. 목욕한지 얼마나 됐냐?"

그는 그들의 대답을 듣지 못했다. 제인스와 버티에게 인질을 넘겨준 수잔이 다시 격렬하게 짖어 대고 있었다.

비어가 둘러보았다. 어두운 아지랑이 속에 몇 명의 형체가 보였다. 하지만 아내와 비슷한 형체는 없었다.

그가 소리쳤다.

"리디아!"

"으르렁!"

수잔도 외쳤다. 그러더니 서쪽으로 달렸다.

비어도 아이들을 풀어놓고 즉시 뒤쫓아갔다.


비어는 썩은 내 나는 싸늘한 안개와 어둠을 헤치고 달려갔다. 길이 보이지 않았지만, 무작정 개 짖는 소리를 따라갔다.

"리디아!"

또 한 번 소리쳤다. 하지만 점점 격렬하고 날카로워지는 수잔의 소리밖에 들리지 않았다.

바위에 걸려 균형을 잃을 뻔하다가 다시 정신을 차리고 달렸다. 그의 머릿속에 여러 영상들이 스쳐 지났다. 찰리, 로빈, 차가운 무덤, 살아 있는 얼굴. 안개 속으로 분해되어, 그림자로 사라진 사랑했던 사람들.

안 돼! 이번에는 안 돼. 리디아는 안 돼. 제발 하나님, 리디아는 안 됩니다.

검은 형체가 갑자기 눈앞에 들이닥쳤다. 뒤집어진 배라는 걸 뒤늦게 알아차리며, 거기 걸려 고꾸라졌다. 비틀비틀 일어나 다시 출발했다. 하지만 곧바로 멈춰 섰다.

3미터도 떨어지지 않은 곳에 뒤엉킨 형체가 있었다. 꿈틀꿈틀거리며 강으로 떨어지지 않으려 안간힘 쓰는 두 여자의 형체.

수잔이 앞으로 달려들었다가 물러났다. 달려들려다 물러나길 여러 번, 거칠게 짖으며 어찌할 바를 몰라했다.

비어도 마찬가지였다. 칼날의 번득임이 보였다. 그게 누구 칼인지 알 수 없었다. 아니면 둘 다 무기를 들고 있는 것인지. 자칫 잘못 움직였다가는 사랑하는 여자에게 그 칼날이 박힐 수도 있었다.

그가 마른 목을 가다듬고, 최대한 침착하게 말했다.

"장난 그만하시오, 그렌빌. 10초 안에 끝장 못 내면, 내가 끼어들 거요."

갑자기, 팔 하나가 튀어 오르며 칼날이 번득였다. 뒤이어 들리는 승리의 외침이 그의 심장을 차갑게 얼렸다. 아내의 목소리가 아니었다. 다른 소리가 들리고, 격한 움직임이 생겼다.

두 개의 엉킨 몸뚱이가 동시에 정지했다. 거칠게 갈라지는 목소리가 들렸다.

"손가락 하나라도 까딱하면, 얼굴을 그어 버릴 테다."

아내의 목소리였다.

그가 다가갔다.

"도움이 필요하오, 그렌빌?"

목소리가 떨려나 왔다.

"네, 부탁해요."

거친 숨소리 때문에 말이 연결되지 않았다.

"조심해. 저 여자…… 더러워."

경고해 준 게 다행이었다. 비어가 두 사람을 떼어놓자마자, 반은 죽은 듯 보였던 포주가 다시 기운을 차려 덤벼들었다. 비어가 그녀를 질질 끌고, 지친 아내의 손이 닿지 않는 곳으로 데려갔다. 그 동안에도 포주는 발로 차고 손톱으로 할퀴고 고래고래 고함을 쳐 댔다.

그 마녀가 지친 기색 없이 미친년처럼 싸우려 들자, 그렌빌이 지시했다.

"때려눕혀요."

"여자를 어떻게 때려?"

그렌빌이 다가와, 뻗어 나오는 주먹을 피하며, 자기 주먹으로 코럴리의 턱을 후려갈겼다.

포주의 몸이 축 늘어졌다.

비어가 늘어진 몸을 땅바닥에 툭 내려놓았다. 수잔이 옆으로 달려와 으르렁거렸다.

"지켜."

그의 명령이 떨어지자, 수잔은 그녀의 몸에 걸터앉아, 거대한 턱을 포주의 얼굴 바로 위에 대고 으르렁댔다.

비어가 아내에게 다가갔다. 리디아가 옆구리를 움켜쥔 채 고개를 숙이고 있었다. 그녀의 손을 치우고 젖은 액체를 느꼈을 때, 그의 심장은 바닥없는 구덩이로 툭 떨어졌다.

"미안해요."

아내의 목소리가 너무 작아서 거의 들리지 않았다.

"찔렸나 봐요."

그가 그녀를 붙잡았다. 그녀가 자신의 품에 죽은 듯이 늘어졌을 때 이번에는 연기가 아니라는 걸 알았다.

# 18

‘벨 앤 앵커’ 근처 구경꾼들 틈에서, 프랜시스 뷰몽은 에인즈우드 공작이 미동 없는 아내의 몸을 안고 마차에 오르는 것을 지켜보았다. 몇 분 내에, 악랄한 포주가 공작 부인을 죽였다는 소식이 떠들썩하게 퍼졌다.

프랜시스 뷰몽은 매우 슬펐다.

공작 부인 때문이 아니라, 자기 자신 때문이었다. 코럴리 브리스는 자기가 분명히 사형감이라는 걸 알 터이다. 혼자 죽을 인물이 아니니, 다른 인물들도 같이 사형장에 끌고 들어가려고 있는 노력을 다할 것이다. 프랜시스 뷰몽의 이름도 거기 포함될 것이다.

오늘, 피어케스 술집에서 그 여자의 어리석은 행동을 알게 되었을 때, 그는 여자를 죽일 작정이었다.

코럴리의 행방을 찾는 건 마음만 먹으면 쉬운 일이었다. 잡지에서 교살 당한 노파의 삽화를 보고, 그 여자가 누구인지, 살인자가 누구인지 금방 알아차렸다.

안타까운 건, 에인즈우드 공작 부인이 한 수 빨랐다는 거였다.

포주의 집 바깥이 아수라장으로 변했을 때, 그는 20미터도 채 떨어지지 않은 곳에 있었다. 적수가 많다는 소리를 듣자마자 그는 후퇴했다.

코럴리가 그를 발견해서 이름이라도 부르게 되면 범죄자 명단에 오를 터였다. 공작 부인 편에 비쩍 마른 사내아이 셋과 이 빠진 폐병환자 창녀 둘밖에 없다는 걸 알았다면, 더 과감할 수도 있었을 텐데.

하지만 안개와 혼란 속에서 어찌 알 수 있었으랴.

이제 그가 할 수 있는 일은 없었다. 경관들이 도착했으니 코럴리가 감옥에 갇히는 건 시간 문제였다. 그 여자는 아무한테나 자기가 아는 사실을 고래고래 떠들어댈 것이고, 그 내용이 런던 전체에 퍼질 것이다.

도망쳐야 한다, 지금 당장.

옷이나 돈을 챙기러 집에 갈 수도 없다. 프랜시스 뷰몽이 사는 곳을 모르는 사람은 없었다. 아내가 유명 화가이니까. 아내는 그를 그리워하지 않을 것이다. 그의 자리를 차지하려고 기다리는 남자들이 10킬로미터 이상 늘어서 있으니. 제일 앞줄에 금발머리의 프랑스 백작이 있을 것이다.

그런 생각은 교수대에 올라가는 것만큼이나 고통스러웠다.

하지만 고통스럽든 아니든, 견뎌 내야 한다.

마차를 탈 돈은 있다. 즉시 출발하면, 그의 도피를 누가 알아내기 전에 해안에 도착해 있을 것이다.

그는 군중 사이를 뚫고 나가기 시작했다. 경관들이 대충 만든 들것에 코럴리를 싣고 나타났을 때, 서두르는 기색을 보이지 않으려고 신중을 기했다.

옆에 있는 여자가 소리쳤다.

"저런 년은 죽어야 돼!"

"안 죽었어. 공작 부인이 턱만 깨뜨렸어."

경관이 그 사실을 확인해 주자, 전세계적인 실망이 이곳에 다 뭉치는 듯했다.

그때 뷰몽은 깨달았다. 이 동네에는 <아르고스>의 그렌빌을 미워하는 적보다 친구가 더 많다는 걸. 두 명의 창녀가 에인즈우드의 피후견인들을 구출하기 위해 도왔고, 주위에 있는 창녀들은 코럴리 브리스를 저주하며 흐느꼈다.

부랑아들도 흥분해서 떠들어댔다.

그걸 확인하는 데 1분, 그걸 사용하는 데 1분이 걸렸다. 그는 슬픔을 이용하는 법, 마음에 독약을 주입하고, 단순한 마음을 극도로 격분시키는 법을 알았다. 그가 군중 사이로 나가며, 무심한 척 몇 마디를 던졌다.

몇 분이 지난 후, 뱃사람, 창녀, 포주, 거지 아이들 기타 강변에 사는 버러지들이 살기 등등한 폭도로 돌변했다.

소요 단속령을 읽어 주는 경관의 소리, 경고, 위협도 소용없었다.

폭도들은 코럴리 브리스가 들어 있는 수레를 뒤집어엎고, 경관들을 밖으로 내몰고, 죄수들을 공격했다.

몇 분 후, 코럴리 브리스는 알아보지 못할 만큼 만신창이가 되어 자갈돌 위에서 죽었다. 믹도 얼마 버티지 못하고 죽었다.

폭도가 해산했을 때…… 프랜시스 뷰몽은 자기 집으로 향했다.


몇 시간 후, 비어는 전에 너무나 여러 번 했던 것처럼 앉아 있었다. 숙부, 찰리, 로빈의 병상을 지킬 때처럼 차디찬 아내의 손을 붙잡고.

그의 목소리가 잠겨 있었다.

"용서하지 않겠소, 그렌빌. 집에서 지휘만 하기로 했잖아. 직접 나서지 않기로 했잖아. 당신을 내 눈밖에 내놓다니, 내 잘못이야. 난 지옥으로 떨어져야 돼. 지옥에 사람이 넘칠까 봐 죽지 않았을 뿐, 진작에 갔어야 됐어."

“왜 이리 소란이에요?”

그렌빌이 피식 웃으며 놀렸다.

“살짝 찔린 걸 갖고.”

그건 살짝 찔린 정도가 아니었다. 겹겹이 막아 준 속옷이 아니었더라면, 튼튼한 코르셋과 종조부의 주머니 시계가 아니었다면, 에인즈우드 공작 부인은 살아 있지 못했을 것이었다. 시계가 칼날을 막아 준 덕분에 치명적인 중상을 입지 않았던 거였다.

조금 전에 의사가 상처를 치료하고 붕대를 감은 후에 데인 경과 같이 방에서 나갔다.

“몸이 낳으면, 엉덩이를 실컷 패 주겠어.”

“여자를 어떻게 때리냐고 하지 않았던가요?”

“당신은 예외야. 손이 얼음장같이 차잖아. 빌어먹을.”

그가 붙잡고 있는 손을 노려보았다.

“당신이 혈액순환을 막아서 그래요.”

그의 손아귀 힘이 조금 풀어졌다.

“한결 편하군요.”

“미안해.”

그가 손을 완전히 놓으려 했다.

“아니, 계속 잡아 줘요. 느낌이 좋거든요, 에인즈우드.”

“엉덩이 때려 줄 때도 얼마나 좋아할지 두고 보겠어.”

그녀가 미소지었다.

“아까 당신을 봤을 때처럼 반가운 적이 없었어요. 코럴리는 나만큼이나 무지막지하게 싸우더군요. 아이들이 걱정돼서 정신 집중하기가 힘들었어요. 너무 늦어 버리지 않을까 해서. 되도록 그 여자와 맞붙을 생각이 아니었어요. 거의 돌아 버린 상태였거든요. 그럴 땐 초인적인 힘이 생기잖아요. 하지만 어쩔 수 없었어요. 도망치려고 했거든요.”

“알아.”

“다른 사람들이 와 줄 때까지 기다릴 수 없었어요.”

“당신을 기다렸으면 엘리자베스와 에밀리는 죽었을 거요. 그 마녀가 애들을 죽이려 했어.”

그는 아이들이 코럴리에게 쥐를 집어던졌다고 알려주었다.

“하지만 그 작전으로 겨우 몇 분 벌었을 뿐이오. 다행히 당신이 도착해서, 아이들이 살 수 있었소. 당신과 당신의 조무래기 부대 덕분에.”

그가 그녀의 손에 키스를 했다.

“민망하게 굴지 말아요. 당신이 와 주지 않았으면 성공 못했을 거예요. 코럴리를 쓰러뜨린 후에, 그것도 쉽지 않았지만, 믹까지 처리해야 했거든요. 그 사이에 아이들이 크게 다쳤을지도 몰라요.”

“그래, 톰이 녀석의 머리를 돌로 때렸는데, 아파하는 것 같지도 않았다더군. 빌어먹을, 난 정말 쓸모가 없었어. 당신이 포주와 싸우는 걸 지켜보기만 했으니.”

“방법이 없었잖아요. 그 상황에서는 끼어 드는 게 오히려 위험했어요. 당신은 해야 할 일을 한 거예요. 당신 목소리를 듣고 얼마나 힘이 났는지 알아요? 기운이 빠져 가는 중이었어요, 조금 불안하기도 했고. 그런데 당신이 장난 그만 치라고 했을 때, 독주를 마신 것처럼 힘이 생겼어요. 당신이 보는 앞에서 질 순 없잖아요?”

그녀가 그의 손에 손가락을 엮었다.

“당신이 모든 걸 다할 순 없어요. 때로는 응원해 주는 걸로 족해요. 날 보살피고 보호할 필요 없어요. 나 대신 싸워 줄 필요도 없어요. 믿어 주기만 하면 돼요.”

그가 고개를 흔들었다.

“믿어 주는 거. 그것밖에 필요 없소?”

“나한테는 그 걸로 충분해요. 당신의 믿음. 여자를 상당히 무시하는 사람이니까, 나의 지성과 능력을 존중해 주는 것만으로도 감사해야죠.”

그가 손을 풀고 일어나 창으로 걸어갔다. 정원을 물끄러미 쳐다보다가, 다시 침대로 돌아와 침대 기둥을 감싸쥐었다.

"사랑은 어떻소, 그렌빌? 때가 되면, 나의 사랑을 견뎌 주는 은혜를 베풀 수 있을까? 단지, 인간에 대한 사랑이라고 해야 할까? 완벽한 벌리스터한테는 그런 것도 필요 없는 건가?"

그녀가 한참 동안 그를 응시하고 나서 한숨을 쉬었다.

"에인즈우드, 내가 하나 충고할게요. 아내에게 사랑을 전하고 싶으면, 간단하게 '사랑해'라고 말하면 돼요. 싸움 걸 듯이 다그치지 말고요. 달콤한 순간이 되어야 할 마당에, 당신한테 석탄통을 집어던지고 싶은 충동을 일으키잖아요."

그가 눈을 가늘게 뜨고 턱을 굳혔다. 그가 험악하게 말했다.

"사랑해."

그녀는 가슴에 한 손을 갖다 대며 눈을 감았다.

"아, 황홀해라. 기절할 것 같아."

그가 그녀의 손을 움켜잡고, 조금 부드럽게 말했다.

"사랑해, 그렌빌. 비니거 야드에서 한방 먹은 그때부터였나 봐. 하지만 난 몰랐어, 알고 싶지 않았어, 결혼 첫날밤까지. 그 다음에는 당신한테 말할 수가 없었어, 당신이 날 사랑하지 않는 다고 생각했으니까. 바보 같은 짓이었어. 내가 당신을 얼마나 아끼는지 그 말 한번 못하고 당신을 보낼 뻔했어."

"말했잖아요. 백 가지 방법으로. 직접 들어서 더 기쁘긴 하지만."

"기뻐? 한결 희망이 보이는군. 내 마음을 가져서 기쁘다 이거지? 감정이 강해지면 더 열렬한 대답이 나오겠지? 당신이 건강해지면, 당신 마음을 사로잡는 작업에 들어가야겠어. 10년이나 20년쯤 후에 당신도 나한테 사랑을 돌려줄지 모르잖아."

그가 손을 풀어 뒤로 물러나 옷을 벗기 시작했다.

"그렇게 안 될 걸요."

그가 멈칫하며 그녀를 쳐다보았다.

"그걸 왜 돌려줘야 하나요? 난 내 마음에 그걸 간직할 거예요. 거기서 말하죠, 당신을 사랑한다고, 당신의 모든 악명과 작위는 그 다음이에요."

그의 얼굴에 미소가 번졌다. 그녀가 훔쳐 가 버린 가슴에 이상한 아픔도 느껴졌다.

"당신은 눈이 먼 게 분명해요. 오래 전부터 거기 있었는데 그걸 못 보다니."

그의 미소가 건달의 미소로 변했다.

"우선 옷부터 벗게 해 주시오, 부인. 그후에 침대로 들어가서 더 자세히 봐야겠소."


평소에 런던에서 폭동이 일어날 경우, 분노가 폭발하고, 외국의 침략을 받은 것과 맞먹는 공포가 자리잡았다.

하지만 그날 아침 신문을 장식한 '래트클리프의 폭동사건'은 사람들의 시선을 끌지 못했다. 그보다 더 큰 사건이 일어났기 때문이었다.

<테베의 장미> 여주인공 미랜다는, 버티 트렌트의 예상대로, 지하감옥의 돌에다 숟가락을 뾰족하게 깎았다. 하지만 그것으로 터널을 파지 않았다. 디아블로를 찌르고 도망쳤다.

소설의 멋진 악당은 죽음의 그림자로 시야가 까맣게 변할 때까지 미랜다가 사라진 입구를 응시했다. 시선을 문에 고정시킨 채, 그는 자신의 육중한 몸에서 흐르는 액체가 차가운 돌 바닥으로 떨어지는 소리를 들었다. 자신의 생명이 서서히 빠져나가는 소리를……

그 내용으로 인해, 런던 전체에 난리가 났다.

<타임> 지처럼 점잖은 일간지에서는 '<아르고스> 사무실 밖에서 소동이 일어났다.'고 간단히 언급했지만, 다른 신문에서는 다음날 1면 기사로 그 사건을 다뤘다.

격분한 독자들이 <아르고스> 사무실로 몰려들어, 건물을 부수겠다고 위협하거나 편집자를 갈기갈기 찢어 버리겠다고 고함을 쳤다.

목요일 오후에, 맥거원은 세인트 벨레어의 인형이 스트랜드에서 교수형에 처해졌다는 소식을 전하러 에인즈우드 하우스로 달려왔다. 그는 미칠 듯이 기뻐했다. 에인즈우드 공작 부인에게 천재라는 명칭을 하사했다.

맥거원이 도착했을 때, 에인즈우드가 리디아를 응접실 소파로 옮겨 주었다. 그 주위에 한 떼거리로 에밀리, 엘리자베스, 제인스, 버트, 탐신 그리고 문 근처에 있는 하인들까지 몰려들어 맥거원의 선언을 분명히 들을 수 있었다.

리디아가 눈살을 찌푸리는 것도 모른 채, 맥거원은 열광적으로 광상시를 읊어 댔고, 결과적으로 세인트 벨레어가 누구인지 의심하는 사람이 한 명도 없게 되었다.

그는 자신이 실수한 걸 늦게야 알아차렸다. 그 순간 자기 입을 손으로 틀어막고, 손 너머로 리디아에게 놀란 시선을 던졌다.

그녀가 대수롭지 않게 손을 흔들었다.

"상관없어요. 세상이 내 비밀을 다 아는데, 이것까지 안다고 무슨 차이가 있겠어요? 인형을 목매달다니. 맙소사, 싸구려 소설을 진지하게 받아들이는 모양이에요."

주위 사람들이 불신에서 대경실색까지 다양한 표정으로 그녀를 쳐다보고 있었다.

에밀리가 제일 먼저 입을 열었다.

"하지만 너무해요. 난 디아블로가 제일 멋있던데."

"나도."

"나도."

엘리자베스와 버티가 맞장구쳤다.

에인즈우드는 창가에 서서 손님들을 관찰했다. 무표정한 얼굴이었지만, 눈동자에서는 악마들이 춤을 추었다. 그가 말했다.

"훌륭한 무기를 선택했소, 그렌빌. 숟가락에 찔려 죽는 것보다 더 수치스러운 죽음은 없을 거요."

그녀는 그의 수상쩍은 칭찬을 인자하게 받아들였다.

남편의 말이 계속 이어졌다.

"더 중요하게, 당신은 센세이션을 일으켰소. 작가의 정체가 밝혀진다면. 지금껏 읽지 않은 사람들도 지난 호를 들춰 가며 읽으려 들 거요."

그가 맥거원에게 시선을 돌렸다.

"내가 당신이라면, 몇 부씩 묶어서 책을 찍겠소. 대중이 쉽게 사 볼 수 있는 저렴한 판과 부자들의 선물용으로 멋진 가죽장정 판을 내겠소. 홍분이 가라앉기 전에 현금을 거둬들이는 거요."

리디아는 속으로 놀라움을 금치 못했다.

에인즈우드가 그녀의 잡문을 상업성 있는 것으로 생각하다니, 그녀가 차분하게 입을 열었다.

"멋진 생각이에요. 하지만 남은 내용에 대한 독자들의 관심이 사라지면 안 되겠죠. 내일 아침에 공지를 내세요. 다음주 수요일에 <아르고스> 특별 판이 나온다고. 거기에 <테베의 장미> 마지막 4장이 들어 있을 거라고. 퍼비스가 제때 삽화를 맞출 수 없다고 하면, 다른 사람을 동원하세요."

다음 2장은 이미 맥거원의 손에 들어갔다. 그리고 이제 리디아는 서재 책상 서랍에 있는 마지막 2장을 가져오라고 탐신을 보냈다. 곧바로 맥거원은 소중한 원고를 끌어안고 출발했다. 조만간 엄청난 수익을 벌어들이리라는 희망으로 왔을 때보다 더 홍분해서 돌아갔다.

에인즈우드는 다른 사람들을 방에서 휘휘 몰아낸 다음, 리디아의 등에 베개를 받치고 무릎에 덮개를 덮어 주었다. 그후에 긴 의자를 끌어와 거기 걸터앉은 다음, 책망하는 그녀를 쳐다보았다.

"당신은 악마같아."

"당신이 그런 만큼이죠."

"빌어먹게 지저분한 수법이었어."

그녀가 순진무구한 표정을 지었다.

"뭐가요?"

"정확히는 몰라. 하지만 당신이 세상을 상대로 사기 친 건 알아. 당신을 아니까. 당신 안에 있는 악마를 다른 사람은 몰라도 난 알거든."

"비슷한 사람끼리 알아보는 법이죠."

그가 미소지었다. 살인 미소였다. 창 밖의 태양이 무거운 회색 구름에 쌓여 있는데도, 그녀가 누운 곳으로 황금빛 햇살이 구석구석 스며들어, 그 따스함으로 그녀의 뇌를 녹이는 듯했다.

"그래 봤자 소용없어요. 결말은 안 가르쳐 줄 거예요."

그녀가 말했다. 얼굴에는 한없는 행복감에 젖은 바보 같은 미소가 떠올랐다.

그가 불한당 같은 시선으로 천천히 그녀의 머리끝에서 발끝까지 훑어보았다.

"내가 당신의 욕망에 불을 지르면, 말해 주겠지. 하지만 의사가 안 된다고 했단 말이야."

"힘든 운동을 피하라고만 했죠. 상처에 무리가 가지 않게."

그녀가 슬쩍 그를 곁눈질했다.

"상상력을 발휘해 봐요."

그가 일어나서 문 쪽으로 향했다.

"그런 게 없으시군요."

"무슨 소리! 난 문을 닫으러 가는 거야."


비어가 리디아에게 상상력을 십분 발휘하고 나서 미랜다에 대해 심문하려던 순간, 참으로 분별력 없는 소녀들이 응접실 문을 쿵쿵 두드렸다.

“무슨 일이에요? 리디아는 괜찮아요?”

“으르렁!”

수잔이 소리쳤다.

비어는 ‘저리 가!’라고 소리치고 싶은 마음이 굴뚝같았지만, 걱정스러워 하는 목소리를 들으니 그럴 수 없었다. 동생이 아플 때조차 병실에서 밀려나야 했던 아이들이었다. 아내와 자신의 옷을 정돈 한 다음, 그가 문 앞에 괴어 두었던 의자를 끌어내고 문을 열었다.

두 소녀의 눈이 리디아에게 향했다. 그녀가 소파에 기품 있게 기대 누운 채 미소를 보냈다.

“무슨 일이에요?”

“아내와 즐거운 게임을 하는 중이었다.”

“어떤? 아야!”

비어의 대답에 에밀리가 물어 보려 하자, 엘리자베스가 동생의 갈비뼈를 쿡 찌르며 속삭였다.

“그걸 말하는 거야.”

“아.”

동생은 이제야 알겠다는 듯 수줍은 미소를 지었다.

수잔이 의심스레 그의 냄새를 맡고, 소파로 다가가 주인의 냄새를 맡더니, 혼잣말로 뭔가 투덜거리며 소파 발치에 주저앉았다.

소녀들도 공작 부인에게 다가가 수잔 옆에 내려앉았다.

엘리자베스가 말했다.

“미안해요. 그 생각은 미처 못했어요. 고모네 응접실에서는 그런 일이 없었거든요.”

에밀리도 한마디했다.

“다른 데도 마찬가지였어요. 적어도 내가 알 수 있는 곳에서는.”

“침실에서는 가끔 했겠죠. 자식이 아홉 명 반이니까. 뱃속에 있는 아기까지 합해서요.”

"자식이 아홉 명 반이나 되니, 달리 어디서 할 수 있겠냐? 너희들처럼 불쑥불쑥 뛰어들 텐데."

비어가 그들에게 다가오며 대꾸했다.

엘리자베스가 관대하게 말했다.

"다시는 방해 안 할 테니까, 아무 데서나 하세요. 우리가 몰랐던 것뿐이에요."

"이젠 알았으니까, 나갈게요. 상상만 할 거예요."

"얘는 너무 어려요. 신경 쓰지 마세요."

에밀리가 다소곳하게 매스티프의 귀 뒤를 긁어 주며 말했다.

"난 수잔이 참 좋아요."

수잔이 소녀의 무릎에 커다란 머리를 툭 떨구고, 기분 좋게 그르렁댔다.

엘리자베스도 동생 의견에 동감이었다.

"매스티프는 아주 귀여워요. 롱랜즈에도 여섯 마리가 있어요."

"하지만 블레익스레이에 가져갈 순 없었어요. 침을 너무 많이 흘린다고, 고모가 싫어했거든요."

"고모는 개들이 로빈한테 디프테리아를 전염시킨 거라고 생각해요. 아이들이 토끼 사냥 나갈 때 개도 데려갔거든요. 하지만 마을에 사는 여자 둘도 그 병에 걸렸어요. 우리 개랑 같이 있지 않았는데도."

"로빈과 같이 놀았던 다른 애들도 안 걸렸어요. 난 그게 이해가 안 돼요."

리디아가 입을 열었다.

"어떻게 병에 걸리게 되는지, 전염병이 왜 가끔 마을 전체를 뒤덮기도 하고, 가끔은 몇 사람만 죽게 하는지, 왜 누구는 살고 누구는 죽게 되는지, 아무도 정확히 몰라."

"적어도 로빈이 오래 힘들지 않아서 다행이에요. 이틀로 끝이었어요. 그동안 거의 의식이 없었어요. 의식이 있었더라도, 고통이나 두려움을 느끼지 못했을 거래요.”

비어가 창가로 걸어갔다. 어둠이 내리고 있었다. 그의 시야에 흐린 안개가 덮이는 듯했다. 뒤에서 엘리자베스의 목소리가 들렸다.

“로빈은 두려워하지 않았어요. 비어 사촌이 같이 있어 주었으니까요.”

“다른 사람들은 병을 옮을까 봐 근처에 가지 못했어요. 고모는 아기한테 옮길까 봐, 고모부는 고모한테 옮길까 봐 무서워했어요. 우리까지 로빈의 옆에 못 가게 했어요.”

“너희를 보호하려고 그랬던 거야.”

리디아가 말했다.

“알아요. 하지만 너무 가혹한 일이었어요.”

“그런데 그때 비어 사촌이 왔어요. 아무 것도 두려워하지 않았죠. 아무도 그를 막지 못했어요. 비어 사촌이 안에 들어가서 로빈과 같이 있었어요. 아빠의 곁을 떠나지 않고 지켜 주었던 것처럼, 로빈한테도 똑같이 해 줬어요.”

“우린 비어 사촌한테 고마워하고 있어요. 하지만 우리가 감사하려고 해도 들은 척하지 않아요.”

“듣고 있어.”

비어가 힘겹게 침을 삼키며 창가에서 돌아섰다.

“난 로빈을 사랑했다. 병상을 지키는 것말고 할 수 있는 일이 없었어. 더 잃을 것도 없었다. 날 영웅으로 만들지 마라. 진짜 영웅은 그렌빌이야. 너희를 본 적도 없으면서, 구출하겠다는 일념으로 생명을 걸고 달려갔어. 그녀가 너희 생명을 구했다. 정말 감사해야 할 사람이 누군지 모르는 거냐?”

두 소녀의 눈에 어려 있던 눈물이 몇 번의 깜박임으로 사라지고, 아이들은 죄스럽게 리디아를 돌아보았다. 공손하게 구해 주어서 감사하다고 인사했다. 앞으로 얌전해지겠다고도 약속했다.

리디아가 씩씩하게 말했다.

"그렇게 '순진한' 척할 거 없어. 마스 부부한테는 효과가 있었는지 모르지만, 내 눈은 못 속여. 순진한 아가씨들이 다른 사람 편지를 훔쳐보던가? 나이에 어울리지 않는 잡지를 읽을까? 너흰 능구렁이야. 얌전한 레이디가 집에서 몰래 빠져나가는 방법을 알았을 리 없어. 그것도 한밤중에, 일주일 이상 꼬리를 잡히지 않고 도망다녔어. 너희의 독창성이 감탄스럽구나. 그리고 필사적이었던 심정을 이해 못하는 바는 아니지만, 지난 2년간 관리감독이 부족했다는 건 분명해. 이제부터 제대로 배워야 할 거야."

리디아의 엄격한 어조에 그녀들은 물론 수잔까지도 관심을 보이며 일어나 앉았다.

"으르렁!"

순진한 듯한 얼굴들이 비어에게 애원하는 시선을 돌렸다.

"우린 말썽을 부리려던 게 아니었어요."

"사촌과 같이 있고 싶었을 뿐이에요."

비어가 말했다.

"그래. 하지만 우리는 하나야. 그렌빌과 나는 한마음이야. 남자인 나에게 마음이란 게 없으니, 모든 건 리디아에게 달려 있다."

소녀들이 심란한 시선을 교환했다. 잠시 생각에 잠기는 듯 하던 엘리자베스가 말했다.

"상관없어요. 우린 사촌과 같이 있을래요. 리디아가 아무리 엄격하게 굴더라도, 최소한 소심하거나 지루하진 않아요."

"우리한테 싸움 기술을 가르쳐 줄지도 모르죠."

"그런 일은 없을 거다. 절대 안 돼!"

비어가 딱 잘랐다.

"리디아는 싸움을 잘 하잖아요?"

"그녀는…… 달라. 평범한 여자가 아니야. 그런 얘길 어디서 들었나?"

"<위스퍼러>에서요."

리디아가 어리둥절해 하는 남편에게 알려주었다.

"스캔들 잡지예요. 당신이 거기 끊임없는 화젯거리였어요. 정보도 대부분 정확하죠."

그녀가 생각에 잠긴 시선으로 두 소녀를 돌아보았다.

"난 여자들을 온실 속 화초처럼 보호하고 싶지 않아요. 내가 읽는 거면 아이들도 읽을 수 있어요. 다만 가족 모임에서 같이 토론하며 읽게 될 거예요. 싸움 기술에 대해서는……."

"빌어먹을, 그렌빌."

"여자도 자기 방어 능력을 갖춰야 돼요. 항상 보호자와 같이 있을 수만 있다면 필요치 않겠지만, 세상에선 예측할 수 없는 일들이 많이 일어나요."

소녀들이 발딱 일어나 공작 부인을 끌어안고 입을 맞췄다.

그는 아내의 눈에 깃든 따스함을 보았다. 아이들을 돌보는 일이 편하진 않을 것이다. 그녀도 그걸 알고 있었다. 하지만 그보다 더한 행복 또한 없을 것이다.

사랑하는 엄마와 동생이 곁을 떠났어도, 그녀는 늘 마음을 열어 두었다. 자신을 필요로 하는 사람에게 가족이 되어 주고 무제한적으로 사랑을 베풀 자세가 되어 있었다.

그에 비하면 비어는 현명하지 못했다. 사랑하는 사람을 잃은 후에, 남아 있는 사람들까지 멀리했다. 사랑할 수 있었던 사람들을 사랑하지 않고, 찰리와 로빈이 죽음으로 자신을 배신했다는 이유로 화를 냈다. 그들을 몰아냈다.

하지만 슬픔과 분노 때문만은 아니었다.

비어는 겁쟁이였다. 다시 모험을 하기가, 다시 사랑하기가 겁이 났다.

어느 날 그 사랑이 불시에 그를 습격했다. 언제나 그렇듯, 규칙 같은 것 없이, 정당함도 없이, 음흉하고 사악하게 찾아왔다.

그것이 매우 다행스러웠다.

그는 짐짓 상처받은 표정을 지으며 구슬프게 말했다.

"아, 당신답군, 그렌빌, 애정을 독차지하다니. 나한테는 아무 것도 없는 건가?"

그녀가 손을 내밀었다.

"이리 오세요. 같이 나눠요."

# 19

다음 수요일, <아르고스>의 디아블로는 죽을 만큼 피를 흘리고 있었다.

그의 하인 파블로가 달려가, 피 웅덩이에 있는 주인의 몸에 엎어져 목놓아 울기 시작했다.

"어휴. 저리 가. 냄새나잖아."

시체 같은 주인의 몸에서 목소리가 튀어 나왔다.

파블로의 악취가 세상의 어느 약보다 효과적으로 주인을 되살렸다. 숟가락은 그의 심장 아랫부분을 찔렀고, 디아블로는 창에 찔린 돼지처럼 피를 흘렸지만, 죽을 만큼 흘리지는 않았다. 그가 뚝뚝 떨어지는 소리를 들었던 것은, 미랜다가 달아나면서 뒤엎었던 와인 병에서 나는 소리였다.

그녀가 숟가락으로 공격할 때 사타구니를 치지 않았다면, 그 여자를 붙잡을 수도 있었다. 하지만 그는 사타구니를 공격당해 일시적으로 의식을 잃었다. 머리가 지끈거리고 옆구리에서 피가 흘렀다. 아래쪽 부위는 영원히 손상된 듯 무감각했다. 하지만 그는 살아 있었다. 그리고 분노했다.

그에 따라, 런던이 다시 환호했고, 탐욕스러운 독서가 계속되었다. 결말을 읽은 후, 런던에서는 만족스런 한숨이 합창으로 터졌다.

진짜 악당이 올랜도로 밝혀지고, 영웅이라면 당연히 해야 하듯이, 디아블로는 여주인공을 구출하고, 테베의 장미를 되찾고, 악당을 죽였다.

그후 영웅과 여주인공은 행복하게 살았다.

그날, 에인즈우드 하우스 서재에서는, 리디아와 비어, 엘리자베스와 에밀리, 버티, 제인스, 그리고 운 좋게 가까이 있을 수 있었던 하인들까지 청중이 되어 <테베의 장미> 마지막 내용을 들었다.

리디아가 시체인 듯한 모습으로 옮겨질 때, 데인도 에인즈우드 하우스에 도착했다. 다음날 저녁에, 그의 명령을 어기고 후작 부인과 후작의 아들 도미닉이 런던에 도착했다. 그 덕분에 데인은 아내와 한바탕 말다툼을 벌였다.

'악마의 씨'라는 별명이 붙은 몸이었지만, 오늘 도미닉은 전에 없이 얌전했다. 에밀리와 엘리자베스 사이에 앉아 입도 벙긋하지 않고 소설 낭독을 들었다. 그 아이가 내용을 이해했는지는 알 수 없었다. 자신이 숭배하는 아버지가 낭독할 때 조용히 관심을 기울인 건 어쩌면 당연한 일이었다. 하지만 그렌빌이 다음 타자로 낭독을 했을 때, 그렌빌은 단순히 읽은 게 아니라 주인공의 목소리를 흉내내고 몸짓까지 연기했으므로, 도미닉은 거의 무아지경에 빠졌다. 끝나는 순간에 다른 어른들처럼 힘차게 환호하며 박수를 쳤다.

청중의 기립 박수에 대한 화답으로, 그렌빌은 모자를 벗는 듯하게 손을 그어 내리며 절했다. 블루 아울에서 보았던 것과 비슷한 동작이었다.

순간, 비어는 왜 그 인사하는 모양을 보고 머리가 복잡해졌는지 알아차렸다. 리디아를 만나기 훨씬 전에 그런 모습을 본 적이 있었다. 이튼 시절이었을 것이다.

그가 데인을 돌아보며 물었다.

"알아보겠나?"

"리디아가 흉내를 잘 낸다고 듣긴 했지만, 내가 하는 걸 본 적은 없었을 텐데."

"뭘요?"

그녀가 소파로 돌아오며 물었다.

비어가 그녀의 발에 쿠션을 대주며 대답했다.

"그 인사법 말이오."

"나의 아버지가 배우였잖아요."

"데인은 배우 아버지를 두지 않았지만, 열 살 때 그런 연극적인 인사를 선보였다오. 자기 보다 덩치도 크고 두 살이나 많은 워델과 싸워 이겼을 때, 내가 처음으로 그걸 봤소."

데인이 말을 받았다.

"블랙무어의 초대 백작은 다른 사람 흉내로 왕을 즐겁게 했소. 당신의 외조부와 그 형제들도 연극을 매우 좋아했지. 여배우도 좋아했고. 내 아버지가 후작이 되기 전에는, 애스코트에 흥행단을 자주 불러들였다더군."

비어가 다시 말했다.

"당신은 틀림없이 벌리스터의 재능을 물려받았소. 아름다운 외모와 지성, 거기서 흐르는 미덕."

"미덕은 아닐세. 우린 그쪽 성향이 아니야. 오히려 위선자라고 해야 돼. 나의 아버지와 리디아의 외조부를 예로 들 수 있겠지."

그 즈음, 데인이 만들어 낸 악마의 씨가 안달하기 시작했다. 소녀들이 수잔과 같이 놀자고 정원으로 데리고 갔고, 탐신이 아이들을 감독하러 갔다. 탐신이 가는 곳에, 당연히 버티도 따라갔다.

"재미있군. 도미닉이 이렇게 오래 참은 건 처음이야."

데인이 한마디하자, 비어가 대꾸했다.

"소설에 빠져 있었거든. 거기 버틸 재간이 있었겠나?"

"사촌, 당신에겐 재능이 있는 듯하오. 우리 가계에 아직껏 그런 인물이 없었는데. 우리 가문 자료에 멋진 편지와 감동적인 연설이 더러 있긴 해도, 이렇게 무에서 유를 창조하는 소설은 본 적이 없소."

"내 아내는 그 재능을 싸구려 취급하더군. <테베의 장미>가 감상적인 쓰레기라는 거야. 맥거원이 실수로 밝히지 않았으면, 절대 자기 정체를 밝히지 않았을 걸세."

리디아가 입을 열었다.

"허황된 소설 따위는 현실적으로 아무 쓸모가 없어요. 오락일 뿐이죠. 도덕관도 단순해요. 행복하게 끝나면 좋고, 불행하게 끝나면 나쁘고. 진짜 우리네 인생과는 아무 관련이 없어요."

"우린 싫든 좋든 진짜 세상을 살아갈 수밖에 없소. 대다수의 사람들은 힘겨운 삶을 살아가지. 그들에게 몇 시간의 휴식을 주는 건 큰 선물이오."

"내 생각은 달라요. 사회적으로 무책임한 게 아닐까 의심스러워지기 시작했어요. 그 저급한 얘기 때문에, 어린 소녀들이 집에서 찾을 수 없는 흥분을 찾아 뛰쳐나올 생각을 하고, 뾰족한 숟가락으로 악당을 물리칠 수 있다고 상상하고……."

"여자들이 현실과 허구를 구별 못하는 바보라는 건가? 미랜다의 수법을 흉내낼 정도라면, 원래부터 무모하고 지각이 없는 사람일 거요. 당신이 무슨 글을 쓰든 상관없이, 어리석은 행동을 할 거요. 나의 피후견인들이 확실히 보여줬잖소."

"내 말이 그 말이에요."

"그들은 말로리요, 리디아. 말로리는 초창기부터 망나니들을 배출해 왔소. 엘리자베스와 에밀리를 핑계삼지 마시오. 당신은 재능 있는 작가야. 남녀노소 모두 당의 글을 좋아해. 재능을 썩히지 말아야지. 건강이 회복되는 대로, 새 작품을 쓰시오. 당신을 방안에 가둬 놓는 한이 있더라도, 내가 그렇게 만들 거요."

그녀가 한 번, 두 번 눈을 깜박였다.

"맙소사, 웬 소란이에요. 당신이 그렇게 열성적일 줄은 몰랐어요."

데인이 입을 열었다.

"어려서 동화책을 읽을 는 세상을 다 가진 것 같았소. <아라비안 나이트>나 <걸리버 여행기>가 비록 허구일지라도, 우린 그걸 싸구려 취급하지 않소. 오히려 그런 책으로 인해 책 읽는 기쁨을 알게 되었소."

비어도 거들었다.

"아까 도미닉을 봤겠지? 당신이 읽어 주는 동안, 그 아이의 세상에는 그 이야기밖에 없었소. 30분 넘도록 불평 한마디 안 했소. 내가 책을 읽어 줄 때 로빈도 그랬어. 로빈도 당신 이야기를 좋아했을 거요."

방이 아주 조용해졌다. 무거운 침묵.

리디아가 침착한 목소리로 긴장을 깨뜨렸다.

"그럼 로빈을 위해서 하나 써야겠군요. <아라비안 나이트>보다 더 재미있게."

"당연히 그래야지. 벌리스터가 쓰는 건데."

데인이 온화하게 말했다.


비어는 그게 왜 마음에 걸리는지 모르지만, 그냥 그랬다.

……외조부와 그 형제들이 연극을, 여배우들을 좋아했다.

……미덕은 아니야…… 우린 그쪽 성향이 아니야…….

……벌리스터가 쓰는 거.

하늘이 밝아지기 시작할 무렵, 일찌감치 잠에서 깨어난 비어는 조심스레 침대를 빠져나와, 아내의 어머니가 남긴 일기장을 들고 창가로 걸어갔다.

오래지 않아 일기를 다 읽었다. 그래도 만족스럽지 않았다. 공백이 너무 많다. 말하지 않은 게 더 있을 듯한 느낌…… 자신의 삶을 불평하지 않으려는 자존심.

'……기억은 어떤 힘에도 굴복하지 않는다, 벌리스터 가문의 힘이라 해도. 그 이름과 모습은 죽은 후에도 오래 살아 남는다.'

누구의 이름과 모습을 말하는 걸까? '얌전한 레이디가 집에서 몰래 빠져나가는 방법을 알았을 리 없어.'

앤 벌리스터도 마찬가지였을 것이다. 하인들의 보호와 경호를 받았을 것이다. 그런데 존 그렌빌과 어떻게 빠져나갔을까? 삼류 배우가 그녀에게 어떻게 접근해서 스코틀랜드로 가자고 꾀어낼 수 있었을까? 데인의 아버지가 살아 있었을 때 애스코트에 흥행단이 드나들지 않았다. 앤의 아버지도 그들을 집에 들이지 않았을 것이다.

일기장에 단서가 있었다. 아주 영리하게 숨겨져 있을 뿐. 뒤늦게, 비어는 그걸 알아차렸다. 일기장을 제자리에 돌려놓고 그가 의상실로 들어갔다.


카튼, 브레이스 법률 회사. 데인이 작위를 물려받자마자 무능력자들의 집단이라며 거래를 끊어 버린 곳이었다.

비어가 찾아갔을 때, 카튼 씨는 없었다. 정신이 오락가락 한다는 게 점원의 설명이었다. 브레이스 씨는 정신적인 문제라기보다 술에 취해 있다고 했다.

"그야말로 한심한 상황이죠, 공작 나리. 하지만 내가 일자리를 얻은 곳이니 최선을 다하는 수 밖에요."

믹스라는 이름의 점원은 청년이라기보다 아이에 가까웠다. 수염이나 여드름 자국이 아직 돋지도 않았다.

비어가 말했다.

"윗분의 허락 없이 내 일을 봐줄 경우에, 일자리를 잃게 되려나?"

"아닐 걸요. 그 사람들은 나 없이 아무 것도 못해요. 아무 것도 못 찾고, 내가 찾아 주었을 때는, 그게 무슨 의미인지 모르죠. 설명을 해 줘야 돼요. 내가 떠나면, 손님도 다 떠날 거예요. 많진 않지만 대부분 내 손님이거든요."

비어가 자신이 찾는 것을 말했다.

"알았어요."

아이가 방으로 들어 간지 30분이 지나서야 나왔다.

"기록을 못 찾겠어요. 하지만 그건 별 의미가 없어요. 늙은 사장님 머리에 다 들어 있거든요. 그래서 정신이 돈 거예요. 지하실에서 찾아야겠어요. 며칠 걸릴지도 몰라요."

비어도 같이 가기로 했다. 매우 현명한 처사였다. 지하실은 이 회사의 헛간과 같았다. 서류로 가득한 상자더미들이, 상자 위에 상자로, 전혀 체계 없이 쌓여 있었다.

그들은 점심시간과 오후에 잠깐 새참을 먹은 걸 빼고는, 하루 종일 지하실에서 일했다. 비어가 상자를 들어내면 점원이 재빨리 내용물을 뒤졌다. 그후에 똑같은 일이 반복되었다. 다양한 벌레와 쥐들이 상자들 사이 틈 안팎으로 뛰어다니는 눅눅한 지하실에서 한 시간 두 시간이 흘렀다.

저녁 7시 직전, 비어는 터벅터벅 지하실 계단을 올랐다. 문을 나서서 거리로 나갔다. 그의 넥클로스는 이제 회색이 되어 힘없이 늘어졌고, 코트에 거미줄과 먼지가 매달렸다. 얼굴은 때묻은 땀으로 얼룩이 지고, 두 손은 새카맸다.

하지만 지저분한 손에 상자 하나를 들고 있었다. 그게 중요했다. 그는 집으로 향하며 휘파람을 불었다.


리디아는 에인즈우드의 지엄한 명령 때문에 주위에서 노심초사하는 사람들을 안정시키기 위해 낮잠을 자겠다고 했다. 낮잠을 자려던 건 아니었지만 침실에서 책을 읽다가 진짜로 잠이 들었다.

창에서 무슨 소리가 나는 듯해서 잠을 깼다. 남편이 그리로 들어오는 중이었다.

왜 보통 사람들처럼 문으로 다닐 수 없느냐고 묻지 않았다. 보아하니, 대중적인 통로를 피해야 했던 이유를 알 만했다.

오늘 아침에 그는 지참금 건으로 헤리어드 씨와 만나 몇 시간을 보내게 될 거라고 했다. 엘리자베스와 에밀리를 찾느라 지연되었던 일을, 어제 데인이 떠나기 전에 알려주고 갔다.

"지참금을 받는 조건이 헤리어드 씨의 굴뚝을 청소하는 거였나요?"

그녀가 엉망이 된 인간 난파선을 훑어보았다.

에인즈우드는 자기 손의 작은 상자를 내려다보았다.

"음, 그건 아니오."

"하수구에 떨어졌군요."

"아니. 음…… 먼저 씻어야겠어."

"제인스를 부를게요."

그가 고개를 저었다.

"누가 당신 머리를 때리던가요?"

"아니. 우선은 얼굴과 손부터 씻을게. 목욕은 나중에 하더라도."

그가 상자를 들고 의상실로 들어갔다.

몇 분 뒤에 비어가 실내복만 걸치고 의상실에서 나왔다. 여전히 상자를 들고 있었다. 그가 불가에 의자 하나를 끌어당겨 그녀에게 앉으라고 했다. 그녀가 앉았다.

그는 상자를 열어, 계란형의 물건을 그녀의 무릎에 올려놓았다.

작은 초상화였다. 금발머리 푸른 눈동자를 지닌 젊은 남자의 얼굴. 그가 흐릿한 미소를 짓고 있었다.

마치 거울을 들여다보는 듯했다.

"내 형제처럼 생겼어요."

그녀의 목소리가 실처럼 가늘었다. 심장이 쿵쿵거렸다.

"이름은 에드워드 그레이. 촉망받는 배우이자 극작가였소. 그의 모친은 유명 여배우, 세라피나 그레이였고, 부친은 리차드 벌리스터, 당신 어머니의 종조부였소. 에드워드 그레이는 리차드 벌리스터가 젊은 시절에 얻은 사생아였소."

그는 상자에서 누런 종이 한 장을 꺼냈다. 벌리스터 족보에서 떨어져 나갔던 앤 벌리스터의 부분이었다. 앤 벌리스터의 종조부인 리차드 벌리스터가 그녀의 아버지보다 세 살밖에 많지 않은 건, 그 부친이 예순이 넘은 나이에 재혼해서 얻은 자식이었기 때문이었다.

하지만 리디아의 시선은 더 아래쪽으로 향했다. 자신의 이름이 쓰여진 곳, 엄마와 에드워드 그레이 사이에 쓰여 있었다.

초상화, 족보, 다시 초상화를 차례로 쳐다보았다. 그녀가 경이롭게 속삭였다.

"이분이 내 아버지로군요."

"맞았소."

"존 그렌빌이 아니라."

"그 점은 확실하오. 당신 어머니가 모두 기록해 두었소. 당신이 크면 주려고 했을 거요. 하지만 일이 잘못 돼서, 존 그렌빌의 손으로 들어가, 그게 3대 데인 후작에게 팔렸던 거요. 돈 받은 날짜가 1813년 8월 자로 되어 있소."

"그래서 미국 갈 돈이 생겼던 거군요."

그녀의 어머니가 스코틀랜드로 같이 도망쳤던 사람은 에드워드였다, 리디아가 아빠라고 불렀던 남자가 아니라.

"상자에 에드워드 그레이가 쓴 연애편지들이 있소. 스무 통도 넘소. 다 읽지는 못했지만, 당신 어머니를 지극히 사랑했던 마음이 드러나 있었소. 두 사람이 깊이 사랑해서, 사랑으로 아이를 가졌던 거요."

그녀의 목이 메었다.

"어떻게 이런 걸…… 어떻게 이런 생각을…… 아무도 짐작 못했던 걸 찾아냈군요. 날 사랑하는 마음으로. 고마워요. 사랑해요,

비어. 당신을 만난 뒤로 자꾸만 눈물이 나서 미치겠어요."

그녀의 눈에 눈물이 가득 고였다. 더 이상 말을 잇지 못하고, 남편의 품에 안겼다.


사생아이긴 했지만, 에드워드 그레이는 부친과 가까이 지냈다. 당연히 가족 모임에도 자주 참석했다. 그 와중에 앤을 만났다. 금세 둘은 사랑에 빠졌다.

에드워드는 배우 일을 반대하는 아버지와 크게 다투게 되었고, 집에서 쫓겨났다. 그때 앤이 그 집에 있었고, 상황을 알았을 때, 앤은 자기도 같이 가겠다고 고집했다. 그는 부양 능력이 생길 때까지 기다려 달라고 했지만, 그녀가 거절했다. 아버지가 어차피 그들의 결혼을 허락하지 않을 것이었다. 다른 남자에게 시집보내려 할 터였다.

그래서 그녀는 에드워드와 같이 스코틀랜드로 달아났다.

목사님도, 교회도, 결혼 예고도, 부모님의 허락도 없이 그들은 결혼했다. 법적으로 부부가 되었지만, 벌리스터 가는 스코틀랜드의 법을 힌두교나 아프리카 미개인의 야만 의식 정도로밖에 여기지 않았다. 그들의 눈에, 앤은 화냥년이었다.

변호사가 그녀에게 보내 온 편지에는, 가족에 대한 어떤 법적 권리도 없으며, 재정적으로나 다른 어떤 요구도 할 권리가 없으며, 연락하는 것도 금지한다는 내용이 들어 있었다.

앤과 에드워드는 도망칠 때 그것을 알고 있었다. 친족과의 문이 영원히 닫히리라는 걸.

하지만 불과 3개월만에, 에드워드가 리허설 도중에 떨어진 무대 장치에 맞아 죽게 될 줄은, 미처 몰랐다. 그는 아내를 위해, 그녀의 뱃속에 있는 아기를 위해 준비할 시간이 없었다.

한달 뒤, 존 그렌빌이 앤에게 청혼했다. 진심으로 사랑한다며 구애를 했다. 달리 기댈 곳 없는 임신한 열일곱 살 소녀가 어떻게 할 수 있었을까? 다른 남자의 아이까지 받아들여 주는 관대한 남자에게 그저 고마울 따름이었다. 그가 벌리스터 가문으로 비집고 들어가려다 실패했을 때에야, 앤은 자신의 실수를 알았다.

그래도, 그녀는 같이 살지 않을 도리가 없었다. 적어도 처음에는, 생계를 꾸릴 방법이 없었고, 존 그렌빌이 아니면 거리로 내몰려야 했다.

사라를 낳은 후 그녀는 한참을 앓았고 그후로 기력을 회복하지 못했다. 건강을 회복할 수 있었더라면, 결국엔 존 그렌빌의 곁을 떠났을 거라고, 리디아는 확신했다.

이 극적인 기록에 비하면 일기장에 적힌 내용은 아주 작은 스캔들에 불과했다. 에인즈우드가 이걸 발견하다니, 대단하고 놀라운 일이었다. 하지만 그는 평소처럼, 자기 행동을 대단한 일로 인정하지 않았다.

다음날, 리디아와 에인즈우드가 데인 후작 부부에게 이 이야기를 들려주었다.

벌리스터의 핏줄을 지닌 데인은 서재에 서류들이 펼쳐져 있지 않더라도 그 말을 어렵지 않게 믿을 수 있었다. 다만, 에인즈우드 공작이 그 진상을 규명했다는 사실이 믿어지지 않았다.

"어떻게 찾아낸 거야? 왜 하필 카튼, 브레이스에 가게 된 거야?"

"벌리스터는 고백을 안 한다면서. 연극을 좋아했다 어쨌다, 벌리스터 남자한테만 나타나는 흔적이 여자한테 나타난 게 이상하다, 자네가 이런 얘기를 했잖아. 난 이상한 생각이 들었어. 그래서 퍼즐 조각을 하나씩 맞춰 봤지. 앤 벌리스터는 자네 아버지가 후작이던 때 도망쳤으니까, 자네 아버지 대의 변호사들을 찾아보는 게 논리적이잖아. 물론 해답을 나오길 기대한 건 아니고, 그냥 가 봤던 거야."

그가 성질 나는 시선을 던졌다.

"리디아의 친부가 밝혀졌는데, 이제 나쁜 피 어쩌구 걱정할 필요

가 없어졌는데, 축하하는 게 순서 아니야? 제기랄, 당신들은 어쩐
지 모르지만, 난 술 한잔 마셔야겠어."

월요일 아침에 버티 트렌트와 그의 약혼녀는 에인즈우드 하우스
의 아침 식당에 있었다. 하지만 둘만 있게 된 연인들은 흔히 하는
일을 하지 않았다. 대신에 전쟁을 중지시키는 방법에 대해 토론하
는 중이었다.

다른 사람들이 지금 서재에서, 그들의 미래에 대해 목소리를 높
이고 있었다. 아침식사 후부터 계속이었다. 데인 후작 부부, 에인즈
우드 공작 부부만이 아니라, 엘리자베스, 에밀리, 도미닉까지 거기
에 합세했다.

그들은 결혼식을 올릴 장소에 대해 합의를 보지 못했다. 롱랜즈,
애스코트, 런던, 교회, 아니면 누구의 집이어야 할까? 누가 탐신의
지참금을 제공할 것인가? 신혼부부를 어디에서 살게 할 것인가?
필요한 생활 자금을 어떻게 조달할 것인가? 이 모든 질문에 의견
일치가 되지 않았다.

주로 데인과 에인즈우드의 대결이었기 때문에, 타협은 가당치도
않았다. 숙녀들이 합당한 조건을 결정할 수도 있었으나, 남자들이
그렇게 놔두지 않을 것이었다. 그건 곧 타협을 의미했으니까.

"이대로 가다가는, 심판의 날까지 계속되겠어요. 그동안에, 나의
할머니가 프랑스에서 돌아오시면 우리더러 거기서 살라고 하실 거
예요."

"스코틀랜드로 도망가는 방법이 아주 그럴 듯하게 여겨지기 시
작했어요."

버티가 목소리를 낮췄다.

"우린 그렇게 할 필요 없어요. 런던은 10분에 한번씩 교회가 나
타나요. 교회가 있는 곳에 목사님이 있기 마련이죠."

그녀의 커다란 눈이 그에게 올라갔다.

"산책 갔다 오겠다고 말해야겠군요."

버티가 자기 가슴을 두드렸다.

"여기 결혼허가증이 있어요."

"보닛을 가져올게요."

일 분밖에 걸리지 않았다. 잠시 후 그들은 세인트 제임스 교회로 출발했다. 세인트 제임스 스퀘어를 가로지르는 짧은 길을 걸어 요크 스트리트로 접어들기만 하면 되었다.

그들이 요크 스트리트로 접어드는 찰나, 말쑥한 차림의 안경 쓴 중년 사내도 그곳으로 접어들고 있었다.

그가 딱 멈췄다. 탐신의 발길도 멎었다.

"아빠!"

"탐!"

남자가 두 팔을 벌렸다.

그녀는 버티를 버리고 그 품에 안겼다.


황홀한 흥분이 다소 가라앉자마자, 버티가 요크 스트리트로 부녀를 몰아가며, 프리듀 씨에게 설명했다.

"우린 결혼식을 빨리 끝내고 싶었어요. 사람들이 눈치채기 전에. 따님과 도망치려던 게 아니었어요."

그가 증거로 결혼허가증을 꺼냈다.

프리듀 씨가 서류를 살펴볼 때, 버티가 덧붙였다.

"걱정하지 마세요. 다 해결됐어요. 제가 편지에 쓴 대로, 따님은 안전해요. 제가 보살필 수 있어요. 우릴 축복해 주시길 바라지만, 어쩔 수 없다면 축복이 없어도 결혼할 거예요."

이때쯤 탐신은 아버지의 품에서 벗어나 버티의 팔에 매달렸다.

"아빠, 제 마음도 바뀌지 않을 거예요. 엄마한테 안 돌아갈래요."

프리듀 씨가 버티에게 허가증을 돌려주었다.

"네가 가출한 걸, 난 일주일 전에야 알았단다. 널 찾으러 미국에 가려고 플리머스에 있었을 때, 이 사람의 편지를 받게 됐어. 네 엄마가 신의 허락을 받겠다고 한참을 기다린 후에 보내 줬던 거야."

그가 안경을 벗어 손수건으로 닦은 다음에 다시 썼다.

"난 너를 제대로 돌보지 못했다, 탐. 이 젊은 친구가 더 잘해 낼 것 같구나, 그렇지?"

"엄마한테 도망쳐 나온 제가 어떻게 아빠를 탓하겠어요? 엄마를 피하기 위해서라면 나도 밤낮으로 일했을 거예요. 같이 가세요, 아빠. 가서 신부를 인도해 주세요."

한 손을 아버지 팔에, 다른 손을 버티의 팔에 끼고, 그녀가 교회로 출발했다.

아주 짧은 거리였지만, 버티는 그 와중에 아주 많은 생각을 했다. 교회에 도착했을 때, 그가 말했다.

"신부 아버님이 이 교회, 이런 결혼식이 마음에 들고, 멋진 장식이 없어도 괜찮다고 말씀해 주신다면, 그들이, 말하자면 에인즈우드 하우스에 있는 사람들도 반대하지 못할 거라는 생각이 드는군요. 그들을 부르면 어떨까요? 당신은 공작 부인이 결혼식에 참석해 주길 바라겠죠, 탐신? 엘리자베스와 에밀리도 에인즈우드의 결혼을 못 봐서 많이 아쉬워했는데, 이번에는 실망시키고 싶지 않군요."

그의 약혼녀가 커다란 눈을 반짝이며 그를 올려다보았다.

"당신은 세상에서 제일 사랑스럽고 상냥한 사람이에요, 버티 트렌트."

그녀가 아버지를 돌아보았다.

"보셨죠, 아빠? 내가 얼마나 운 좋은 여자인지 아셨죠?"

"물론이다. 너의 멋진 남자가 나에게 초대장 쓰는 영광을 맡겨 줬으면 좋겠구나."

초대장이 작성되고, 교회 심부름꾼이 그걸 에인즈우드 하우스로 가져갔다.

15분이 지나기 전에, 결혼식 하객들이 몰려들었다. 아무도 서로 싸우지 않았다. 몇 명의 여자들은 눈물을 흘렸고, 감수성이 예민하여 주위 사람이 슬퍼하는 걸 못 견뎌 하는 수잔이 그들의 손을 핥아 주며 위로하려 했다.

특이한 하객들을 많이 다뤄 본 목사님은 기분 좋게 그런 소동을 참아 주었다. 웅장한 결혼식이었지만, 모두가 행복했다. 특히 그 날의 주역들은. 그게 중요했다.


식이 끝나자, 프리듀 씨가 자신이 묵고 있는 펄트니 호텔로 하객들을 초대했다. 약간의 다과를 준비했다는 설명이었다.

탐신의 효율적인 일 처리 솜씨가 어디서 이어진 것인지 금세 분명해졌다. 그새 호텔에는 성대한 만찬이 준비되어 있었다. 그후에 버티는 자기 신부가 효율성만 물려받은 게 아니라는 걸 알게 되었다. 프리듀 씨가 '작은 선물'로 신혼부부에게 스위트룸을 마련해 주었는데, 그 방은 왕실한테 어울릴 정도로 커다랗고 호화로웠다.

파운드나 실링이나 펜스를 극심한 두통 없이 계산할 수 없는 버티조차도, 장인어른의 주머니가 두둑하다는 걸 추론할 수 있었다.

하인들이 피울 필요가 없는 소란들을 피우고 나가자, 그가 신부에게 돌아섰다.

"당신 아버지가 부자라는 걸 말하지 않았군요."

그녀가 얼굴을 발갛게 물들이며 입술을 깨물었다.

"자, 이리 와요, 그만한 이유가 있었겠지요. 나한테 말해 줄 거죠? 내가 재산을 노리는 사람일까 봐 걱정한 건 아닐 테고, 난 그렇게 되고 싶어도 뇌가 그 쪽으로 작동을 안 하는 사람이니까요. 난 좋아하는 여자한테 무슨 말을 해야 할지 잘 몰라요. 아닌 걸 맞는 척하지도 못해요. 내가 좋아하는 게 그 여자 돈인 척도 못하죠. 내가 생각하는 건 곧장 입으로 나와요. 그래도 당신은 내가 무슨 말을 하든, 금방 알아들어요, 그렇죠?"

"그럼요."

그녀가 안경을 벗고 소맷자락으로 닦은 다음 다시 썼다.

"애스코트에서, 당신이 청혼했을 때, 아버지에 대해서 말하려 했어요. 하지만 당신이 상속녀들을 도망쳐 다녔다고 하길래, 놀라서, 바보 같다는 건 알지만, 어쩔 수 없었어요. 그걸 알았을 때, 당신이 내가 아닌 돈 많은 여자로 보게 될까 봐 겁이 났어요. 당신이 불편해 하고 자존심 상해할까 봐. 미안해요, 버티. 당신이 떠나갈까 봐 그랬어요."

"그런 일은 안 생겨요. 내가 하나 말할게요, 레이디 트렌트. 당신은 훌륭하게 해 냈어요. 난 도망치지 않았어요, 그렇죠? 떠나지도 않을 거예요."

그가 웃었다. 내가 떠날까 봐 걱정을 하다니, 무지하게 우스웠다. 낄낄거리며 그녀를 끌어안았다.

"난 아무 데도 안 갈 거예요."

그녀의 예쁜 코에 입을 맞췄다.

"아내와 같이 우리의 멋진 침대로 가는 것만 빼고."

그가 고개를 들어 둘러보았다.

"그게 대체 어디 있는지 찾을 수 있다면 말이죠."

# 20

일주일 뒤.
노샘프턴셔, 롱랜즈

에인즈우드 하우스와 정기적으로 연락해 온 롱랜즈 하인들은 새 주인마님의 지침을 잘 알고 있었다. 따라서 도착을 알린지 하루만에, 깨끗하게 빨아서 풀을 먹인 예복을 차려입고 군대식으로 정확하게 줄지어 서서 그들을 환영했다.

에인즈우드 공작이 신부를 안고 고풍스런 문지방을 넘어섰을 때, 잠시 동안 휘파람과 환호와 박수갈채를 보내느라 줄이 흩어졌을 뿐이었다.

통통한 가정부는 자신이 그리워하던 젊은 레이디들이 달려와 안기자, 눈물을 줄줄 흘렸다. 주인을 환영하는 매스티프들 사이에 신부를 내려놓는 걸 보며 청지기 모톤까지 눈물을 글썽였다. 개들이 소란스럽게 주인에게 인사말을 했다.

하지만 수잔이 제인스를 끌고 입장하는 순간, 개들이 갑자기 조용해졌다.

"그르르르."

수잔이 말했다.

꼬리를 뻣뻣하게 세우고 적대감을 드러냈다. 다른 녀석들이 수컷이라는 것이나 4대 1로 수적인 열세라는 것도 수잔에게는 문제가 되지 않는 듯했다.

다른 개들이 당황하는 듯했다.

다른 개 한 놈이 불안하게 말했다.

"그르렁."

친구 놈 하나가 더 대담하게 말했다.

"그르렁!"

세 번째 개가 말하고 나서, 문으로 달려갔다 돌아왔다. 수잔은 이를 드러내며 으르렁댔다.

비어가 수잔에게 말했다.

"심술 부리지 마라. 모르겠냐? 저 녀석들이 같이 놀자는 거야. 너도 놀고 싶지 않아?"

수잔이 툴툴거리며 그들을 노려보았다. 하지만 그녀의 적대적인 자세가 조금 누그러졌다.

매스티프 한 놈이 커다란 입에 공을 물고 달려와서, 수잔 앞쪽에 그걸 내려놓으며 말했다.

"그르렁!"

수잔이 신중하게 앞으로 나가 공 냄새를 맡았다. 조금 더 혼자 툴툴거린 후에, 공을 입에 물고 문으로 달려갔다. 다른 녀석들이 따라갔다.

비어가 아내를 쳐다보았다.

"녀석들이 '그걸' 하고 싶어서 안달이로군. 배를 깔고 기지 않는 게 다행이야."

그가 리디아에게 팔을 내밀고 같이 계단을 올라갔다.

"그걸 얻어내지 못할 걸요. 수잔은 지금 그 기간이 아니거든요."

"미리 점수를 따 놓는 거야."

"수잔은 변종이에요. 덩치는 산만하고 색깔도 달라요. 그래서 공짜로 얻었죠. 선조가 의심스러워요. 그런 개를 순수 혈통과 교배시켜도 괜찮겠어요?"

"말로리는 벌리스터처럼 혈통에 까다롭지 않소."

2층에 도착해서 가족 별관으로 접어들자, 비어는 더 이상 말을 잇기가 힘들었다. 벽에 그림들이 가득했다. 여기엔 말로리의 여러 세대들을 아우르는 비공식적인 그림들이 걸려 있었다. 몇 걸음 걸어가던, 비어는 익히 잘 알고 있는 그림 앞에 멈췄다. 일 년 반 동안 그걸 보지 않았다. 다시 그것을 보게 된 지금, 목이 메이고 가슴이 뻐근했다.

"이 아이가 로빈이오."

"잘생겼군요."

"그래. 다른 그림도 있지만 이제 제일 잘 됐소."

목에 걸린 무언가가 조금 편안해지는 것 같았다.

"가장 그 녀석다워. 늘 이런 미소를 지었어. 찰리도 이렇게 미소 지었지. 난 바보였소. 이 아이가 보내 주는 햇살을 보지 못하다니. 나한테 그게 필요했는데."

"햇살을 보게 될 줄 몰랐잖아요."

그는 아내의 눈에 담긴 이해를 보았다.

"당신이 방법을 가르쳐 주지 않았으면 찾지 못했을 거요. 그 녀석 얘기를 하고, 엘리자베스와 에밀리가 그 녀석에 대해 얘기하는 걸 들으면서, 조금씩 편해졌어. 하지만 저 아이를 똑바로 볼 수 있을까 확신이 서지 않았소. 난 로빈의 기억을 제대로 간직하지 못했어. 죽음과 부패와 차가운 분노만 마음에 담아 두었소. 로빈이 6개월 간 나한테 기쁨만을 주었는데. 불공평한 일이었어. 언제나 이 녀석이 그리울 거요, 때로 슬퍼지겠지. 하지만 행복한 기억들도 있소. 그건 축복이오. 그걸 같이 나눌 가족이 있는 것도, 또 하나의 축복이오."

초상화 앞에서 아내와 더 오래 얘기할 수도 있었으리라. 하지만 앞으로 로빈을 보며 얘기하며 기억을 공유할 시간은 얼마든지 있었다.

그는 주인용 침실로 아내를 이끌었다.

가문의 우두머리에게 어울리는 거대한 방이었다. 하지만 따뜻했다. 10월 말의 햇살이 황금빛 참나무 패널에 닿아 창문과 침대를 장식한 푸른 장막에서 빛을 발했다. 커다랗고 정교하게 조각된 침대가 놓여 있었다.

"이 침대를 마지막으로 보았던 게, 로빈이 떠나는 날이었소. 저 침대에 대한 마지막 기억은 로빈이 죽었다는 거요. 이제 그 기억을 마음에 담아 둘 수 있소. 로빈이 날 필요로 할 때 옆에 있어 줄 수 있었으니까. 가혹한 기억이지만 견딜 만은 하오."

"나도 그런 기억이 있어요."

사랑하는 이들의 손을 부여잡고, 약해져 가는 맥박을 느끼며 생명이 떠나가 걸 지켜보아야 했던 기억.

"어머니와 동생 말이군."

그녀가 고개를 끄덕였다.

그가 그녀의 앞으로 다가왔다.

"이 방에서 우리의 첫 번째 기억을 만들고 싶소, 완벽하게. 남은 여생도 그렇게. 여긴 우리의 집이오."

그녀가 침대를, 그리고 남편을 보았다. 살짝 미소지었다. 그녀는 이해했다.

그의 시선이 아래쪽으로 흘러갔다.

그녀는 새 드레스를 입고 있었다. 연자주색으로 치맛자락까지 단추가 달려 있는 드레스였다.

"단추가 너무 많군."

그가 중얼거리며 맨 위의 단추로 손을 옮겼다. 손과 함께 입술도 내려와 키스했다. 천천히 단추를 풀어 나가며 느릿하고 깊은 키스가 이어졌다.

그녀의 입술을 풀어 주고 무릎을 꿇었다. 단추를 푸는 손놀림이 더 빨라졌다.

다 풀어내고 나서 그가 올려다보았다. 그녀가 어깨를 흔들어 옷을 떨어뜨렸다.

그녀가 침대로 걸어가 침대 기둥에 기대고, 속치마 안으로 손을 넣었다.

그는 무릎을 꿇은 채 홀린 듯이 지켜보았다. 그녀의 비단 속바지가 바닥으로 미끄러졌다. 속치마 보디스의 리본도 풀었다. 코르셋 위로 목선이 늘어져, 젖꼭지 부근까지 가슴이 드러났다.

그녀가 두 손으로 침대 기둥을 잡으며 돌아섰다.

그가 일어났다. 그녀가 악마 같은 미소를 던지며 고개를 돌렸다. 비어가 다가갔다.

"방종하시군요, 부인. 타락했소."

"워낙 훌륭한 스승님을 둔 덕에."

그가 그녀의 가슴을 감싸쥐고 어깨와 등에 키스를 퍼부었다. 그녀의 떨림이 느껴지고, 그의 몸도 떨렸다.

"사랑해요, 에인즈우드. 이렇게 날 가져요."

그녀가 아름다운 엉덩이를 그의 사타구니에 들이댔다.

미칠 듯한 고문이었다. 사람들 앞에서는 얼음장같은 눈으로 한방에 남자를 얼려 버릴 수 있는 여자가, 둘만 있을 때는 천하의 닳고닳은 창녀 못지 않게 화끈한 불길이 되었다.

그가 그녀의 치맛자락을 끌어올렸다.

"이렇게 말이오, 공작 부인? 이런 식으로 하길 바라십니까?"

"네, 이렇게. 지금."

그가 그녀의 촉촉한 부분을 매만졌다.

지금, 그래, 그녀도 더 이상 참을 수가 없었다.

이 방에 정열의 신음이, 웃음과 사랑의 언어들이 메아리치길 바랐다. 그들은 길들여지지 않았고 품위도 없는 한 쌍이었다. 반항적이고 두려움이 없으며 뜨겁게 불타는 피를 타고났다. 교양 있게 군적이 없거니와 앞으로 그럴 가능성도 없었다.

그렇게 그들은 정열의 화신처럼 사랑을 나눴다. 침대에 쓰러져서 다시 사랑을 했다. 격렬하게, 기쁘게, 요란스럽게, 부끄러움을 다 떨치고.

마침내 그들의 젖은 나신이 피곤하게 엉켰다. 저무는 태양의 황금빛 진홍색 햇살이 섞일 무렵, 열정이 남긴 냄새가 공기 중에 매달리고, 그들의 교성과 신음이 방에 메아리치는 듯했다.

"늙은 후에 피를 달궈 줄 기억이 생겼소. 아주 오래 살아야 할 이유도 생겼어."

"당연하죠. 안 그러면 딴 남자를 찾을 거예요."

"실망이 클 텐데. 나 같은 남자는 없어. 당신한테 어울리는 자질을 모두 갖춘 남자가 나말고 세상에 또 있을까?"

나른하게 그가 그녀의 젖가슴을 어루만졌다.

"벌리스터의 시선을 나한테 맘대로 쏘아 붙여 보시지. 난 끄떡 안 할 거요. 아무 걱정말고, 마음에 있는 걸 다 집어 던져 봐. 난 꿈쩍하지 않아. 당신이 아무리 무서운 분노를 터트려도, 나 또한 의지력으로 맞설 거요. 당신은 말썽쟁이야. 벌리스터의 악마. 말로리의 망나니 아닌 누구도 당신과 어울리지 않아."

"그렇다면 아주 오래 내 옆에 붙어 있는 게 좋을 거예요. 안 그러면 내가 지옥까지 따라갈 테니까."

"당신은 지옥의 입구에서도 기죽지 않을 걸. 지옥의 불길과 악마의 울부짖음 앞에서도 고집을 꺾지 않을 거요. 하지만 내가 사는 기간을 최대한 오래 늘리기 위해 최선을 다하겠소."

"최선을 다하는 이상을 요구할 순 없겠죠."

"오래 사는 말로리가 되기 위해 각고의 노력을 기울일 거요."

그의 손이 그녀의 배로 내려갔다.

"우리한테 어떤 괴물이 나올지 몹시 기대가 되오."

"그래요. 굉장한 녀석일 거예요, 오늘 아기가 생겼다면, 이 집에서 함께 있는 첫날, 이 침대에서 사랑으로 잉태된 아이겠죠. 따뜻한 햇살 아래서. ……그리고 전혀 아무런 제약 없이."

"아이가 오늘 일의 기념품이 되겠군."

"가장 멋진 기념품."

그녀가 그의 머리를 가까이 끌어당겼다. 그녀의 파란 눈 속에, 비어만이 볼 수 있는, 두 개의 악마가 춤을 추었다.

그녀가 속삭였다.

"어쩌면, 한 번 더 해야 할까 봐. 아직 확실치가 않아."

그가 키스했다.

"확실하게 뜨거운 맛을 보여드리리다, 마담."

정말 그랬다.

# 에필로그

1829년 귀족 연감, '7월 출생'난에, 다음과 같은 글이 나타났다. '노샘프턴셔 롱랜즈에서, 에인즈우드 공작이 부인에게서 아들이자 후계자를 얻다.'

미래의 공작, 에드워드 로버트는 일곱 자녀의 장남이었다. 몇 명은 금발머리에 파란 눈동자였고, 몇 명은 검은머리에 초록 눈동자였다.

하지만 모두가 망나니였다. 하나같이.

<끝>